W0378279

btb

Aus Freude am Lesen

Buch: Drei Freunde eröffnen eine Agentur namens »Kleopatras Kamm«. Ihre originelle Geschäftsidee: die Probleme anderer Menschen zu lösen. Mari, Anna und Fredrik kennen sich seit langer Zeit, und jeder der drei Freunde ist an einem Wendepunkt in seinem Leben angekommen. Mari versucht gerade, eine unglückliche Liebesgeschichte auf Irland zu vergessen. Anna hat ihr unruhiges Leben und ihre zahlreichen Liebhaber satt. Fredrik kämpft gegen Dämonen aus seiner Kindheit und sucht nach seiner Identität in eleganten Nachtclubs. *Kleopatras Kamm* wird schnell zu einem großen Erfolg. Die unterschiedlichen Fähigkeiten der drei Gründer machen ein breites Angebot möglich: von Inneneinrichtung über Gartenarbeit bis zur Lösung von Beziehungsproblemen. Alles läuft bestens bis zu dem Tag, an dem eine ältere Dame im Büro erscheint. Sie möchte, dass die Agentur ihren Ehemann ermordet, und ist bereit, dafür eine ansehnliche Summe Geld zu bezahlen. Die drei lehnen schockiert ab, doch bald darauf ist der Mann tatsächlich tot …

Autorin: Maria Ernestam, geboren 1959, begann ihre Laufbahn als Journalistin. Sie hat lange Jahre als Auslandskorrespondentin für schwedische Zeitungen in Deutschland gelebt, daneben eine Ausbildung als Tänzerin, Sängerin und Schauspielerin absolviert. In Schweden sind mittlerweile vier hochgelobte Romane von ihr erschienen. Maria Ernestam lebt mit ihrem Mann und zwei Kindern in Stockholm. Weitere Informationen: www.mariaernestam.com

Maria Ernestam bei btb: Die Röte der Jungfrau. Roman (73854) · Caipirinha mit dem Tod. Roman (73915)

Maria Ernestam

Mord unter Freunden

Roman

Aus dem Schwedischen von
Lotta Rüegger und Holger Wolandt

btb

Die schwedische Originalausgabe erschien 2005
unter dem Titel »Kleopatras kam« bei Forum, Stockholm.

Mix
Produktgruppe aus vorbildlich bewirtschaftet
Wäldern und anderen kontrollierten Herkünft
www.fsc.org Zert.-Nr. GFA-COC-001223
© 1996 Forest Stewardship Council

Verlagsgruppe Random House FSC-DEU-100
Das FSC-zertifizierte Papier *Munken Pocket* für dieses Buch
liefert Arctic Paper Munkedals AB, Schweden.

1. Auflage
Deutsche Erstveröffentlichung November 2009

Published by Agreement with Nordin Agency, Sweden
Umschlaggestaltung: semper smile, München
Umschlagfoto: Richard Ryan
Satz: IBV Satz- und Datentechnik GmbH, Berlin
Druck und Einband: CPI – Clausen & Bosse, Leck
SL · Herstellung: SK
Printed in Germany
ISBN 978-3-442-74005-5

www.btb-verlag.de

Für Anna

1. Hexe.	Wenn kommen wir drei uns wieder entgegen, In Donner, Blitzen oder Regen?
2. Hexe.	Wenn das Mordgetümmel schweigt, Und der Sieg den Aufruhr beugt.
3. Hexe.	Also, eh der Tag sich neigt.
1. Hexe.	Nennt den Ort!
2. Hexe.	Die Heide dort.
3. Hexe.	Dort gehn wir Macbeths wegen hin.
1. Hexe.	Ich komm, ich komme, Grimalkin –
2. Hexe.	Padok ruft – wir kommen schon!
Alle.	Auf, und durch die Nebel-Luft davon.

William Shakespeare, *Macbeth*, 1. Akt, 1. Szene,
deutsche Übersetzung von Christoph Martin Wieland.

KAPITEL 1

Die Idee zu *Kleopatras Kamm* kam ihr, als ihr Chef verkündete, er bedürfe ihrer Dienste nicht mehr. Genau so drückte er sich aus, er bedürfe ihrer Dienste nicht mehr. Bereits während er sprach, wusste Mari, dass es dies sein würde, was ihr von dieser Unterhaltung in Erinnerung bleiben würde. Dass der Mann, mit dem sie drei Jahre lang zusammengearbeitet hatte, sie nicht mehr brauchte. Dass er die Absicht hatte, sie loszuwerden, genau so, wie man beschloss, einen Wischlappen auszutauschen.

Merkwürdig, dachte sie. Da hat man einen Lappen mehrere Wochen lang tagaus, tagein benutzt, vielleicht sogar monatelang. Ihn unter den Wasserhahn gehalten, ausgewrungen, die Spüle damit abgewischt und ihn über den Wasserhahn gehängt. Eines Tages betrachtet man ihn eingehender, merkt, dass er schlecht riecht, und wirft ihn weg. Dass der Geruch nur das Ergebnis langer und treuer Dienste ist, ist irrelevant. Jedenfalls, was Lappen angeht. Es ist offenbar auch irrelevant, was mich angeht.

Der Gedanke an den Wischlappen führte dazu, dass ihr ein paar Minuten lang die Konzentration abhandenkam. Sie merkte, dass ihr nicht ganz klar war, was ihr Chef eigentlich sagen wollte. Chef traf es nicht ganz. Sie hatte ihn nie als ihren Chef betrachtet und ihn noch viel weniger so angesprochen. Schließlich kümmerte sie sich um das Meiste. Johan hatte andere Qualitäten, beispielsweise die Ergebnisse der Arbeit anderer einnehmend und überzeugend zu präsentieren.

Trotzdem hatte sie gerne mit Johan zusammengearbeitet. Sie war gerne seine Assistentin gewesen in dem Buchführungsunternehmen, das sie gemeinsam einige Jahre zuvor gegründet hatten, weil sie befürchten mussten, zusammen mit einigen Kollegen von der großen Firma, für die sie tätig waren, aus Einsparungsgründen wegrationalisiert zu werden. Es ließ sich nicht leugnen, dass es eine anstrengende Zeit gewesen war. Sie hatten sich nur das Nötigste an Lohn ausgezahlt, und zu Dumpingpreisen gearbeitet, um die ersten Kunden an sich zu binden. Nach den ersten Gewinnen hatten sie mit Champagner gefeiert.

Aber obwohl sie mit ihrer Arbeit zufrieden war, fehlte ihr etwas. Bei der Arbeit sehnte sie sich weg. Sie träumte davon, dass David sie, wenn sie nach einem langen Tag nach Hause kam, mit einem Lachen empfangen würde, das »fuck them all« bedeutete. Eigentlich wünschte sie sich nichts sehnlicher, als dass ihr David mitten in der Nacht Eier mit Speck briet, wie er das früher getan hatte. Dann hatte er sie immer gefragt, ob das jetzt ein spätes Abendessen oder ein frühes Frühstück sei. Sie hätte ihn gern wieder so nah gehabt wie damals, als er ihr Muscheln mit Safran und Koriander kochte, während der Pie schon im Ofen stand.

Johan war inzwischen dazu übergegangen, ihr einen uninspirierten Vortrag darüber zu halten, warum ihr Unternehmen langfristig von der Fusion profitieren würde. Mari fragte sich, wieso er ihr das alles erzählte. Für sie waren das keine Neuigkeiten. Sie war bei den Verhandlungen mit dem kleinen, ekligen Konkurrenzunternehmen, mit dem sie jetzt fusionieren würden, selbst dabei gewesen. Eigentlich hatten sie den Deal gemeinsam eingefädelt. Sie wusste es, und Johan wusste es, und beide wussten, dass beide es wussten. Ihr hatte das nichts ausgemacht, und es war ihr vollkommen gleichgültig gewesen, ob sie eine führende oder nur eine zuarbeitende Stellung innehatte. Sie machte ihre Arbeit, und der Lohn war ausreichend.

Johan schien sich dem Ende seiner Rede zu nähern. Er beugte sich über den Schreibtisch und unternahm jetzt tatsächlich den Versuch, ihre Hände zu ergreifen. Mari beobachtete, wie sich seine Hände plötzlich in schleimige Fangarme verwandelten, und wusste, dass sie eine Berührung nie und nimmer ertragen würde. Auf dem Schreibtisch lag eine Schere, und ihr kam der wahnsinnige Gedanke, einfach Johans Arme wie Schlangen in der Mitte durchzuschneiden, um sie so unschädlich zu machen.

Als würde die Tatsache, dass er sie anfassen wollte, überhaupt einen Unterschied machen. Ihr war eine körperliche Beziehung zu Johan immer undenkbar vorgekommen, und ihr Körperkontakt hatte sich daher auch auf eine Umarmung zu Weihnachten beschränkt. Sie waren ungefähr gleich alt, sie war 42 und er ein paar Jahre älter. Anzüglichkeiten waren ihr jedoch erspart geblieben. Zu blond, zu rund, zu natürlich, zu in sich gekehrt, zu normal, zu nett, ja, verdammt nochmal, nicht auch zu schlapp? Jedenfalls war Johan auf dem Betriebsausflug, auf dem er sie gefragt hatte, warum der Träger ihres BHs immer rutsche, schon ziemlich betrunken gewesen. Sie hatte diesen Kommentar als »alltägliche Kränkung« klassifiziert.

»Ja, so sieht's aus«, sagte Johan und holte sie damit in die Wirklichkeit zurück. »Sie wollen mich als Geschäftsführer. Das war zwar ursprünglich nicht so vorgesehen, denn deren Eigentümer hatte sich auf einen ihrer Leute versteift, und jetzt mussten wir also einen Kompromiss finden. Natürlich habe ich für dich gekämpft, aber es ist eben ein Geben und Nehmen. Leider. Ich glaube jedoch nicht, dass du Probleme haben wirst, eine andere Arbeit zu finden. Ich verspreche, dir ein gutes Zeugnis auszustellen. Falls du dich nicht gleich selbständig machen willst. Es wäre für dich ja auch kein Problem, freiberuflich zu arbeiten, schließlich musst du für sonst niemanden aufkommen. Du könntest dir doch auch ein halbes Jahr freinehmen und ein wenig auf Reisen gehen?«

»Es ist rührend, wie viele gute Ideen du für meine Zukunft hast.«

Das hätte sie nicht sagen sollen. Sie wusste sofort, wie er reagieren würde. Seine Augen verloren unversehens ihren mitleidigen Schimmer, als ihm ihr Tonfall auffiel.

»Was willst du damit sagen, Mari?«

Früher hatte sie bei diesem aggressiven Ton immer verängstigt nachgegeben. Aber als sie hochblickte und Johans verärgerten Gesichtsausdruck bemerkte, zerbrach etwas in ihr, und sie stand auf. Sie sah die Haare, die aus seinen Nasenlöchern hervorschauten, sein Hemd mit dem schmutzigen Kragen und sein sich an den Schläfen lichtendes Haar. Früher war es einmal dunkel gewesen. Seine Schlangenarme. Sie packte seinen Schreibtisch mit beiden Händen, um ihre Wut und damit auch ihre Stimme unter Kontrolle zu bringen. Es half nicht.

»Du verdammter Heuchler.«

Johans Gesichtsausdruck. Unbezahlbar. Warum hatte sie das noch nie zu ihm gesagt?

»Hier sitzt du. Fett und eklig. Selbstgerecht. Glaubst du wirklich, dass du jemand bist, bloß weil du auf diesem Stuhl sitzt und behauptest, Geschäftsführer geworden zu sein? Du tust so bescheiden, aber bist im Grunde … verdammt zufrieden mit dir selbst! Du findest, dass du bekommen hast, was dir zusteht, und ich bin dir vollkommen egal! Obwohl du weißt, dass du mir alles zu verdanken hast! Abstoßend, Johan. Männer wie du sind dafür verantwortlich, dass die Welt so aussieht, wie sie aussieht. Selbstgerechte, unintelligente und selbstsüchtige Nullen, Männer die nie an andere denken. Die tüchtige Frauen ausbeuten. Und du hast den Nerv, den Verständnisvollen zu spielen. ›Du kannst vielleicht ein wenig auf Reisen gehen?‹ Wie pathetisch, Johan. So furchtbar …«

»Aber meine liebe Mari. Wir müssten uns doch auf eine zivilisiertere Art und Weise trennen können. Nach all den Jahren…«

Johan erhob sich ebenfalls. Sein Gesicht war rot angelaufen, und Mari bemerkte einen Kaffeefleck auf seiner Hose. Es freute sie, dass er sich genau auf der Bügelfalte befand. Die Hose würde nach der Reinigung nie wieder in ihre Fasson zurückfinden. Wunderbar.

»Nach all den Jahren? Klar. Wir haben wirklich einige Jahre hier gearbeitet. In all diesen Jahren habe ich dich immer wieder aus Verlegenheiten gerettet. Ich habe deine Kostenvoranschläge und deine Vorträge geschrieben… habe mich um deine Tabellen gekümmert und auch noch um deine verdammten Eintrittskarten für Fußballspiele…«

»Aber Mari, meine Liebe…«

»Das hast du bereits gesagt. Liebe Mari. Eben erst. Alle hier im Büro wissen, dass du keine sonderliche rhetorische Begabung besitzt, Johan, aber etwas mehr müsste doch noch drin sein? Ja, ich bin lieb. Ich war immer zu lieb. Kannst du dich darum kümmern, Mari… kannst du das erledigen, Mari… du weißt schon, die Gattin, Kinder vom Kindergarten abholen, Empfänge, Besprechungen… und die liebe Mari kümmert sich und erledigt alles. Wunderbar, eine liebe Mari zu haben, die einem alle Probleme löst. Aber dass ich auch einmal Hilfe bei irgendwelchen Problemen brauchen könnte… ist dir dieser Gedanke überhaupt je gekommen?«

Johan öffnete den Mund und schloss ihn dann wieder. Wäre Mari nicht so wütend gewesen, hätte sie aufgelacht, so lächerlich sah er aus.

»Hast du Probleme, Mari? Denn…«

»Probleme? Ob ich Probleme habe? Nein, überhaupt nicht. Ich bin nur gerade aus der Firma entlassen worden, die ich zu einem großen Teil selbst aufgebaut habe. Ich! Nicht du! Denn du bist jetzt ja Geschäftsführer. Du wirst die Aufgabe nicht bewältigen, Johan. Jedenfalls nicht, wenn du nicht eine Assistentin findest, die ebenso lieb und tüchtig ist wie ich. Aber ich hoffe, dass dir das nicht gelingt. Und rate mal, wer sich dann kaputtlacht, wenn du scheiterst! Ein heiseres, gemeines Lachen…«

Johan atmete jetzt rascher.

»Du bist doch nicht mehr ganz bei Trost«, sagte er mit unterdrückter Wut, und etwas Spucke traf Mari auf der Wange. Sie wischte sie rasch ab und spürte, dass es in ihrer Gemütsverfassung keinen Platz mehr für Gefühle gab, weder positive noch negative. Die ganze Zeit sah sie Johan an. Sie wusste, was er dachte. Hier haben wir wieder so ein hysterisches Frauenzimmer. Die Sache jetzt bloß ruhig angehen lassen. Schließlich verfügt sie über etliche nützliche Kontakte.

»Du bekommst, was du verdient hast. Ein gutes Zeugnis. Wenn ich es mir nach dem, was du gerade gesagt hast, nicht anders überlege. Fett. Dazu könnte ich auch einiges sagen, weißt du… tüchtige Frauen ausbeuten… und du glaubst, dass du intelligenter bist als ich? Lustig, dass ich aber auf dieser Seite des Schreibtisches stehe und du auf der anderen.«

»Und lustig, dass ich jetzt die Schere erhebe und du gleich nach einem Verband brüllen wirst.«

Sie merkte kaum, dass sie das gesagt hatte, wusste nur, dass ihre Gedanken eine Abkürzung genommen haben mussten. Ihre Lippen bewegten sich, und die Worte stoben auf Johan zu. Gleichzeitig verschwanden sie am Gaumen vorbei in den Rachen, durchquerten pulsierende Schleimhäute und wurden dann vom Blut direkt in den linken Arm und die linke Hand transportiert. Die linke Hand ergriff darauf gehorsam die Schere, hob sie hoch in die Luft und ließ sie auf Johans leicht behaarte Hände herabsausen, mit denen er sich auf dem Schreibtisch abstützte. Links oder rechts? Rechts. Ich bin Linkshänderin, und er ist Rechtshänder.

Als Johan zu schreien begann, erkannte sie, was sie getan

hatte. Die Schere lag plötzlich blutbefleckt auf dem Schreibtisch. Sie hatte in Johans rechter Hand eine tiefe Kerbe hinterlassen. Erst starrte er auf die Verletzung. Dann auf die Schere, dann auf sie, wieder auf die Hand. Dann kam der Schrei.

»Was hast du gemacht? Du… du bist verrückt, Mari! Du bist ja vollkommen übergeschnappt! Du hast mich verletzt! Du hast…«

Mari sah, wie die Farbe aus Johans Gesicht wich, während er sich langsam auf seinen Stuhl sinken ließ. Klar, daran hätte sie denken sollen. Er konnte kein Blut sehen. Deswegen hatte er auch bei den Entbindungen seiner Frau nicht dabei sein können. Deswegen konnte einem Johan auch leidtun. Alle im Büro hatten ihn deswegen getröstet. Sie hörte Schritte auf dem Gang, wusste, dass die anderen gleich in der Tür stehen würden, und beschloss, das Weite zu suchen. Ihre wenigen Habseligkeiten konnte sie später aus ihrem Büro holen oder zurücklassen. Die Arbeitsjacke, die an der Garderobe hing, war verschlissen, und die Schuhe für drinnen unter ihrem Schreibtisch besaßen nicht den geringsten Charme. Sie hatte sie einmal gekauft, nachdem sie einen Absatz verloren hatte. Sie war einfach in das erstbeste Schuhgeschäft gegangen und hatte das erstbeste Paar Schuhe gekauft. David hätte sie verabscheut, wenn er sie je zu sehen bekommen hätte. Aber Davids Ansichten waren auch nicht mehr ausreichend artikuliert.

Johan war bleich. Es schien ihm schwerzufallen, die Fassung zu bewahren. Iris und Pupille drohten nach hinten wegzukippen. Mari beugte sich zu ihm vor und blickte geradewegs in seine verschwommenen Augen, die er immer für schön gehalten hatte.

»Deine Zähne sind ziemlich gelb, Johan. Verfärbt. Falls du jetzt wirklich Geschäftsführer einer etwas größeren Firma wirst, dann würde ich dir dringend empfehlen, entweder weniger Kaffee zu trinken oder etwas Geld in das Bleichen deiner Zähne zu investieren. Außerdem glaube ich, dass du Probleme mit deinen Mundwinkeln hast. Sie rutschen dauernd nach unten.«

Sie wartete seine Antwort nicht ab, sondern kehrte ihm den Rücken zu und verließ das Zimmer. Auf dem Bürgersteig holte sie tief Luft und entdeckte, dass tatsächlich die Sonne schien. Dann rief sie Anna an.

KAPITEL 2

Es war lange nach Feierabend, und Mari saß mit Anna in Annas Café und erfand phantasievolle Verwünschungen, die alle mit »Johan« begannen. Sie hatte Anna angerufen und ihr erzählt, dass sie ihrem Chef eine Schere in die Hand gerammt hatte. Das müsse mit einer Flasche Rotwein gefeiert werden, hatte Anna erwidert, Johan sei ohnehin nichts anderes als das Fallobst der Evolution. Vermutlich war es die unbewusste Gewissheit, dass Anna so reagieren würde, die Mari dazu veranlasst hatte, sie anzurufen. Die Luft vor dem Büro war irgendwie dünn gewesen, sie hatte tief eingeatmet, um den Druck auf ihrer Brust in den Griff zu bekommen. Ich ertrinke, hatte sie gedacht. Aber Anna wird das Böse schon mit ihrer guten Laune vertreiben.

Anna. Mari pflegte ihre Freundschaft mit einem mathematischen Wunder zu vergleichen, da sie bewies, dass sich zwei parallele Linien kreuzen konnten. Gelegentlich dachte sie auch, sie sei minus und Anna plus, und dass deswegen überhaupt keine Notwendigkeit bestand, miteinander zu konkurrieren, da es nichts gab, worum sie konkurrieren konnten.

Anna und sie hatten noch zu Schulzeiten in einem von Stockholms Sommercafés gearbeitet und rasch gelernt, dass sie zusammenhalten mussten, wenn sie den Cafébesitzer überleben wollten, über den Anna auf die Wand in der Toilette des Cafés geschrieben hatte: »Hitler is alive and running a café in

Stockholm.« Mari war dieser Vergleich unangenehm gewesen, aber Anna hatte gemeint, dass sie deutlich gemacht hätte, was alle dachten und dass man so überhaupt am besten durchkäme im Leben. Ehrlich und unkonventionell.

Anna strotzte nur so vor Weiblichkeit. Barfuß in Sandalen schritt sie durch die Welt, und um sie herum schienen die Blumen aufzublühen. Ihr braunes, meist verfilztes Haar funkelte. Es gab kein männliches Wesen, das von dieser weiblichen Brunst nicht vollkommen überwältigt wurde. Anna konsumierte Männer mit einem Appetit und einer Schonungslosigkeit, die zugleich Abscheu und Neid erweckten. Mari hatte Anna etliche Male am Telefon erklären hören, dass Liebe vor einer Woche nicht bedeuten müsse, dass man heute immer noch verliebt sei.

Anna hatte im Ausland in Bars und Restaurants gejobbt, hatte in Berlin einen Laden besessen, hatte in Frankreich als Model gearbeitet, war nebenberuflich Konditorin gewesen, hatte jahrelang in Amsterdam auf einem Hausboot gewohnt und zwar zusammen mit dem Mann, einem Australier, den sie in einem Kibbuz in Israel kennengelernt hatte. Ihre Tochter Fanditha oder Fanny, wie sie selber genannt werden wollte, wohnte zurzeit in Stockholm und studierte BWL, ging abends früh zu Bett und trug Faltenröcke und Zweiteiler. Anna hatte sich oft darüber beklagt, dass sie nicht wisse, was sie bei ihrer Erziehung falsch gemacht habe.

Um zu verhindern, dass Fanditha ganz hinter den undurchdringlichen Mauern der Konformität verschwand, hatte Anna den Australier verlassen, war nach Stockholm zurückgekehrt und hatte ein eigenes Café eröffnet. Fristaden war ein nettes Lokal auf Södermalm, das Anna in ihrem ganz eigenen Stil eingerichtet hatte. Hier wurden Suppe, Quiche und Backwaren zu den vielleicht günstigsten Preisen in ganz Stockholm angeboten. Folglich hatte das Café eine treue Stammkundschaft, die stundenlang auf den Sesseln vom Trödler saß, vorsichtig Annas Suppe schlürfte und manchmal auch einen Schnaps, zu dem die Inhaberin einlud. Anna war eine fantastische Köchin, vielleicht deshalb, weil sie es mit den Zutaten nicht allzu genau nahm. Es hielt sich das hartnäckige Gerücht, jemand habe einmal einen Spitzenschlüpfer in seiner Suppe gefunden. Doch Anna meinte dazu nur, das sei nichts anderes als Wunschdenken.

Als Mari das Fristaden betrat, hatte Anna bereits Licht gemacht, um die Vorboten des Oktoberabends, fallendes Laub, Dunkelheit und Kälte, zu vertreiben. Mari bemerkte, dass Anna bereits ohne sie angefangen hatte zu feiern, und dachte bei sich, dass das Einzige, was Anna einmal unterkriegen könnte, der Alkohol sei. Annas Schwäche für Wein hatte mehr als einmal dazu geführt, dass Mari ihre Freundin nach Hause und ins Bett hatte bringen müssen. Vor zwanzig Jahren konnte Anna das nicht daran hindern, morgens aufzustehen und – frisch geduscht – trotz der nächtlichen Eskapaden wie neugeboren auszusehen. Heutzutage verhielt sich das anders. Anna war zwar immer noch eine ungewöhnlich attraktive Frau, doch manchmal trug sie jetzt schwarze Ringe unter ihren müden Augen. Dennoch würde das Alter Anna nicht daran hindern, weiterhin das Leben zu führen, das sie immer gelebt hatte.

»Eher verzichte ich darauf, morgens in den Spiegel zu schauen«, hatte sie einmal erklärt. »In vielerlei Hinsicht sehe ich jetzt besser aus als je zuvor.«

Das mochte stimmen. Ihre durchsichtige Bluse gab den Blick auf zwei immer noch feste Brüste frei, und ihr Schmuck, das schwarz-weiße »Ying und Yang«-Zeichen hing tief in ihr Dekolleté. Die Polarität, die eine Einheit schafft. Jetzt schaute sie auf, und Mari sah sich selbst mit Annas Augen. Eine blonde Frau mit Rundungen, die sich schon immer an den falschen Stellen befunden hatten. In schwarzen oder grauen Jacken und Hosen, die dort eng saßen, wo sie nicht zu eng anliegen sollten. In bequemen Schuhen. Sie wusste, sie hätte mehr aus sich machen können, hätte sie nur gewollt. Sie hatte schöne blonde Haare, ihre Augen besaßen eine ungewöhnliche, fast lila Färbung, und man lobte sie gelegentlich für ihre Haut, die ihren Wangen immer noch eine babyweiche Unschuld verlieh. Aber was würde Veränderung schon für eine Rolle spielen? Verrottetes Holz anzustreichen erforderte literweise Farbe und wiederholte Behandlungen. Da war es schon besser, den Verfall mit dem Äußeren harmonieren zu lassen.

Anna hob ihr Glas und stieß mit Mari an.

»Weißt du, dass ich gehofft habe, du würdest einmal zur Schere oder Ähnlichem greifen? Wie lange hast du jetzt eigentlich deine und Johans Arbeit erledigt und außerdem noch große Teile seines Privatlebens organisiert, während dein eigenes brachlag? Wenn du wenigstens irgendwie davon profitiert hättest… aber ich kann verstehen, dass du nie eine Affäre mit ihm hattest. Sex mit einem Mann wie Johan kann man nur als erniedrigende Aufgabe bezeichnen.«

»Anna!«

»Ich sage nur, wie es ist. Und weißt du… das könnte die Chance deines Lebens sein. Was Johan darüber gesagt hat, etwas Eigenes auf die Beine zu stellen, war in der Tat gar nicht so dumm. Er ist ja vielleicht ein Idiot, aber in dieser Hinsicht hat er recht. Die Idee muss nur einfach genug sein. Die meisten Unternehmen bieten Produkte oder Dienstleistungen an, die viel zu kompliziert sind. Die Leute arbeiten, waschen sich, haben Sex und schlafen, richten ihr Nest ein, lachen ein wenig, weinen umso mehr, und dann sterben sie. Das ist im Grunde alles, worum es geht. Finde Dinge, die damit zu tun haben. Löse die Probleme der Leute. Bis dir etwas einfällt, kannst du übrigens bei mir arbeiten. Ich fühle mich in letzter Zeit so rastlos. Ich würde mich gerne wieder der Innenarchitektur widmen. Irgendwas machen, was mehr abwirft.«

Mari spürte, wie ihr der Wein zu Kopf stieg. Sie entspannte

sich und dachte, dass das, was sie getan hatte, unbegreiflich und gleichzeitig vollkommen logisch war. Sie hatte eine Schere genommen, sie hochgehoben und Johan in die Hand gerammt. Und das war ein gutes Gefühl gewesen. Als hätte sie Kontrolle über die Welt und damit über sich selbst.

»Ich glaube fast, ich hätte ihn umbringen können«, sagte sie.

In diesem Augenblick trat Fredrik ein. Er zog die Tür hinter sich zu, schloss ab und strich den Teppich glatt.

»Sprichst du von mir?«, fragte er. »Ich kann auch wieder gehen, wenn du willst? Oder ich kann ihn auch umbringen, wer auch immer er sein mag. Ich bin in der richtigen Stimmung. Als ich meinen Fahrschein für die U-Bahn vorzeigen wollte, sagte der Mann an der Sperre zu mir, ich solle die Streifenkarte auseinanderfalten, damit er sie stempeln kann. Ich hatte in beiden Händen Tüten und versuchte ihm begreiflich zu machen, dass es eine große Hilfe wäre, wenn er es über sich bringen könnte, mir diesen kleinen Dienst zu erweisen. Wisst ihr, was er geantwortet hat? ›Es ist nicht meine Aufgabe, die Streifenkarte aufzufalten.‹ Ich hätte ihn wirklich umbringen können.«

Mari registrierte, dass Fredrik wie immer eine gute Figur machte. Solche Hüften hätte sie auch gerne gehabt, und die Lederjacke hatte ihn mehr gekostet, als ihm sein Einkommen eigentlich erlaubte. Er hatte dunkles, gepflegtes Haar, bernsteinfarbene Augen, obwohl es das eigentlich nicht gab, und schön geschwungene Lippen. Er war attraktiv. Wieder einmal dachte sie, dass sie damals den Fehler ihres Lebens begangen hatte, als sie nicht gewagt hatte, seinen Kuss zu erwidern.

Sie lernten sich auf einer Reise kennen, die entsetzlich lange zurücklag. Anna und sie hatten sich ein paar Wochen frei genommen, waren nach Italien gefahren, hatten in Museen und bei Stadtrundgängen geschwitzt und, was Anna anging, auch in den Armen italienischer Männer. An einem dieser Abende, als Anna mal wieder zu einem Drink an die Bar eingeladen wurde und Mari nur zum Heulen zumute war, entschuldigte sie sich kurz und ging nach draußen, um ihre Enttäuschung herunterzuschlucken. In der Dunkelheit lief sie die schmalen Gassen entlang und betrat schließlich ein Café, das die ganze Nacht geöffnet hatte. Dort trank sie einen Espresso und aß ein mit Buttercreme gefülltes Gebäckstück, ohne an den Umfang ihrer Hüften zu denken oder daran, dass es damit noch schwieriger werden würde, jemals zu einem Drink eingeladen zu werden. Sie hatte den Kellner angesehen und gedacht, dass sie sofort ihm gehörte, wenn er etwas Nettes zu ihr sagen würde, und sei es nur: »Ciao bella.«

Der Mann am Nachbartisch hatte sie betrachtet, als wüsste er Bescheid. Dann fragte er, ob sie Schwedin sei. Sie nickte, und er stand auf und setzte sich zu ihr an den Tisch. Dort saßen sie dann stundenlang, bis sich Mari an Anna erinnerte und Fredrik mit in die kleine Pension nahm, in der sie wohnten.

Anna hieß Fredrik ganz selbstverständlich willkommen, und sie saßen bis zum Morgen da und tranken den restlichen Wein, erzählten sich gegenseitig aus ihrem Leben, lachten und vergossen gelegentlich auch ein paar Tränen und wurden so zu Freunden.

Den Rest der Woche waren sie unzertrennlich. Einmal, spätabends, als Anna noch in einem obskuren Nachtclub bleiben wollte, versuchte Fredrik vorsichtig, Mari zu küssen. Doch sie winkte ab, weil sie annehmen musste, sie sei nur der Trostpreis, weil Anna nein gesagt hatte. Anschließend bereute sie es. Nach einer Weile erkannte sie aber, dass sie Fredrik so gern hatte, dass sie auf keinen Fall riskieren wollte, ihn zu verlieren, nur weil eine eventuelle Beziehung ein Ende nahm. Fredrik unternahm nie wieder einen Annäherungsversuch, und sie wusste bis zu diesem Tag nicht, ob sie sich damals klug verhalten hatte. Aber ihre Freundschaft hielt.

Jetzt saßen sie zusammen im Café, während es draußen immer dunkler wurde, und die Straßenlaternen Schatten an die grün gestrichenen Wände warfen. Mutig, hatte Fredrik geurteilt, als Anna die Farbe präsentiert hatte, dann aber wie so viele andere zugeben müssen, dass Annas Sinn für Nuancen sie auch dieses Mal nicht getrogen hatte. Fredrik saß in dem großen Ohrensessel, einem Erbstück von Annas Großvater, und Mari hatte sich den Schaukelstuhl ausgesucht, auch dieser alt. Sie hatte die Beine übereinandergeschlagen, betrachtete Fredrik und Anna und dachte, dass es schon seltsam war, dass es ihnen trotz chaotischer Lebensführung über alle Jahre gelungen war, den Kontakt zu halten. Aufgrund Annas Reisen kreuz und quer durch die Welt, hatten sie sich lange Zeit nur mit kurzen Besuchen und im Übrigen mit Briefen, Telefongesprächen und Mails begnügt. Dazu kamen Maris Jahre in Irland. Fredrik war zwar in Stockholm geblieben, unternahm aber immer wieder monatelange Reisen, wenn er genug Geld zusammengespart hatte. Allein. Immer und immer noch allein. Wie sie mittlerweile alle drei. Über vierzig und allein, wenn man einmal von den Männern absah, die den Versuch unternahmen, bei Annas Tempo mitzuhalten.

Noch einmal musste sie erzählen, was sich im Büro zugetragen hatte. Fredrik schien das mit der Schere nicht weiter bemerkenswert zu finden, sondern stellte stattdessen fest, dass es nicht so ungewöhnlich sei, dass aufgestaute Aggressionen zu unüberlegten Taten führten.

»Vermutlich wolltest du schon recht lange mit der Schere auf Johan losgehen. Oder ihn mal so richtig anschreien. Unterbewusst natürlich. Aber du hast immer den Mund gehalten und warst frustriert. Jetzt bot sich die Gelegenheit. Ich glaube, dass es so ist. Man lässt Demütigungen über sich ergehen, und plötzlich bricht es aus einem heraus. Wenn man dann überreagiert, genügt eine Kleinigkeit. Und niemand versteht, warum man sich wegen einer Lappalie so aufgeregt hat.«

»Du meinst die Kündigung?«

»Nein, natürlich nicht. Das ist wirklich eine Sauerei, Mari. Aber eigentlich tust du mir auch nicht leid, denn ich hatte schon lange das Gefühl, dass du dich dort nicht wohlfühlst. Wir sollten eine Flasche Champagner aufmachen und den Anfang deines neuen Lebens feiern.«

»Feiern, dass ich mit der Schere auf jemanden losgegangen bin und das Gefühl hatte, ihn umbringen zu wollen? Man könnte fast Angst vor sich selbst bekommen … Vielleicht zeigt er mich ja bei der Polizei an, und ich muss Schmerzensgeld bezahlen.«

»Das glaube ich nicht. Dein alter Chef wird schließlich so etwas wie Selbstachtung haben. Das Ganze klingt doch ziemlich bescheuert: ›Sie hat mir mit einer Schere in die Hand gestochen.‹ Klar hat das wehgetan. Und dass du das Gefühl hattest, ihn umbringen zu wollen, ist, glaube ich, auch ziemlich normal. Das kennen die meisten Leute. Ich sage nur, der Typ an der U-Bahn-Sperre. Hat vermutlich mit dem Gerechtigkeitssinn oder unserem Selbsterhaltungstrieb zu tun.«

Anna stellte einen großen Topf auf den Tisch und verteilte Suppe in tiefe Teller. Mari nahm ihren Teller mit beiden Händen entgegen. Lamm, Tomate, Bohnen. Sie musste Acht geben, dass sie nichts verschüttete. Trotzdem landeten ein paar Tropfen auf ihrer Hose. Der Fleck erinnerte sie an Johans Fleck auf seinem Hosenbein. Sie zuckte zusammen, als sie die Hitze auf der Haut spürte, und dachte an David und seinen Wunsch zu überleben. Mit Kunst.

Etwas ganz besonderes. Etwas, was die wankelmütige Menge nie vergessen wird.

»Ich weiß nicht, ob es da um Selbsterhaltung ging. Ich glaube, die unterdrückten Aggressionen treffen es schon eher. Weißt du, dass ich manchmal Angst vor meiner eigenen Wut bekomme?«

Fredrik tätschelte ihr den Arm.

»Wenn es dich beruhigt, dann musst du dir statistisch gesehen keine Sorgen machen, denn 90 Prozent aller Morde werden von Männern begangen. So war es immer und zwar überall. Schau mich nicht so an, darauf bin ich nicht stolz. Sag mir nur eine einzige Kultur, in der es möglich ist, dass Frauen eine Armee aufstellen, in den Krieg ziehen, alle Frauen der Gegenseite ermorden und alle zeugungsfähigen Männer in das eigene Land verschleppen. Männer haben das jedoch zu allen Zeiten getan.«

Anna schlürfte den letzten Rest Suppe direkt aus dem Teller und wischte sich dann mit dem Handrücken über den Mund. Mari fand, dass sie im Kerzenlicht nicht älter aussah als damals, als sie auf den wackligen Pensionsbetten in Italien gesessen hatten. Als trüge sie wie eine russische Puppe alle früheren Jahre in sich. Jetzt hatte jemand die Puppe auseinandergenommen und die äußeren Schalen entfernt.

»Was für ein wunderbarer Gedanke. Stell dir vor, Anna und ich drehen irgendwann durch, ermorden andere Frauen und schleifen die attraktivsten Männer an den Haaren nach Hause. Im Augenblick bin ich mir nicht ganz sicher, ob es ein Zeichen von Intelligenz oder Dummheit ist, dass wir das nie getan haben. Aber vielleicht ist es dafür ja noch nicht zu spät. Die Evolution ist schließlich ein Prozess ohne Anfang oder Ende.«

Fredrik lehnte seinen Kopf zurück und lachte laut. Ein Mann. Deswegen auch ein potentieller Mörder? Wäre Fredrik fähig, in blinder Raserei seine Feinde oder auch seine Frau zu zerstören? Das konnte man sich kaum vorstellen, obwohl Mari wusste, dass der Schein manchmal trog. Aber es gelang ihr nicht, sich vorzustellen, wie ein Feind Fredriks aussehen sollte. Er war zwar ein Mann, der etwas von James Bond und einsamem Cowboy im Sonnenuntergang hatte, aber seine Ablehnung von Gewalt war trotzdem … deutlich.

Fredrik erzählte nie von alten Freunden und nur selten von aktuellen oder beendeten Beziehungen. Familie? Sein Vater war tot, und seine Mutter wohnte allein irgendwo oben in Norrland. Das wusste sie, und das ließ sich mit wenigen Sätzen zusammenfassen. Mehr hatte er nicht erzählt, und nach mehr hatte sie auch nicht gefragt.

Fredrik, dachte Mari. Was weiß ich eigentlich von dir, obwohl wir uns jetzt schon so lange kennen und so oft über das Leben unterhalten haben? Ich weiß, warum ich allein bin, aber warum ist nie etwas aus den Beziehungen, die du mit verschiedenen Frauen gehabt hast, geworden? Frauen, die sich mit einer monotonen Regelmäßigkeit abgelöst haben, alle Lisas, Ylvas, Karins und Anettes, ohne wirklich zu ihm durchzudringen und sein Leben nachhaltig zu verändern.

Ich bin selbst so allein, dachte sie dann. Ich habe Anna und Fredrik und einen David, der nicht der ist, der er einmal war. Der Kontakt zu meiner Familie ist lausig, und meine ehemaligen Kollegen werden mich in ein paar Monaten nicht mehr wiedererkennen. Macht mir das Angst? Vielleicht ein wenig, vielleicht sogar mehr als nur ein wenig. Ich habe vermutlich Angst davor, nichts zu bedeuten, davor, vergessen zu werden. Das, wovon David gesprochen hat. Was tue ich dagegen?

Sie dachte daran, was Anna ihr geraten hatte. Löse die Probleme anderer Leute. Die Idee muss nur einfach genug sein. Aber mussten die Probleme genauer beschrieben werden? Nicht unbedingt. Es sollte doch möglich sein, ein Unternehmen zu gründen, das Lösungen anbot, ohne die Lösung bereits durch die Definition der Fragestellung zu begrenzen. Ein Unternehmen, das einem in der Konsequenz die Angst nahm. Es gab so viele verängstigte Menschen. Viel zu viele.

»Ich frage mich«, meinte sie vorsichtig, »ob die Tatsache, dass ich mit der Schere auf meinen Chef losgegangen und etwas von meiner Wut losgeworden bin, dazu führen könnte, dass wir gemeinsam ein Unternehmen gründen?«

Als Anna und Fredrik sie ansahen, wusste sie, dass sie das einzig Mögliche ausgesprochen hatte. Merkwürdig, dachte sie, dass es so lange dauern kann, bis einem einfällt, was eigentlich hätte selbstverständlich sein sollen.

»Wie viele Jahre verbringen wir jetzt eigentlich schon in einer, wenn man es genau betrachtet, doch ziemlich perfekten Dreisamkeit? Wie viele Jahre hast du, Anna, damit zugebracht, in allen Ecken der Welt, nach dem Sinn des Lebens zu suchen, während du, Fredrik, eigentlich immer nur mit uns alleine sein wolltest? Anna, du hast doch vorgeschlagen, wir sollten herausfinden, was die Leute brauchen. Warum können sie nicht einfach zu uns kommen und uns sagen, wie ihre Bedürfnisse oder, noch lieber, wie ihre Probleme aussehen? Wir lösen sie. Unsere vereinte Kompetenz ist in der Tat recht imponierend. Ich besitze umfangreiche Kenntnisse in der Buchhaltung, habe ein Restaurant in Irland betrieben und bin es gewohnt, faulen Menschen den Rücken freizuhalten und mich für sie mit sämtlichen Behörden herumzustreiten. Und es gibt kaum etwas, Anna, womit du dich nicht schon beschäftigt hättest. Fredrik hat bereits an fast allen Schulen der Stadt sämtliche Fächer unterrichtet, kann außerdem mit Grundkenntnissen in Jura aufwarten und ist geschickt mit den Händen. Wir decken ein breites Spektrum ab. Und über geeignete Räumlichkeiten verfügen wir auch bereits. Ich kann mir gut vorstellen, hier jeden Morgen zu erscheinen und den Duft frischgebackenen Brotes einzuatmen, statt mir vorstellen zu müssen, wie der Geruch von Johans Rasierwasser langsam die Computerkabel zersetzt. Vielleicht finden wir ja noch jemanden, der sich um die praktische Arbeit hier im Café kümmert. Dann richten wir uns das kleine Zimmer hinter der Küche ein. Das ist eine phantastische Idee. Ehrenwort.«

Wie genial die Idee war, begriff sie erst, als sie über sie zu reden begann. Sie war in der Tat bestechend. Unvermeidlich. Vorherbestimmt.

»Fredrik, du jobbst nach wie vor mal hier, mal da. Mich hat man gefeuert, ich habe jede Freiheit der Welt, zu tun, was ich will, und du, Anna… hast du nicht gesagt, dass du dich wieder mehr der Inneneinrichtung widmen willst? Ich bin sicher, dass dir das alle Möglichkeiten bietet. Und ich weiß vielleicht sogar schon, wer im Café mitarbeiten könnte. Ich habe eine nette Nachbarin, die ich immer für ziemlich glücklich gehalten habe, weil sie drei gesunde Kinder hat und einen Mann, der gelegentlich auch mal einkaufen geht. Aber vor ein paar Wochen hat sie mir quer über die Straße zugerufen, wenn sie nicht bald mal außer Haus käme und ein paar normale Erwachsene träfe, dann würde sie sich demnächst zwecks Recycling in einen stabilen Müllsack verkriechen. Sie würde sich schon darauf freuen, sich in eine Parkbank aus grünem Plastik zu verwandeln. Genau das hat sie gesagt. Dann sah sie plötzlich so aus, als hätte sie sich verplappert, und meinte nur noch, sie hoffe, es gehe mir gut. Bereits da habe ich mir überlegt, ob ich ihr nicht eine Arbeit bei uns im Büro anbieten könnte. Dieses Café ist aber eine sehr brauchbare Alternative.«

Erst sagte niemand etwas. Dann erhob sich Anna und ging in die Küche. Mari wollte erneut losreden, aber Fredrik kam ihr zuvor.

»Warum nicht?«, meinte er. »Ein Unternehmen, das die Probleme anderer Leute löst. Klingt einfach, aber gleichzeitig auch genial. Es gibt sicherlich ein Dutzend Bereiche, in denen wir gemeinsam über die nötige Kompetenz verfügen. Wir sind Alleskönner. Wir haben überlebt. Wir brauchen keine regelmäßigen Arbeitszeiten. Und wir kommen gut miteinander aus.«

Anna kam aus der Küche zurück. Sie trug ein Tablett mit drei Gläsern. Als sie es auf den Tisch stellte, sah Mari, dass sie Irish Coffee zubereitet hatte. Wie passend, dachte sie. Vielleicht will sie mir damit ja eine Freude machen, aber sie weiß schließlich nichts davon. Davids Song. *I've been a wild rover for many a year, and I've spent all my money on whiskey and beer.* Sie nahm ihre Tasse, trank einen Schluck Kaffee und schloss die Augen. Er war gut. Natürlich. Und Fredrik sah glücklich aus.

»Vielleicht bedeutet dieses Unternehmen ja die Lösung aller unserer Probleme«, sagte er nach einer Weile. »Ich bin dabei. Nichts hindert mich, und ich kann alles geben. Was haltet ihr davon, wenn wir eine Weisheit aus der Bibel als Slogan verwenden: Darum sorgt nicht für morgen, denn der morgige Tag wird für das Seine sorgen. Oder wir. Amen. Anna?«

»Gute Idee. Deswegen serviere ich das hier ja auch. Damit ihr in die Tassen schauen könnt. Einfacher Aberglaube. Aber ein achtzig Jahre alter Whisky lädt dazu ein.«

Mari gehorchte ihr. Sie betrachtete die Sahne, die auf dunklem Kaffee ruhte. Hokuspokus, Abrakadabra, wollte sie schon sagen, da sah sie, dass die Sahne schmolz und Punkte und Linien bildete. Steine und Muscheln, dachte sie resigniert. Weshalb sehe ich einen Strand, obwohl ich jetzt doch die Möglichkeit zu einem Neuanfang habe? Warum lässt du mich nicht in Frieden?

Als Mari nach Hause kam und die Türe aufschloss, voller Hoffnung, verflüchtigte diese sich bereits in der Diele wieder. Niemand war da, dem sie von der neuen Geschäftsidee erzählen konnte. Die Wohnung kam ihr ebenso verlassen vor wie immer. Es war schon seltsam, dass es ihr nicht einmal gelang, ihren eigenen Geruch in der Wohnung zu verbreiten und sich so in ihr heimisch zu machen. Ohne das Licht einzuschalten, betrat sie das Badezimmer, zog sich aus und legte die Kleider auf den Rand der Badewanne. Dann schlüpfte sie in ein warmes Nachthemd und kroch ins Bett.

Sie war wieder dort. Im Schlaf konnte sie das Gras sehen, die Steinmauern und die grasenden Pferde. Sie sah, wie die Berge im Nebel in der Höhe verschwanden, der Duft von Salz stieg ihr in die Nase, als das Meer gegen die Felsen schlug, die senkrecht in den Atlantik abfielen. In Irland bäumte sich das Land förmlich vor dem Meer auf. Ohne zu verlangsamen, schossen Landzungen ins Meer hinaus. Dann ging es steil in die Tiefe. Hunderte von Meter zu den schäumenden Wellen hinab, und kein Zaun hielt die Neugierigen zurück. Ein Windstoß würde reichen, hatte sie einmal gesagt.

David hatte gelacht.

Sie waren auf dem Weg nach Renvyle Point gewesen wie so oft, wenn David Luft atmen wollte, die nicht schon durch unzählige Lungen geströmt war. Auf dem Weg dorthin kamen sie durch das Quäkerdorf Letterfrack und fuhren durch Tullycross. Sie stellten fest, dass sie an diesem Tag vielleicht sogar Croagh Patrick, den heiligen Berg, würden sehen können, falls es nicht anfing zu regnen. Im Übrigen unterhielten sie sich nicht sonderlich viel. In Tully machten sie Pause und tranken ein Guinness. Sie wollte ihn nach seiner Ausstellung fragen und danach, was über seine Skulpturen geäußert worden sei, ließ es dann aber bleiben. Wenn David ihr davon erzählen wollte, so würde er das schon tun. Sie konnte nur hoffen, dass sein Schweigen bedeutete, dass es etwas zu feiern gab. Etwas, das er ihr am Renvyle Point anvertrauen würde.

Sie parkten das Auto am Ende der Straße und gingen auf die äußerste Landspitze zu. Wie immer erzeugte die Schönheit der Landschaft in ihr das Gefühl, ausgeliefert zu sein, als sei sie zwar ein Element des Ganzen, das aber doch nicht richtig passte. Das Gras schimmerte auf den Hügeln, die Schafe grasten mit roboterähnlicher Monotonie, und eine alte Ruine reckte ihr Skelett und gestattete der Vegetation, sich in den Spalten zwischen den Steinquadern breitzumachen. Die Inseln in der Ballinakill Bay schienen ungewöhnlich scharfe Konturen zu besitzen, und sie dachte, dass die Touristen deswegen nach Irland kamen und die Schauer und die Feuchtigkeit ertrugen. Sie sehnte sich nach Augenblicken wie diesen, wenn sich Vorzeit und Gegenwart vereinten und die Gebete der Kelten zum Himmel aufstiegen, als würden sie immer noch über die Insel herrschen. Das Meer war aufgewühlt, aber die Sonne wärmte. David zog auf der Wanderung zum Rand des Kliffs die Jacke aus.

Sie erreichten es fast gleichzeitig und schauten vorsichtig über den Rand hinweg in die Tiefe. Der Strand weit unten war mit Muscheln und Steinen bedeckt. Er wirkte ebenso unnahbar und irreal wie immer. Bei ihrem ersten Besuch war sie erstaunt gewesen, dort unten jemanden zu sehen, der in die Wellen starrte. David hatte versucht, ein ernstes Gesicht zu machen.

»Er ist dort hinabgeflogen. Das geht. Irgendwann werde ich dir zeigen, wie das geht«, hatte er angekündigt. Dann zeigte er ihr einen versteckten Pfad, der das Kliff hinunterführte. Gemeinsam kletterten sie nach unten und erreichten bald ohne sonderliche Anstrengung den Strand. Sie setzten sich ans Wasser und genossen die Aussicht. David erklärte ihr, dass er Renvyle Point immer am meisten gemocht hätte, obwohl alle Touristen sich an den spektakuläreren Cliffs of Moher drängten.

»Klar. Dort gibt es noch mehr Felsen. Und höhere. Aber die hier sind mir schon hoch genug. Und hoch genug ist manchmal vorzuziehen, wenn einem die höheren durch unzählige Busladungen von Touristen verleidet werden«, hatte er damals gesagt.

Jetzt dachte sie an den Pfad und schlug vor, ihn hinabzugehen. Aber David sagte nein und erklärte, er wolle von oben auf das Meer schauen, wenn die Sicht schon einmal so gut sei.

Er breitete die Decke aus, und sie dachte, jetzt. Jetzt. Sie hatten so lange auf Anerkennung gewartet und alle Hoffnung in Davids neue Skulpturen gesetzt, die sie für das Beste hielt, was David bisher geschaffen hatte. Expressionistische, ineinander verschlungene Körper aus Ton, die den Fischen huldigten, von denen David immer erzählte, bei denen das Männchen sich nach dem Liebesakt in dem Weibchen so verbiss, dass sie schließlich zusammenwuchsen und einen gemeinsamen Blutkreislauf bildeten.

»Das nenne ich echte Liebe«, hatte er gesagt, während er ihren Körper aus weißem Ton knetete und formte. Ihr selbst hatte diese Vorstellung Angst gemacht, sie stellte sich vor, wie Davids Blut buchstäblich durch ihre Adern floss, damit er sie noch besser kontrollieren konnte. Aber David hatte einfach ganz begeistert mit seiner Beschreibung fortgefahren, wie dieser ihr unbekannte Tiefseefisch lebte. Und die fertige Skulptur hatte sie wirklich überzeugt, ihr zerbrechlicher Schmerz und Facettenreichtum. Die Kritiker mussten einfach auf sie aufmerksam werden, wenn sie sogar ihr als Laie auffiel. Irgendwann musste David seinen Durchbruch erleben, und jetzt deutete sein Verhalten darauf hin, dass es endlich so weit war.

Aber er schwieg noch immer. Er setzte sich einfach auf die Decke, zog eine halbe Flasche Rotwein aus der einen Jackentasche und eine Rolle Kekse aus der anderen.

»Das letzte Abendmahl«, sagte er.

Sie lächelte bei dieser Anspielung auf die Bibel, aß einen Keks, trank einen Schluck Wein und sah David an. Er hatte die Stirn gerunzelt, und die Sommersprossen auf seiner Nase waren in Unordnung geraten. Sein rotes Haar kräuselte sich im Nacken, und sie dachte, hier habe ich einen Iren, der so aussieht, wie alle sich einen Iren vorstellen. Außerdem singt er und spielt Flöte, und auch das entspricht dem Klischee. Aber die Iren sind nicht so, nur meiner. Sie blinzelte, und David wandte sich ihr zu.

»Erinnerst du dich, dass ich dir einmal versprochen habe, dir zu zeigen, wie man hier fliegen kann?«, sagte er.

»Natürlich erinnere ich mich«, antwortete sie, und David erhob sich.

»Jetzt zeige ich es dir«, sagte er.

Plötzlich erwachte sie davon, dass er sich neben sie legte.

Es war ihr warm geworden, und sie befand sich im Tiefschlaf, als sie die Kälte im Kreuz spürte. Seine Finger strichen ihr über den Rücken und zwangen sie dazu, zu erwachen und sich umzudrehen. Davids Augen waren müde, und seine Haut war trocken. Sie brauchten Feuchtigkeit und Wärme. Nur sein Haar leuchtete rot.

»David«, flüsterte sie.

»Entschuldige, dass ich so spät komme«, erwiderte er und schob sein Bein zwischen ihre Schenkel. Sie spürte, dass sich die Kälte von den Beinen zum Bauch, Rücken, zu den Armen und zum Mund ausbreitete. Ihre Zähne begannen zu klappern, ohne dass sie dagegen etwas unternehmen konnte.

»Kannst du wirklich nicht…«, begann sie, aber er legte einen Finger auf ihre Lippen.

»Nein, ich kann nicht, aber ich versuche. Hast du heute gelebt?«

»Ja, David. Ich habe heute gelebt, wie du mich gebeten hast.«

»Das ist gut«, flüsterte er. »Nur so können wir zusammen sein.«

KAPITEL 3

Anna streckte die Arme aus und fuhr sich vorsichtig mit den gespreizten Fingern durchs Haar. Die Gardine war nicht ganz zugezogen, und vom Bett aus konnte sie sehen, dass der Tag grautrüb wirkte und verschwommene Konturen hatte. Eigentlich so ein Tag, an dem es erlaubt sein sollte, sich auf die andere Seite zu drehen und einfach weiterzuschlafen. Aber zwei Dinge hinderten Anna daran, diese verlockende Alternative zu wählen. Zum einen war sie seit einigen Wochen Mitbesitzerin eines Unternehmens, dessen zwei andere Mitglieder der »Führungsgruppe« es mit Zeiten, Orten und Planungen sehr genau nahmen. Zum anderen wurde die Hälfte ihres Betts von einem jungen Mann eingenommen, der am Vortag noch sehr erwachsen gewirkt hatte, heute aber eher Muttergefühle in ihr auslöste, als sie vorsichtig seine rührend muskulösen Arme und seine etwas verschwitzten, blonden Haarsträhnen im Nacken betrachtete.

Er lag mit angezogenen Beinen auf der Seite, ungefähr so wie Fanditha, als sie klein war. Anna atmete vorsichtig die Gerüche ein, die das Schlafzimmer erfüllten. Unter den hitzigen und durchdringenden Düften der Nacht lag eine unverkennbare Note von jungem Mann in der Luft, ein Geruch von unschuldigem und sattem Kind, garniert mit Vergnügungen, die normalerweise Erwachsenen vorbehalten blieben.

Von der Tatsache beruhigt, dass ihr Liebhaber von letzter

Nacht jung genug war, um nach getaner Pflicht tief und traumlos zu schlafen, schälte sie sich vorsichtig aus den Decken. Leise ging sie ins Badezimmer, in dem sie ungewöhnlicherweise einmal versuchte, ihr Haar mit der Bürste zu bändigen. Ohne in den Spiegel zu schauen, ging sie anschließend in die Küche, kochte Wasser auf, brühte sich eine Kanne dunklen afrikanischen Kaffee und setzte sich an den Tisch.

Sie dachte an den Abend, an dem alles begonnen hatte. Sie hatten die Idee, ein Unternehmen zu gründen, um die Probleme anderer Leute zu lösen, während einiger berauschender nächtlicher Stunden weiterentwickelt. Auf den ersten Irish Coffee, mit dem sie gefeiert hatten, waren weitere gefolgt, während sie konzentriert daran gearbeitet hatten, Dienstleistungen zusammenzustellen, die sie anbieten konnten. Mari hatte recht gehabt. Ihre gesammelte Kompetenz deckte ein breites Spektrum ab. Fredrik hatte die Aufgabe übernommen, eine verlockende Broschüre auszuarbeiten, während sich Mari erboten hatte, eine Homepage zu entwerfen.

Sie hatte ihre beiden Freunde lächelnd betrachtet. Ihre Begeisterung war rührend und ansteckend gewesen, aber Annas Gedanken waren nicht recht bei der Sache gewesen. Meine besten Freunde sind eigentlich Fremde, hatte sie gedacht. Warum hat Fredrik Mari und mir nie seine Freundinnen vorgestellt? Warum hat mir Mari nie erzählen wollen, wie sie mit David auf Irland gelebt hat? Es gibt so viel, was ich über sie nicht weiß, und trotzdem fühlt es sich so richtig an, dass wir zusammenarbeiten. Dieses Fazit hatte sie überrascht und froh gemacht.

Gegen Morgen und wie berauscht hatten sie den Namen des Unternehmens diskutiert. Einen Vorschlag nach dem anderen hatten sie verworfen, bis sie eine Eingebung hatte: »Kleopatras Kamm soll es heißen«, sagte sie. Die anderen starrten sie ratlos an. Da erzählte sie ihnen von einem Besuch des British Museum in London und wie sie sich die ägyptische Abteilung angesehen hatte. Es faszinierte sie, wie die Mumien hinter ihren Glastüren die Besucher mit toter Überlegenheit in den Augen betrachteten. Noch immer erinnerte sie sich an das Gefühl, wie Knochen, Bandagen und verzierte Holzdeckel einen seltsamen Sog auf sie ausübten, als wollten sie ihr die Lebenskraft rauben, und nach einer Weile musste sie in eine andere Abteilung flüchten, in der die Werkzeuge des alten Ägypten ausgestellt waren. Sie gesellte sich zu einer Gruppe Besucher, die andächtig ein vermutlich mehrere tausend Jahre altes Kleinod betrachtete.

»Kleopatras Kamm«, hörte sie sie flüstern. Sie versuchte, sich durchzudrängen, um den Kamm zu betrachten. Zwischen den großen Zinken ließen sich noch ein paar schwarze Haare ausmachen. Schließlich stand sie direkt vor der Vitrine. Königin Kleopatra, dachte sie und war erstaunt, wie feierlich ihr zumute war. Vor mir liegen ihre Haare mit ihrer DNS, ihren Genen und dadurch auch mit ihrem Körper und ihrer Seele. Mit diesem Kamm hat sie sich schön gemacht, wenn sie den römischen Kaiser, ihren Liebhaber, erwartete. Jeden Tag hat sie diesen Gegenstand in Händen gehalten. Vielleicht kleben an ihm auch noch Hautreste.

Mehrere Minuten lang starrte sie den Kamm an und hatte das Gefühl, sich außerhalb der Zeit zu befinden, da bemerkte sie plötzlich das kleine Schildchen, das daneben lag. Darauf stand, dass der Kamm mit Sicherheit einer mächtigen Kleopatra in Ägypten gehört habe, aber dass es sich bei dieser nicht um die berühmte und ewige Kleopatra handele. Kaum hatte sie fertig gelesen, da erschien ihr ihre anfängliche Faszination unverständlich. Sie erklärte Mari und Fredrik das seltsame Gefühl, etwas zu betrachten, das die Zeit aufhielt, nur um durch einige Zeilen auf einem Papier darüber aufgeklärt zu werden, dass der Gegenstand, der einen eben noch tief berührt hatte, nichts anderes war als ein altes Stück Knochen.

»Da habe ich begriffen, dass Leute so lange auf Dinge starren können, bis sie schließlich zu magischen Gegenständen werden, während eigentlich nichts weiter als einige vernünftige Informationen nötig sind, um das magische Strahlen zum Erlöschen zu bringen«, hatte sie gesagt. »Ich habe auf diesen Kamm gestarrt und geglaubt, dass er genau das sei, magisch. Dann habe ich ein Schildchen gelesen, und anschließend war er… nichtig. So funktioniert das. Sowohl mit positiven als auch mit negativen Dingen. Ich meine, dass Dinge dank fachgerechter Hilfe ihre richtigen Proportionen zurückerlangen können. Im Falle des Kammes war nur ein Schildchen nötig, um aus einem verzauberten Kamm ein Stück Knochen zu machen. Was die Probleme anderer Leute angeht, so liegt es an uns, ihnen die Hilfe zu geben, die etwas Unmögliches oder meinetwegen auch Magisches überwindbar erscheinen lässt. Normal. Etwas Altes oder Verrottetes, das man einfach beiseite kehren kann.«

Mari hatte erst widersprochen und behauptet, das sei eine wirklich weit hergeholte Erklärung, und sie sollten einen Namen wählen, der den Kunden eine konkretere Vorstellung davon vermittelte, welche Dienstleistungen das Unternehmen anbieten könne. Aber Fredrik gefiel der Name, und schließlich hatten sie sich darauf geeinigt, dass Anna *Kleopatras Kamm* als Aktiengesellschaft eintragen lassen sollte.

»Klingt gut«, hatte Fredrik gesagt. »*Kleopatras Kamm* – das Unternehmen, das alle deine Probleme löst. Wer kann so einer Botschaft schon widerstehen? Ich würde vermutlich auch sofort neugierig werden.«

Am Tag darauf hatte Mari die Mutter von gegenüber gefragt, ob sie Lust habe, in Annas Café den Laden zu schmeißen, zumindest in nächster Zeit, bis sie wussten, wie viel Zeit *Kleopatras Kamm* in Anspruch nehmen würde. Die Mutter, die Johanna hieß und Jo genannt wurde, sagte sofort zu. Jo vertraute Anna später noch an, dass sie sich so schnell entschieden habe, um sich nicht noch eine Menge logischer Argumente von nicht näher bestimmter Seite anhören zu müssen, die sie alle von einer bestimmten Sache zu überzeugen versuchten: dass sie nicht ausreichend qualifiziert sei. Anna bot ihr daraufhin einen Lohn an, der sie dazu veranlasste, die Arbeit sofort aufzunehmen – und zwar mit der für eine Mutter dreier Kinder eigenen Fähigkeit, mehrere Dinge gleichzeitig zu erledigen.

Das Ganze ging so schnell, dass Anna mehrmals das Gefühl beschlich, es müsse vorausbestimmt gewesen sein. Sie hatten klein begonnen, einige Hundert Broschüren drucken lassen und in die Briefkästen in der Gegend eingeworfen. Keine Dutzendware, sondern ein professionelles Produkt. Die Unternehmensinhaber, die Geschäftsidee und die angebotenen Dienstleistungen wurden in dem Heftchen überzeugend präsentiert. Auf dem Foto der drei war Anna gekämmt, Mari zog den Bauch ein, und Fredrik sah aus wie immer. Niemand, dem Qualität wichtig war, sollte bezweifeln, dass es sich um ein seriöses Unternehmen handelte, dessen kompetente Mitarbeiter bereit waren, alles zu unternehmen, um die Kunden zufriedenzustellen. Dasselbe Foto zierte auch die Homepage, und die Beschreibungen daneben waren klar und eindeutig.

Die Botschaft hatte Anklang gefunden. Bereits am zweiten Tag, als Mari gerade in dem Zimmer hinter der Küche Regale anbrachte und Fredrik Zimtschnecken mit Eigelb bepinselte, stand eine ältere Frau in der Tür und fragte, ob hier die beste Putzhilfe der Stadt zu finden sei. Freundlich klärten sie die Frau darüber auf, was es mit *Kleopatras Kamm* wirklich auf sich hatte, und zählten das Angebot der Dienste auf. Eine Viertelstunde später saß sie mit einer himmlisch duftenden Tasse Tee und einer frischgebackenen Vanilleschnecke im Schaukelstuhl und unterhielt sich mit Fredrik darüber, wie ihr Testament abzufassen sei, damit die Schwiegersöhne nicht an das Erbe gelangten. Drei Vanilleschnecken später hatten sie sich auf die Form des Testaments, das Honorar und einen nächsten Termin geeinigt. Die Frau versprach außerdem, *Kleopatras Kamm* bei der nächsten Versammlung des Presbyteriums, dessen Mitglied sie sei, zu empfehlen, da das Unternehmen zuverlässig wirke.

Auf diesen Auftrag folgten weitere. Fredrik hatte Schränke gezimmert, Kabel verlegt und erteilte mindestens drei Kindern Nachhilfestunden in Mathe und Englisch. Mari war einigen Einmannunternehmen bei der Buchführung behilflich und hatte gemeinsam mit Anna ein Büfett für hundert Personen zubereitet. Der Kunde hatte Schalentiere gewünscht, und Mari war über ihren Schatten gesprungen und hatte Muscheln in Safran und Koriander zubereitet und Anna erklärt, sie kenne das Rezept aus jener Zeit, als sie das Restaurant in Clifden in Irland betrieben habe. Anna selbst kochte nicht nur, sondern hatte auch die Inneneinrichtung eines größeren Hauses mit einer fantastischen Aussicht auf eine Bucht übernommen. Nur die Vorliebe der Eigentümer für kleine Reiseandenken aus »echtem und am Ort produziertem Handwerk« drohte das harmonische Ergebnis zu verderben.

Anna trank einen Schluck Kaffee und spürte, wie die dunklen, frisch gemahlenen Bohnen ihr Koffein an ihren Blutkreislauf abgaben, über den sie in ihren ganzen Körper gelangen würden. Sie wusste, dass Kaffee ein umstrittenes Genussmittel war, behauptete aber stets, dass es nur um Qualität gehe. Erstklassige, frisch gemahlene Bohnen und frisch aufgekochtes Wasser ergaben ein Getränk, das nichts mit dem widerlichen Gebräu zu tun hatte, das sich an unethischen Arbeitsplätzen auf Warmhalteplatten wiederfand. Mit Pralinen war es dasselbe. Bitterschokolade mit Chili oder auch mit Erdbeeren war etwas anderes als dieser kokosfettgetränkte Kleister, der mit einem braunen Überzug als echte Ware verkauft wurde. Das hatte sie von Grund auf in einer französischen Konditorei gelernt. Sie beherrschte die Zubereitung, genoss und war in ihrem Leben kaum einen Tag krank gewesen.

Nicht wie Papa.

Sie schob diese Gedanken beiseite und reckte sich. Solange sie selbst über ihr Schicksal entschied, würde sie immer überleben. Das hatte ihr ihr Vater beigebracht, und der lebte schließlich trotz der Herzschwäche immer noch. Obwohl er ständig ausruhen musste, am Stock ging und unentwegt Tabletten schluckte. Während ihre Mutter sich auf Gott und den Teufel verlassen und sich je nach Situation erst mit dem einen, dann mit dem anderen verbündet hatte, hatte ihr der Vater hinter dem religiösen Rücken ihrer Mutter erklärt, dass das mit den Gottheiten nicht so ernst zu nehmen sei und sie sich auf das konzentrieren sollte, was sie froh machte.

»Weder Gott noch der Teufel haben gegen ein herzhaftes Lachen etwas einzuwenden«, pflegte er zu sagen. Und Anna hatte daraus die Einsicht gewonnen, dass nichts dagegen sprach, glücklich zu sein.

Sie dachte an ihren gestrigen Besuch im Krankenhaus. Der Herzinfarkt war zwar nicht gravierend, aber es war nicht klar, wann ihr Vater wieder nach Hause entlassen werden konnte. Er hatte einige Tage lang nicht geschlafen, da sie ihm einen Ausländer ins Zimmer gelegt hatten, der nur zwei Worte auf Schwedisch konnte: »Hunger haben«. Und die schrie er dafür unablässig. Seine Frau hatte ihn offenbar im Krankenhaus abgeladen und war danach einfach verschwunden.

»Sie wollte ihn wohl loswerden«, meinte ihr Vater in seiner lakonischen Art.

»Das erstaunt mich nicht«, erwiderte sie, und wie immer fingen sie beide an zu lachen.

Dann bat Papa sie, zu ihm nach Hause zu gehen und ihm einige von seinen Whiskyflaschen zu holen. Ihr fiel der verwahrloste Zustand seiner Wohnung auf, der erst mit seiner Erkrankung eingetreten war. Zum ersten Mal in ihrem Leben wünschte sie sich, richtig viel Geld zu haben. Sie wollte Papa in einem richtig guten Heim unterbringen, wo man ihn versorgte und bekochte und wo es eine Köchin gab, mit der er flirten konnte. Sehr viel länger würde er nicht alleine zurechtkommen. Wenn doch nur Mama und ihre Schwester das irgendwann einmal einsehen würden und ihr dann dabei helfen würden, etwas für ihn zu organisieren.

Anna schaute aus dem Küchenfenster und dachte, dass ihr kleines Haus in Äppelviken zumindest die Götter erheitert hätte. Seit sie wieder nach Schweden gekommen war, wohnte sie dort zur Untermiete, und schon oft hatte sie den höheren Mächten für das amerikanische Einkommen gedankt, das der Besitzer des Hauses in den USA bezog. Diese Dollar führten dazu, dass er es nicht eilig hatte, nach Schweden zurückzukehren. Er musste ihr deswegen auch keine Wuchermiete abnehmen. Es war ihm mehr wert, dass sie das Haus liebte und in Schuss hielt.

Anna schaute auf die Uhr. Es war erst sechs. Sie dachte, dass unkonzentrierte Liebe eine Sache und frühes Aufstehen eine andere waren. Als sie die Tür öffnete, bemerkte sie in letzter Sekunde, dass sie nackt war. Sie griff sich den erstbesten Mantel und ging zum Briefkasten. Sie wollte gerade die Zeitung herausnehmen, da hörte sie das Gebrüll.

Es kam aus dem Haus gegenüber, das ahnte sie bereits, noch ehe sie den Kopf hob. Als sie aufschaute, sah sie Frau Karlsten nur mit einem dünnen Morgenmantel bekleidet im Garten stehen, während ihr Mann irgendetwas aus einem der Fenster brüllte.

»Du kommst hier erst wieder rein, wenn du um Verzeihung gebeten hast«, hörte sie ihn schreien. Gleichzeitig sah sie, wie Frau Karlsten auf dem Rasen zusammensackte und das Gesicht in die Hände legte. Dann begann sie wie manisch Grasbüschel aus dem erstklassig gepflegten Rasen zu rupfen. Frau Karlsten mähte ihn jede Woche und lag sogar auf den Knien, um die Ränder zu schneiden, obwohl sie, wie Anna wusste, so große Schwierigkeiten mit den Bandscheiben hatte, dass sie nach der Gartenarbeit kaum noch aufstehen konnte.

Karlstens hatten bereits in dem Haus gegenüber gewohnt, als Anna nach Äppelviken gezogen war. Frau Karlsten war nach kürzester Zeit mit einem selbstgebackenen Kuchen bei ihr erschienen und hatte ihr erklärt, sie sei Hausfrau und sei immer erreichbar, falls sie etwas benötige. Ihr Mann war damals noch Abteilungsleiter eines Bauunternehmens und unter der Woche meist auf Reisen. Anna hatte immer gefunden, dass das Lächeln von Frau Karlsten am echtesten wirkte, wenn sie ihrem Mann hinterherwinkte und sein Auto um die Ecke verschwand. Doch seit ihr Mann vor ein paar Jahren in Rente gegangen war, war ihr Lächeln vollkommen verschwunden.

Herr Karlsten schien ein ungewöhnlich unangenehmer Mann zu sein, der seine Frau ganz offenbar misshandelte, definitiv psychisch und vielleicht sogar physisch. Anna hörte die Befehle von Herrn Karlsten aus dem Nachbarhaus, wenn sie im Garten arbeitete. »Elsa, tu das, Elsa, komm her, Elsa, krieg doch den Arsch endlich hoch, Elsa, wo liegt der Fotoapparat, Elsa, ich bin hungrig.«

Anna hörte, wie das Fenster geschlossen wurde und Frau Karlsten laut zu schluchzen begann. Sie dachte nach, überquerte dann die Straße und betrat das Nachbargrundstück. Als sie Elsa Karlsten erreicht hatte, kniete sie sich hin.

»Wie geht's, Elsa?«, fragte sie und strich der Älteren vorsichtig über den Rücken. Sie konnte die Rückenwirbel spitz unter der Handfläche spüren.

Ihre Frage schien die Trauer, der die ältere Frau Ausdruck gab, nur zu verstärken. Sie schüttelte sich unwillig. Anna zog ihre Hand zurück und kam sich vor, als spräche sie zu einer Toten. Die lebendige Elsa Karlsten, die einmal in das Haus gegenüber eingezogen war, musste sich verflüchtigt haben. Sie war durchs Fenster verschwunden, als die tote Elsa Karlsten die Decken ausgeschüttelt hatte. Vielleicht schlich die lebendige Elsa nachts im Haus herum und tanzte über den frisch gemähten Rasen, während die tote staubsaugte, Essen kochte und Vorwürfe über sich ergehen ließ. Anna wandte sich erneut an die fast leblose Gestalt und wollte wieder etwas sagen, als Frau Karlsten ihre Arme packte.

»Hilf mir«, flüsterte sie.

Anna legte ihr einen Arm um die Taille und führte sie hinüber in ihr eigenes Haus. Sie setzte Frau Karlsten auf einen Küchenstuhl, lauschte Richtung Schlafzimmer, meinte leises Schnarchen zu hören, goss zwei Tassen Kaffee ein und stellte sie auf den Tisch. Frau Karlsten schnappte sich die eine und trank. Als sie aufschaute, sah Anna, dass die tote Elsa Karlsten einen kurzen Besuch von der lebenden bekommen zu haben schien.

Eigentlich sieht sie gar nicht so übel aus, dachte sie. Wie alt sie wohl sein mag? Über sechzig? Fünfundsechzig? Aber ihre Haut ist im Gesicht ganz glatt, und sie hat hübsch geschwungene Lippen. Der Morgenmantel ist verschlissen und vielleicht auch der Körper darunter, aber sie war einmal recht anmutig, und das ist sie eigentlich immer noch.

Frau Karlsten stellte die Tasse beiseite.

»Er hat das Essen auf den Boden geworfen und geschrien, ich sei schlimmer als die ›Kanaken‹, die in dem Hotel bedienten, in dem wir vor etlichen Jahren einmal waren. Und als ich ihn da sitzen sah, zusammengesunken auf seinem Stuhl, wie er mich angrinste, da platzte mir der Kragen. ›Ich hasse dich‹, schrie ich ihn an. Er wurde rasend. Schlimmer als sonst. Er schrie einfach immer weiter, bis ich glaubte verrückt zu werden. ›Wie willst du denn ohne mich überleben? Du bist wertlos!‹, brüllte er. Ich habe die ganze Nacht nicht geschlafen. Jetzt brüllte er, dass ich ihn in Frieden lassen solle, und ich hatte nur noch den einen Gedanken: Raus. Raus.«

Anna legte ihre Hand auf die von Elsa Karlsten und drückte sie leicht.

»Was du jetzt sagst … ja, ich meine, seit ich hierher gezogen bin … ich kenne dich ja schließlich nicht so gut, Elsa, aber mir ist aufgefallen… das, was du sagst, ist vollkommen logisch im Hinblick darauf, wie er dich behandelt. Du brauchst kein schlechtes Gewissen wegen irgendetwas zu haben…«

Frau Karlsten trank noch einen Schluck Kaffee. Dann sah sie Anna flehend an.

»Ich bin so müde«, flüsterte sie. »Ich bin so fürchterlich müde. Es gibt so viel, was ich dir gerne sagen würde, Anna, aber… ja…«

Anna goss Kaffee nach und stellte ein Graubrot mit Feigen und Walnüssen auf den Tisch. Frau Karlsten zögerte, bestrich dann aber den Kanten dick mit Butter, hobelte eine Scheibe Käse ab und biss zu. Sie aß, als hätte sie schon lange nichts mehr zu essen vor sich gehabt. Nach dem dritten Brot sah sie nicht mehr ganz so verzweifelt aus. Zögernd, als würde sie nach den richtigen Worten suchen, begann sie zu erzählen, was sich im Haus gegenüber abspielte. Anna erfuhr, dass Frau Karlsten jung geheiratet und drei Kinder zur Welt gebracht hatte und dann Hausfrau geworden war. Ihr Mann war ihr und den Jungen gegenüber schon früh aggressiv aufgetreten. Die seltenen Male, an denen sie es gewagt hatte, ihm vorzuschlagen, sich wegen seines Jähzorns Hilfe zu suchen, hatte er sie angeschrien, nicht er wäre krank, sondern sie und das ganze Pack, das sie umgebe. Jetzt sei er nach einem Herzinfarkt die meiste Zeit zu Hause.

Anna merkte, dass sie vor Wut zu zittern begann. Sie dachte, dass es ein Glück war, dass sie keine Schere auf dem Tisch liegen hatte und dass Herr Karlsten nicht neben ihr stand.

»Aber warum hast du ihn nicht verlassen?«

Elsa Karlsten zögerte. Sie setzte sich aufrechter hin.

»Ich wusste nicht, wovon ich leben sollte«, erwiderte sie dann. »Was ich tue, hat schließlich keinen Wert. Das sagt er auch tagaus, tagein zu mir, wenn er zu Hause ist. Und doch habe ich mich um alles gekümmert. Alles. Ich glaube, er weiß nicht mal, wo der Staubsauger steht. Meine einzige Rettung war, dass er gerne Überstunden machte und oft auf Dienstreise war. Ich versuchte mir also nichts anmerken zu lassen, wenn er zu Hause war. Aber jetzt ist er schließlich in Rente…«

Frau Karlsten kauerte sich auf dem Stuhl zusammen, als hätte sich der Gedanke an den Mann, der jetzt ständig in ihrem Haus war, wie eine große, fette Kröte auf ihr Gemüt gelegt.

»Glaub mir, Anna. Wenn mir eine Lösung einfiele, würde ich alles tun… wirklich alles… aber ich glaube, dass gewisse Dinge… mein Leben, ja… es ist zu spät. Mein Probleme kann niemand lösen, am allerwenigsten ich selbst.«

Anna beugte sich vor und tätschelte Elsa Karlsten die Wange. Wie konnte sie einer misshandelten Frau helfen? Gab es nicht bei der Gemeinde Leute, die auf solche Fragen spezialisiert waren? Gab es nicht spezielle Frauenhäuser? Aber das wäre, als würde man in ein Wespennest stechen, was natürlich kein Grund war, es bleiben zu lassen. Männer wie Herr Karlsten oder Maris ehemaliger Chef glaubten, die Welt zu beherrschen, wenn sie nur laut genug schrien… es wäre eine Freude, ihnen ein Bein zu stellen.

»Weißt du, Elsa, ich habe gerade ein neues Unternehmen gegründet. *Kleopatras Kamm.* Unser Büro befindet sich in meinem Café auf Södermalm. Du hast von deinen Problemen gesprochen, und… ja, unsere Geschäftsidee ist in der Tat, die Probleme anderer Leute zu lösen. Das klingt etwas vage, ich weiß, aber wir sind zu dritt und haben in unserem Leben schon einiges gemeistert. Wir glauben, dass wir etwas bewirken können. Auch in Situationen, die aussichtslos erscheinen. Dafür steht auch der Name. Willst du nicht zu uns kommen, dann können wir besprechen, wie wir dir helfen können? Häusliche Gewalt ist schrecklich und widerlich, aber leider nicht ungewöhnlich. Es gibt sicher viele, die…«

»Was habt ihr bisher getan?« Frau Karlsten unterbrach sie

mitten im Satz, während sie sich gleichzeitig mit der Zungenspitze nervös über die Lippen fuhr. Sie sah verängstigt aus und schaute gelegentlich über die Schulter, als würde Herr Karlsten hinter ihr stehen und zuhören. Anna sah ihren Schrecken und erzählte in gewollt alltäglichem Ton von der individuellen Hilfe, die *Kleopatras Kamm* bislang einer stetig wachsenden Zahl von Kunden hatte angedeihen lassen. Büfetts, Tischlerarbeiten und Nachhilfestunden schienen die ältere Frau nicht zu interessieren. Erst als Anna das Testament erwähnte, reagierte sie.

»Die Probleme anderer Leute lösen. Wenn du damit fertig wirst, Anna… und auf die richtigen Karten setzt, dann kannst du sicher Millionärin werden. Ein solches Testament beispielsweise, das hätte ich auch gerne. Aber dafür ist es vermutlich zu spät. Alles gehört ihm. Auf dem Papier besitze ich nichts. Das Haus, das Auto, die Lebensversicherungen… alles gehört ihm. Ich habe schließlich nie gearbeitet.«

»Das kann ich mir nicht denken. Das Gesetz sieht vor, dass…«

»Meine Kleine, unsere Gesetze sind von Männern für Männer verfasst. Es tut mir leid, falls ich jetzt pessimistisch klinge, und ich will auch gar nicht unfreundlich sein, aber ist eine Frau erst einmal in so eine Hölle geraten, in die ich geraten bin, dann kommt sie nicht mehr heraus. Das weiß er auch. Deswegen sitzt er jetzt auch am Fenster und schaut hinter der Gardine hervor, um zu sehen, wann ich zurückkomme. Vermutlich stoppt er noch die Zeit. Wenn ich zurückkomme, und das tue ich, wenn ich diese fantastische Tasse Kaffee leer getrunken habe, dann wird er mich auslachen. Dann wird er verlangen, dass ich ihm die Zeitung hole. Und weißt du was? Ich werde es tun.«

Elsa Karlsten erhob sich.

»Du meinst es gut, Anna. Ich wünschte mir, ich könnte das annehmen. Aber ich bin nicht mehr stark. Aber du bist es. Du gibst, und du nimmst, das habe ich sofort gesehen, als du eingezogen bist. So soll es auch sein. Stille Gewässer kippen irgendwann um. Wie hast du übrigens diesen Kaffee hingekriegt? Ich tippe auf Kardamom. Aber ich bin schließlich auch die Tochter eines Apothekers, das hat meinen Geschmackssinn geschärft.«

Mit diesen Worten erhob sie sich, zog ihren Morgenrock enger um sich und verließ das Haus. Durch das Fenster sah Anna, wie sie das Gartentor öffnete und wie sich die Gardine im Fenster bewegte, als sie die Haustür öffnete. Sie dachte, dass sie beide fast nackt am Küchentisch gesessen hatten, nur in flüchtigen, improvisierten Hüllen. Sie waren sich in diesen Minuten näher gekommen als in all den Jahren, in denen sie Nachbarn gewesen waren, ohne etwas übereinander zu wissen.

KAPITEL 4

Gemeinsam saßen sie um den Tisch und kauten vorsichtig auf dem Pie mit Käse und Schinken, der Jos ersten Versuch eines Tagesgerichts im Café darstellte. Mari fand die Variante ohne schwarzen Pfeffer rührend. Sie sah, dass Anna vorsichtig die zu dicken Schinkenstücke beiseite schob. Fredrik spülte das Ganze mit einem alkoholfreien Bier herunter. Sie hatten alle keine Lust zu reden.

Anna hatte von dem Vorfall mit Frau Karlsten berichtet, was Mari an etwas erinnert hatte, das sie lieber verdrängt hätte. Trotzdem spürte sie die Arme um die Taille und hörte die warme Stimme an ihrem Ohr.

Du bist die, die du für mich sein sollst, Mari. Hatten wir uns nicht darauf geeinigt?

Sie zwang sich dazu, Fredrik anzuschauen, der erklärte, er wolle sich sämtliche relevanten Gesetze anschauen, um zu prüfen, ob sich nicht eine juristische Lösung finden ließe. Mari konnte sich nicht konzentrieren. Sie dachte an David. Daran, wie sie Mullarkey's Bar betreten und sich mit den anderen an der Bar gedrängt hatte. Sie war in eine Gruppe Italiener geraten, die sich auf einer Fahrradtour befanden, und hatte panisch so getan, als sei sie nicht so isoliert, wie sie sich fühlte. Sie redete ununterbrochen und deutete an, ihre Reisegefährtin sei auf dem Zimmer, damit sie sie nicht verließen, sondern an ihrer Gemeinschaft teilhaben ließen.

Die Reise hätte eine gute Idee sein können. Sie liebte Irland, und als niemand mitkommen wollte, war sie ihr als Möglichkeit erschienen, als Chance, das Süße und andere Düfte zuzulassen. Fliegen, ein Auto mieten und ziellos herumfahren, die Karte aufgeschlagen, aber keine festen Ziele zu haben, würden ihre Hemmungen vielleicht lösen, die Gefühle, das Leben. Eine lächerliche Hoffnung. Stattdessen musste sie ständig am Straßenrand anhalten und weinen, während sie die Autos vorbeiließ, die sich hinter ihr gestaut hatten, weil sie wegen des Linksverkehrs langsamer fuhr als sonst. Eine Weile allerdings fühlte sie sich bei Mrs. Rymes und ihrem Mann wie zu Hause. Aber als sie sich jeden Morgen gezwungen sah, zu warten, bis zuerst die Familien oder Reisegruppen gefrühstückt hatten, bis sie einen Tisch für sich bekam, erkannte sie, dass die Freundlichkeit ihrer Gastgeber auch nur geschäftsmäßig war und in ein paar Tagen mit der Rechnung abgegolten sein würde.

Am zweiten Abend zwang sie sich, in den Pub zu gehen. Sie dachte, dass sich die feuchten Laken dann weniger distanziert anfühlen würden, wenn sie todmüde war und etwas getrunken hatte. Deswegen erkundigte sie sich, wo »traditional Irish music« gespielt würde, begab sich dorthin, bestellte ein Guinness und starrte, ohne eigentlich etwas zu sehen, auf die Musiker, um nicht merken zu müssen, dass die anderen Gäste sie und ihre Kleider anstarrten, die geradezu den Geruch von Einsamkeit absonderten. *Einsamkeit,* hatte sie gedacht. Warum konnte man die riechen? Warum war die so gefährlich? Warum waren gewisse Leute immer einsam, während andere das nie zu sein schienen? War sie angeboren? Oder wann hatte sie sich diesen Defekt zugezogen? Wenn Anna alleine gereist wäre, hätte es nicht mehr als ein paar Stunden gedauert, bis sie sich verschiedene Möglichkeiten der Begleitung hätte aussuchen können. Gutsituierte Familien wären bereit gewesen, sie zu adoptieren, Horden von Frauen hätten sie darum gebeten, sie doch in ihren innersten Kreis aufnehmen zu dürfen, während die Männer sie verfolgt hätten wie eine Schar Lemminge, was schließlich zu unkontrollierten, blutigen Schlägereien geführt hätte.

David war einer der Musiker gewesen, die an diesem Abend in Mullarkey's Bar spielten. Die Bühne stand allen offen, und sowohl Touristen als auch die Talente der Gegend ergriffen die Gitarren, die bereitstanden, um die anderen Gäste von ihrer Begabung zu überzeugen. Keiner der Musiker hatte sie sonderlich beeindruckt, bis er mit seiner eigenen Gitarre und einer Handvoll Flöten, die er auf einen Stuhl neben das Klavier legte, die Bühne betrat. Erst spielte er ein paar traditionelle Rocksongs, zu denen er mit einer rauen und etwas verlorenen Stimme sang. Sie betrachtete sein rotes Haar, seine hellen Brauen und das zerknitterte Hemd, das er über der Jeans trug, und fragte sich, welche Farbe seine Augen wohl hatten. Nach einer Weile legte er die Gitarre weg und rief zwei Leute aus dem Publikum auf die Bühne. Der eine setzte sich ans Klavier, und der andere griff sich eine alte Geige.

David wählte eine kleine, schmale Flöte, fingerte zerstreut an ihr herum und setzte sie dann an die Lippen. Die Töne der Flöte drangen direkt zu ihr durch, durchschnitten ihre Haut, ihre Knochen, Sehnen und Muskeln und trafen sie ins Herz, dort machten sie weiter, bis sie regelrecht in sich zusammenfiel. Erst als einer der Italiener sie fragte, ob alles in Ordnung sei, merkte sie, dass ihr Gesicht nass war. Tränen, die Schlacke des Körpers.

Mari zwang sich in die Gegenwart zurück und wandte sich an Fredrik.

»Du bist ein Mann. Ein Mann, der Frauen respektiert und liebt. Erklär mir, warum sich Männer so wie Elsa Karlstens Mann benehmen!«

Fredrik wischte sich mit einer Serviette den Mund ab und antwortete dann.

»Ich soll das besser verstehen, weil ich ein Mann bin, meinst du? Das glaube ich nicht. Dieses Verhalten finde ich genauso widerlich wie du, und das hat vermutlich nichts damit zu tun, dass ich ein Mann bin und du eine Frau. Ich verspreche, ich werde alles tun, um etwas zu finden, womit ihr geholfen werden kann. Ein Testament oder was auch immer. Aber das Schreckliche ist, dass sie sich vielleicht nicht hierher traut. Das scheint schon zu lange so zu gehen, und jetzt ist diese Frau alt und hat vermutlich keine Kraft mehr. Wer weiß, was sie hindert. Vielleicht nicht nur Angst, sondern auch veraltete Moralvorstellungen.«

Mari wollte etwas entgegnen, aber bevor sie noch etwas sagen konnte, steckte Jo ihren Kopf durch die Tür. Sie strahlte und wirkte glücklich, und mit ihr drang der Duft von frischgebackenem Kuchen durch die Tür.

»Ihr habt Besuch. Eine Elsa Karlsten, die sagt, sie müsse sofort mit euch über etwas Wichtiges sprechen.«

Anna sah Jo erstaunt an.

»Elsa Karlsten? Hier im Café? Schick sie rein.«

Jo verschwand, und Elsa Karlsten erschien nach einer Weile in der Tür.

Eine Frau mit Haltung, dachte Mari. Aber verängstigt. Geschmackvolle Bluse und Haare, die vielleicht nicht einmal gefärbt sind.

Elsa Karlsten nahm auf einem freien Stuhl Platz. Sie betrachtete die Regale mit Büchern über Jura, Wirtschaft, Gartenbau und Inneneinrichtung, dann hielt ihr Blick auf einem Werkzeugkasten in der Ecke inne.

Ihr eines Augenlid zuckte nervös, und sie fingerte unablässig an den Knöpfen ihrer Bluse. Als sie zu sprechen begann, zitterte ihre Stimme.

»Früher war ich eine Frau, die immer direkt zur Sache kam. Diese Frau gibt es nicht mehr, aber ich will, dass sie zurückkehrt. Wie sehr sie mir gefehlt hat, habe ich wohl erst heute

Morgen begriffen, als mir Anna Kaffee und Butterbrote vorgesetzt hat. Ihr löst die Probleme anderer Leute, so hat Anna eure Geschäftsidee zusammengefasst. Nun gut, dann habe ich einen Auftrag für euch. Ich will, dass ihr meinen Mann tötet.«

KAPITEL 5

Die Stille währte ein paar Sekunden. Dann begann Elsa Karlsten wieder zu sprechen. Schnell, als müsse sie ihr Anliegen vorbringen, bevor sie es sich anders überlegte.

»Ich habe vor, zu bezahlen. Ordentlich. Geld ist da, das weiß ich. Ganz sicher. Mir ist klar, dass das keine der Dienstleistungen ist, die Sie normalerweise anbieten, und ich finde eigentlich auch, dass sich das wahnsinnig anhört, aber ich halte es nicht länger aus. Heute Morgen begriff ich, dass ich etwas unternehmen muss. Sonst bringt er mich um. Entweder er oder ich. Anna versteht sicher, was ich meine.«

Mari und Fredrik sahen Anna an, die immer noch nicht wusste, was sie sagen sollte. Schließlich antwortete Fredrik für sie alle.

»Ja, wir sind im Bilde … ich meine, Anna musste uns einfach von dem unschönen Vorfall heute Morgen erzählen. Unverzeihlich. Ich habe bereits darüber nachgedacht, wo ich den Gesetzesparagraphen finden könnte, der es Ihnen erleichtern würde, Ihren …«

»Sagen Sie doch du und Elsa zu mir.«

»… der es dir erleichtern würde, Elsa, deinen Mann zu verlassen und auf eigenen Füßen zu stehen. Wir verfügen schließlich über Gesetze zum Schutze des Individuums, des Einzelnen.«

»Des Einzelnen schon! Aber wie sieht es mit der Einzelnen aus? Der Frau? Junger Mann, ich kenne mich mit Gesetzen und Verordnungen nicht aus, aber ich weiß, dass er mir das Leben zur Hölle macht, wenn ich die Scheidung beantrage. Er hat mir das Leben zur Hölle gemacht, seit wir zusammenleben, er hat Übung und weiß, wie er mich demütigen kann und wo es besonders weh tut. Schuld und Schande und Ansehen und Geld. Tatsache ist, dass ich mittlerweile so weit bin, dass mir das mit Schuld und Schande fast gleichgültig geworden ist. Und ob ich je Ansehen besaß, weiß ich auch nicht. Aber mit etwas Glück habe ich noch zehn Jahre zu leben, und diese Jahre will ich genießen. Nachdem ich mich heute Morgen mit Anna unterhalten hatte… ja, da kam mir also der Gedanke, dass es vielleicht noch nicht zu spät ist. Nicht einmal für… Zigarren und… Negligés! Für Glück. Aber um das zu erreichen, muss er… also mein Mann, verschwinden. Ich muss das Gefühl haben, dass er nie, nie, nie mehr hinter meinem Rücken stehen und mich beschimpfen und beschuldigen kann. Es kann nicht so falsch sein, dass sich eine alte Frau die letzten Jahre, die ihr noch bleiben, ein Leben wünscht.«

Den letzten Satz sagte sie mit panischer Stimme und sank dann in sich zusammen. Anna entschuldigte sich, ging ins Café und kehrte nach einer Weile mit vier Tassen zurück.

»Kakao von der Elfenbeinküste mit fein geriebener Orangenschale.«

Frau Karlsten trank und leckte sich die Sahne von der Oberlippe.

»Kakao enthält eine Menge Antioxidantien. Hilft offenbar bei Herzkrankheiten und Krebs und auch bei einem erhöhten Cholesterinspiegel, glaube ich. Entschuldige meine Abschweifung, aber es fällt mir gerade etwas schwer, klar zu denken, aber ich wollte nur sagen, dass ich mich mit vernünftiger und vor allen Dingen guter Ernährung auskenne. Denn ich kann kochen. Wirklich! Obwohl er behauptet… er hat mich wieder den ganzen Morgen lang ausgeschimpft… Aber das Honorar… reicht eine Million?«

Elsa Karlsten ballte die Hände zu Fäusten und sah sie der Reihe nach an, ob sie ihr auch zugehört hatten. Das Zucken ihres Augenlids hatte sich verstärkt. Mari versuchte, die anderen nicht anzusehen. Eine Million. Sie hörte Fredrik husten. Elsa Karlsten begann erneut zu sprechen, als hätte sie zum ersten Mal seit langem eine Initiative ergriffen, die sie nicht so schnell loslassen wollte.

»Wenn er tot ist, werde ich das Haus verkaufen. Ich verabscheue es! Ich will dort keine Minute länger als nötig wohnen! Ich weiß auch, dass Geld auf der Bank liegt, obwohl er mir nie Einblick in seine Finanzen gewährt hat. Aber für mich brauche ich nicht viel. Von Dingen, die man ohnehin nur abstauben oder über den Winter oder Sommer wegräumen muss, habe ich genug. Wenn er weg ist, will ich einfach wohnen und versuchen, so viel wie möglich zu reisen. Ich will nicht wegen des Geldes Witwe werden, und deswegen bin ich auch bereit, euch eine ordentliche Summe zu bezahlen. Anderthalb Millionen sind übrigens vielleicht besser. Die lassen sich leichter durch drei teilen.«

Mari überlegte, ob es vielleicht am Kakao lag, dass die ältere Dame auf diese Weise auflebte. Sie konnte ihre Gedanken auf eine Art artikulieren, die bewies, dass ihr Intellekt intakt war, wenn auch unterfordert.

»Wenn er Geld hat und ihr solange verheiratet gewesen seid…«, meinte sie vorsichtig, »dann bekommst du bei der Scheidung doch die Hälfte. Er hat keine Möglichkeit, um…«

»Ich weiß, worauf du hinauswillst, aber du kennst ihn nicht. Hier wage ich, den Mund aufzumachen. Doch zu Hause gelten andere Gesetze. Was für eine Schande, dass ich das sagen muss. Obwohl ich viel gewagt habe, als ich jung war. Damals habe ich mich auch nicht mit Ungerechtigkeiten abgefunden. Das hat er mir alles genommen. Das Schlimmste ist, dass ich es ihm erlaubt habe. Aber jetzt ist Schluss. Ich habe bereits einen Plan. Ihr müsst ihn nur noch durchführen. Seid so nett, helft mir. Ich kann nicht mehr! Heute Morgen sagte er zu mir, dass er mich in der Irrenanstalt einsperren lassen will … und wenn er einen weiteren Infarkt erleidet … und dann bettlägerig wird … dann muss ich ihn pflegen, und er wird mich zu Tode quälen …«

Elsa Karlsten begann zu stöhnen. Mari sah ihre Panik und suchte Schutz bei ihrer Kakaotasse. Gute Zutaten, dachte sie. Spielt keine Rolle, ob es um Kakao oder Menschen geht. Anna schien die Sprache wiedergefunden zu haben.

»Wenn du bereits weißt, wie es gemacht werden soll …«, meinte sie. »Ich kann deine Verzweiflung verstehen, glaub mir das, und ich bin froh, dass du hier bist. Aber was erwartest du eigentlich genau von uns?«

Elsa Karlsten schlug die Hände vors Gesicht.

»Ich schaffe das nicht allein! Ich habe auch kaum gewagt, hierherzukommen! Bereits jetzt habe ich eine Heidenangst davor, wie er reagieren wird … wenn er bemerkt, dass ich weg bin … aber ich kann einfach nicht mehr. Um Gottes willen, helft mir …«

Anna schien den Entschluss gefasst zu haben, ihr einstweilen noch zu widersprechen.

»Da ist noch etwas, was ich nicht verstehe«, wandte sie vorsichtig ein. »Du hast doch offenbar drei Kinder. Die müssten doch jetzt erwachsen sein? Können die dir nicht helfen?«

Elsa Karlsten seufzte.

»Zu zweien habe ich fast keinen Kontakt mehr. Sie wohnen im Ausland. Ich glaube, irgendwie verachten sie mich, weil ich mich nicht mehr gewehrt habe. Es war auch für sie nicht leicht. Aber der Jüngste wohnt hier in Schweden. Er fordert mich schon seit Jahren dazu auf, meinen Mann zu verlassen. Er hat mir versprochen, mir bei allen organisatorischen Dingen unter die Arme zu greifen.«

Sie verstummte, starrte an die Decke und blinzelte einige Male die Tränen weg.

»Ich sollte vielleicht noch etwas mehr über mein Leben erzählen«, meinte sie schließlich mit kläglicher Stimme. »Ihr versteht das sonst alles nicht. Vielleicht kann ich es nicht einmal erklären. Ich will es aber versuchen.«

Sie holte tief Luft und versuchte offensichtlich sich zusammenzunehmen. Dann öffnete sie die Hände und ballte sie wieder zu Fäusten.

»Wir haben uns bei einer Gewerkschaftsversammlung kennengelernt. Meine Mutter war Näherin und hatte mir ein Kleid genäht, das wirklich an den richtigen Stellen gut saß, um es einmal so auszudrücken. Ich war erst neunzehn, aber die Männer interessierten sich schon ziemlich für mich. Er war dort, um sich mit ein paar Freunden zu treffen, und sie waren auf die Versammlung gekommen, um etwas zu tun zu haben, genau wie ich. Er sah wirklich nicht schlecht aus, und er sah mich auf eine Art an, dass ich gar nicht anders konnte, als seinen Blick zu erwidern. Aber das war verständlich. Seide mit großen roten Rosen. Kein Wunder, dass er Lust bekam. Anschließend trafen wir uns immer am Wochenende, und es dauerte nur ein knappes Jahr, da waren wir verlobt, und kurze Zeit später waren wir verheiratet. Zu dieser Zeit hatte er immer noch recht gute Laune, und ich war vermutlich sogar zufrieden, obwohl ich mich manchmal fragte, ob man bei der großen Liebe nicht mehr empfinden müsste. Kurz vor der Hochzeit nahmen meine Zweifel zu. Aber irgendwie war es so, als sei alles entschieden worden, ohne dass ich mitzureden gehabt hätte. Meine Eltern waren zufrieden, seine Eltern waren zufrieden, er war zufrieden. Was spielte es da schon für eine Rolle, was ich empfand?

Aber ich glaubte, dass es gut werden würde. Geborgen. Er wirkte zuverlässig, und ich wollte von zu Hause weg. Schließlich war es bei uns zu Hause mit drei Brüdern und einem Vater und einer Mutter, die ständig arbeiteten und nie lachten, auch nicht so überwältigend.

Wir zogen also in eine kleine Wohnung, und ich war noch einige Wochen berufstätig, aber dann kamen die Jungen recht rasch hintereinander, und er bekam diese Arbeit bei dem Bauunternehmen. Deswegen sind wir dann auch nach Stockholm gezogen. Bereits da war mir aufgefallen, dass er aggressive Züge hatte. Er scheuchte mich rum. Ich sollte ihn bedienen, als sei ich sein Dienstmädchen. Es war meine Pflicht, ihm jeden Tag ein Essen zu kochen, obwohl er nicht fand, dass ich eine sonderliche Begabung sei, weder in der Küche noch im Bett, wie er sich ausdrückte. Außerdem musste ich Haus und Garten in Ordnung halten, seine Hemden bügeln und dafür sorgen, dass der Kühlschrank immer gefüllt war. Ich weiß nicht, ob der ganze Alkohol, den er trank, alles noch verstärkte, aber ich hatte den Verdacht, dass er nicht nur psychisch krank war, sondern auch süchtig. All die Jahre habe ich versucht, ihm das zu sagen. Dann brüllt er immer nur, dass er dafür sorgen wird, dass eher ich in die Irrenanstalt komme, bevor er dort landet.«

Vor der Tür hörte Mari das Klappern von Kaffeetassen und Gläsern. Die Gäste trafen so langsam zum Mittagessen ein. Vielleicht waren auch Gottfrid und Bela dabei, die Stammgäste, die das Fristaden und Anna liebten und während des Essens gerne Schach spielten. Vielleicht war auch die Frau gekommen, deren Hund an einen Wischmopp erinnerte, oder diese heruntergekommenen Jugendlichen… aber niemand von ihnen konnte ahnen, dass im Hinterzimmer ein Mord an einem gewalttätigen, aber ansonsten eigentlich unschuldigen Rentner besprochen wurde. Unschuldig, dachte sie. Wer mit Worten verletzt, kann nicht haftbar gemacht werden, aber wer dazu ein Messer benutzt, wird bestraft. Ich weiß, wie sich das anfühlt. Als sie diesen Gedanken gedacht hatte, wusste sie, was sie tun wollte. Elsa Karlsten würde ihre Zigarren und ihr Negligé bekommen. Sie sollte lernen dürfen, richtig zu fliegen.

Inzwischen waren Elsa Karlstens Wangen noch eine Nuance dunkler geworden, doch nicht vor Wut, wie sie meinte, sondern vor Scham. Die Angst war von Selbstverachtung abgelöst worden, als sie fortfuhr.

»Ich schäme mich. Ich schäme mich vor mir selbst dafür, dass ich mein Leben vergeudet habe, statt etwas zu riskieren. Ich habe nie Angst vor harter Arbeit gehabt, und mit dieser Einstellung hätte ich überall überleben können. Ich hätte umziehen können. Ich hätte ein Restaurant eröffnen und Mädchen anstellen können, die Hilfe brauchen. Stattdessen habe ich vor einem Schwein von Mann gekuscht. Ich kann mir das nicht anders vorstellen, als dass er mir irgendwie eine Gehirnwäsche verpasst haben muss. Er hat mich hypnotisiert und mir eingeredet, dass ich weder etwas tauge noch etwas will. Und dann habe ich nach dem Gespräch mit Anna erkannt, wie dumm ich war… wie unglaublich dumm«, sagte sie und schüttelte den Kopf.

»Warum habe ich mich überhaupt darauf eingelassen? Ja, glaubt ihr nicht, dass ich mich das nicht auch gefragt habe? Ich weiß nur, dass ich zu Hause gelernt hatte, nicht aufzugeben. ›Du hast das Feuer entfacht, jetzt beklage dich nicht, wenn dir Rauch in die Augen steigt‹, sagte meine Mutter immer, wenn ich es wagte, ihr zu erzählen, was in meiner Ehe los war. Die einzige Rettung war, dass mein Mann recht viel in der Arbeit und unterwegs war. Wenn ich allein mit den Kindern zu Hause war, ging es gut. Es war zwar nicht ohne, drei Jungen allein zu erziehen, aber wie gesagt, vor harter Arbeit scheute ich mich nie. Deswegen nahm ich mich auch zusammen, wenn er nach Hause kam und brüllte, weil er mit irgendetwas unzufrieden war, und verlangte, dass ich ihn bediene. Irgendwie muss er es klug angestellt haben, denn manchmal geschah es, dass ich dachte, er habe recht. Nichts, was ich täte, sei etwas wert, ich sei zu dumm, einer richtigen Arbeit nachzugehen, und die ganze Verantwortung laste auf ihm. Ich kann fast verstehen, dass mich meine ältesten Söhne dafür verachten, dass ich nicht die Kraft hatte, mich zu wehren.«

Elsa Karlsten begann, sich auf ihrem Stuhl hin- und herzuwiegen. Ihre Entschlossenheit wurde von Angst abgelöst.

»Ich weiß gar nicht, wie ich es in den letzten Jahren seit er in Rente ist nur ausgehalten habe. Sich in dieses Doppelbett zu legen, nachdem er mich den ganzen Tag nur beleidigt hatte. Und dann, nachdem ich mich mit Anna unterhalten und geäußert hatte, niemand könne meine Probleme lösen... als ich danach nach Hause kam, dachte ich, ich könnte genauso gut meine eigene Beerdigung planen. Aber da hörte ich deine Stimme in mir, Anna... und plötzlich kam das junge, mutige Mädchen, das ich einmal gewesen war, wieder zum Vorschein und flüsterte mir zu, dass ich genauso gut seine Beerdigung statt meiner planen könnte.«

Mari beugte sich über den Tisch.

»Du hast gesagt, du wüsstest bereits, wie dieser... Mord an deinem Mann zu bewerkstelligen sei«, meinte sie vorsichtig und war sich bewusst, dass sie jetzt die Stimme verwendete, die sie immer im Büro benutzt hatte, wenn sie einem Mandanten, den sie mochte, von etwas Überstürztem hatte abraten wollen.

»Ihr findet vermutlich, dass ich verrückt bin. Dass alte Frauen nicht so denken sollen. Aber mit irgendetwas muss man sich trösten, wenn das Unglück zu groß ist, und vermutlich habe ich mir das Ganze früher auch hin und wieder ausgemalt. Ich bin Apothekerstochter, und mein Vater hat mir eine ansehnliche Sammlung Mixturen in Glasflaschen und Tiegeln vererbt. Ich habe alles noch ordentlich sortiert auf dem Speicher stehen. Glaubt mir, es besteht nicht die Gefahr, dass jemand die Sachen finden könnte, da nur ich auf den Speicher gehe, um den Advents- oder Osterschmuck oder sonst etwas zu holen. Jedenfalls schluckt mein Mann immer eine oder zwei Schlaftabletten, ehe er zu Bett geht, aber das hindert ihn nicht daran, mehrmals in der Nacht die Toilette aufzusuchen. Er weckt mich jedes Mal. Wenn es so weit ist, will ich seinen Schlaftrunk etwas verstärken. Eine extra Dosis Tabletten plus der Drink, den er sich immer vor dem Zubettgehen genehmigt, müssten reichen. Das ist schmerzfrei, er muss nicht einmal leiden. Schließlich bin ich nicht sadistisch veranlagt, so wie er.«

Mari wagte nicht, die anderen anzusehen. Der Gedanke, einen verwirrten alten Mann zu vergiften, ließ die ganze Diskussion makaber und abwegig erscheinen, obwohl sie mit der verzweifelten Frau, die vor ihr saß, Mitleid empfand. Sie hoffte, dass die anderen etwas sagen würden, aber als alles still blieb, räusperte sie sich und versuchte ruhig und normal zu klingen.

»Ich will dir sagen… dass uns das alles sehr nahegeht. Ich glaube, ich spreche für uns alle, wenn ich sage, dass uns das, was du uns erzählt hast, lange verfolgen wird. Ich glaube auch, ich kann dir versprechen, dass wir versuchen werden, dir zu helfen. Aber wie du vielleicht verstehst, hatten wir nicht an Mord gedacht, als wir dieses Unternehmen gegründet haben. Wenn ich gezwungen wäre, mich jetzt zu entscheiden, würde ich deinem Wunsch vielleicht nachkommen, weil dein Bericht in mir Wut, Abscheu und Mitleid erzeugt hat. Aber die Konsequenzen wären mit Sicherheit für uns alle fatal. Was hältst du davon, wenn du in einer Woche wieder hierher zu uns kommst? Dann haben wir genug Zeit, darüber nachzudenken, wie wir dir am besten helfen können. Wenn akute Probleme auftauchen, kannst du dich natürlich auch jederzeit vorher wieder an uns wenden. Vielleicht könntest du ja währenddessen deinen jüngsten Sohn besuchen? Dann wissen wir, dass es dir gut geht.«

Das Entsetzen in den Zügen Elsa Karlstens ließ sie plötzlich älter erscheinen. Sie stand abrupt auf und ging auf die Tür zu, schwankte und stützte sich an der Wand ab. Dann machte sie kehrt und setzte sich wieder. Ihre Stirn war schweißnass.

»Ich hatte das eigentlich nicht erzählen wollen«, flüsterte sie. »Es ist so schwer, darüber zu sprechen. Aber vielleicht hilft euch das dabei … hilft euch das dabei, euch zu entscheiden, das zu tun, worum ich euch gebeten habe. Was soll auch noch der Stolz? Ich werde doch ewig schweigen, wenn ich erst einmal im Grab liege.«

Sie streckte ihre linke Hand aus und legte sie auf den Tisch.

»Ihr habt das sicher bemerkt. Mein linker kleiner Finger ist steif. Er ist so weit verheilt, dass man nichts sieht, aber ich kann ihn kaum bewegen. Diese Verletzung hat meiner Klavierlaufbahn ein Ende gesetzt. Laufbahn ist vielleicht etwas zu viel gesagt. Ich habe früher einmal gut Klavier gespielt und hegte den Gedanken, Musiklehrerin zu werden, falls sich sonst nichts ergeben würde. Ich konnte mir auch vorstellen, Schüler zu unterrichten. Das hätte mir gefallen. Ich hätte die Kinder zu Hause unterrichtet und gleichzeitig meine eigenen beaufsichtigen können. Mein Mann wäre auch nicht gestört worden, da ich die Klavierstunden tagsüber, während er bei der Arbeit war, hätte abhalten können.

Jedenfalls … es war einige Jahre nach unserer Hochzeit. Ich war mit dem zweiten Jungen schwanger und unglücklicher, als ich es für möglich gehalten hätte. Mein Mann hatte einige fürchterliche Anfälle gehabt, und plötzlich erkannte ich, dass ich nicht länger mit ihm zusammenleben konnte. Hochschwanger und aus eigenem Entschluss heraus ging ich zum Anwalt. Ich erkundigte mich nach einer Scheidung und kam zu der Überzeugung, dass diese durchaus möglich sein würde. Ich sprach noch am selben Abend mit meinem Mann, sagte, wir würden doch nicht glücklich miteinander und dass wir getrennte Wege gehen sollten. Er reagierte erstaunlich vernünftig. Sagte, es täte ihm leid, natürlich, aber wenn ich es so wünsche, dann wolle er meinem Glück nicht im Wege stehen.

Allein das hätte mich stutzig machen müssen. Aber ich war

jung und immer noch relativ naiv. Bald darauf sagte er, er wolle sich hinlegen. Er schlief schnell ein, aber ich lag mehrere Stunden lang wach. Mir war seltsam zumute. Ich war zwar glücklich, wusste insgeheim aber auch, dass es zu leicht gegangen war. Nach einer Weile stand ich auf und legte mich ins Bett meines Jungen. Dort schlief ich ein. Ich erwachte erst, als ich einen Schmerz in meinem kleinen Finger spürte. Einen Schmerz, der mich förmlich zerriss und mich laut aufschreien ließ.«

Elsa Karlsten legte Anna ihre linke Hand auf den Arm.

»Er saß mit einem Nussknacker in der Hand neben dem Bett. Er hatte meinen kleinen Finger hineingelegt und zugedrückt. Während ich noch schrie, sagte er mit ganz ruhiger Stimme, das nächste Mal sei der Zeigefinger dran. Oder der Mittelfinger. Oder die Finger der Kinder, des Jungen oder des Kindes, das ich noch gar nicht geboren hatte. Er sagte, ich solle immer daran denken, wenn ich abends einschlief. Seither habe ich keine Nacht mehr ruhig geschlafen, und das ist über vierzig Jahre her. Bitte, könnt ihr mir nicht helfen, damit ich wenigstens in den Nächten, die mir bis zu meinem Tod noch bleiben, schlafen kann?«

Mari starrte Elsa Karlsten an. Sie erinnerte sie an einen Vogel, dem jemand die Flügel gebrochen hatte. Sie sah ein, dass Elsa Karlsten alles, was ihr an Mut geblieben war, zusammengenommen haben musste, um herzukommen. Dann hörte sie Fredriks Stimme.

»Elsa. Es sind noch einige Formalitäten zu klären. Details wie Vorgehensweise, Zeitpunkt, Ort und Zahlung der Geldsumme, die du gerade erwähnt hast. Aber ich habe das deutliche Gefühl … ja, das ausgesprochen deutliche Gefühl, dass wir zu einer Einigung gelangen können.«

KAPITEL 6

Die Kaninchen. Plötzlich hatte er den Gestank wieder in der Nase. Den Gestank von Blut, damals als Papa die toten, klebrigen und einst so weichen Tiere aufgesammelt hatte. Vor seinem inneren Auge hatte er gesehen, wie sein Vater das Messer genommen, und mit einem raschen Schnitt begonnen hatte, einem der Tiere, dem kleinsten Kaninchen, einem kleinen Grauen, das kaum mehr als ein Junges war, das Fell abzuziehen. Das Fleisch hatte er gesehen, immer noch rot und beinahe noch pulsierend. Sein Magen hatte sich umgedreht, und endlich gab er seinem Abscheu dann doch nach. Er übergab sich fürchterlich, und sein Vater lachte ihn aus. Mein Junge hätte genauso gut ein Mädchen werden können. Wie soll aus dir je ein richtiger Kerl werden? Wie ich nur so eine Memme als Sohn bekommen konnte, ist mir ein Rätsel.

Immer: *der Junge, der Knirps, das Kerlchen* oder *der da*. Nie Fredrik. Ohne Namen, ohne Menschenwürde, ohne Existenzberechtigung. Wie die Gefangenen im KZ, obwohl ihm dieser Vergleich immer etwas frevlerisch vorgekommen war, weil ihr Leiden schließlich so viel größer gewesen war.

Die Stimme, die auf das Echo der Vergangenheit geantwortet hatte, hatte von »Formalitäten« und »Vorgehensweise« gesprochen. Erst als die Stimme verstummte, begriff er, dass es seine gewesen war, Fredriks, und dass er, indem er Elsa Karlstens Ansinnen gewissermaßen zugestimmt hatte, Mari und

Anna überrumpelt und in eine unmögliche Situation gebracht hatte. Mari rettete sich, indem sie sich erhob und so tat, als würde sie etwas im Bücherregal suchen, während Anna abräumte und eine Tasse zu Boden fallen ließ. Fredrik wandte sich an Elsa Karlsten und stotterte eine Erklärung, dass er eigentlich nur hatte sagen wollen, dass ihn nichts daran hindern würde, ihr dabei zu helfen, von ihrem Mann loszukommen. Von Hans Karlsten. Elsa Karlsten kam der Name nur mit Mühe über die Lippen, vielleicht weil sie unbewusst das getan hatte, was Fredriks Papa mit seinem Sohn getan hatte. Sie hatte ihren Mann entmenschlicht, um so die Distanz wahren zu können. In ihrem Fall fand Fredrik das verständlich.

Die Art, auf die Hans Karlsten seine Frau unterdrückt hatte, schien der Unterdrückung, die er selbst erlebt hatte, sehr ähnlich zu sein. Vor allen Dingen die herablassenden Kommentare über alles, angefangen mit der Kleidung, über den Körperbau und bis hin zu Eigenheiten wie Neigungen, Geschmack, Vorlieben und Interessen, kamen ihm sehr bekannt vor. Elsas Erzählung hatte ihn mehr getroffen, als jemand ahnen konnte, und er wusste, dass er ihr helfen musste. Die Frage lautete nur, wie.

Sie ging, nachdem sie versprochen hatte, ihren Sohn anzurufen und kündigte an, in einer Woche wiederzukommen. Sie warteten, bis die Tür des Cafés ins Schloss fiel. Dann wandte sich Anna an ihn.

»Wie konntest du nur?«, flüsterte sie. »Wie konntest du nur zusagen, ihren Mann zu ermorden? Wie konntest du nur über Vorgehensweise… und Zeit, und… Fredrik, das kann doch nicht dein Ernst sein…?«

»Entschuldigt«, sagte er eilig, und seine Stimme klang so, als würde er das auch meinen. »Aber ich empfand eine solche Abscheu, und… mein Gott. Was sie da von ihrem Finger erzählt hat, war so schrecklich. Meine Mutter war… ist Musiklehrerin, müsst ihr wissen, und ich sah sie vor mir, wie sie Klavier spielt. Wie ihre Finger über die Tasten huschen, und dann den Nussknacker… Ich hatte das Gefühl, heute Abend nicht in den Spiegel schauen zu können, falls wir Elsa Karlsten nicht versprächen, etwas zu unternehmen. Natürlich meinte ich nicht, dass wir uns einverstanden erklären sollten, obwohl ich zugeben muss, dass die Versuchung sehr groß ist. Aus verschiedenen Gründen.«

Anna fuhr sich mit den Fingern durchs Haar. Sie verfingen sich in einem Knoten, und sie versuchte ihn mit ruckartigen Bewegungen aufzulösen.

»Ich habe Angst bekommen, Fredrik. Angst vor dir, Angst vor Elsa und Angst vor mir selbst, vor meinen eigenen dunklen Beweggründen. Außerdem bin ich vollkommen durcheinander. Dass so etwas hier passieren kann. Dass wir in meinem Café, in dem normale Menschen auf der anderen Seite der Tür in Ruhe und Frieden essen und trinken, darüber reden, jemanden zu töten. Dass wir uns vorstellen können, einen alten Mann umzubringen… das ist vollkommen abscheulich.«

Anna verstummte und begann, ihre Schläfen zu massieren. Mari, die sich wieder gesetzt hatte, machte eine Miene, die sich kaum deuten ließ. Verständnisvoll?

»Du hast mir wirklich einen Schrecken eingejagt«, meinte Anna nach einer Weile. »Ich hatte nach Elsas Erzählung das Gefühl, den Kontakt zur Wirklichkeit vollkommen verloren zu haben. Und dann noch deine Reaktion. Wir sollten zur Polizei gehen. Misshandlung der Ehefrau, Mordpläne… wahrscheinlich ist das die beste Adresse in dieser Angelegenheit.«

Fredrik versuchte zu lächeln.

»Es tut mir leid, dass ich dir einen Schrecken eingejagt habe. Natürlich habe ich nicht vor, Hans Karlsten zu ermorden. Das sagt man so dahin. Ich würde so etwas nie tun. Aber ich weigere mich, mit der Polizei über Elsa Karlsten zu sprechen. Führt sie aus, worum sie uns gebeten hat, dann muss sie verrückt sein, aber auf eine Art, die ich verstehe und für die ich Sympathie aufbringe. Da stehe ich auf ihrer Seite. Versteht ihr? Ich stehe auf ihrer Seite.«

»Das tue ich auch«, sagte Mari schnell. »Aber genau deswegen glaube ich, können wir vermeiden, dass etwas Fürchterliches geschieht. Für eine Frau in ihrer Situation muss es Hilfe geben. Das Sozialamt, der Hausarzt, die Kirche, das Frauenhaus … wir müssen uns überall erkundigen.«

»Und können nur hoffen, dass ihr Mann ihr das Leben in der Zwischenzeit nicht zur Hölle macht.« Fredriks Bemerkung klang ironisch. Dann begann er, mehr für sich selbst, die denkbaren Gesetzesparagraphen aufzuzählen, die ihnen nützen könnten.

Die Diskussion über Elsa Karlsten dauerte mehrere Stunden und wurde immer nur dann unterbrochen, wenn Jo wieder hereinkam, um sie weitere Gerichte, die sie gerade kochte, probieren zu lassen. Im Verlauf des Tages wurden sie immer besser. Fredrik aß und wagte, noch einen Schritt weiterzugehen, indem er eine eventuelle Ermordung Hans Karlstens als juristisches Gedankenspiel oder mathematische Gleichung betrachtete, die am Schluss aufgehen musste. Er erwähnte das Geld, das sie erhalten würden, und machte eine vage Anspielung, dass sie die Summe einem wohltätigen Zweck stiften könnten.

»Wenn wir einmal von der Tatsache absehen, dass wir ihn natürlich nicht umbringen dürfen, gäbe es vielleicht einen moralisch akzeptablen Grund, es doch zu tun«, meinte er und wies darauf hin, dass Hans Karlsten auf die siebzig zuging und sich vermutlich in keinem sonderlich guten Zustand mehr befand, weder physisch noch psychisch. Es sei nicht sicher, ob er die ihm verbleibenden Jahre noch in Gesundheit leben könnte, ein Mord würde ihm also Leiden ersparen. In jedem Fall würde er Elsa Karlsten Leiden ersparen. Fredrik wählte seine Worte sorgfältig, obwohl das Konzentration erforderte. Ihm gingen bereits die Bilder durch den Kopf, Bilder, in denen sich die Vergangenheit mit der Gegenwart vermischte, bis es schließlich wieder sein Papa war, der Elsa Karlsten anschrie und mit einem Gewehr auf sie zielte. Papa, die Augen voller Verachtung und mit einem Lächeln, das nie aus mehr als einer höhnischen Krümmung der Mundwinkel bestanden hatte.

Einen Augenblick lang befürchtete er, zu weit gegangen zu sein, und war dann sehr erleichtert, als Mari zugab, sie könnte verstehen, was er meinte. Dass man mit anderthalb Millionen viel Gutes tun könne. Anna versuchte, Moral und Anständigkeit ins Feld zu führen, aber schlug dann schließlich die Hände vors Gesicht und gab zu, dass sie Elsa Karlstens Finger vermutlich nie würde vergessen können, und dass sie es ebenfalls verstehe. In der Theorie natürlich nur. Nur in der Theorie.

Sie einigten sich auf das Selbstverständliche. Dass sie den Mord so schonend wie möglich ablehnen, anderweitigen Hilfeleistungen aber zustimmen würden. Niemand von ihnen wollte natürlich Elsa Karlstens mentalen Zustand erneut in Frage stellen. In stillem Einvernehmen betrachteten sie sie als normal, jedoch verzweifelt. Anna versprach, sich um den Wohnungsmarkt zu kümmern, Mari nahm sich vor, sich nach ihren Rentenansprüchen zu erkundigen, und Fredrik fiel die Aufgabe zu, die entscheidenden Gesetzestexte herauszusuchen.

Sie trennten sich und überließen es Jo, das Café zu schließen. Fredrik fiel auf, wie glücklich Jo aussah, wenn sie hinter dem Tresen des Cafés stand. Sie hatte ihr überraschend schönes braunes Haar unter einem Kopftuch versteckt, ihre sonst immer schmutzige Brille war geputzt, hinterließ jedoch einen Abdruck auf der Nase, ihr schwarzer Pullover hatte Schweißflecken unter den Achseln, aber sie lächelte die Gäste an. Weiter fiel Fredrik auf, dass sie unter der Schürze einen ziemlich kurzen Rock trug, der den Blick auf lange, wohlgeformte Beine freigab und Füße mit einem hohen Spann. Er stellte sie sich mit neuer Frisur vor, mit Kontaktlinsen und einem engen

Kleid. Dann verfluchte er sich, dass er seine Fantasie nicht im Zaum halten konnte, und umarmte Anna und Mari. Erst am U-Bahn-Eingang wurde ihm klar, wohin er eigentlich unterwegs war. Er wollte nicht nach Hause. Er wollte zu Miranda.

Frauen. Wie sehr sie ihn doch immer fasziniert hatten, schon von klein auf. Wie hatte er die Töchter der Nachbarn doch um ihre Höschen mit Spitze beneidet und um die Kleider mit Schleifen, die sie tragen durften, wenn sie sich fein machten. Kleider, die die Schwester tragen sollte, die seine ständige Begleiterin und Vertraute hätte sein sollen. Er selbst musste so ekelhafte Unterhosen tragen, Hosen, die im Schritt klemmten, und Hemden, die seinen Hals wund scheuerten.

Papa verhöhnte ihn immer beim Abendessen, weil er die technischen Jagdprobleme nicht verstand, die im Kopf zu lösen waren. Sein einziger Trost war dann, sich ins Schlafzimmer seiner Eltern zu schleichen, während diese Kaffee tranken und Nachrichten schauten. Dort versteckte er sich in Mamas Kleiderschrank und vergrub das Gesicht in ihren Kleidern, Jacken und Blusen. Sie dufteten nach Parfüm und nach dem Schweiß von Frauen, irgendwie süßlich und verführerisch, ein Duft, der so anders war als alle die Gerüche, die ihn sein Vater zu ertragen gezwungen hatte. Das Blut bei der Jagd. Der stechende Pulvergeruch eines Gewehrs, nachdem sich die Kugel in ein unschuldiges Tier gebohrt hatte. Mamas Kleider ließen ihn nicht nur das Weiche, Sinnliche und Schöne empfinden, sondern vermittelten ihm auch die Illusion einer warmen Umarmung.

Aber Mama war nicht warm. Er wusste dies und hatte es auch aus den Mündern von Besuchern vernommen, die gerne tratschten, wenn sie der Meinung waren, dass sie niemand hören konnte. Oft versteckte er sich hinter dem Sofa und lauschte. Eine kühle Schönheit, hieß es gelegentlich. Grace Kelly in den schwedischen Wäldern. Oder, wenn die Besucher weniger tolerant oder kleinlicher waren: ein kalter Fisch, der sich für was Besseres hält. Er dachte immer, mit dem kalten Fisch sei ein Gericht gemeint.

Sie war schön. Blond, blauäugig und alles andere als unschuldig, so, wie sie immer dargestellt wurde. Mit durchscheinender Haut. Musiklehrerin an der Schule und für die schönen Künste geboren, nicht für das wirkliche Leben. Ihre Wangen röteten sich immer nur dann etwas, wenn sie sich an den Flügel setzte und ihre Finger die Tasten zu den Klängen von Chopin, Grieg und Gershwin liebkosten. Er lag dann immer hinter dem Sofa und lauschte ihrem Spiel. Er war sich bewusst, dass sie ihn rauswerfen würde, wenn sie es wüsste, da sie ihn wieder und wieder ermahnte, sie müsse sich konzentrieren und bekomme von seinem ständigen Gerede Kopfschmerzen. Das lehrte ihn, sich zu beherrschen und die Worte zurückzuhalten. Dass sie dann in seinem Mund einen verzweifelten Kampf ausfochten, um sich einen Weg ins Freie zu bahnen, durfte ihn nicht weiter bekümmern. Er schluckte sie stattdessen herunter. Sie landeten dann in seinem Magen und machten ihm gelegentlich so zu schaffen, dass er nicht mehr aufrecht gehen konnte.

Noch besser war es, wenn sie sang. Er ertrug ihre Tonleitern gerne, immer rauf und runter, ihre Artikulationsübungen und ihre Versuche, Bruststimme und Kopfstimme zu finden, weil er wusste, dass ihr dann Melodien gelangen, die Türen zu verbotenen Gefühlen und anderen Lebensarten öffneten. Auf die klassischen Arien hätte er zwar verzichten können, aber es war es doch wert, sie sich anzuhören, da sie immer den offiziell »vulgäreren« deutschen Kabarettcouplets oder den französischen Chansons vorausgingen. Marlene Dietrich, Edith Piaf, Lieder aus der *Dreigroschenoper*, Songs aus der *West Side Story*, aus *Sound of Music* und *Cabaret* versetzten ihn immer noch innerlich in Ekstase und ließen ihn Dinge empfinden, die er sonst nie empfand.

Manchmal, wenn seine Eltern nicht zu Hause gewesen waren, hatte er sich Mamas Liederhefte und Zeitschriften angesehen. Dort waren die Frauen abgebildet. Frauen mit toupierten Haaren, Frauen, die eine Haut hatten, so glatt wie Eierschalen, und Wimpern, die die Wangen kitzelten, Frauen, die einen Blick hatten, der ihn an den dunklen Blick eines sterbenden Rehs erinnerte. Frauen, die Spitze und Goldlamee trugen, Seidentücher und Handschuhe, Hüte und hohe Absätze. Frauen, die vermutlich berauschend dufteten, wenn er ihnen nur nahe kommen konnte. Als er noch richtig klein war, hatte er seine Nase in den Zeitschriften vergraben und versucht, ihren Duft einzusaugen, aber es roch nur trocken nach Papier. Später dann überließ er seiner Fantasie diese Arbeit.

Vergeblich hatte er nach ähnlichen Frauen in seiner Umgebung gesucht, aber recht bald feststellen müssen, dass die Einzige, die sich mit den Frauen auf den Bildern messen konnte, seine Mama war. Die anderen Frauen des Dorfes trugen praktische Hosen und weite Hemden, nicht selten auch eine Schürze und das Haar in einem Knoten. Die Wangen dieser Frauen sahen nicht aus wie aus Porzellan, sondern waren pockennarbig, gerötet und rissig. Sie hatten schmale Lippen und verwendeten keinen Lippenstift. Mit stabilen Stiefeln gingen sie in den Wald und pflückten Beeren oder Pilze, versorgten das Vieh, putzten ihren Kindern die Nase und sangen höchstens einmal mit, wenn das Orchester von Thore Skogman im Radio spielte, oder sie sangen sonntags in der Kirche. Er glaubte, dass seine Mutter genauso litt wie er selbst, weil sie sich unverstanden fühlte, aber das einzige Mal, als er das Thema zur Sprache brachte, erklärte sie, sie verstünde nicht, wovon er rede.

»Aber die anderen sind nicht wie du«, versuchte er es erneut.

»Aber mein Kleiner, es gefällt mir, anders zu sein«, antwortete Mama. Erst in den letzten Jahren war ihm dann aufgegangen, dass er alles vielleicht missverstanden hatte. Es war gar keine Einsamkeit. Vielleicht hatte es ihr besser gefallen, in einem kleinen Dorf in Ångermanland ein Jemand zu sein als in einer der großen Städte, von denen sie manchmal gesprochen hatte, ein Niemand.

Das hinderte ihn nicht daran, selbst Paris, Berlin, Wien und alle die anderen Metropolen zu lieben, in die ihn seine einsamen Reisen geführt hatten. In Berlin hatte er richtige Künstler die Lieder seiner Kindheit singen hören, die nicht das Geringste mit *Im Frühtau zu Berge* und *Schneeflöckchen Weißröckchen* zu tun hatten. Die Vorführungen in den Nachtclubs in Paris und in der Oper in Wien gefielen ihm. Später lernte er dann auch noch die Bauchtänzerinnen in Ägypten und die Flamencokünstler in Andalusien lieben.

Es dauerte, bis er etwas Ähnliches auch in Stockholm fand. Die Musikszene nach Einbruch der Dunkelheit erschien ihm mit wenigen Ausnahmen wie eine bleiche Kopie von dem, was er in Europa gesehen hatte, die Inszenierungen waren meist dilettantisch und eindimensional, bis er das *Fata Morgana* in der Gamla Stan entdeckte. Dort lernte er auch Miranda kennen.

Frauen. Zunächst war er abgewiesen worden. Dann veränderte sich etwas, und er hatte beinahe die freie Wahl. Er sah immer sehr gut und gepflegt aus, sehr männlich. Er wählte seine Kleidung sorgfältig, die Gesprächsthemen ebenfalls, und brachte den Frauen, denen er begegnete, meist echtes und ehrliches Interesse entgegen. Er hätte eine Frau nie ausgenützt. Aber er konnte auch nicht alles teilen, und deswegen verabschiedete er sich immer, wenn die Forderungen nach totaler Hingabe zu laut wurden. Seine Abschiede waren zwar immer direkt und offen, aber er konnte es nicht vermeiden, dass jemand dabei gelegentlich trauriger wurde, als er verkraftete. Noch schlimmer war es, wenn sich eine Exfreundin in die Arme eines dieser widerlichen Typen warf, von denen er wusste, dass er sie früher oder später verletzen würde.

Er hatte das Gefühl, dass die Beziehungen, die er begann, immer nur vorübergehender Art waren. Sie dauerten nie so lange, dass er den Wunsch verspürte, Anna und Mari seine Frauenbekanntschaften vorzustellen. Was er nicht geben konnte, kam ihm immer mehr wie ein unehrlicher Ballast vor, und in den letzten Jahren hatte er resigniert. Er begnügte sich mit der tiefen Liebe, die er für seine zwei engsten Freundinnen empfand. Und jetzt hatte er außerdem noch Miranda.

Mehrere Wochen vor Eröffnung des *Fata Morgana* hatte er bereits erfahren, dass der neue Club in der Gamla Stan genau die Unterhaltung bieten würde, die er mehr schätzte als jede andere. Und der Premierenabend hatte seine Erwartungen erfüllt. Die Frauen, die auftraten, schienen alle den Notenheften seiner Mutter entsprungen zu sein, und die Männer, die um sie herumschwänzelten, hatten nichts mit dem Papa gemein, der versucht hatte, ihm beizubringen, wie sich ein richtiger Mann benahm. Diese Lehren waren ohnehin im Gewehrfeuer auf der Strecke geblieben. Sie waren an dem Tag im Moor verschwunden, an dem seine Seele gestorben war, um in einer anderen Farbe aufzuerstehen.

Immer wieder besuchte er das Fata Morgana. Mit einem Drink in der Hand ließ er sich auf einen der roten Plüschsessel sinken, lauschte der Musik, genoss die Farben, Formen und Düfte und ging dann nach Hause, ohne mit jemandem außer dem Eigentümer des Lokals ein Wort zu wechseln. Bei seinem vierten Besuch trat Miranda auf.

Sie war klein, hatte aber die richtigen Rundungen und langes rotes Haar, das ihr bis zur Taille reichte. Eine dieser heißblütigen Frauen mit Wespentaille, die es eigentlich gar nicht mehr gab. Mama war auch eine Schönheit gewesen, aber kühl wie eine Statue. Er hatte stattdessen immer von Anita Ekberg, Rita Hayworth oder Ava Gardner geträumt.

Miranda trug ein an Brüsten, Taille und Hüften enges Kleid aus Goldlamee mit einem Schlitz, der fast bis zur Taille reichte und aufgrund ihrer hochhackigen, goldenen Schuhe, mit denen sie sich mühelos bewegen konnte, noch länger wirkte. Bei diesem ersten Mal hatte sie Zarah Leander gesungen, was gut zu ihrer Altstimme passte, und er wusste, dass sie die Frau war, nach der er sehr lange gesucht hatte. Er hatte in der Dunkelheit gesessen und sie angesehen. Er war sich nicht sicher, ob sie ihn auch sehen konnte oder nicht, und fest entschlossen, sie anschließend in ihrer Loge aufzusuchen. Das tat er. Er klopfte nicht einmal an, sondern stand plötzlich vor ihr, fast ohne selbst zu wissen, wie das zugegangen war.

»Ich heiße Miranda«, sagte sie und führte ihm, statt etwas über sich zu erzählen, ihre Kostüme, ihren Schmuck und ihre Perücken vor. Es kam ihm ganz richtig vor, dass sie sich nicht auf konventionelle Art vorstellte, genauso wenig wurde das von ihm erwartet. Er hatte das Gefühl, sie schon sehr lange zu kennen. Kindheit, Erfahrungen, irgendwelche Arbeiten und alte Lieben waren nichts, worauf er sinnlose Worte verschwenden brauchte. Wichtig war das Hier und Jetzt und dass sie einander gefunden hatten. Alles andere konnte warten. Ihm war bewusst, dass ihr Haar vermutlich nicht ihr eigenes war, aber er wollte auch nicht darüber nachdenken, wie es in Wirklichkeit aussah. Sie erzählte von der Musik, die ihr gefiel, und sie saßen in ihrer Loge und sprachen über Barbra Streisand, Judy Garland und Ute Lemper, bis sie wieder auftreten musste.

»Ich habe dich nicht im Publikum gesehen«, sagte sie, als er ihre Loge verließ.

»Aber du weißt, dass ich dort bin«, erwiderte er und kehrte auf seinen Platz zurück. Einige Minuten später trat sie wieder auf die Bühne und trug Songs aus Cabaret vor. Er war sich bewusst, dass jedes Wort an ihn und an sonst niemanden gerichtet war.

It's got to happen, happen sometime. Maybe this time I'll win.

Es war die Verheißung weiterer Begegnungen, und sie trafen sich seither regelmäßig. Er brachte in Erfahrung, an welchen Tagen sie im *Fata Morgana* auftrat, und war an jedem dieser Abende dort, um ja nichts zu versäumen. Mit ihr zusammen würde er siegen. Mit ihr an seiner Seite existierte eine realistische Möglichkeit, dass er überlebte, und während er jetzt Slussen auf dem Weg zur Gamla Stan überquerte, wusste er, dass Miranda in der Lage war, die Frage zu beantworten, ob es vertretbar sei, einen Mord überhaupt auch nur zu diskutieren, ganz gleichgültig, wie altruistisch die Motive aussahen. Er wollte sich sofort hinauf in ihre Loge begeben und sie fragen, wie es ihr gehe, worüber sie im Laufe des Tages nachgedacht habe und was sie an diesem Abend singen würde, um sich mental darauf vorbereiten zu können. Vielleicht konnte er ihr dabei behilflich sein, die richtige Perücke auszusuchen. Dann würde er verschwinden, sich irgendwo hinsetzen, wo er von der Bühne aus nicht zu sehen war, und in der Welt versinken, die ihre war.

Sie würde ihn nicht sehen können, aber sie würde wissen, dass er dort war, und sich darüber freuen, und ihn anschließend in ihrer Loge empfangen. Dort würden sie dann auf ihren Erfolg anstoßen, da die stetig zunehmenden Gästezahlen deutlich machten, dass sie sich durchgesetzt hatte. Dann hätte er auch Gelegenheit, ihr alles über Hans und Elsa Karlsten zu erzählen. Und sie würde ihm zuhören und ihn verstehen.

»Fredrik«, würde sie sagen. »Ich verspreche dir, dich nie zu verlassen. Wir gehören zusammen, weil du weißt, wer ich bin, so wie ich weiß, wer du bist.«

Anschließend würde sie ihm einen Rat geben.

KAPITEL 7

Mari saß zu Hause in ihrer Wohnung und wartete auf David. Er war noch nicht gekommen, aber das hatte sie auch nicht erwartet. Sie zündete Kerzen an, setzte sich aufs Sofa und aß die belegten Brote, die sie aus dem Fristaden mitgebracht hatte. Jo hatte sie ihr in die Hände gedrückt, ehe sie Feierabend gemacht hatte, und gemeint, sie würden ohnehin nur trocken, und Mari könne sie doch zum Abendessen genießen. Wie schon oft war es ihr wie eine Niederlage vorgekommen, dass immer sie es war, die Mitleid erregte. Anna und Fredrik waren gleichzeitig gegangen und zwar ohne belegte Brote als Proviant.

Auf dem Boden lag ein Brief von Johan mit dem neuen Firmenlogo unter seinem Namen. Er ließ ihr mitteilen, dass er auf eine Anzeige verzichte, sich jedoch ein ärztliches Attest besorgt hätte, das er bei Bedarf verwenden könne. Falls sie je etwas unternähme, was ihm oder seiner Firma schaden könnte, würde er nicht zögern. Außerdem gehe er davon aus, dass sie die Sache irgendwann wiedergutmachen würde. Mit einer nicht näher definierten »Gegenleistung«. Mari hatte den Brief geöffnet, gelesen und beiseitegeworfen. Er hatte tatsächlich nach Rasierwasser gerochen. Sie würde ihn verbrennen müssen.

Sie sah sich um und erkannte, dass das, was sie als ihr »Zuhause« betrachtete, nichts mit einem Zuhause zu tun hatte. Diese Wohnung war wie ein Einschub in einer Klammer, nur dass zwischen den Klammern der Text fehlte. Das Wort »Zuhause« würde auf immer mit David und ihrem baufälligen Haus in Clifden verbunden sein. Das Restaurant war im Erdgeschoss gewesen, oben hatten sie gewohnt, und dort war auch Davids Atelier untergebracht. Sie machten sich mit dem Haus viel Mühe. Gestrichen, genagelt und getischlert, und jeweils nach Fertigstellung ein Zimmer nach dem anderen eingeweiht mit Liebe ohne Klammern. Das Einzige, was sie hier noch an die Vergangenheit erinnerte, war die Skulptur, die dort aufgestellt war, wo sie sie bequem auf dem Sofa sitzend sehen konnte.

Zwei Menschen aus weißem Ton ineinander verschlungen. Die Beine des einen gingen in die Arme der anderen über, Füße verschmolzen, und Finger ineinander verflochten. Der Kopf war einer und zwei gleichzeitig, das Gesicht schaute wie ein Janus voraus und zurück. Janus, das hatte sie auch schon gesagt, als sie David Modell gesessen hatte. Er hatte den Kopf geschüttelt und zum ersten Mal von den Ceratias holboelli erzählt. Von den Fischen, die in einer solchen Tiefe lebten, dass kein Licht bis dorthin drang. Sie waren zu einem Leben in Dunkelheit verurteilt und zu einer Suche, die, wenn sie gelang, zu einer Treue führte, die buchstäblich bis zum Tode währte. David behauptete, dass das Männchen der Spezies Ceratias holboelli sich derart in sein Weibchen, wenn er erst einmal eines gefunden hatte, verbiss, dass die beiden zu einem einzigen Organismus mit einem gemeinsamen Blutkreislauf verschmolzen.

Er sah sie an, als er das sagte, und sie war sich ihrer Nacktheit sehr bewusst gewesen und der Tatsache, dass es ihm freistand, sie so abzubilden, wie es ihm gefiel. Ein Schauder überkam sie, und sie versuchte instinktiv, sich in sich selbst zu verkriechen. David lachte nur.

»Lass das! Du Feigling! Steh auf, sonst verliebe ich mich

in sie und nicht in dich«, sagte er gesagt und küsste hastig die Lippen der Skulptur.

Sie schüttelte sich, richtete sich dann aber wieder auf. Später gewöhnte sie sich an die Erzählung über die ihr unbekannten Tiefseefische, auch wenn sie ihr nie sonderlich gefiel. Sie fand es befreiender, eine Verwandtschaft mit den Delfinen zu empfinden, die sich bei den äußersten Klippen tummelten.

Jetzt betrachtete sie die Skulptur, in der ihr Körper mit einem anderen verschmolz, und überlegte sich, wann David wohl kommen würde. Sie dachte daran, wie sie sich kennengelernt hatten. An jenem Abend im Pub stand sie mit Tränen auf den Wangen da, die nach einer Weile salzige Spuren hinterlassen hatten. Die Italiener entfernten sich nach ein paar höflichen »Ciao Bella«, bei denen ein paar Erinnerungen wach wurden, und dann drehte sie sich um, und bestellte noch ein Bier und leerte es zügig. Das zwang sie, zu ihrem Auto zu eilen und schnell in ihr Bed and Breakfast zurückzufahren, ehe sie noch die Wirkung des Alkohols richtig spürte. Vorher hatte sie noch den Barkeeper ausgefragt und in Erfahrung gebracht, dass David noch die ganze Woche in Mullarkey's Bar spielen würde.

Jeden Abend ging sie dorthin. Jedes Mal wagte sie sich weiter vor und kam rechtzeitig, um noch einen Sitzplatz zu ergattern. Zum Schluss war es ihr egal, dass er auf diese Weise auf die unscheinbare Blondine aufmerksam wurde, die von ihm und seiner Musik nicht genug bekommen konnte. Es war im Übrigen gar nicht sicher, dass sie ihm wirklich auffiel. Solange er Gitarre spielte, schien er seine Umwelt nicht wahrzunehmen. Er reagierte auf den Beifall, schaute zwischen den einzelnen Songs hoch und lachte manchmal auch. Vielleicht lachte er sie sogar an. Aber wenn er die Flöte an die Lippen setzte, entschwand er, und sie selbst zerbarst. Die Töne zerrissen sie innerlich fast und öffneten alte Wunden. Nach einer Weile gelang es ihr, ihre Tränen unter Kontrolle zu bringen, aber das war auch alles. Sie hatte sich eingestehen müssen, dass sie sich in einen Mann verliebt hatte, der sie mit seinem Spiel jeden Abend sterben und wiederauferstehen ließ, und den sie bald würde verlassen müssen, ohne zu wissen, welche Farbe seine Augen hatten.

Am letzten Abend, dem Abend, ehe sie zum Flughafen fahren, den Mietwagen zurückgeben und die Ferieneinsamkeit gegen die Alltagseinsamkeit eintauschen musste, wandte er sich ihr zu, nachdem er ein von ihm selbst vertontes keltisches Gebet angekündigt hatte. Anschließend verließ er die Bühne und nahm auf dem Stuhl ihr gegenüber Platz. Und zum ersten Mal war ihr David nahe. Seine Augen waren hellblau wie ein weiter Himmel.

»Wer bist du?«, fragte er auf Englisch mit einem ganz leichten irischen Akzent.

»Mari«, brachte sie mit Mühe über die Lippen und rechnete damit, dass ihr jeden Augenblick die Stimme versagte. Seine körperliche Nähe machte sie nervös, und sie konnte es nicht bleiben lassen, auf seine Arme in Hemdsärmeln zu starren und darüber nachzudenken, wie es wohl sein würde, über diese Arme zu streichen.

»Mari«, sagte er nachdenklich. Er sprach den Namen wie Mary aus und sagte ihn einige Male vor sich hin. »Mary, Mary.« Der Name war ihr nicht mehr wie ihr eigener vorgekommen.

»Mary, die Mutter Gottes. Trinkst du ein irisches Bier, oder wäre das Gotteslästerung?«, fuhr er fort. Sie sah ihm in seine blauen Augen, sah sein Lachen und vielleicht auch eine Andeutung von Spott. Damals wusste sie jedoch noch nicht, was es war. Sie hätte gerne etwas Spaßiges erwidert, vielleicht, dass alle Heiligen Bier tranken, konnte aber nur nicken. Er verschwand Richtung Tresen und kehrte mit zwei Guinness zurück. Sie war froh, dass sie bislang an diesem Abend kaum etwas getrunken hatte.

Wie lange hatten sie dort gesessen? Bis der Pub schloss, und das war nicht sonderlich spät gewesen. Dann fragte David, ob sie mit ihm einen Strandspaziergang machen wolle, und sie willigte ein, ohne sich darum zu kümmern, dass sie damit sämtliche normalen Vorsichtsmaßregeln über Bord warf. Sie gingen in der Umgebung von Clifden spazieren und dann ans Meer. David fragte sie aus, und sie erzählte alles, was ihr einfiel. Namen, wann sie geboren war, wo sie wohnte, welcher Arbeit sie nachging und was sie für Freizeitinteressen und Freunde hatte. Es klang wie ein Lebenslauf, und das fiel ihm auch sofort auf.

»Du willst dich doch nicht etwa um eine Arbeit bei mir bewerben?«, meinte er amüsiert. Sie verstummte, schämte sich und schaute aufs Wasser. Sie kletterten auf einen Felsen, vor ihnen ein Panorama aus felsigen Abhängen, Schiffen am Horizont und Unendlichkeit. Sie wollte für immer dort stehen. David drehte sich zu ihr um, und ihr fiel erneut auf, wie rot seine Haare waren. Er schien ihre Gedanken lesen zu können.

»Ich sollte hier eigentlich nicht mit einer rothaarigen Frau spazieren gehen. Es bringt Unglück, eine Rothaarige zu treffen, bevor man zum Fischen rausfährt.«

»Ich bin doch gar nicht rothaarig. Und du willst doch nicht etwa zum Fischen rausfahren?«

David nahm ihr Gesicht in beide Hände. Es war das erste Mal, dass er sie berührte, und sie begann zu zittern. Dass ich so viel will, dachte sie. Dass ich so lange gewartet habe.

»Ich kann rote Strähnen in deinen Haaren sehen, die du nicht siehst. Außerdem liegt ein Stück den Strand entlang mein Segelboot. Wenn du es wagst, einem unbekannten Iren aufs Meer zu folgen, dann nehme ich dich auf eine der Inseln mit und spiele dir etwas auf der Flöte vor, bis die Sonne aufgeht.«

Natürlich war sie ihm gefolgt. Zu Hause in ihrer Wohnung

auf dem Sofa konnte sie sich aber an keine Einzelheiten mehr erinnern. Eigentlich waren es nur noch die keltischen Gebete, die ihr in Erinnerung geblieben waren, die er ihr erst vorgesprochen und dann vertont hatte. *I am the Gift, I am the Poor, I am the Man of this night. I am the son of God in the door, On Monday seeking the gifts.*

Murrughach, flüsterte er. Sie vermutete, dass das Irisch war, und er sagte, dass sei der Name der irischen Meerjungfrau, die sich wie ein Mensch an Land bewegen könne, obwohl sie noch kleine Flossen habe. Er suchte nach diesen Flossen, sanft und systematisch. *Ich bin der Mann dieser Nacht.* Sie verlor etwas auf diesen Felsen, was sie weder zurückbekommen konnte noch zurückbekommen wollte.

Am nächsten Tag kehrte sie nicht nach Schweden zurück. Stattdessen packte sie ihre Sachen zusammen, beglich die Rechnung bei Mrs. Rymes und zog in Davids kleine Wohnung ein mit Atelier am Rand der Stadt ein. Dann teilte sie jenen zu Hause, die es vielleicht interessieren konnte, mit, dass sie etwas länger bleiben würde. Ihr Vater antwortete mit einem unschönen, aber ihr schon vertrauten Schweigen, Mama sagte nur: »Ach ja?«, ihr Bruder: »Na denn«, und ihre Schwester meinte, dass sie es sich selbst nie vorstellen könne, in so einem regnerischen Land zu leben. Jemand riet ihr, die Gelegenheit am Schopf zu packen und zu leben, und sie beherzigte diesen Rat und versuchte es. Vermutlich war es Anna oder Fredrik.

Allmählich erfuhr sie mehr über David Connolly. Seine Vorfahren waren seit Generationen Fischer, und David kannte sich daher wie die Seeleute mit dem Wetter aus. »Es ist ein schlechtes Zeichen, wenn die Möwen schwärmen.« – »Es bedeutet Unglück, Schatten auf dem Wasser zu sehen.« – »Das Wetter kommt nicht von oben, sondern von unten, vom Meeresgrund.« Sie lachte immer wohlwollend, wenn er so etwas sagte, aber begriff dann rasch, dass er dem Aberglauben der

Fischer anhing und dass dieser ihn davon abhielt, zu glauben, das Meer sei etwas, das sich beherrschen ließe. Mit seiner Familie hatte er mehr oder minder gebrochen, um sich seiner Kunst zu widmen. Mit der Musik verdiente er sich seinen Lebensunterhalt, aber er hoffte, mit seinen Gemälden und Skulpturen irgendwann einmal in diesem *fucking Ireland*, das ihn bislang einfach nicht verstand, Erfolg zu haben.

Sie wies ihn immer wieder darauf hin, dass das nur eine Frage der Zeit sei. Dass sich ein künstlerischer Ruf nicht von oben nach unten aufbauen lasse, sondern nur umgekehrt. Einige Monate später hörte sie, dass das alte, leerstehende Haus des Segelclubs für eine sehr geringe Summe vermietet werde, da es in schlechtem Zustand sei. Ihre eigenen Ersparnisse, die sie aus Schweden geholt hatte, würden nicht beliebig lange für ein Leben, das nur auf Liebe basierte, reichen, daher kam ihr die Idee mit dem Restaurant. David war nicht nur ein phantastischer Koch, sondern interessierte sich auch für Essen, und sie wusste, dass ihr das Bedienen, die Buchhaltung und alles andere lagen. Das Wichtigste war, dass sie zusammen sein konnten. Gesicherte Einkünfte würden David auch die Ruhe geben, sich in seiner Freizeit der Kunst zu widmen. Vielleicht war das Anpassung oder weibliche Unterwerfung, aber das war ein Preis, den sie gern bezahlte. Die Einsamkeit in Schweden kam ihr im Vergleich wie ein schwarzes Loch vor, das sie bei einer eventuellen Rückkehr ganz verschlucken würde.

Er war der Idee gegenüber sofort sehr aufgeschlossen, was sie nicht unbedingt erwartet hätte. Oft ließ er die Gefühle über die Logik siegen, und sie hatte relativ schnell herausgefunden, wie sie es anfangen musste, damit er sich nicht in sich selbst und in sein Schweigen verkroch. Das konnte sie ertragen, solange sie das andere bekam. Außerdem hatte sie alle Brücken hinter sich abgebrochen, weil nichts, was hinter ihr lag, sich mit dem Jetzt messen konnte. Das Lokal überließ man ihnen mit einem Handschlag, und das Restaurant *Murrughach* eröffnete einige Monate später. Der Name war ein Tribut an sie, die früher einmal schwedische und jetzt irische Nixe, und ein Tribut an Davids Fischgerichte. Muscheln mit Safran und Koriander.

Sie betrachtete die Skulptur erneut. Ihr Blick folgte den verschlungenen Gliedern aus Ton und wanderte dann zu Boden, wo ein verzierter Tontopf mit Fischen nachempfundenen Handgriffen stand. Ebenfalls ein Werk Davids. Als sie diesen Gedanken dachte, spürte sie, dass er auf dem Weg war.

Er ließ sich aufs Sofa gleiten und legte ihr die Hände vor die Augen, das machte ihr zuerst Angst. Dann hörte sie sein Lachen und konnte mitlachen. Langsam ließ er sie los, und sie wandte sich ihm zu. Sein Haar war zerzaust, und seine Sommersprossen glänzten wie Fettflecken auf der Haut.

»Entschuldige, dass ich nicht früher kommen konnte«, sagte er, während er seine Finger durch ihr Haar gleiten ließ. Sie schloss die Augen und murmelte ein »das macht nichts, solange du nur hier bist« und schmiegte sich bereitwillig in die Arme des Mannes, dessen Rippen sie inzwischen unter dem Hemd spüren konnte.

Er wollte wissen, wie ihr Tag gewesen sei, und sie konnte endlich von Elsa Karlsten und ihrem Ansinnen erzählen. Er hörte aufmerksam zu.

»Was sagst du, David? Können wir einen anderen Menschen töten?«

Er sah sie an, als habe er sie nicht verstanden.

»Allein die Tatsache, dass du fragst, impliziert ein Ja. Menschen fragen selten, ob Töten erlaubt ist. Sie tun es einfach.«

»Ich weiß, David. Das hast du mir beigebracht. Aber ich weiß nicht, ob ich so bin wie du. Meine Kindheit war nicht die beste, aber es gibt schlimmere. Ich hatte zu essen, Kleider, ein Dach über dem Kopf, und manchmal gab es sonntags zum Nachtisch sogar etwas Liebe. Ich bin mit einem prinzipienfesten Vater aufgewachsen, einer demütigen Mutter, einem begabten Bruder und einer Schwester, die alles war, was ich nicht war. Ich kam zurecht, obwohl es manchmal etwas still war. Ich lernte dich kennen und war eine Weile lang glücklich. Ich glaube, man könnte mich als einen anständigen Menschen bezeichnen. Ich weiß, was Pflicht ist, und ich liebe meine Freunde. Kann ich wirklich mithelfen, einen alten Mann zu vergiften, sodass er für immer einschläft?«

»Du weißt doch, dass ein Unterdrücker immer ein Unterdrücker bleibt? Der Unterdrücker wird abhängig. Die Unterdrückung ist verpackt wie dieser widerliche, vergorene Fisch, den ihr hier im Land esst. Surströmming heißt der, nicht wahr? Das Böse und die Gier… die tragen fast alle Menschen in sich, aber meist liegen diese Gefühle in einer Konservendose gut versteckt, wenn nicht irgendetwas dazu führt, dass ein Keil in diese Dose geschlagen wird und es anfängt zu zischen und zu stinken. Fragst du mich im Ernst, ob du einer alten Frau dabei helfen kannst, die wenigen Jahre, die ihr noch bleiben, ohne Unterdrückung zu leben?«

»Ich mag keinen Surströmming, David. Ich mag deine Muscheln mit Safran und Koriander und deinen Fang des Tages vom Grill mit gekochten Kartoffeln.«

»Manchmal frage ich mich, in welcher Wirklichkeit du eigentlich lebst.«

»Ich lebe in deiner Wirklichkeit, David.«

Er legte seinen Arm um sie, und sie begann auf dem Sofa zu schlottern.

»Wenn du in meiner Wirklichkeit lebst, Mari, dann bist du gerettet. Dann ist alles möglich. Du hast doch wohl nicht vergessen, dass ich es war, der dir das Fliegen beigebracht hat?«

Sie versuchte von ihm abzurücken, aber er hielt sie fester. Sie schaute auf seine Arme, die sich um sie schlangen, und plötzlich dachte sie an Johan. Johan, ihren alten Chef, dessen Arme sich in Schlangen verwandelt hatten, eine Halluzination, die dazu geführt hatte, dass sie ihm eine Schere in die Hand rammte und anschließend sogar zufrieden mit sich war. Sie sah David an.

»Nein, das habe ich nicht vergessen. Ich werde nie vergessen, dass du es warst, der mir das Fliegen beigebracht hat.«

KAPITEL 8

Anna saß zusammen mit Fanditha in der Küche und trank alkoholfreies Bier. Am liebsten wäre sie allein gewesen und hätte über das Problem Elsa Karlsten nachgedacht. Sie hatte erwogen, zu den Karlstens hinüberzugehen, um zu fragen, ob sie ihr mit ein paar Eiern aushelfen könnten, um so einen Blick in das Haus werfen zu können. Aber der Abend war nicht so verlaufen, wie sie es sich vorgestellt hatte. Sie hatte gerade eine Flasche Wein aus dem Schrank genommen, als es klingelte. Sie öffnete und war erstaunt, Fanditha auf der Treppe stehen zu sehen. Sie hatte schon eine ganze Weile nicht mehr mit ihrer Tochter gesprochen und sie seit Wochen nicht mehr gesehen. Einen Augenblick lang befürchtete sie schon, es sei etwas passiert, aber dann sah sie, dass Fanditha's Gesichtsausdruck so gleichgültig überlegen wie immer war. Sie ärgerte sich, dass sie dem Impuls nachgegeben hatte, eine Flasche Wein aus dem Schrank zu nehmen.

»Du bist das! Was für eine Überraschung! Komm rein! Ich wollte gerade … etwas zu mir nehmen. Du kannst mir gerne Gesellschaft leisten, wenn du das willst. Ich habe …«

»Ich habe schon gegessen. Aber trink, was du willst. Ich will dich nicht davon abhalten. Ich hätte vorher anrufen sollen, aber ich war in der Nähe, und da dachte ich, dass ich genauso gut auch vorbeikommen könnte. Wo du ohnehin allein zu Hause bist.«

Funditha nahm einen Kleiderbügel und hängte ihren Mantel ordentlich auf. Anna war froh, dass ihr die Tochter den Rücken zukehrte und so ihren Gesichtsausdruck nicht sehen konnte. Sie hätte es nie zugegeben, nicht einmal sich selbst gegenüber, aber der einzige Mensch auf der Welt, vor dem sie Angst hatte, war Funditha. Die Fremdheit, die sie ihr gegenüber empfand, war schmerzhaft und unbehaglich, vielleicht, weil sie immer gespürt hatte, dass Funditha, seit sie selbständig denken konnte, versucht hatte, ein Leben zu führen, das sich so sehr wie nur möglich von dem ihrer Mutter unterschied.

Anna erinnerte sich daran, wie Funditha als Kind war. Wenn sie selbst mit Farben herumschmierte, rümpfte Funditha nur die Nase und räumte für beide auf. Wenn Anna buk, weigerte sich Funditha, den Löffel abzulecken, weil das eklig sei. Wenn sie sich in die Wellen stürzte und anschließend nackt auf den warmen Felsen lag, zog Funditha sich unter einem Handtuch um und schrie: »Mama, zieh dich an!« Dann stieg sie im Badeanzug vorsichtig in die Fluten. Zum Schluss wusste Anna nicht mehr, was sie ihrer Tochter geben sollte. Sie hatte es mit vorbehaltloser Liebe versucht, aber auch die wirkte zu ungehobelt und primitiv. Funditha wehrte sich gegen Umarmungen und Küsse und erklärte, ihre Kleider würden knittrig, die Küsse seien zu nass, oder sie sei zu groß. Schließlich begriff Anna: Das Einzige, was ihre Tochter von ihr verlangte, war Selbstbeherrschung, etwas, was sie nicht zu bieten hatte.

Funditha lehnte sich sogar gegen ihren Namen auf. Anna und Greg reisten, nachdem sie den Kibbuz verlassen hatten, zusammen durch die Welt und verbrachten mehrere Wochen auf den Malediven, die damals noch ein unberührtes Inselparadies waren. Sie wohnten an jungfräulichen Orten, brachten so viel wie möglich über das Inselreich in Erfahrung und stießen so auf die Legende von Funditha. Sie war die Tochter eines Sultans gewesen und hatte sich in einen portugiesischen

Seemann verliebt, der beim Schiffsuntergang verletzt, an Land geschwemmt und in ihren Armen gestorben war. Seither zeige Fanditha sich einmal im Jahr bei Vollmond an einem bestimmten Strand. Fanditha bedeutete »magisch« in der Sprache der Einheimischen, und Greg und sie waren sich sofort einig, dass sie eine eventuelle Tochter auf diesen Namen taufen würden. Fanditha wehrte sich von Anfang an, sobald ihr klar geworden war, dass sie einen ungewöhnlichen Namen trug.

»Fanditha bedeutet magisch, und du bist magisch. Ein Wunder«, versuchte Anna sie zu überzeugen.

»So heißt sonst niemand«, erwiderte Fanditha wütend.

»Aber du bist nicht wie die anderen. Du bist einzigartig«, beschwor Anna sie.

»Ich will nicht einzigartig sein. Ich will ich sein«, schrie Fanditha. Mit sieben fing sie an, sich Fanny zu nennen, und verlangte von Greg und ihr, das auch zu tun.

Fanditha verabscheute das Hausboot in Amsterdam, und zwar von dem Augenblick, in dem sie gemerkt hatte, dass Mädchen in ihrem Alter für gewöhnlich in Häusern mit Gärten, Kieswegen und pedantisch angelegten Beeten wohnten. Anna wollte es nie zugeben, nicht einmal sich selbst gegenüber, aber Fandithas Aversion gegen ihr Quartier und gegen das »einfache« Leben war mit Sicherheit einer der Gründe, warum es in Gregs und ihrer Beziehung mit der Zeit ebenso bedenklich geknirscht hatte wie in den Bodenplanken des Hausboots. Der Beschluss, nach Stockholm zu ziehen, damit Fanditha in einem richtigen Haus mit festem Boden unter den Füßen wohnen konnte, war ganz sicher ein Versuch, den Kontakt zu ihr nicht zu verlieren, obwohl Anna selbst nicht so recht wusste, weshalb sie sich so verzweifelt um etwas bemühte, was Fanditha ohnehin nicht wichtig zu sein schien.

In Stockholm führten sie zwei parallele Leben, und Fanditha zog so schnell wie nur möglich von zu Hause aus. Sie studierte in Stockholm und in den USA Wirtschaft und hielt sich im Augenblick in Schweden auf, um irgendeine wichtige Arbeit abzuschließen. Anna behielt nie den Überblick, in welche handelspolitischen Zusammenhänge sich ihre Tochter vertiefte, und Fanditha hatte einmal gesagt, das sei nur eine logische Folge des Desinteresses, das sie schon seit ihrer Geburt für ihre Persönlichkeit an den Tag legte. Nach diesem Kommentar hatte Anna eine ganze Nacht lang wach gelegen und sich überlegt, ob sie diesen Vorwurf verdiente.

Jetzt saßen sie am Küchentisch und aßen ein paar Brote, die Anna schnell zurechtgemacht hatte, nachdem sie die Weinflasche diskret durch alkoholfreies Bier ersetzt hatte. Fanditha warf einen kritischen Blick auf den Berg mit ungespültem Geschirr. Anna bewunderte ihr blondes, lockiges Haar, das sehr an das von Greg erinnerte, und ihre braunen Augen – die ihr Beitrag waren. Was für eine wunderschöne Tochter ich doch habe, dachte sie. Wenn sie es doch nur unterlassen könnte, sich so zugeknöpft, angepasst und abweisend zu kleiden.

Sie sprachen über das Studium. Anna gab sich alle Mühe, interessiert zu wirken, bis ihr Fanditha ins Wort fiel und meinte, sie könne sich die Heuchelei sparen. Anna wechselte daraufhin das Thema und erzählte von Fandithas Großvater, dass es ihm physisch und psychisch schlecht gehe. Der Gesichtsausdruck ihrer Tochter wurde daraufhin etwas weicher. Sie versprach, ihn zu besuchen. Anna sah sie an und dachte, dass sie schließlich Greg damals verlassen hatte, um diesen Gesichtsausdruck etwas häufiger zu sehen.

»Was treibst du eigentlich so im Moment?«

Fandithas Frage hatte etwas Unfreundliches, und Anna verspürte plötzlich eine wahnsinnige Lust, zu erzählen, dass sie gerade eine kleine Agentur für Alltagsmorde gegründet hätten, und dass ihr erstes Opfer der bösartige Herr Karlsten von gegenüber sein würde. Wir wollen ihn vergiften, weil wir keine Sadisten sind, dachte sie. Es fiel ihr schwer, ernst zu bleiben. Dann riss sie sich jedoch zusammen und erzählte von

Kleopatras Kamm und ihrer Geschäftsidee, die Probleme anderer Leute zu lösen. Fanditha hörte ihr mit einer hochgezogenen Augenbraue zu.

»Willst du jetzt noch auf deine alten Tage ins Projektmanagement einsteigen, Mama? Das hätte ich dir niemals zugetraut. Mit anderen zusammenarbeiten und Begonnenes tatsächlich bis zum Ende durchziehen. Aber es heißt ja schließlich auch, dass es nie zu spät ist. Ich hätte nie geglaubt, dass du in der Lage wärst, dich irgendwelchen gängigen Normen zu unterwerfen.«

»Ich hatte mehr Jobs, als du dir vorstellen kannst, und ich habe überlebt. Wenn meine Art dir nicht passt, akzeptiere ich das. Leb du, wie es dir gefällt. Aber ich erwarte, dass du mir gegenüber genauso tolerant bist.«

Ihre Stimme war eisiger, als sie es eigentlich beabsichtigt hatte. Sie öffnete den Mund, um ihre Worte zurückzunehmen, aber da war das Kind schon in den Brunnen gefallen. Fandithas Wangen röteten sich genau so wie damals, als sie auf dem Hausboot eine Party veranstaltet hatten und Greg eine Feder zwischen seine Pobacken gesteckt und den Regentanz getanzt hatte. Es hatte keine Rolle gespielt, dass allen, einschließlich aller anwesenden Kinder, Gregs Vorstellung gefiel und dass sie ihn anschließend dauernd um eine Wiederholung baten. Für Fanditha war das nur ein weiterer Beweis dafür, dass sie die falschen Eltern hatte und ein Leben führen musste, für das sie sich nicht eignete, und dass das alles, obwohl Greg getanzt hatte, nur Annas Schuld war.

»Toleranz.« Fanditha lachte auf. »Ja, wenn du es so willst … Wenn man so lebt wie du, dann ist das vermutlich das Einzige, was man von seinen Mitmenschen verlangen kann. Toleranz.«

»Wie meinst du das?«

Fanditha beugte sich über den Tisch. Sie trug eine schlichte, weiße Bluse und eine schmale goldene Kette mit einem herzförmigen Anhänger. Anna betrachtete den Schmuck, der sehr wie Kinderschmuck aussah, als ihr aufging, dass es ihr eigener war, den sie einmal von ihrem Vater bekommen und ihrer Tochter zum zehnten Geburtstag geschenkt hatte. Diese Erkenntnis veranlasste sie beinahe dazu, die Flasche Wein aus dem Schrank zu holen und sich ein Glas einzugießen, egal was Fanditha sagen mochte. Schlimmer konnte es kaum noch werden. Fanditha begann zu sprechen, erst mit unterdrückter Wut, dann immer unbeherrschter.

»Hast du dir je überlegt, wie es ist, die Tochter von jemandem wie dir zu sein? Einer Person, die sagt und tut, was ihr gerade einfällt, die irgendwelche Kleider anzieht, sich auch schon mal nicht wäscht, wenn es sich gerade so ergibt, und der sämtliche Regeln vollkommen gleichgültig sind? Einer Mutter, die alles tut, was eigentlich Kinder tun, sich schmutzig macht, gegen Regeln verstößt oder aus heiterem Himmel zu schreien anzufängt. Eine Person, die für alles, was sie tut, unglaublich bewundert wird. Ich hatte keine Chance, Mama! Eigentlich wollte ich so sein wie du. Klar, das kann ich durchaus zugeben. Du bist wie jede gefährliche Droge, die man sich zwar vorstellen kann, aber nie probieren würde, obwohl du das sicher getan hast… aber das ist es ja gerade. Was hat es für einen Sinn, zu rauchen, zu saufen, sich anders zu kleiden oder die Schule zu schwänzen, wenn man eine Mutter hat, die vermutlich noch Beifall klatscht. Wenn ich das alles getan hätte? Warum hätte ich dann…«

»Ich nehme keine Drogen, Fandi… Fanny. Ich rauche nicht. Ich trinke ab und zu mal ein Glas, das muss ich zugeben, aber ich trinke guten Wein und mäßig und genieße es. Soweit ich weiß, hast du nie eine betrunkene Mutter zu Bett bringen müssen. Ich bin eine Anhängerin der Enthaltsamkeit, und damit meine ich, dass ich mit einem guten Gewissen leben will. Ich habe nie jemanden ausgenützt. Ich habe nie gestohlen, betrogen oder geheuchelt. Ich bin meinen Weg gegangen, und es würde mir nie einfallen, dich zu etwas zu zwingen, was du nicht willst oder womit du dich nicht wohlfühlst. Ich wollte nur, dass du deinen eigenen Weg findest. Ich will, dass du glücklich bist. Deswegen bin ich ...«

Anna verstummte. Sie war sich ihrer Worte nicht mehr sicher. Deswegen bin ich auch zurückgekommen, hatte sie sagen wollen, es sich dann aber anders überlegt. Sie hatte nie anderen die Schuld geben wollen, wie ihre Mutter das – mit Gott als Rückendeckung – immer getan hatte. Man hatte sich schämen können. Mama pflegte mit ihrer salbungsvollen Stimme von den Unzulänglichkeiten der anderen zu sprechen und zwar hinter deren Rücken. Mama war es immer gelungen, den anderen das Gefühl zu geben, daran schuld zu sein, dass sie es so schwer hatte. Nein, so durfte sie nie werden, wie verlockend das auch manchmal war. Der Umzug nach Stockholm war in vielem Fandithas wegen erfolgt, aber sie selbst, Anna, hatte den Entschluss gefasst.Канditha war unschluldig.

»Wie willst du denn sein?«, fragte sie vorsichtig. »Du weißt, dass du meiner Ansicht nach sein darfst, wie du willst, solange du nur glücklich bist. Bei dir klingt das zwar alles fürchterlich negativ, aber ich kann das unmöglich so sehen. Ich finde, dass jeder Mensch das Recht hat, so zu leben, wie er oder sie will, ohne dass ihn jemand daran hindert oder darüber urteilt. Solange man seinen Mitmenschen mit Respekt begegnet natürlich nur und nicht auf ihre Kosten lebt. Was willst du denn, Venditha?«

Sie meinte, was sie sagte. Sie wollte es wissen. Fanditha legte vorsichtig ihr Butterbrot auf den Teller zurück.

»Ich will normal sein«, erwiderte sie. »Ich will eigentlich nur normal sein. Du findest sicher, dass es nichts Schlimmeres gibt, als so zu sein wie alle anderen. Aber ich will nicht zu begabt, zu schön, zu bewundert oder zu erfolgreich sein. Es genügt mir, ein ganz normaler Mensch zu sein, der keinerlei Aufmerksamkeit erregt. Ich will eine ganz normale Arbeit haben, mit der ich gut zurechtkomme, ich will eine normale Familie mit Mann und Kindern. Für mich genügt ein normales Haus in einer normalen Stadt. Und weißt du, warum, Mama? Weil ich nicht allein sein will. Ich will mit ganz normalen Freunden in ganz normalen Cafés sitzen und mich über ganz normale Probleme unterhalten. Denn wenn man nicht normal ist, dann hat man keine normalen Probleme, Mama, und wenn man keine normalen Probleme hat, dann hat man keine normalen Freunde. Menschen wie du … alle erfolgreichen Menschen sagen, dass sie einsamer werden, je mehr Erfolg sie haben. So will ich nicht werden!«

Anna hatte wieder das Gefühl, dass der Abend nicht so verlief, wie sie es erwartet hatte. Die bizarren Worte ihrer Tochter brachten sie beinahe zum Lächeln, aber sie konnte sich gerade noch einmal beherrschen. Sie war sich bewusst, dass ein Lächeln Fanditha mehr verletzt hätte als alles andere.

»Normal? Aber Fanny, du bist doch noch so jung …«

»Und?« Fanditha sah hoch, und Anna bemerkte, wie sich die Schattierung ihrer braunen Augen veränderte. Sie dachte, dass dieses Muster eine fantastische Dekoration für eine Schokoladentorte abgeben würde, als sie plötzlich realisierte, was sie da eigentlich dachte. Ihre Tochter wollte normal sein, und sie träumte von Dekorationen aus Schokolade.

»Und …«, begann Fanditha erneut, »… ich habe alle Möglichkeiten, über mein Leben zu entscheiden. Ich weiß, was ich will. Ich will Freunde haben, wie du sie nie besessen hast, und ich …«

»Ich habe Mari und Fredrik.«

»Ja, du hast Mari und Fredrik. Und außerdem?«

Greg, dachte Anna und nahm schließlich die Flasche Wein aus dem Schrank, weil sie sich nicht länger beherrschen konnte, und goss sich ein Glas ein. Fanditha sah sie erst verächtlich an, holte sich dann aber zu Annas Erstaunen ein eigenes Glas und füllte es zur Hälfte. Sie hob ihr Glas.

»Ein Skål auf die Mittelmäßigkeit, Mama.«

»Bist du deswegen gekommen? Um mir zu erzählen, dass du ein ganz durchschnittlicher Mensch werden willst? Wie ich es nie gewesen bin?«

»Nein, darum ging es mir in der Tat nicht. Ich bin gekommen, um dir zu erzählen, dass ich ein paar Monate lang bei Papa wohnen will. Ich schreibe einen Aufsatz, in dem ich die holländische und die schwedische Wirtschaft vergleiche. In Amsterdam will ich mir die Quellen anschauen. Papa sagt, dass ich von ihm aus sehr gerne auf seinem Boot wohnen darf. Ich glaube zwar nicht, dass ich länger dort bleibe, aber vielleicht eine Weile. Ich fand, dass du das wissen solltest.«

Den Rest des Abends hätten sie genauso gut gleich abschreiben können. Anna versuchte Fanditha über den Inhalt des Aufsatzes auszufragen, und während Fanditha eher widerwillig erzählte, wie wichtig bilaterale Vereinbarungen für kleine Länder seien, tauchten in Annas Kopf mentale Diabilder auf. Unbarmherzig klickten sie weiter, bis sie hätte schreien können. Greg beim Scheuern des Decks, Greg, der sich ihr lachend zuwandte, Greg mit einer Muschel um den Hals, Greg mit Fanditha auf dem Arm, als sie noch ein Baby war und man sie noch umarmen durfte, Greg im Bett, die Arme um sie gelegt. Sie selbst auf Deck, mit Gregs Augen gesehen. Unbesiegbar, schön und einzigartig. So weit von der Durchschnittlichkeit entfernt, wie man es sich nur vorstellen konnte.

Erst als sich Fanditha erhoben, den Mantel angezogen und sich verabschiedet hatte, ohne sie zu berühren, und gegangen war, ohne ein Wort darüber zu verlieren, wie sie in den nächsten Monaten miteinander kommunizieren würden, konnte sie sie sich zu Boden sinken lassen. Sie umklammerte ihre Knie und wiegte sich vor und zurück. Sie fand die Welt nur noch absurd. Sollte sie sich für unfreiwillige Übergriffe schuldig fühlen, die sie nicht einmal verstehen konnte, während Hans Karlsten seine Demütigungen ständig wiederholte, ohne sich zu schämen? Es wäre alles so viel einfacher, wenn der Mensch Schuld für die richtigen Dinge empfinden könnte. Dann dachte sie, dass Funditha über ihre Gedanken nur gelacht hätte. »Das ist typisch für dich, Mama«, hätte sie gesagt. »Wie immer glaubst du, dass du über die einzig gültige Definition verfügst. Du glaubst sogar darüber entscheiden zu können, worauf ein Gewissen reagieren sollte.«

KAPITEL 9

Sie stand hinter dem Baum und wusste nicht mehr, wie lange sie schon dort wartete, aber das spielte auch keine Rolle. Während es um sie herum immer dunkler wurde, kam ihr in den Sinn, dass sie sich in Überlegungen verrannt hatte, die sie niemandem mitteilen konnte. Diese Gedanken kamen ihr klebrig vor. Sie schaute auf die Uhr. Fünf Minuten, zehn, fünfzehn, zwanzig, eine Stunde, ein Tag, eine Ewigkeit, ein Kreis.

Der Entschluss, Elsa Karlstens Mann zu ermorden, war nie ein Entschluss gewesen. Aber während der letzten Tage dachte sie unablässig über Gesehenes und Gehörtes nach. Bis sie schließlich zu dem Schluss gelangte, dass ein paar Jahre hin oder her am Ende eines fortgeschrittenen Lebens in diesem Zusammenhang lächerlich waren, nur ein Punkt im Universum. Natürlich zögerte sie zunächst. Aber dann konzentrierten sich ihre Gedanken auf den kleinen Finger von Elsa Karlsten. Sie hatte Elsas Bericht wieder im Ohr und den steifen Finger vor sich gesehen. Sie hörte die Melodien, die Elsa nie mehr würde spielen können, und empfand selbst einen Schmerz dabei, wie sie es nie für möglich gehalten hätte.

Jetzt war sie hier, weil sie eine längere Zeit das Haus betrachten wollte, in dem Hans Karlsten lebte und wirkte. Irgendwie war sie davon ausgegangen, dass ein Haus, das das

Böse beherbergte, auch Böses ausstrahlen würde. Die Fenster hätten schwärzer wirken müssen als die anderer Häuser, und sie hatte sich die Fensteröffnungen mit Dornen vorgestellt. Die Konturen hätten schärfer sein müssen und das Dach schwerer. Aber sie konnte davon überhaupt nichts erkennen. Sie sah nur ein Haus vor sich, in dem eine x-beliebige, glückliche Familie hätte wohnen können, in dem Papa und Mama einander und ihre Kinder und die Kinder ihre Eltern liebten, die einander liebten und so weiter. Liebe wie eine aufsteigende Spirale. Vielleicht gab es sie ja wirklich. Vermutlich war es ja dieser Gedanke, der sie dazu veranlasste, hinter dem Baum stehenzubleiben, obwohl sie eigentlich gar nicht so lange hatte bleiben wollen. Mit dem Rücken an den rauen Stamm gelehnt und die krummen Äste über sich, dachte sie auf einmal an das Ei.

Sie musste immer um sechs Uhr aufstehen, damit sie den Schulbus nicht verpasste. Da hatte ihr Vater dann schon die Frühschicht begonnen, und ihre Mutter lag noch im Bett und schlief, obwohl sie das vielleicht nicht tun sollte. Sie selbst verlor nie ein Wort darüber, und Mama versprach immer, dass sie am Vorabend »etwas« fertigmachen würde, damit sie »etwas« zu essen mitnehmen konnte. Das Problem war nur, dass es dieses »Etwas« dann nur selten gab. Es wurde vergessen oder verschwand in der Eile.

Ratlos stand sie dann vor dem Kühlschrank, vor Angst, den Bus zu verpassen, machte sie sich beinahe in die Hose. Sie starrte auf das nicht vorhandene Frühstück, bis sie ganz oben eine Packung Eier entdeckte, ihre Rettung. Sie nahm eines mit und schlug es dann im Bus vorsichtig an der Scheibe auf und trank es roh, bis sie nur noch die Eierschale in der Hand hielt, die sie an die Haut eines Menschen erinnerte. Anfänglich kam ihr das eklig vor, aber schließlich gewöhnte sie sich daran. Mehrere Wochen lang waren die Eier ihre Rettung, da der Karton immer an derselben Stelle im Kühlschrank stand und nach einem System, das sie nicht begriffen hatte, für das sie aber dankbar war, immer wieder aufgefüllt wurde.

Das Ende ging nicht von den Leuten aus, die das Sagen gehabt hätten, also Lehrern oder Eltern, es waren ihre Mitschüler, die sie verrieten. Eines Tages rief die Lehrerin sie nach der Stunde zu sich und fragte, ob sie zu Hause nicht ordentlich frühstücken würde. Sie wusste nicht, was sie antworten sollte, und da sprach sie ihre Lehrerin direkt darauf an, ob es stimme, was ihre Mitschüler erzählen würden. Würde sie im Schulbus rohe Eier essen? Die Lehrerin war recht nett, und schließlich gab sie zu, dass sie jeden Morgen allein aufstehen würde. Sie hätte herausgefunden, dass sie mit einem Ei bis zum Mittagessen durchhalten könnte. Sie hatte angenommen, dass ihre Lehrerin ihr Vertrauen nicht missbrauchen würde, aber diese enttäuschte sie. Was dann geschah, ließ sie für immer einsehen, dass Unterdrückung nicht als einzelne Größe zu betrachten war. Unterdrückung war vielmehr eine unendliche Kette aus Denunziation, falschem Mitleid, Sensationslust, Machtmissbrauch, Selbstsucht und Schadenfreude, um nur einige Glieder zu nennen. Im Fall Karlsten erkannte sie sie alle wieder.

Während *Kleopatras Kamm* daran arbeitete, Elsa Karlsten auf eine »zivilisierte« Art und Weise zu helfen, war sie der Frage nachgegangen, wo Hans Karlsten in den Jahren bis zu seiner Pensionierung gearbeitet hatte. Sie telefonierte mit einigen Chefs seiner Firma und fand schließlich heraus, dass man ihn an seinem Arbeitsplatz verabscheut hatte. Hans Karlsten hatte nicht nur intrigiert und Kollegen regelmäßig runtergemacht, er war auch in einen Fall von sexueller Belästigung verwickelt gewesen. Die Sache wurde damals von der Firma unter den Teppich gekehrt, indem man der Frau schwarz eine größere Geldsumme zahlte. Später stand Karlsten außerdem im Verdacht, die Buchführung manipuliert zu haben. Dass man ihn nicht gefeuert hatte, lag einzig und allein daran, dass er Teilhaber der Firma und nicht sonderlich oft im Büro anzutreffen gewesen war.

Schuld. Dieses Wort umschwirrte ihren Kopf, bis ihr klar wurde, dass es sich um eine Mücke handelte, die in der Dunkelheit einen herbstlichen Totentanz aufführte. Sekunden, Minuten, Stunden, Tage, Ewigkeit, ein Kreis.

Sie dachte, dass es an der Zeit sei, aufzubrechen, konnte sich aber nicht dazu überwinden. Sämtliche Fenster waren schon lange dunkel, und sie fror an den Füßen. Sie hätte sich ein Paar andere Schuhe anziehen sollen. Dann sah sie, wie die Haustür geöffnet wurde. Eine schmale Gestalt ging auf leisen Sohlen zur Mülltonne, warf etwas hinein, drehte sich um und ging zurück. Trotz Dunkelheit konnte kein Zweifel daran bestehen, dass es Elsa Karlsten gewesen war. Genauso wenig war daran zu zweifeln, dass sie ins Haus zurückgekehrt war, ohne die Haustüre abzuschließen. Das wirkte zwar unwahrscheinlich, aber vielleicht machte es für jemanden, der das Böse bereits im Haus hatte, nicht viel Sinn, es aussperren zu wollen. Konnte es so einfach sein, dass es Gott gab und dass er dem, der sehen wollte, den Weg wies?

Sie dachte eine Weile darüber nach. Dann ging sie einfach auf die Haustür zu, drückte die Klinke herunter, öffnete die Tür und trat vorsichtig ein. Sie befand sich in einer dunklen, engen Diele, in der es nach Putzmitteln und alten Kleidern roch. Sie hielt inne und lauschte, ob noch jemand auf sei, aber alles war still, so still, dass Elsa Karlsten sich vermutlich wieder hingelegt hatte. Sie atmete rascher und hörte ihr Blut in den Ohren rauschen. Sie musste sich jenes Zuhause einfach anschauen, in dem Elsa Karlsten mit einem Mann, den sie verabscheute, so viele Jahre gelebt hatte. Sie ging ins nächste Zimmer, vermutlich das Wohnzimmer, vollgestellt mit Sofa, Sesseln und Regalen. Gerade als sie um einen Hocker herumgehen wollte, sah sie ihn.

Er saß auf einem Stuhl, den Schwanz um die Beine gelegt und trotzdem bereit, jedem, der ihm zu nahe kam, an die Gurgel zu springen. Er war schwarz, und in seinem offenen Maul funkelten scharfe, gelbe Zähne. Seine Rückenmuskeln wurden von einem kurzen, schwarzen Fell bedeckt, das an das eines Wolfs oder Bären erinnerte. Er war größer als irgendein Hund, mit dem sie sich näher befassen wollte, und als sie in seine glänzenden Augen mit ihren schwarzen Pupillen schaute, konnte sie nur mit Mühe einen Schrei unterdrücken. Sie schaute erneut auf die vorstehenden Augen der Bestie. Noch nie hatte sie ein Tier gesehen, das so geschickt präpariert worden war. Nur der leere Blick seiner Augen verriet, dass es nicht mehr am Leben war, und als sie noch einmal hinschaute, war sie sich nicht einmal sicher, ob sie recht hatte, wenn sie diesem Wesen eine Seele absprach.

Mittlerweile hatten sich ihre Augen an die Dunkelheit gewöhnt. Sie sah sich sorgfältig um und wunderte sich, dass ihr das nicht schon früher aufgefallen war. Sie waren überall. Auf den Regalen, in der Couchecke, auf dem Fußboden und auf den Stühlen. Sie hatten ihre Krallen ausgefahren, ihren Rachen aufgerissen oder ihre Flügel ausgebreitet. So weit sie sehen konnte, war das Wohnzimmer mit ausgestopften Tieren aller Art gefüllt: Katzen, Hunde, Vögel, Eichhörnchen und Füchse, die sie alle in einem letzten Lachkonzert des Todes anstarrten. Ihr war außerordentlich unbehaglich zumute, obwohl sie sich einzureden versuchte, dass sie Ähnliches schon in Naturkundemuseen gesehen hatte, ohne vergleichbare Reaktion. Trotzdem: Die Sammlung toter Tiere in einem normalen Wohnzimmer war so makaber, dass sie spürte, wie ihr der kalte Schweiß den Rücken herunterlief.

Sie wurde von einem Schrei aus einem der Nebenzimmer aus ihren Gedanken gerissen. Die Stimme, die »Elsa« rief, klang überraschend wach, und sie stellte sich hinter eine Tür. Die Situation war so unnatürlich, dass sie am liebsten hysterisch gelacht hätte. Sie drückte sich an die Wand, während sie zuhörte, wie Elsa versuchte, ihren Mann zu beruhigen, der hemmungslos schrie, er müsse pissen. Die unartikulierten Zurechtweisungen und die beschwichtigenden Geräusche kamen näher, und nach einer Weile konnte sie zwei Schatten ausmachen, die sich auf eine Tür zubewegten, vermutlich die der Toilette.

Es stank nach Urin. Aus ihrem Versteck sah sie, wie Elsa Karlsten unter dem Gewicht ihres Mannes, der sich auf sie stützte, fast zusammensackte. Er schwankte. Sie erkannte einen abgetragenen Morgenmantel und darunter ein Paar lappige Schlafanzughosen. Der Gestank war beißend, und sie vermutete, dass Hans Karlsten sein Geschäft vermutlich gerade auf dem Boden vor der Toilette verrichtete. Sie dachte an Parfüm und Rosen, um sich nicht übergeben zu müssen, während sie zusah, wie es Elsa Karlsten gelang, ihren Mann auf die Toilette zu schleifen.

»So, ja, jetzt nur noch geradeaus, siehst du. Einfach nur noch geradeaus …«

»Ich sehe, verdammt noch mal, überhaupt nichts. Dumme Kuh! Was machst du da eigentlich? Scheiße. Wohin gehen wir überhaupt? Ich will auf die Toilette, habe ich doch gesagt! Zur Toilette! Verdammt …«

Sie vernahm Geräusche aus der Toilette. Dann trat Elsa Karlsten mit ihrem Mann, der immer noch an ihr hing, wieder in die Diele, und beide verschwanden wieder, vermutlich Richtung Schlafzimmer. Hans Karlsten fluchte und schrie, und Elsa versuchte ihn zu beschwichtigen. Dann ein dumpfes Geräusch, das Knarren von Bettfedern, und nach einer Weile rasselndes Schnarchen und vielleicht ein leises Weinen.

Sie wartete noch eine Weile. Dann folgte sie dem Gestank, bis sie zu der Tür kam, die vermutlich ins Schlafzimmer führte. Sie schaute hinein.

Ein unförmiger Klumpen in einem zerwühlten Bett. Gestank von Alkohol und Urin. Neben dem Klumpen eine leichte Erhöhung unter einer Decke. Kleider auf dem Fußboden und Kleider ordentlich auf einen stummen Diener gehängt. Schwarz und weiß.

Sie ging auf Hans Karlsten zu und schaute in sein faltiges Gesicht, auf seine gefurchten Lider und den kraftlosen Mund mit Spucke in den Mundwinkeln, aus dem das laute Schnarchen drang. Auf einmal war alles nicht nur einfach, sondern auch selbstverständlich und vorherbestimmt. Das große Kissen am Fußende schien für sie bereitgelegt worden zu sein. Sie nahm es, legte es auf den stinkenden Mund und drückte zu. Aus einem seltsamen Grund hatte sie nicht mit größerem Widerstand gerechnet. Deswegen erstaunte sie darüber, wie kräftig die Zuckungen waren und wie panisch er mit seinen Armen um sich schlug. Mit seinen Fingern bekam Hans Karlsten ihren Arm zu fassen, und bei der Berührung wurde ihr fast übel vor Ekel und Angst davor, dass er sie überwältigen könnte. Panisch warf sie sich auf das Kissen und drückte es Hans Karlsten mit ihrem ganzen Körpergewicht aufs Gesicht. Nach einer Weile spürte sie, dass die widerlichen Bewegungen unter ihr nachließen. Schweißnass und zitternd richtete sie sich auf, erschöpft, aber auch seltsam ruhig. Als sie das Kissen wegnahm, fand sie nicht, dass sich Hans Karlstens Gesicht zu seinem Nachteil verändert hatte. In jedem Tod ist ein Lachen verborgen, hatte sie einmal auf einem Gemälde in einer Kirche in Riga gelesen.

Sie schüttelte das Kissen auf und legte es wieder ans Fußende. Dann wollte sie gehen, doch sie spürte plötzlich, dass sie beobachtet wurde. Sie schaute hoch und sah, dass Elsa Karlsten im Bett lag und sie anstarrte. Eine ewige Sekunde sahen sie sich an. Dann drehte sie sich um und verließ das Zimmer. Als sie die Haustür hinter sich schloss, dachte sie, dass sie doch die richtigen Schuhe getragen hatte, etwas auszuführen, was sich nur als ein gutes Werk bezeichnen ließ. Jedenfalls hier, auf dieser Seite der Ewigkeit. Es kam ihr in den Sinn, dass die Franzosen den Orgasmus gelegentlich als »kleinen Tod« bezeichneten. In ihrem Fall war es umgekehrt gewesen. Für sie war der Tod von Hans Karlsten ein kleiner orgiastischer Genuss gewesen.

KAPITEL 10

Mari lehnte sich auf ihrem Stuhl zurück. Jo hatte wie angewiesen den Kaffee frisch gemahlen, statt den gemahlenen vom Vortag zu verwenden. Der Kaffee schmeckte nach Gelassenheit. Mari fiel auf, dass Anna ins Leere starrte, und die Marmelade aus der Heidelbeerschnecke, von der sie gerade abgebissen hatte, ihr das Kinn herunterlief.

»Du siehst etwas müde aus, Anna. Geht es dir nicht gut?«

Anna wischte sich mit der Hand das Kinn ab.

»Nein, es geht mir nicht gut, und da ich mich nicht sonderlich gut darauf verstehe, mir selbst leidzutun, sind meine Symptome vielleicht schlimmer als bei anderen. Panditha… ich meine natürlich, Fanny… hat mich besucht und erzählt, dass sie eine Weile nach Amsterdam fahren und bei Greg auf dem Hausboot wohnen will. Das nimmt mich ziemlich mit. Dass Fandithas und mein Verhältnis nicht so ist, wie man es sich vielleicht wünschen könnte, daran habe ich mich mittlerweile gewöhnt. Das habe ich zumindest geglaubt. Ich habe mir eingebildet, dass ich getan habe, was in meiner Macht stand, und dass es für uns beide schon reichen würde, wenn ich sie nur genug liebe. Aber so scheint es nicht zu sein. Je mehr ich versuche, mich ihr zu nähern, umso mehr entgleitet sie mir. Da stehe ich dann mit meiner Liebe und einem Kind, das sagt, nein danke, behalte deine ekligen Gefühle für dich. Das ist nichts Neues, denn so war sie, seit ich sie zur Welt gebracht habe. Dass sie Greg immer vorgezogen hat, weiß ich auch. Auf eine seltsame Art und Weise ist alles immer meine Schuld, auch wenn er etwas Dummes angestellt hat. Meine stellvertretende Schuld scheint ein unerhört entscheidender Faktor in ihrer Vorstellungswelt zu sein … ich weiß das … und trotzdem …«

»… möge dieser Kelch an mir vorübergehen«, meinte Fredrik vorsichtig. Er hatte sein belegtes Brot noch nicht angerührt, und Mari fand, dass er schmaler im Gesicht war als noch vor ein paar Wochen. Sie wollte etwas entgegnen, aber Anna kam ihr zuvor.

»Genau«, sagte sie. »Das hätte Mama auch gesagt, obwohl sie es noch salbungsvoller formuliert hätte. Sie wäre begeistert gewesen, dass mein Verhältnis zu Fanditha genauso schlecht ist wie ihres zu mir. Für sie ist Fandithas abweisende Haltung nur ein Beweis dafür, dass Gott gerecht ist. Mamas Gott war nur selten verzeihend, sondern hat mit Begeisterung verurteilt, und zwar mehr streng als gerecht. Ihr ist das Alte Testament immer lieber gewesen als das Neue. Ich bin sicher, dass sie glaubt, Jesus sei viel zu sanft mit seinem ewigen Verzeihen und seinem Grundsatz, der, der ohne Schuld ist, solle den ersten Stein werfen.«

»Du hast dieses Verurteilende nie als ein Indiz dafür gesehen, dass sie sich um dich sorgte?«

»Wie meinst du das?«

Fredrik schwieg einen Augenblick. Mari betrachtete sein rosa Hemd und war froh, dass sie selbst einen flauschigen, lavendelfarbenen Pullover trug, der gut zu ihrer Augenfarbe passte. Die Wolle bewirkte, dass sie sich in einer unsicheren Welt geborgen fühlte.

»Meine Mutter hat mich einmal darum gebeten, zu tun, als sei ich Luft«, sagte Fredrik schließlich. »Ich war sechs Jahre alt, und Mama hatte ein paar Nachbarinnen nach Hause eingeladen. Sie fand im Dorf nicht ihresgleichen, was dazu führte, dass sie eigentlich auch keine richtigen Freundinnen besaß. Aber manchmal gefiel es ihr, sich in der Bewunderung der anderen zu sonnen. Dann lud sie Leute ein und tischte Sachen auf, die die anderen noch nie gesehen hatten, aber dennoch so taten, als würden sie sie schon kennen. Eigentlich ganz lustig, dass man sie nicht vollkommen ignorierte, aber ich vermute, das lag einfach daran, dass es ihr sowieso nichts ausgemacht hätte. Sie war so vollkommen von ihrer eigenen Überlegenheit überzeugt, dass der Spott der anderen einfach an ihr abgeprallt wäre. Deswegen wählten sie die zweitbeste Methode. Das Akzeptieren und vorsichtige Bewundern.

Dieses Mal hatte sie zum Soufflé eingeladen. Ich hatte ihr beim Zubereiten zugeschaut. Es faszinierte mich, dass es so luftig werden würde. Ich war neugierig, wie es wohl schmecken und wie die Gäste reagieren würden. Sie hatte davon erzählt, versteht ihr. Beschrieben, wie es im Ofen aufgehen und eine goldbraune Farbe annehmen würde. Sie hatte den Geschmack als knackig, knusprig, cremig und mild beschrieben… Heute würde ich sagen, dass das eine ungeheuer sinnliche Beschreibung eines Gerichts ist, aber damals wusste ich nur, dass ich es unbedingt probieren wollte… Ich durfte nie dabei sein, wenn meine Eltern Gäste hatten, und darum zu bitten hatte ich mir schon sehr früh abgewöhnt, aber dieses Mal konnte ich mich einfach nicht zurückhalten. Ich half ihr, so viel ich nur konnte, ich half beim Tischdecken und beim Spülen, natürlich im Rahmen der Möglichkeiten eines Sechsjährigen. Dann fragte ich, ob ich mit bei Tisch sitzen dürfe. Sie sah mich an. Dann sagte sie: ›Ja, du darfst dabei sein, Fredrik. Du bekommst eine ganz besondere Aufgabe, über die sich Mama ganz arg freut. Du darfst die Luft sein.‹

Ich verstand erst nicht, was sie meinte. Aber als die Gäste gekommen waren und im Wohnzimmer Platz genommen hatten, schloss sie die Tür von außen und wies mich an, draußen sitzen zu bleiben und Luft zu sein. ›Luft ist lebenswichtig, verstehst du. Wir würden da drinnen gar nicht atmen können, ohne extra Luft, jetzt wo wir sie mit so vielen Leuten teilen müssen.‹«

Fredrik trank einen Schluck Kaffee. Die Hand, mit der er die Tasse hielt, zitterte so sehr, dass er überschwappte. Die Hitze der Flüssigkeit schien ihm nichts auszumachen und ausnahmsweise auch nicht der Fleck auf seinem Ärmel.

»Ich saß zwei Stunden lang in der Diele und war Luft. Schlimmer war jedoch, dass ich es mit Freude tat. Ab und zu kam Mama in die Diele, machte die Tür hinter sich zu und sagte: ›Bravo, Fredrik.‹ Dann sah sie mich durchdringend an und flüsterte: ›Jetzt musst du dich konzentrieren, denn jetzt will Mama singen. Dann braucht sie besonders viel Luft, das weißt du doch.‹ Kurz darauf setzte sie sich an den Flügel und begann sich selbst zu begleiten.

Ich blies mich auf und versuchte dann, die Luft anzuhalten, um keine Luft zu verschwenden. Da kam mein Vater nach Hause. ›Was machst du denn da?‹, wollte er wissen. ›Ich bin Luft, damit Mama und ihre Gäste da drinnen atmen können‹, antwortete ich. Da begann Papa schallend zu lachen. Mein Vater lachte nur selten, aber da lachte er. Er lachte so sehr, dass Mama zu singen aufhörte und in die Diele trat. Sie verabscheute es, beim Musizieren gestört zu werden, aber als sie sein Gesicht sah, wurde sie nachsichtig. ›Luft‹, schnaubte Papa. ›Er war Luft, höre ich. Du bist wirklich eine kleine Gaunerin, Michelle.‹ Dann ging er auf sie zu und küsste sie vor allen Gästen, die auf dem Sofa saßen. Und als er sie geküsst hatte, rief er Richtung Wohnzimmer: ›Jetzt habt ihr wieder was zum Rumerzählen.‹ Ich bekam hauptsächlich deswegen Angst, weil ich wusste, dass Mama Umarmungen nicht mochte. Aber als er sie losließ und sie sich umdrehte, hatte es den Anschein, als sei gar nichts passiert. Aber das Schlimmste … das Schlimmste war, dass Mama anschließend ins Wohnzimmer ging und in größter Ausführlichkeit alles erzählte. Sie machte eine Theatervorstellung daraus und spielte sowohl sich als auch mich. Alle lachten sich schlapp. Alle diese Frauen, die es nicht wagten, meine Mutter zu verspotten, konnten jetzt ihre Frustration an mir auslassen. Mir wurde klar, dass man mich betrogen hatte, aber wie sehr, erkannte ich erst Jahre später. Seltsam eigentlich, aber so ist es vermutlich. Demütigungen sind dann am schmerzhaftesten, wenn wir nicht richtig verstehen, was eigentlich vorgeht. Als würde das Gehirn das Böse irgendwo lagern, bis wir reif genug sind, es zu begreifen. Diese Verzögerung ist schlimmer als eine unmittelbare Demütigung. Als könnte sich das Gift über einen längeren Zeitraum besser ausbreiten.«

Mari hatte das Gefühl, dass Fredrik mehr erzählt hatte als beabsichtigt, und es bereits bereute. Sie erinnerte sich, dass er einmal geäußert hatte, seine Kindheit werde nicht besser dadurch, dass er sich über sie ausließe. Er könne ohne das Mitleid seiner Freunde und die professionell gutgemeinten Ratschläge eines Psychologen auskommen. Er sei eben ein Störfaktor in der seltsamen Zweisamkeit seiner Eltern gewesen. Sie hatte ihm beigepflichtet: Auch ihre Erlebnisse behielt sie für sich. Da Anna eben noch davon erzählt hatte, wie sehr sie ihre Tochter liebte, erschien Fredriks Bericht noch tragischer. Wie war es möglich, das eigene Kind nicht zu lieben? Sie selbst hätte sich vor Liebe umbringen können.

»Entschuldige, Anna«, sagte Fredrik, nachdem er einen Augenblick lang geschwiegen hatte. »Hier sitze ich und beklage mich über meine Eltern, dabei wolltest du doch etwas erzählen. Ich wollte nur sagen, dass es manchmal schon vorzuziehen ist, wenn die Eltern überhaupt reagieren. Ignoriert zu werden ist viel schlimmer. Luft. Ich glaube, mit meiner Wut hätte ich umgehen können, wenn mir die Gleichgültigkeit erspart geblieben wäre. Aber so ist es nun mal. Habt ihr weiter über die Situation von Elsa Karlsten nachgedacht?«

Alle waren in Gedanken versunken. Anna hatte ihre Heidelbeerschnecke aufgegessen und streckte die Hand nach Fredriks belegtem Brot aus, biss ab und legte es zurück. Niemand schien es für nötig zu halten, dies zu kommentieren. Fredrik betrachtete nur geistesabwesend den Abdruck, den ihre Zähne in der Brotscheibe hinterlassen hatten. In der Stille war deutlich zu hören, wie Jo sich mit zwei schachspielenden Stammgästen unterhielt. Bela lobte ihren schwarzen Kaffee, und Gottfrid das Baiser, das »luftig wie die Hand eines Engels« sei. Jo entgegnete etwas und lachte. Ein hohes, schallendes Lachen, in das die beiden Männer einfielen.

Seit Elsa Karlsten sie vor fast einer Woche aufgesucht hatte, hatten sie alle konzentriert nach Möglichkeiten gesucht, ihr zu helfen. Fredrik suchte die Gesetze heraus, die Elsa Karlsten auch ein Leben nach der Scheidung garantieren würden. Mari informierte sich bei Frauenhäusern, und Anna suchte nach einer Wohnung, in der Elsa Karlsten vorübergehend wohnen könnte. Sie stellten die Ergebnisse zusammen, ohne noch einmal auf Elsas ursprünglichen Wunsch zu sprechen zu kommen. Die Begegnung mit ihr und die anschließende Diskussion waren makaber genug gewesen. Sich detailliert damit auseinanderzusetzen, wie ein eventueller Mord zu bewerkstelligen sei, empfanden sie als abstoßend.

Mari hatte mit David nicht noch einmal darüber gesprochen. Sein spontanes Ja zu einem Mord überraschte sie nicht, und es gab nichts mehr zu diskutieren. Sie wollte nicht daran denken, wie kalt er gewirkt hatte, als er diese Worte ausgesprochen hatte. Sie wollte auch nicht an seine weißen Hände denken, die die Kälte in ihre Arme massiert hatten. Stattdessen war sie zu dem Schluss gekommen, dass die Situation in ihrer Wohnung unerträglich war und geändert werden musste.

»Wie geht es deinem Vater, Anna?«, fragte sie, um das Thema zu wechseln.

Anna seufzte.

»Nicht mehr lange und er ist ein Pflegefall, oder wie auch immer ihr das nennen wollt. Das Gesundheitswesen weiß nicht wirklich etwas mit ihm anzufangen. Im Augenblick befindet er sich zwar zu Hause, muss sich aber fast jeden Tag akut in der Klinik behandeln lassen, weil ihn ein solcher Druck auf der Brust quält. Er ist zu gesund, um stationär behandelt zu werden, und zu krank, um zu Hause zu sein. Und die Betreuung zu Hause funktioniert auch nur sehr unzuverlässig. Er ist einfach nicht mehr in der Lage, sich selbst zu versorgen. Mama ist zwar der Ansicht, dass er am Telefon immer so munter klingt, aber diesen Eindruck gewinnt man leicht einmal, wenn man selbst im portugiesischen Ferienhaus logiert. Und auch meine geliebte Schwester hat so viel zu tun, dass sie sich einfach nicht loseisen kann. Die Pferde müssten jeden Tag versorgt werden, sagt sie, und Mama hat dafür vollstes Verständnis. Bei mir ist das etwas anderes: ›Du wohnst doch so nah, und du hast doch Zeit.‹«

Mari wusste, dass Annas Mutter ihren Vater kurz vor ihrer und seiner Pensionierung verlassen hatte. Anna behauptete, sie müsse das Ergebnis einer Jungfrauengeburt sein, da sie sich einfach nicht vorstellen könne, wie ihre Mutter vor Leidenschaft und Begierde die Kontrolle verlöre. Eine ökumenische Konferenz an der Westküste hatte jedoch auf mehreren Gebieten Wunder gewirkt, und Annas Mutter nutzte damals die Gelegenheit, um sich mit einem Mann zusammenzutun, der ebenso gottesfürchtig war wie sie selbst.

Der Heilige Geist, vielleicht war es ja auch nur das schlechte Gewissen, bewirkte zwar, dass sie sich nach der Trennung gelegentlich noch bei ihrem Exmann meldete, um zu fragen, ob alles in Ordnung sei oder um ihm zu erklären, was er zu unternehmen habe, damit alles wieder ins Lot käme. Aber im Übrigen gab es so viele, die ihre Hilfe brauchten, dass es schwerfiel, daneben zusätzlich noch für einen ehemals Nahestehenden Zeit zu finden. Seinen Nächsten zu lieben wie sich selbst war oftmals so viel einfacher, wenn dieser sich in Afrika befand und der Gestank der eigenen Nase nicht zu schaffen machte. So umschrieb Anna das immer, und Mari musste ihr da einfach beipflichten. Dass Anna nie einen sonderlich guten Draht zu ihrer Schwester in Schonen gehabt hatte, war auch nichts Neues, und da auch sie selbst ihren wichtigtuerischen Bruder oder ihre abweisende Schwester nur sehr selten traf, konnte sie an dieser Einstellung nichts merkwürdig oder skandalös finden. Gelegentlich hatten sie und Anna festgestellt, dass sie auf eine Art Schwestern waren, so wie es mit ihren biologischen Schwestern nie möglich gewesen wäre.

Anna lauschte Richtung Tür und stellte fest, dass im Café unter Jos Leitung alles bestens zu klappen schien. Sie seufzte.

»Zum ersten Mal in meinem Leben brauche ich wahnsinnig dringend Geld«, sagte sie. »Ich hätte nie geglaubt, dass ich so etwas einmal sage, aber Papa und ich brauchen Geld. Das Beste für ihn wäre, wenn er in ein nettes Heim käme, in dem er nicht mehr so allein ist und man sich um ihn kümmert. Er ist noch vollkommen klar im Kopf, nur seiner selbst und seines Körpers etwas müde. Sein Organismus hält mit seinen Gedanken und mit seinem Willen einfach nicht mehr Schritt. Aber die Wartezeit für die attraktiveren Altersheime in Stockholm beträgt mittlerweile zwanzig Jahre, was bedeutet, dass wir drei uns so allmählich anmelden müssen. Papas Chancen dagegen sind gleich null. Sie liegen begraben unter der stinkenden Ruine, die früher einmal Sozialstaat hieß.

Ich habe ein wenig recherchiert und das perfekte Heim gefunden. Und zwar in Dalarna, wo er herstammt. Neu gebaut, blitzsauber … an einem See gelegen. Zwei hübsche Gebäude, in dem einen sind Wohnungen untergebracht, in dem anderen die Pflegeabteilung samt kompetentem Personal. Hübsche Möbel, gutes Essen, nette Leute … ich war vor ein paar Monaten mal dort. Fünfzehntausend Kronen im Monat, alles inklusive. Dort gäbe es einen Platz für Papa. In ein paar Wochen schon könnte er dort einziehen.«

Geistesabwesend kratzte sie sich im Ausschnitt und fuhr dann fort.

»Aber das ist bloße Utopie, denn wir könnten es uns nie leisten. Und das macht mich wahnsinnig wütend. Denn weder ich noch Papa haben diesem Staat je auf der Tasche gelegen, sondern fleißig gearbeitet und alle verdammten Steuern bezahlt. Jetzt, wo Papa etwas von dem zurückhaben will, was er eingezahlt hat, ist nichts mehr da, was verteilt werden könnte. Er gehört zu einer Gruppe Menschen, die von der Gesellschaft im Stich gelassen wird. Ich freue mich ja, dass es so schöne Heime gibt, aber ich finde auch, dass alle, die so hart gearbeitet haben, Zutritt zu ihnen haben sollten. Und das Furchtbarste ist, dass Elsas… also Elsa Karlstens Besuch hier… also, das Furchtbarste ist, dass ich gelegentlich nachts im Bett liege und denke, jetzt gehe ich einfach quer über die Straße und tue es. Leben um Leben. Ich gehe in das Haus gegenüber, schütte ein Schlafmittel ins Glas, nehme das Geld und schenke meinem Vater ein anständiges Leben. Die Konsequenzen sind mir egal. Es macht mir Angst, dass ich so denke. Versteht ihr mich?«

»Und ein Kredit?«

Anna lachte ironisch.

»Klar, Fredrik. Kredit. Ich wohne in einem Haus, für das ich nicht einmal über einen Mietvertrag verfüge, und habe im Übrigen nur meine chaotische berufliche Laufbahn vorzuweisen. Den Banken sind konventionelle Leute lieber. Und mein Vater ist fast achtzig. Das haut nicht hin.«

Mari rückte das Kissen in ihrem Rücken zurecht.

»Vielleicht«, sagte sie langsam, »vielleicht zahlt uns Elsa ja auch einen Teil der Summe, wenn wir ihr auf andere Weise helfen. Vermutlich nicht die vollen anderthalb Millionen, aber eine Summe, die es dir vielleicht ermöglicht, ihn dort zumindest eine Zeitlang unterzubringen. Außerdem kannst du gerne …«

Sie verstummte. Außerdem kannst du meinen Anteil gerne haben, hatte sie sagen wollen, aber das klang nicht nur verdächtig großzügig, sondern kollidierte auch mit einem Entschluss, den sie gerade erst gefasst hatte. Sie brauchte Geld, um sich einen Traum zu erfüllen. Ohne diesen Traum war sie ein Nichts. Denn wenn sie nichts unternahm, würde Mari als funktionierende Person schon bald nicht mehr existieren.

Sie betrachtete Fredrik und dachte, dass seine Brauen hübscher waren, als ihre das je gewesen waren. Mari hatte das seltsame Gefühl, dass auch er im Begriff gewesen war, Anna seinen Anteil anzubieten, es sich aber genau wie sie selbst im letzten Augenblick anders überlegt hatte.

»Ich habe auch nachgedacht, Anna«, sagte Fredrik. »Ich habe über Elsas Bericht nachgedacht. In den letzten Tagen brachte ich ihren Mann auf alle nur erdenklichen Arten ums Leben: Ich habe seinen Kopf unter Wasser gedrückt. Ich habe ihn überfahren. Ich habe ihm Schlafmittel eingeflößt. Ich habe ihn in einen Abgrund gestoßen. Ich habe ihn erschossen. Sogar erdolcht habe ich ihn, obwohl das eigentlich selbst für meine Fantasien etwas zu blutig war. Das Schlimmste war, dass ich es jedes Mal genoss. Ich habe ein Triumphgeschrei angestimmt, wenn es im Wasser endlich nicht mehr gezuckt hat oder wenn sein Schrei verstummt war, nachdem sich eine Kugel in seine Stirn gebohrt hatte. Aber all das hat sehr wenig mit der Wirklichkeit zu tun oder mit dem rationalen Ich. Die Gedanken sind manchmal die einzige Rückzugsmöglichkeit, die wir besitzen. Du hast jetzt das Gefühl, unter Druck zu sein, Anna. Du liebst deinen Vater, und es geht ihm schlecht, aber deswegen …«

Er wurde unterbrochen, als Jo ihren Kopf durch die Tür steckte. Ehe sie noch etwas sagen konnte, schob Elsa Karlsten sie zur Seite und drängte sich ins Zimmer. Sie wirkte aufgeregt. Haarsträhnen hatten sich unter ihrem Hut gelöst und lockten sich um die Ohren. Der offene Mantel saß schief. Ihr Kleid hatte einen warmen Rotton, der mit der Farbe ihrer Wangen harmonierte. Mari fiel auf, dass sie einen goldglänzenden Lidschatten aufgelegt hatte, der ihren Augen Tiefe verlieh und sie ausdrucksvoller erscheinen ließ. Jo schloss die Tür hinter sich, und Elsa Karlsten setzte sich auf den freien Stuhl am Tisch. Sie streifte die Handschuhe ab und schien die Unruhe, die ihr Eintreffen ausgelöst hatte, nicht zu bemerken.

»Entschuldigt, dass ich hier einfach so reinplatze«, sagte sie. »Ihr wolltet mich natürlich nicht anrufen … kein Misstrauen erregen … aber jetzt dachte ich, muss ich doch vorbeikommen und mich bei euch bedanken. Es hätte gar nicht besser laufen können. Die Polizei war da, hat sich umgesehen und mir Fragen gestellt. Das hat mich natürlich etwas nervös gemacht. Aber sie haben behauptet, das sei Routine, wenn jemand zu Hause stirbt. Die Burschen waren wirklich wahnsinnig nett. Ich glaube auch nicht, dass sie irgendeinen Verdacht geschöpft haben. Der Arzt meinte, das Herz hätte aufgehört zu schlagen. Offenbar vermutete er einen Herzinfarkt. Er hatte schließlich bereits einen. Also ein Infarkt. Jetzt haben sie ihn weggebracht, oder das, was von ihm noch übrig war, muss ich wohl sagen, und ich weiß nicht, ob sie ihn noch weiter untersuchen. Aber dem Arzt und den Sanitätern ist natürlich aufgefallen, dass er nach dem Schnaps stank, den er vor dem Einschlafen noch getrunken hatte. Als sie sich dann die Tablettenschachteln angesehen haben, schienen sie nicht mehr daran zu zweifeln, dass er eines natürlichen Todes gestorben ist, verursacht von den Krankheiten, an denen er bereits litt, und von dem, was er zu sich genommen hatte. Und seinem Herzen natürlich.«

Sie hielt kurz inne, um Luft zu holen. Nervös strich sie mit den Händen über den Mantel und fuhr sich mit der Zungenspitze über die Lippen.

»Ich glaube, ich habe einen vertrauenerweckenden Eindruck gemacht. Von einem eventuellen Verhör war nicht die Rede. Im Gegenteil. ›Unser aufrichtiges Beileid‹, haben sie gesagt. Ich hatte wirklich Mühe, nicht laut aufzulachen. Ja, ich verstehe, dass es gefühllos klingt, wenn eine alte Frau wie ich nicht einmal angesichts eines Todesfalls etwas ergriffen sein kann. Ich sollte zumindest vorsichtig sein. Aber ich musste jetzt einfach herkommen. Um euch meine Dankbarkeit auszusprechen. Weil ich ... also, weil ich solche Angst hatte ... und jetzt ...«

Tränen liefen ihr die Wangen herunter. Sie unternahm nichts, um sie zurückzuhalten, schniefte nur lautstark und schüttelte den Kopf. Mari merkte, wie sich die Kälte, die sie in Davids Gesellschaft immer empfand, in ihren Armen und Beinen ausbreitete. Sie hatte einen trockenen Mund und versuchte sich zu räuspern, während sie die anderen ansah. Anna war bleich geworden, und Fredrik hatte sich vorgebeugt und den Kopf in die Hände gelegt. Sie konnte sein Gesicht nicht mehr sehen.

»Du willst also sagen, dein Mann ... Hans Karlsten ... ist tot?«, brachte sie schließlich über die Lippen. Sie flüsterte. Elsa Karlsten sah sie unter Tränen erstaunt an.

»Natürlich ist er tot«, schluchzte sie. »Obwohl ich kaum wage, das zu glauben. Ich muss zugeben, dass es Tage gegeben hat, an denen ich glaubte, dass ihr mir nicht helfen würdet. Trotzdem habe ich die Hoffnung nie aufgegeben. Bis sie auftauchte. Entschlossen und von ihrer Mission überzeugt. Und es war ... fast schön. Mir ist klar, dass das seltsam klingen muss, aber das war mit das Schönste, was ich je gesehen habe. Als sei der Racheengel aus dem Himmel herabgestiegen, um Gerechtigkeit zu verlangen. So sah sie jedenfalls aus. Ein dunkler Schatten. Und dann dieses Haar. Ich werde es nie vergessen.«

»Wen hast du denn gesehen?« Annas Frage klang angestrengt. Fredrik hatte noch immer den Kopf in die Hände gelegt und bewegte sich nicht. Elsa Karlsten starrte vor sich hin, als versuche sie, sich das nächtliche Bild wieder in Erinnerung zu rufen.

»Wie gesagt habe ich einen Racheengel gesehen und keinen Menschen. Mir ist klar, dass das ebenfalls ein Teil des Planes war. So würde ich nie jemanden bezichtigen können, da ich wirklich nicht weiß, wer es war, der da in meinem Schlafzimmer stand und meinem Mann ein Kissen aufs Gesicht drückte. Es hätte jeder x-Beliebige sein können. Für mich ist es auch ... jeder x-Beliebige. Das hat alles mit euch nichts zu tun. Aber ich will trotzdem zahlen, so schnell wie möglich. Und zwar bar. Aber vermutlich dauert es ein paar Wochen, bis ich einen finanziellen Überblick habe. Jetzt muss ich mich erst um ein paar praktische Dinge kümmern. Die Beerdigung. Ihr müsst kommen. Ich brauche eure ... Unterstützung. Erst dann werde ich das Haus und alles andere verkaufen können. Das Ergebnis fällt besser aus, wenn man eins nach dem anderen erledigt. Das hat mein Mann immer gesagt, wenn er mir erklärte, wie es an einem richtigen Arbeitsplatz zugeht.«

Elsa Karlsten verstummte. Dann lächelte sie, und ihr verquollenes Gesicht wurde von einer unschuldigen Freude beseelt, die sie jünger erscheinen ließ, als sie eigentlich war. Mari sah sie an und erschauerte. Elsa Karlsten sprach wie in Trance. Die Frau auf dem Stuhl unterschied sich so sehr von der Person, der sie vor einer Woche begegnet waren, dass es schon fast beklemmend war. Der Racheengel, die Nemesis, die Tochter der Nacht.

Sie versuchte, etwas zu sagen, aber Elsa Karlsten kam ihr zuvor.

»Ich stand neben dem Bett und betrachtete meinen toten Mann. Bevor die Polizei und der Krankenwagen eingetroffen sind. Er wirkte ganz friedlich. Ich dachte, dass ich ihn irgendwann einmal geliebt haben muss. Zu Anfang. Aber ich konnte mich nicht erinnern, wie das gewesen war. Ich empfand ... überhaupt nichts. Ich konnte nur an all das denken, was mein Mann mir angetan hat und erkannte, dass die Vergangenheit ein wunderbarer Tempus ist, jedenfalls wenn von einem Mann wie dem meinen die Rede ist.«

KAPITEL 11

Niemand sagte etwas. Hinter der geschlossenen Tür, durch die Elsa Karlsten verschwunden war, war das Klirren von Gabeln und das Lachen eines ehemaligen Kunden zu hören, eines geschiedenen Mannes, der sich von *Kleopatras Kamm* gelegentlich in Erziehungsfragen hatte beraten lassen. Fredrik hatte ihm erklärt, was es bedeutete, tolerant zu sein und ein offenes Ohr zu haben. Jetzt betete er innerlich, dass der Mann ihn nicht erneut konsultieren wollte.

Anna starrte so durchdringend auf einen Fleck hinter seinem Rücken, dass er sich umdrehen musste, um zu sehen, was sie fixierte. Mari zupfte an einem losen Faden ihres Pullovers und fluchte, als es ihr nicht gelang, ihn herauszuziehen. Ihre Halsmuskeln waren angespannt. Das Schweigen war unerträglich. Er brach es, indem er flüsterte, dass sie es selbst getan haben müsse. Also Elsa Karlsten. Sie und niemand anderes.

»Sie muss verwirrter gewesen sein, als wir ahnten, oder die psychische Misshandlung muss brutaler gewesen sein, als sie uns anvertraut hat«, sagte er. Dann erklärte er umständlich, dass er sich immer schuldig fühlen würde, weil er die Situation falsch eingeschätzt und damit dem Mord, der offenbar verübt worden war, den Boden geebnet hatte.

»Ich ließ mich irreführen«, versuchte er sich selbst zu überzeugen. »Irreführen von dem Fürchterlichen, das sie uns erzählte. Ich konnte es ihr so nachfühlen … mir ist mein gesunder Menschenverstand gänzlich abhandengekommen … jetzt können wir nur hoffen …«

»Was?« Annas Frage glich einem Schrei. Anschließend brach sie in Tränen aus. Fredrik sprang von seinem Stuhl auf und nahm sie in die Arme, er strich ihr übers Haar und redete ihr beruhigend zu, während Mari nervös mit dem Fuß wippte. Nach einer Weile beruhigte sich Anna so weit, dass sie die Frage stellen konnte, mit welchen Folgen sie nun zu rechnen hatten. Würde die Obduktion irgendwelche Ungereimtheiten zutage fördern? Würde Elsa Karlsten dichthalten? Hatte jemand etwas von ihrem Besuch bei ihnen mitbekommen? Was sollten sie tun, falls sie sie wirklich bezahlte?

Die Erwähnung der Geldzahlung weckte Mari aus ihrer inneren Isolierung. Ihr Bein wippte immer noch, aber ihre Stimme klang ruhig.

»Ich bin ganz deiner Meinung, Fredrik«, meinte sie. »Wir haben die Lage falsch eingeschätzt. Wir haben den Ernst ihrer Ausführungen nicht durchschaut, und wir waren so dumm, zu glauben, dass wir diese Situation alleine bewältigen könnten. Trotzdem wage ich zu behaupten, dass es Entschuldigungen gibt. Wir hatten alle in den verschiedensten Zusammenhängen mit unterschiedlichsten Menschen zu tun. Wir hatten es nie sonderlich leicht mit unseren Familien, mit der Verwandtschaft, Kollegen. Wir dachten, unsere Erfahrung reicht aus, und wir haben uns geirrt. Jetzt müssen wir das Beste aus der Situation machen.«

Fredrik war erstaunt, dass sie so gefasst klang. Sie legte eine Geistesgegenwart an den Tag, die er ihr, um ehrlich zu sein, nie zugetraut hätte. Er war nervös, als er wieder das Wort ergriff, als könne man alles, was er sagte, gegen ihn verwenden.

»Wenn ich richtig verstanden habe, dann hat Elsa Karlsten ihren Mann mit einem Kissen erwürgt. Ihn im wahrsten Sinne des Wortes endgültig zum Schweigen gebracht. Darin liegt eine Symbolik, die auffällig ist. Aber es ist nicht die Methode, die mir zu denken gibt, sondern die Frage, ob sie möglicherweise Spuren hinterlassen hat. Hat er sich gewehrt? Hat er Fingerabdrücke hinterlassen? Etwa an Elsas Armen? Werden die Ärzte die Leiche so sorgfältig untersuchen, dass sie Textilfasern in der Luftröhre entdecken?«

»Ich kann das vielleicht herausfinden.« Anna, die immer noch weinte, unternahm einen Versuch, sich zu sammeln. Sie wickelte mechanisch eine Haarsträhne um einen Finger und kümmerte sich dann nicht weiter um den Knoten, der sich gebildet hatte.

»Ich war mit Papa so oft im Krankenhaus, dass ich die Ärzte dort mittlerweile ziemlich gut kenne. Mit einigen von ihnen stehe ich sogar auf so gutem Fuße, dass ich sie problemlos fragen kann, wie die Routinen aussehen, wenn jemand zu Hause stirbt. Im Hinblick auf meinen Vater ist die Frage auch gar nicht so weit hergeholt.«

Fredrik hatte das Gefühl, dass es ihr schwerfiel, dies auszusprechen. Als ob Gott sie für das, was geschehen war, strafen würde, indem er ihren Vater allein sterben ließ, zu Hause, ohne eine wärmende Hand oder beruhigende Stimme in der Nähe. Er versuchte sie abzulenken, indem er sie an das erinnerte, was Elsa Karlsten gesagt hatte, bevor sie gegangen war.

»Elsa wollte Kuchen mitnehmen«, sagte er. »Und sich damit zu Hause in die Küche setzen und essen, dabei ein Buch lesen oder einfach nur aus dem Fenster schauen. Zwei Stunden wollte sie sich gönnen. Hat sie das nicht gesagt? Dass sich alle eine Stunde gönnen können, aber nur diejenigen, die wirklichen Frieden empfinden, zwei Stunden und mehr? Wollte sie nicht der Stille lauschen? Sie sah glücklich aus, als sie das gesagt hat…«

Weder Anna noch Mari erwiderten etwas. Vielleicht dachten sie beide, dass Elsa Karlsten jetzt frei war. Sie hatte zwar die Tür ihres Käfigs mit einer unzulässig brutalen Methode geöffnet, aber es war ihr geglückt. Jetzt war alles offen, sie hatte Zeit. Zeit für sich, für ihre Kinder und vielleicht auch für ihre Enkel. Für Reisen. Für Geborgenheit und einen ruhigen Nachtschlaf.

Erst als er das gedacht hatte, ging ihm auf, was er, ja, was sie alle von Anfang an hätten vermuten müssen.

»Vielleicht ist er ja wirklich eines natürlichen Todes gestorben«, meinte er ganz erstaunt über diese späte Einsicht. »Elsas Darstellung war dramatisch. Wir haben uns mitreißen und irreführen lassen. Aber was gibt es eigentlich für einen Grund, anzunehmen, dass das, was sie uns erzählt hat, wahr ist? Wenn sich Arzt und Sanitäter einig sind, dass ihr Mann eines natürlichen Todes infolge eines Herzinfarkts gestorben ist, er hatte früher schon einmal einen ... wenn es im Zimmer nach Alkohol stank, wenn er getrunken und gleichzeitig starke Tabletten genommen hatte ... Hans Karlsten war alt und krank, so viel wissen wir. Wir wissen auch, dass Elsa Karlsten vor einer Woche zu uns kam und uns bat, ihn zu töten. Aber wenn wir von diesem Besuch einmal absehen und wenn niemand etwas anderes behauptet, haben wir dann noch die geringste Veranlassung, daran zu zweifeln, dass Hans Karlsten einen Herzinfarkt erlitten hat? Vielleicht spürte er ja, dass seine Frau ihn verlassen würde, und das hielt sein Herz nicht aus? So was kommt vor. Dass seine Frau dann von einem rettenden Racheengel gesprochen hat, müssen wir vermutlich symbolisch deuten. Sie hat vielleicht Visionen, weil sie psychisch aus dem Gleichgewicht geraten ist. Aber das macht sie nicht gleich zu einer Mörderin.«

Mari atmete schwer. Fredrik hatte den Eindruck, dass sie aufatmete.

»Du hast recht«, sagte sie nach einer Weile. »Natürlich hast du recht. Idiotisch, dass wir gleich von einem Mord ausgegangen sind, nur weil… Wir unternehmen jetzt mit Ausnahme von Annas diskreten Nachforschungen erst einmal überhaupt nichts und warten ab, was passiert. Geschieht nichts, dann haben wir uns auch nichts vorzuwerfen. Hans Karlsten ist eines natürlichen Todes gestorben, und wir haben unser Bestes getan. Solche Dinge können passieren, das wissen wir alle.«

Anna nickte. Eine Weile lang schwiegen sie, dann entschuldigte sich Mari und verließ das Zimmer. Anna und Fredrik wandten sich den Grundrissen eines neugebauten Einfamilienhauses etwas außerhalb der Stadt zu, für das sie Vorschläge für die Einrichtung machen sollten. Erstaunlich konzentriert einigten sie sich auf eine einheitliche Linie und machten dann jeder für sich mit den Einzelheiten weiter. Mari kam nach einer Stunde zurück. Die Stunde, die sich jeder laut Elsa Karlsten erlauben kann, dachte Fredrik.

Einige Stunden später saß er im Fata Morgana und hörte zu, wie Miranda einen Song vortrug. »Raus mit den Männern aus dem Reichstag, und raus mit den Männern aus dem Landtag, und raus mit den Männern aus dem Herrenhaus, wir machen draus ein Frauenhaus!« Dieses Lied war zwischen den beiden Weltkriegen entstanden. Jetzt musste Fredrik seinen eigenen Krieg überleben. Er würde dieses seltsame Geschlecht, das Frau genannt wurde, nie begreifen. Vielleicht war es ja genauso gut, dass sie die Macht im Reichstag übernahmen, wenn die aufgestauten Aggressionen sonst nur dazu führten, dass sie ihre im Nachbarbett schlafenden Ehemänner umbrachten. Nein, nicht umbrachten. Es war ein natürlicher Tod gewesen. Natürlich. So war es, und wenn er sich das nur mit Anna und Mari oft genug vorsagte, dann wurde es wahr, musste es wahr werden.

Alle drei hatten das Honorar von anderthalb Millionen mit keinem Wort erwähnt, darauf wies ihn Miranda hin, als sie an seinem Tisch Platz nahm. Ihre Show hatte begeisterten Applaus ausgelöst. Der Saal war voll, und Fredrik hatte wieder einen Tisch gewählt, an dem ihn niemand sehen konnte. Wenn Miranda sang, wollte er dabei sein, ohne gesehen zu werden. Es reichte, dass sie wusste, dass er dort war, und dass sie ihn aufsuchte, wenn sie fertig war.

Das tat sie auch. Sie dankte für den Applaus, stieg von der Bühne herunter, schlängelte sich zwischen den Tischen hindurch und lächelte in alle Richtungen. Obwohl ihr rotes Kleid an den Waden enger wurde, ließ sie sich mühelos auf den Stuhl sinken. Ihr Haar war schwarz und hochgesteckt, einzelne Locken fielen frei herab. Sie fingerte an ihren Armbändern, lehnte sich zurück, holte eine goldene Zigarettenspitze hervor, zog sie auf eine erstaunliche Länge aus, steckte einen dunklen Zigarillo hinein und zündete ihn an. Er sah ihr fasziniert zu, wie sie perfekte Rauchwolken in die Luft blies. Seine Großmutter hatte einmal so eine Zigarettenspitze besessen. Später wurde sie dann in der Kommode seiner Mutter aufbewahrt. Sie benutzte sie nie. Aber als er sie einmal ausleihen wollte, hatte sie ihm das mit der Begründung, sie sei zu empfindlich, nicht erlaubt. Er war vorsichtig gewesen, aber das hatte ihm nicht geholfen. Sein Verlangen nach der Zigarettenspitze hatte ihn ins Verderben gestürzt.

Miranda hatte kaum Platz genommen, da stellte der Kellner schon einen roten Drink vor sie hin. Sie lächelte und bedankte sich, nahm das Glas in die Hand und trank. Dann wandte sie sich ihm zu.

»Was wird mit dem Geld?«

Er wusste zuerst nicht, wovon sie sprach, und sie wiederholte verärgert die Frage.

»Elsa Karlsten hat euch beauftragt, ihren Mann zu ermorden. Jetzt ist er tot, und sie glaubt, dass ihr ihn ermordet habt. Sie hat euch für eure gute Arbeit gedankt. Wann hat sie vor, zu bezahlen?«

Unabsichtlich stieß er an das Glas auf dem Tisch. Ein paar

Tropfen schwappten auf seine Hand und färbten sie rot. Er betrachtete die Flecken. Sie schienen immer röter zu werden, und er wischte sie schnell weg. Ihm fiel Mari ein, die eine Schere in die Hand ihres Chefs gerammt hatte. Damit hatte alles angefangen, oder war das nur der auslösende Faktor gewesen? Der Gedanke, dass alles, was er Miranda vor ihrem Auftritt in ihrer Loge erzählt hatte, nur zu dieser einen, sehr konkreten Frage geführt hatte, kränkte ihn.

»Sie ist sofort darauf zu sprechen gekommen. Sie hat gesagt, dass sie uns so schnell wie möglich bezahlen würde. Vielleicht war sie auch nur deswegen gekommen. Aber ich habe dir nicht deswegen…«

»Was?«

Er schluckte.

»Ich habe dir nicht deswegen von dem heutigen Vorfall erzählt. Das, was sich ereignet hat, ist… fürchterlich. Elsa Karlstens Schicksal hat mich jetzt tagelang verfolgt und mir mehr zu schaffen gemacht, als mir vielleicht bewusst war. Und jetzt das. Ich muss versuchen, irgendetwas Gutes daran zu finden, ich will nicht akzeptieren, dass es nur um ein paar Tausender geht.«

Miranda strich ihm zärtlich über den Arm, und er begann zu schwitzen.

»Ich sage ja auch gar nicht, dass es nur darum geht«, erwiderte sie mit einer Stimme, die ihn an eine schnurrende Katze erinnerte, die in Reichweite gerade einen Vogel mit gebrochenem Flügel entdeckt hat.

»Ich habe nur ganz harmlos gefragt, was jetzt aus dem Geld wird. Ist Elsa Karlstens Mann eines natürlichen Todes gestorben? Hat sie ihn mit einem Kissen erstickt? Das wissen wir nicht, aber wir haben uns offenbar entschlossen, an die erste Alternative zu glauben, vielleicht auch nur, um Elsa zu schützen. Wir wollen nur ihr Bestes, nicht wahr? Darin sind wir uns doch einig? Jetzt beabsichtigt sie also, diese Geldsumme zu zahlen. Ein Zurückweisen würde sie sehr erstaunen. Sie ist davon überzeugt, dass ihr ihren Mann getötet habt. Wäre es nicht am besten für sie, wenn sie das weiterhin denken dürfte? Andernfalls könnte man auch zu einem anderen Schluss kommen. Nämlich, dass sie selbst ihren Mann mit einem Kissen erstickt hat. Und wir wollen doch nicht, dass irgendjemand auf diesen Gedanken kommt, weder sie selbst noch sonst jemand. Ist es nicht das Beste, wenn alle außer Elsa Karlsten daran glauben, dass ihr Ehemann eines natürlichen Todes gestorben ist?«

»Natürlich ist ihr Mann eines natürlichen Todes gestorben! Und wir können nicht anderthalb Millionen für etwas kassieren, das wir nicht …«

Fredrik nickte langsam. Miranda fuhr sich mit der Zunge über die Zähne.

»Genau das wollte ich gerade sagen. Dass ihr es euch nicht gestattet, zu sagen oder auch nur zu denken, dass einer von euch den Auftrag von Elsa Karlsten ernst genommen haben könnte. Dass einer von euch dieser Racheengel gewesen sein könnte, den sie so blumig beschrieben hat. Der Engel mit dem schönen Haar. Denk doch nur mal an den Namen eurer Firma. *Kleopatras Kamm*. Nichts ist, was es zu sein vorgibt.«

Sie sah Fredrik provozierend an und nahm einen Zug von ihrem Zigarillo. Schlug die Beine übereinander. Natürlich Netzstrümpfe. Er wollte etwas erwidern, es fiel ihm aber nichts ein. Miranda lehnte sich näher an ihn heran, und er nahm den Duft ihres Parfüms wahr. Ein altmodischer Duft.

»Kannst du dich an die Kaninchen erinnern, Fredrik? Erinnerst du dich an die Strafe, die du buchstäblich zu spüren bekommen solltest?«

Er wollte nicht daran denken. Er hatte die Szenen in seinem Inneren so oft erlebt, dass sein Unterbewusstsein den Film jederzeit abrufen konnte, wenn er auch nur eine der Komponenten flüchtig berührte. Er wehrte sich, aber Miranda schien ihn genau dazu zwingen zu wollen. Vergeblich bat er sie aufzuhören und ihn in Frieden zu lassen, aber sie wiederholte einfach ruhig ihre Frage, während diese verdammten Zähne in der Dunkelheit funkelten wie kleine, scharfgeschliffene Perlen. Plötzlich saß er nicht mehr auf einem Stuhl im Fata Morgana. Er stand im Wohnzimmer seiner Kindheit.

Die Uhr tickte an der Wand. In dem großen, braunen Ledersessel saß seine Mama mit übergeschlagenen Beinen, die Arme auf den Armlehnen. Sie sagte nichts. Sie starrte einfach nur mit ihrem durchsichtigen Blick geradeaus, so als nähme sie weder ihren Mann mitten im Zimmer wahr noch ihn selbst, dem Vater gegenüber. Er trug Hosen und Pullover und reckte sich, um größer auszusehen. Der Zeigefinger, den sein Vater ihm unter das Kinn gelegt hatte, war kalt und hart, so hart, dass der erwachsene Fredrik der Gegenwart wusste, dass ihm sein Vater nicht mit dem Finger den Kopf hochgedrückt hatte, sondern mit dem Gewehr.

»Also. Wir waren unartig. Wir waren wieder unartig.«

Er stand Todesängste aus, hatte das Gefühl, all seine Willensstärke aufbieten zu müssen, um die Magensäfte zurückzuhalten, die seine Kehle hochstiegen, gegen die der Gewehrkolben jetzt so fest drückte, dass er das Gefühl hatte, bald keine Luft mehr zu bekommen. Er wusste, dass er allen Grund hatte, Angst zu haben. Solange Papa schrie und lamentierte, konnte er sich einigermaßen sicher fühlen. Dann war die Aggression unkontrolliert und leichter abzuwehren. Die Strafe kam zwar, aber sie war nur selten raffiniert und traf daher nicht mit jener teuflischen Präzision, die auf Ruhe und Stille folgte. Es war bislang nur wenige Male vorgekommen, dass Papa so mit Bedacht vorgegangen war wie jetzt. Aber was er angestellt hatte, war offenbar schlimmer gewesen, als er realisiert hatte. Jetzt würde er bestraft werden. Mit Ruhe und Präzision.

Er betete zu Gott, dass er nicht in die Hose machte, und sah aus den Augenwinkeln, wie sich Mama in ihrem Sessel bewegte. Er versuchte, nicht den Kopf zu bewegen und nicht dorthin zu schauen, aber er konnte ein unfreiwilliges Zucken des Halses nicht verhindern, das dazu führte, dass ihm sein Vater den Gewehrkolben noch fester unter das Kinn drückte. Es kam ihm hoch, und seine Augen tränten. Papa sah das, und seine Augen verengten sich zu kleinen, schwarzen Schlitzen.

»Ich dachte, du wärst jetzt ein großer Junge. Dachte, wir könnten dich bald als einen ganzen Kerl betrachten. Als jemanden, auf den man stolz sein kann. Jemanden, den man in den Wald mitnehmen und vorzeigen kann. Jemanden, der etwas Männerarbeit übernehmen kann, wenn man selbst etwas anderes zu tun hat. Wir sind schließlich eine Familie. Eine Familie, die zusammenhält, nicht wahr?«

Er konnte nicht antworten, selbst wenn er gewollt hätte. Der Gewehrkolben hinderte ihn effektiv an allen eventuellen Worten, aber er wusste auch, dass sein Vater gar keine Erklärungen erwartete. Erklärungen sind etwas für Frauen, hatte sein Vater einmal gesagt. Wir Männer handeln. Seine Mama hatte dazu rätselhaft gelächelt und nicht widersprochen.

Er wusste, dass Papa die Situation genoss und so lange wie möglich in die Länge ziehen würde, und er hoffte, dass die Kräfte der höheren Mächte ihm halfen, Tränen, Urin und Erbrochenes zurückzuhalten. Er blickte seinem Vater weiterhin fest in die Augen und hörte, dass dieser wieder zu sprechen begann.

»Aber du bist kein ganzer Kerl. Du bist ein Nichts. Ein Kind, das immer noch Spiele spielen will. Dann müssen wir uns eben danach richten und das Beste aus der Situation machen. Das ist die einzige Möglichkeit, die wir haben. Was für ein Glück, dass wir uns auf Spiele verstehen. Wir hatten immer Sinn für Spiele, nicht wahr, Michelle?«

Papa sprach immer in der Wir-Form. Er wusste damals

bereits, dass er solche Formulierungen für den Rest seines Lebens verabscheuen würde. Als seien Papa, Mama und er ein einziger Körper, ähnlich, wie der Pfarrer das manchmal im Gottesdienst beschrieb. Wir sind alle eins, oder wie immer er sich ausdrückte. Oder hatte er das missverstanden? Waren alle Menschen Glieder seines Leibes, also des Leibes Jesu, oder sollten sie beim heiligen Abendmahl daran teilhaben dürfen? Er erlaubte sich, kurz darüber nachzudenken, als Papa wieder zu sprechen begann. Er hatte keine Antwort seiner Frau erwartet, und sie hatte ihm auch keine gegeben. Das Wesen in dem Sessel glich einer Statue. Einem weißen, schimmernden Marmorbild, über das jemand ein Kleid gezogen hatte.

»Ich habe den ganzen Nachmittag nachgedacht, verstehst du. Wir müssen uns für dich ein besonders lustiges Spiel ausdenken. Ein spannendes Spiel, das wir zusammen spielen können, du und ich. Da fiel mir Verstecken ein. Aber nicht irgendein Versteckspiel. Ein Versteckspiel mit Spannung. Wir müssen etwas ganz Besonderes verstecken, und wenn wir es finden, muss auch etwas ganz Besonderes geschehen.«

Papa verstummte und nahm das Gewehr von seinem Kinn. Fredrik konnte sich nicht beherrschen und drückte seine Hand auf die wunde Stelle, aber sein Vater packte seinen Arm. Dann drückte er ihm sein großes Jagdgewehr in die Hand, legte seine Finger um den Lauf der Waffe und ließ los. Das plötzliche Gewicht überraschte ihn, und er musste einen Schritt zurücktreten, um sein Gleichgewicht zu bewahren. Papa lachte. Er verhielt sich immer noch ganz ruhig und bedacht.

»Das hat schon was, ein Gewehr in den Händen zu halten. Nicht wahr? Jahrhundertelang war das Gewehr das Einzige, worauf sich ein Mann verlassen konnte. Man kann viel Spaß mit einem Gewehr haben, aber vor allen Dingen ist es ein Werkzeug. Ein Arbeitsgerät zum Überleben. Was können wir uns mit einem Gewehr beschaffen?«

Zum ersten Mal wurde eine Antwort von ihm erwartet, ihm fiel aber keine ein. Was beschaffen wir uns mit einem Gewehr? Wir? Ich doch wohl nicht, aber du, Papa. Du schießt Tiere mit diesem Gewehr. Tiere, denen du dann das Fell abziehst, die du zerlegst und verkaufst. Tiere, denen der Pelz vom Körper gerissen wird und deren Geweih, sofern sie eines besitzen, die Wohnzimmerwände der Gegend zieren. Wozu brauchen wir Tiere? Wozu brauchen wir ein Gewehr?

»Was können wir uns mit einem Gewehr beschaffen? Das weißt du nicht? Weißt du das wirklich nicht? Es ist erschreckend, dass du das nicht weißt, aber ich kann das verstehen. Du bist ein modernes Kind. Ein Kind, das nie Hunger leiden musste und immer Kleider hatte. Ein Kind, das nie hat frieren müssen. Und doch benimmst du dich den Leuten gegenüber, die dir Essen geben und dich kleiden, nicht, wie man es erwarten kann. Du bestehst darauf, uns zu blamieren. Obwohl wir nicht viel von dir verlangen.«

Papa schnalzte mit den Fingern, um zu zeigen, wie wenig er und Mama von Fredrik verlangten, und vielleicht war es ja dieses Fingerschnalzen, das die Statue in dem braunen Ledersessel zum Leben erweckte. Er hörte die Stimme, kühl und beherrscht, wagte es aber nicht, sich zu ihr umzudrehen, als die Frage gestellt wurde, ob man nicht bald fertig sei, damit sie vor dem Essen noch spielen und singen könne. Ihr Mangel an Interesse führte dazu, dass Papa seine scheinbare Ruhe verlor und sein Gesicht vorschob, sodass es nur wenige Zentimeter von seinem eigenen entfernt war. Er stank nach Schweiß. Aber er wagte nicht zu blinzeln, als ihm sein Vater endlich anvertraute, was er geplant hatte.

»Du sollst dieses Gewehr verstecken«, schrie er. »Finde ich es nicht innerhalb von fünf Minuten, dann hast du für heute Abend gewonnen. Finde ich es innerhalb von fünf Minuten, dann nehme ich das Gewehr, gehe nach draußen und erschieße diese verdammten Kaninchen, die du da draußen im

Garten hältst. Dann kann deine Mutter Kaninchen in Sahnesauce kochen, und du isst gefälligst deinen Teller leer. Damit du nie mehr vergisst, dass du dich verdammt glücklich schätzen kannst, jeden Tag ein warmes Essen zu bekommen. Falls ich das Gewehr diese Woche an keinem einzigen Abend finde, dann hast du endgültig gewonnen. Dann hattest du eine reelle Chance, und ich war großzügiger, als du es verdammt noch mal verdient hast. Hast du verstanden? Ich frage dich, ob du mich verstanden hast? Antworte mir, Junge. Antworte!«

Ja, Papa, wollte er flüstern, ohne das Grauenvolle richtig zu begreifen. Ja, Papa. Aber seine Stimme wollte ihm nicht gehorchen. Er spürte, dass es ihm warm das Hosenbein entlanglief. Mit aller Kraft, die er aufbringen konnte, gelang es ihm, dem Fluss Einhalt zu gebieten. Und er bat die Götter, von denen er nicht wusste, ob sie ihm zuhörten, ein weiteres Mal darum, dass niemand etwas bemerkte, weil das dazu führen konnte, dass sein Papa rausging und seine Kaninchen sofort erschoss. Lisen, das große braune, das die Mutter der anderen drei war. Lillvit mit der rosa Zunge. Strumpan, Strumpf, wegen seiner schwarzen Pfoten so getauft, als hätte er sich Socken über seinen ansonsten gefleckten Pelz gezogen. Kelis, das weichste, das graues Fell hatte. Kelis war das kleinste und mutigste Kaninchen. Wenn Fredrik mit dem Futter kam, dann schnappte er sich stets das erste Salatblatt. Und wenn er seine Hand in den Stall steckte, dann war auch er es, der daran schnupperte.

Die Kaninchen waren jetzt seit einigen Monaten in seiner Obhut. Lisen hatte ihm ein Nachbar geschenkt, der mehr Kaninchen besaß, als er verbrauchen konnte, wie er sich ausdrückte. Sie war bereits trächtig gewesen, dick und unförmig, und wenig später hatte sie drei Junge zur Welt gebracht, die bis auf weiteres den Stall mit ihrer Mutter teilen mussten. Papa hatte gute Laune gehabt, als der Nachbar ihm das Kaninchen angeboten hatte, und gesagt, er dürfte es behalten, wenn er sich um alles selbst kümmerte. So war es geschehen. Er hatte einen ordentlichen Stall gebaut, den Boden mit Stroh bedeckt, eine Ecke zum Schlafen und eine für die Notdurft eingerichtet, und im Übrigen genau darauf geachtet, den Stall sauber zu halten und seinen neuen Haustieren jeden Tag frisches Futter zu geben. Dass man im Nachbarhaus ab und zu Kaninchen aß, hatte ihn zu diesem Zeitpunkt nicht beschäftigt. Er war einfach dankbar gewesen, dass sein Papa eingewilligt hatte, ohne näher darüber nachdenken zu wollen.

Die Kaninchen waren dankbar für seine Fürsorge und hatten sich als zahmer erwiesen, als er das für möglich gehalten hatte. Er liebte sie alle und hatte das Gefühl, dass die Einsamkeit ein akzeptabler Zustand war, solange sich seine Kaninchen freuten, wenn er kam, um sie zu streicheln. Wenn er seine Nase ganz tief in Lisens Pelz bohrte, fand er manchmal, dass dieser genauso gut duftete wie die Kleider im Kleiderschrank seiner Mutter.

»Hast du verstanden?«, schrie sein Vater wieder.

Er nahm all seine Kraft zusammen und antwortete: »Ja, Papa.« Das Gewehr war so schwer, dass sein Arm bereits wehtat. Er hob es mit beiden Händen hoch, und es lag auf seinen Armen wie ein kleines Kind. Er fragte sich, ob es wohl losging, wenn er nicht vorsichtig war. Er dachte, dass es vermutlich eine Sicherung hatte, und hoffte nur, dass sein Vater das Spiel nicht dadurch noch spannender zu machen versuchte, indem er es entsicherte.

»Ich stoppe die Zeit. Fünf Minuten. Von … jetzt!«

Papa schaute auf seine Uhr, und seine Stimme hatte sich wieder verändert. Jetzt benutzte er seine scherzende Vater-Sohn-Stimme, die er immer dann hervorkramte, wenn er vor Besuchern ihre Zusammengehörigkeit demonstrieren wollte. Er hatte Fredrik angesehen und war dann zur Mutter gegangen.

»Zeit für Musik, Michelle?«, fragte er. Sie antwortete nicht, sondern ging einfach auf den Flügel zu und begann zu spielen und zu singen. Chicago. Die Noten des Musicals waren neu. Sie hatte sie sich aus den USA schicken lassen. Die Geschichte von den Mörderinnen war sehr eindrucksvoll. Mama hatte in einer Stimme von ihnen erzählt, die er heute als erregt bezeichnet hätte.

When you're good to Mama, Mama's good to you.

Er verstand bereits da, dass das, was sie sang, irgendwie zu dem passte, was vorgefallen war. Das Lachen seines Vaters verfolgte ihn auf die Diele. Er hörte es vermischt mit dem Gesang seiner Mutter in jedem Zimmer, in dem er nach einem Versteck suchte, das groß genug für ein Gewehr war. Sein Vater durfte es nicht finden. Er schaute in die Schränke und dachte einen Augenblick an Mamas, aber wagte es dann nicht, sich eines doppelten Vergehens schuldig zu machen, da es sich um verbotenes Terrain handelte. Er ging weiter in die Küche und schob das Gewehr in den Putzschrank, sah dann aber, dass Besen und Schrubber zu schmal waren, um es zu verbergen. Er empfand die Angst des Wilds, als er ins Wohnzimmer schaute. Sein Papa saß auf dem Sofa und lauschte der Musik. Er schien nicht die Absicht zu haben zu spionieren oder ihn zu überraschen. Er würde kommen, wenn es ihm gefiel. Zum vorgesehenen Zeitpunkt. Nicht früher und nicht später. Wir Männer stehen zu unserem Wort und verlieren keine unnötigen Worte.

Er öffnete die Haustür in dem verzweifelten Gedanken, das Gewehr vielleicht im Wald vergraben zu können, sah dann aber ein, dass das vergeblich sein würde. Papa besaß mehrere Gewehre. Wenn dieses ganz verschwand, so würde das seinen Zorn derart erregen, dass es überhaupt keine Rettung für Lisen und die anderen gab. Außerdem wollte er das Risiko nicht eingehen, dass ihn seine Füße wie automatisch zum Kaninchenstall trugen. Wenn Kelis fröhlich auf ihn zugehoppelt käme, dann wäre alles verloren. Er würde hysterisch zu weinen beginnen, ohne etwas dagegen unternehmen zu können.

Ruhig, Fredrik. Ruhig. Wohin geht Papa nie? Was kennt Papa nicht? Welche Teile des Hauses sind tabu? Er unterdrückte seine Panik, spürte die Kälte unter seinen Kleidern und versuchte nachzudenken. Schließlich fiel es ihm ein. Sein eigenes Zimmer betrat sein Vater eigentlich nie, außer, wenn er sich davon überzeugen wollte, dass er gründlich aufgeräumt hatte. Er rannte in sein Zimmer, schaute auf das gemachte Bett und auf den Stuhl mit den Kleidern, den Schrank mit den Spielsachen, das Bücherregal, den Flickenteppich und die gelben Gardinen. Er sah die Schere, den Leim, die Farben und das Papier auf dem Fußboden. Hier hatte er noch vor einigen Stunden gesessen und gemalt und nicht geahnt, dass seine relativ friedliche Existenz in einigen Stunden erschüttert werden würde. Mamas schöne Stimme. *Wenn du nett zu Mama bist, dann ist Mama nett zu dir.* Da kam ihm die Idee.

Rasch riss er Tagesdecke und Laken beiseite und legte die Matratze auf den Fußboden. Sie hatte einen gestreiften Bezug. Er nahm die Schere und schnitt die Rückseite ein. Er hörte, wie sein Vater rief: »Noch zwei Minuten!« Mama sang weiter davon, wie gut alles im Augenblick sei. Sie sang, dass eine Frau freigesprochen worden war, obwohl sie ihren Mann ermordet hatte, und dass ihr Gefängnisaufenthalt ihrer künstlerischen Karriere genützt hatte.

Als der Schlitz ausreichend lang war, versuchte er das Gewehr hineinzustecken. Aber die Matratzenfüllung, eine klebrige, graue, watteartige Angelegenheit, war zu kompakt, und es gelang ihm nicht, das Gewehr in den Schlitz hineinzupressen. Der Schweiß lief ihm den Rücken herunter, und er zerrte eine Handvoll Matratzenfüllung nach der anderen heraus, bis das Gewehr Platz fand. Dann stopfte er einiges von der Füllung zurück, um die Waffe zu verbergen, so gut es ging. Dann schleppte er die Matratze zurück und machte das Bett mit der militärischen Präzision, die sein Vater verlangte. So gut und so rasch es ging, versuchte er dann die Füllung vom Fußboden aufzuklauben, den Rest schob er mit den Händen unter den Teppich. Dann schlich er sich in die Küche, überlegte es sich dann aber anders und ging zurück in sein Zimmer und legte sich aufs Bett. Papa würde ihm diese Kaltblütigkeit nicht zutrauen. Vielleicht hatte er ja doch eine Chance.

Als Papa rief: »Jetzt komme ich«, drehte es ihm den Magen um. Er schluckte und verließ langsam seinen Körper. Er glitt an die Decke, um die Situation aus der Entfernung zu verfolgen. Von der Decke aus sah und hörte er dann, wie sein Vater alle Schränke, Schubladen, Ablagen und Abstellkammern des Hauses systematisch durchsuchte. Gleichzeitig breitete sich der Duft des Auflaufs aus, den seine Mutter in den Ofen gestellt hatte. Möglicherweise war es ja der verführerische Duft, der ihn am ersten Abend rettete. Papa schaute nur kurz in sein Zimmer, grinste ihn an und ging dann ins nächste Zimmer weiter. Schließlich rief er aus der Küche, die Jagd sei für diesen Abend abgebrochen, und er hätte die erste Runde gewonnen. Der Lümmel.

Bei Tisch aß sein Vater mit gutem Appetit. Er schien prächtige Laune zu haben und meinte, der einzige Vorteil bei dem Vorfall sei, dass der Junge zumindest lerne, worauf es bei einer guten Jagd ankomme. Mama schaute beide an und stellte fest, sie könne ihnen das nächste Mal genauso gut Eingeweide vorsetzen, wenn niemand Verstand genug hätte, etwas über ihr französisches Kartoffelgratin zu sagen. Daraufhin beeilten sie sich beide, es zu loben, und Papa küsste sie auf die Wange, was sie gnädig gestattete. Der Tisch war mit Leinenservietten und brennenden Kerzen schön gedeckt. Ich verabscheue vulgäre Tischmanieren, hatte seine Mutter einmal gesagt. Papa hatte ihr als Antwort darauf über den Oberschenkel gestrichen, hatte aber anschließend damit angefangen, Zahnstocher zu benutzen.

Die folgenden Tage verbrachte er in ständiger Angst vor dem Abend und konnte sich deswegen nicht in der Schule konzentrieren. Seine gesamte Freizeit verbrachte er mit seinen Kaninchen im Brennholzschuppen, da er sie nicht ins Haus bringen durfte. Er nahm sie eines nach dem anderen aus dem Stall, vergrub sein Gesicht im Pelz und atmete ihren warmen Geruch ein, ließ sich die Hand ablecken und gab ihnen besonders gute Sachen zu essen. Wahrscheinlich wusste er bereits, dass es sinnlos war. Er würde ihr Leben nicht retten können. Sein Versteck war gut, aber nicht gut genug, um einen erfahrenen Jäger zu täuschen.

Trotzdem wäre es ihm fast gelungen. Fünf Tage lang blieb sein Versteck in der Matratze unentdeckt. Bis Papa bei ihrem Versteckspiel plötzlich in sein Zimmer kam, ihn vom Bett riss, mit einem Handgriff die Matratze umdrehte und das Gewehr herauszerrte. Vielleicht hatte Papa die ganze Zeit gewusst, wo es lag. Vielleicht hatte es den erfahrenen Jäger nur amüsiert, das Leiden seines Opfers in die Länge zu ziehen.

Das Kind Fredrik verblasste. Der erwachsene Fredrik sah sich im Lokal um und bemerkte, dass eine neue Künstlerin auf die Bühne gekommen war, eine füllige Frau, die sich als Belle vorstellte. Er wandte sich Miranda zu, äußerte sich aber nicht zu den Kaninchen, sie waren sich beide bewusst, dass er die Geschichte nie vergessen würde.

»Worauf willst du hinaus?«

Sein Ton klang ungewöhnlich aggressiv, und sie schob etwas die Lippen vor, während ihr Fuß in der Sandalette auf und ab wippte.

»Nicht in diesem Ton! Ich bin deine Freundin, und das weißt du. Noch mehr, im Übrigen. Deswegen erwähne ich auch die Kaninchen. Um dich daran zu erinnern, wie es ist, wenn man unterdrückt wird. Elsa Karlsten wurde unterdrückt, und sie hat etwas dagegen unternommen. Ihr habt ihr geholfen. Ganz gleichgültig, für welche Wirklichkeit ihr euch jetzt entscheidet. Hans Karlsten ist tot, und seine Witwe will euch für eure gute Arbeit bezahlen. Und ich weiß genau, wozu wir unseren Anteil des Geldes verwenden werden.«

»Wovon redest du eigentlich?«

Miranda seufzte ungeduldig.

»Du wirkst heute Abend etwas geistesabwesend, Fredrik. Aber natürlich habe ich immer gewusst, dass ich im Gegensatz zu dir entschlussfreudig bin. Anderthalb Millionen für euch drei bedeutet eine halbe Million für dich. Das ist dein rechtmäßiger Anteil an dem Geld. Geld für uns. Hast du wirklich nicht begriffen, was das bedeutet? Das bedeutet, dass Miranda's Palace nicht mehr nur ein Fantasiegebilde sein muss, während wir zusehen, wie das Fata Morgana mit jeder Woche besser läuft und Michael immer reicher wird. Das Konzept ist sonnenklar. Damit müssten wir auf eine elegante Art wirklich reich werden. Unser eigenes Lokal. Ich trete für uns auf. Und zwar nur mit den Besten, die wir uns dann aussuchen können. So etwas hat es in Stockholm noch nie gegeben.«

Fredrik wollte protestieren, aber sie kam ihm zuvor.

»Ich sehe es schon vor mir! Blauer Samt. Kronleuchter. Bequeme Sessel. Retro gemischt mit bestem modernen Design. Telefone auf den Tischen, damit man von Tisch Nummer fünf bei Tisch Nummer dreiundzwanzig anrufen kann, um die Gäste dort auf einen Drink einladen zu können. Wie damals, als das Telefonieren noch Stil hatte und kein vulgäres Vergnügen war. Krawattenzwang, damit das Publikum auch halbwegs niveauvoll ist. Alle werden es lieben. Tanz an festgelegten Abenden. Die besten Musiker und die besten Schauspieler. Oh Fredrik, kannst du es denn nicht auch vor dir sehen?«

Natürlich konnte er das. Er musste nur die Augen schließen. Dann tauchte Miranda's Palace vor ihm auf. Es war die

Art von Lokal, die ihm in Stockholm immer gefehlt hatte, ein Lokal, wie er es selbst gerne besessen hätte, um es nach seinen Vorstellungen zu gestalten. Mit Einflüssen aus Berlin und Paris... die er in die Praxis umsetzen konnte...

»Eine halbe Million ist nicht viel«, erwiderte er jedoch. »Das reicht kaum für die Miete über einen längeren Zeitraum. Dann müssen wir noch Möbel und Accessoires kaufen. Wir brauchen mehrere Millionen, wenn das Lokal die Klasse bekommen soll, die wir uns vorstellen.«

Miranda lehnte sich zurück und trank ihren Drink aus. Er meinte zu spüren, wie die Flüssigkeit mit einem gurgelnden, leicht brennenden Gefühl die Kehle herunterlief.

»Natürlich wird das Millionen kosten«, gab sie zu. »Aber man bekommt viel leichter einen Kredit, wenn ein Startkapital vorhanden ist. Du weißt schon. Wer schon Geld hat, bekommt noch mehr Geld. Eine halbe Million auf einem Konto ist ein schöner Köder, der Leute mit einem guten Gespür anregt, ihr Geld zu investieren. Sicher auch den einen oder anderen liquiden alten Hecht. Wir dürfen auch nicht vergessen, dass wir über fantastisches Humankapital verfügen, Fredrik.«

»Humankapital?«

Miranda zwinkerte ihm lächelnd zu. Ihre Zähne funkelten im Spiegel an der Wand, aber plötzlich erinnerten sie ihn nicht mehr an Perlen, sondern nur noch an einen Hecht.

»Du und ich, Fredrik. Wir haben doch noch uns selbst, nicht wahr? Sie werden nicht nur investieren, weil wir dieses Geld haben, sondern auch, weil wir wir sind. Wer kann uns schon widerstehen? Wer würde nicht verstehen, wozu wir fähig sind, wenn wir erst die Möglichkeit erhalten?«

Sie hob die Hand und winkte, und der Kellner brachte ihr einen weiteren Drink. Sie griff nach dem mit roter Flüssigkeit gefüllten Glas. Ihre ebenfalls roten Lippen waren leicht geöffnet, ihre Lider waren stark geschminkt, und ihre Wimpern waren zu lang, um echt zu sein.

»Wer weiß?«, meinte sie. »*Kleopatras Kamm* hat, wie gesagt, eine Aufgabe zur vollsten Zufriedenheit der Kundin ausgeführt. Niemand weiß, welche Aufträge jetzt folgen. Die Firma, die alle deine Probleme löst, das hattet ihr doch versprochen, oder? Vielleicht naiv, aber in dieser Geschäftsidee stecken Möglichkeiten. *Kleopatras Kamm* könnte lukrativ werden. Die Menschen haben so viele unterschiedliche Probleme. Das hat uns Elsa Karlsten doch ein für alle Mal vor Augen geführt.«

KAPITEL 12

Mari saß auf dem Sofa, fingerte an dem Teller herum und konnte ihr Verlangen schließlich nicht mehr bezwingen. Mit dem Zeigefinger sammelte sie die Krümel der Torte auf, die sie mit nach Hause genommen hatte, und leckte dann genüsslich die Buttercreme ab. In ihrem Eifer, zu den Mandelstiften vorzudringen, hatte sie sich in die Backe gebissen, aber trotz Schmerz und Blutgeschmack im Mund fühlte sie sich hoffnungsvoll. Vielleicht würde sich die Buttercreme ja nicht mit dem überflüssigen Fett ihrer Oberschenkel vereinen, sondern die Rundung ihrer Brüste verbessern. Sie sind gut wie sie sind, hatte David immer gesagt, aber jetzt waren ihre Zweifel zurückgekommen.

Sie hatte kein Licht gemacht, sondern nur ein paar Kerzen angezündet, in deren Licht die Skulptur tanzte und die Urne mit den Fischhandgriffen aussah wie ein lebendiges Wesen. Sie starrte in die Flammen und versuchte, sich in Erinnerung zu rufen, was sie empfunden hatte, als Elsa Karlsten ins Café gekommen war und erzählt hatte, was passiert war.

Warum hatte es sie nicht überrascht? Warum hatte sie, seit die ältere Frau ihr grausiges Ansinnen vorgebracht hatte, gewusst, dass die Sache so ausgehen würde? Sie konnte es nicht erklären. Sie wusste nur, dass die anderen sich hatten anstrengen müssen, um die Fassung zu wahren, während bei ihr jede Gefühlsregung ausgeblieben war. Sie hatte überhaupt nichts empfunden außer einer kalten, blauen Ruhe.

Sie hatte sich entschuldigt und Anna und Fredrik allein gelassen. Die Ruhe, die sie in dieser Situation empfand, war eigentlich nicht schwer zu erklären. Nur der Umfang der gefühlsmäßigen Demolierung überraschte sie. David hatte ihr Gefühlsleben mit dem Schweißbrenner zerstört. Jetzt war sie isoliert und damit unschädlich gemacht. Ungefährlich? Vielleicht hatte er das geglaubt. Doch er hatte sich geirrt. Eine gefühllose Person wie sie konnte man nie als ungefährlich bezeichnen. Deswegen hatte sie den Spaziergang genutzt und sich darauf vorbereitet, sich wie eine ungefährliche Person zu verhalten.

Ein Glück, dass es Fredrik gelungen war, die Situation so darzustellen, dass die Schuld auf Elsa Karlsten fiel. Ein natürlicher Tod. Na klar. Es gab vieles, was sich mit natürlichen Umständen erklären ließ. Stimmungsschwankungen waren natürlich, Streit war natürlich, Unterdrückung und Kränkung war natürlich. Sogar Selbstmord war natürlich.

Sie schloss die Augen und spürte, dass ihr Geist über die Nordsee schwebte, über die Britischen Inseln hinwegflog, dann Irland überquerte und im Westen landete. In Clifden, in der Grafschaft Connemara, im Restaurant Murrughach, wo früher der Segelclub gewesen war. Der Geist glitt durchs Fenster, setzte sich an einen der alten Tische und starrte in die Flamme der Kerze, die in einem Flaschenhals steckte. Armeleutekerzenhalter, dachte sie und glitt in ihren Körper zurück, blieb aber am Ort.

Sie war wieder physisch zugegen in der Vergangenheit. Sie sah sich um und betrachtete die Tische, die nicht zusammenpassten, die Seglerutensilien an den Wänden und die karierten Tischdecken. Die Fensterscheiben waren von dem nur wenige Meter entfernten Meer salzverkrustet. Sie schaute nach draußen, sah die vertäuten Boote an den Leinen zerren und einige Segler in einem Schlauchboot auf ein größeres Boot Kurs nehmen, das in der Bucht vor Anker lag. Die Berge ließen sich in der Ferne erahnen, und der Geruch des Meeres vermischte sich mit den Düften aus der Küche. Dann fiel ihr auf, dass die meisten Tische besetzt waren, und sie begann, die Bestellungen aufzunehmen.

Die Gäste waren angenehm. Eine Familie mit erwachsenen Kindern, auf der Couch an der Tür einige Rucksacktouristen und in der Ecke ein junges Paar. Die Stammgäste aus der Umgebung waren ebenfalls eingetroffen, und Joseph mit dem rollenden R rief von der Bar, dass er sich selbst ein Bier zapfen würde, wenn das *all right* sei. Math hatte die Tageszeitung aufgeschlagen. Er wusste, dass sie ihm das Fischgericht von der Tageskarte servieren würde, ohne dass er zu bestellen brauchte. Beide waren alte Fischer mit vom Wind und von harter Arbeit zerfurchten Gesichtern. Manchmal dehnte sich ihr Schweigen unendlich. Aber sie akzeptierten sie so, wie sie war, was bedeutete, dass sie sie mochten.

Sie ging zu David in die Küche. Er war damit beschäftigt, Fisch und Kartoffeln gleichzeitig fertig zu bekommen. Seine Schürze war schmutzig, sein rotes Haar an den Ohren verschwitzt, und er sah rasch in den Ofen, um einen Blick auf den Pflaumen-Pie zu werfen. Er drehte sich um, und sie sah, dass es einer seiner guten Tage war. Er sah sie direkt an, das Blau seiner Augen war durchdringend, und er lächelte und umarmte sie. Dann gab er ihr einen raschen Kuss.

»Dreimal Fisch von der Tageskarte, zweimal Roast. Ich glaube, sie wollen auch Dessert.«

»Alles im Griff«, erwiderte er, vollführte ein paar improvisierte Tanzschritte bei den Töpfen, steckte sich einen Holzlöffel hinters Ohr und lachte aus vollem Hals, als dieser auf den Boden fiel. Er trank einen Schluck Bier aus der Flasche auf der Spüle und nahm sie in die Arme, als sie gerade anfangen wollte, saubere Teller aus der Spülmaschine zu holen. Er stand hinter ihr und umarmte sie so fest, dass sie an ihrem Schulterblatt spürte, wie sein Herz klopfte. Dann begann er an ihrem

Ohrläppchen zu singen, und die Wärme breitete sich in kitzeligen Wellen in ihr aus: »*As I was sitting by the fire, eating spuds and drinking porter, suddenly a thought came into my mind: I think I'll marry old Reilly's daughter!*«

»Ich sage ja, obwohl ich nicht Reilly's Tochter bin, David.«

Das hatte ein Witz sein sollen, aber die Bemerkung steckte voller resigniertem Begehren, und sie schämte sich dafür, dass sie sich nie beherrschen konnte, was ihre Gefühle für David betraf. Er merkte das, sang einfach weiter und wiegte sie hin und her. Dann drehte er sie um und sah ihr in die Augen.

»Du bist, wie ich es mir wünsche, Mari. Hatten wir uns nicht darauf geeinigt?«

Das Lachen war noch da, aber auch das, was undurchdringlich darunter lag. Als er ihr dann zwei volle Teller in die Hände drückte und ihr erklärte, sie solle sich wieder um die Gäste kümmern, war der Augenblick vorüber, sowohl der dunkle als auch der helle. Zurück blieb ein Paar, das sich ausreichend liebte und hart arbeitete, um den Betrieb am Laufen zu halten. Sie setzte ihr Lächeln auf, eilte aus der Küche und servierte dem jungen Paar, das aufschaute und dankte. Vielleicht waren sie ja wie sie und David. Vermutlich nicht.

Der Abend war anstrengend, aber einträglich, die Gäste lösten sich ab, und viele blieben länger, um noch ein paar Bier an der Bar zu trinken. Als sie schlossen und alles aufgeräumt hatten, war Mitternacht lange vorbei, und sie schleppte sich ins Obergeschoss und warf sich auf die Matratze auf dem Fußboden, ohne noch die Kraft aufbringen zu können, die Kleider auszuziehen. David folgte ihr und legte sich neben sie. Er roch nach gegrilltem Fisch und Vanillecreme, und sie legte ihren Arm auf seinen Bauch und zog versuchsweise seine Schürze und sein Hemd hoch und streichelte ihn. Seinen weißen Pelz, der am Nabel endete. Seine von weißer Haut bedeckten Rippen. Die Arme unter dem Hemd, schmal und kräftig, eine ganz spezielle Kombination. Der Hals und der Nacken, in den man Geheimnisse flüstern konnte. Der Mund und die hellblauen Augen. Die Brauen, hell wie Wolkenstreifen, nach oben hin rötlich. Sie ging mit ihren Fingern auf Wanderschaft und erlaubte es sich, bei den Schätzen zu verweilen und wagte sich zuletzt in die Regionen unterhalb des Gürtels. Kräftige Schenkel. Die Rundung des Knies. Lust und Leid, Arbeit und Vergnügen.

Schließlich antwortete er ihr. Weckte sie aufs Neue mit Lippen und Händen. Ihre Hüften wurden schmaler, ihre Brüste größer, ihr Bauch machte sich unsichtbar, und ihr Haar schwamm frei übers Meer. Ich bin der Mann dieser Nacht. Ein Echo der ersten Nacht in den Felsen. Weiße Körper, ineinander verschlungen wie aus Ton. So nahe, dass sich schließlich ihr Blutkreislauf vereinigte.

Sie registrierte nicht mehr, dass er nicht neben ihr einschlief, sondern mitten in der Nacht aufstand und anfing an seinen Skulpturen zu arbeiten. Erst gegen Morgen, als die Sonne durch das salzfleckige Fenster schien und sie weckte, merkte sie, dass seine Hälfte der Matratze leer war. In ein Laken gewickelt, ging sie nach draußen. Hüften, Brüste und Bauch hatten wieder ihre gewohnten Proportionen zurückerhalten. Auf leisen Sohlen ging sie zum Atelier, um ihn nicht zu überraschen, weil das ungeahnte Konsequenzen haben konnte. Er stand mit dem Rücken zu ihr und knetete mit der Besessenheit, von der sie wusste, dass sie ihn die ganze Nacht angetrieben hatte. Sie würde ihn noch einige weitere Tage anpeitschen. So etwas Alltägliches wie Schlaf konnte er als Auserwählter entbehren. Sie betrachtete die Skulptur der beiden ineinander verschlungen Daliegenden, ihr fielen die Proportionen der Körper auf, und ihr wurde klar, dass die Vereinigung der vergangenen Nacht bei ihm ein anderes Bedürfnis befriedigt hatte als bei ihr.

Er drehte sich um. Vor Erschöpfung hatte er tiefe Ringe um die Augen.

»Heute fahren wir nach Carna. Ich muss dir dort etwas zeigen«, sagte er mit der Stimme, die keinen Widerspruch duldete.

»Darf ich erst noch frühstücken?«, fragte sie und versuchte, der Situation mit Normalität zu begegnen. Aber er schien sie nicht zu hören.

»Wir fahren nach Carna«, wiederholte er, und sie kleidete sich rasch an, verschwand auf die Toilette, ließ sich Wasser über das Gesicht laufen und putzte sich die Zähne. Schnell, damit er nicht warten musste, rannte sie die Treppe hinunter, griff sich einen Apfel, trank ein Glas Saft, und hörte dann, dass er bereits auf dem Weg war. Sie nahm ihre Jacke, ging zu ihm nach draußen. Der Wind schlug ihr ins Gesicht. Statt der Sonne zogen jetzt tief hängende Wolken am Himmel auf. Wenn sie Glück hatten, würde es nur nieseln, aber wahrscheinlich würde es bald schütten.

Auf der Fahrt schwiegen sie. Sie nahmen die Küstenstraße, vorbei an Ballyconneely und Roundstone, Cashel und Bertraghboy Bay. Sie befanden sich in einer Gegend, in der noch Irisch gesprochen wurde. Das war aus den Straßenschildern ersichtlich, die an eine andere Zeit und ein anderes Leben erinnerten. Hinter der nassen Windschutzscheibe ahnte sie grüne Hügel und Steinmauern. In diesen Dörfern hatte die Hungersnot unzählige Menschen das Leben gekostet, und alle, denen es gelungen war, zu emigrieren, hatten sich vermutlich ein Leben lang zurückgesehnt. Dass man in einer so wahnsinnig schönen Gegend aufwuchs, musste einfach Spuren hinterlassen. Hungersnot auf einer so schönen Insel. Was für eine seltsame Ironie, wirklich zum Lachen.

David fuhr weiter, ohne ein Wort zu sagen. Die Scheibenwischer peitschten über die Windschutzscheibe, aber man sah trotzdem fast nichts. Als hätte es die Vorsehung so gewollt, befanden sich fast keine anderen Autos auf der Straße. Trotzdem war sie dankbar, als endlich das Schild »Carna« am Straßenrand auftauchte und er kurz darauf auf einen kleinen Parkplatz nahe eines Gebäudes einbog, das nach Tankstelle mit dazugehörendem Lebensmittelladen aussah.

Sie fror und zog ihre Jacke enger um sich. Sie schaute aus dem Seitenfenster und verspürte nicht die geringste Lust, sich hinaus in den Regen zu begeben. David stieg jedoch sofort aus dem Auto, ging einmal darum herum, öffnete die Beifahrertür und hielt ihr die Hand hin. Sie nahm sie, schnappte nach Luft, als ihr der Regen ins Gesicht schlug, und zog sich die Kapuze über den Kopf.

David zerrte sie über die Straße. Erst sah sie überhaupt nichts und dachte nur, er würde sich erkälten, weil er keine Jacke trug. Sie wusste aber, dass es keinen Sinn hatte, ihm Vorhaltungen zu machen. Dann sah sie, dass direkt neben der Straße ein kleiner Friedhof lag. Sie gingen den Seitenstreifen entlang, bis sie zu einem Zaun gelangten. Ihre Schuhe waren bereits lehmig und durchnässt, aber sie folgte ihm, als er sie durch das Tor zog und dieses hinter sich schloss. Gemeinsam betrachteten sie den Friedhof.

Ordentliche Reihen von Gräbern, die jedoch wegen der verwilderten Wiese verlassen wirkten. Große Kreuze, Statuen und Denkmäler. Engel, Maria mit dem Jesuskind, der Tod, auferstanden aus der Illusion. Letzte Grüße, abwechselnd auf Irisch und Englisch. Brennende und heruntergebrannte Grablichter. Im Wind flackernde Flammen, Blumensträuße, teilweise bereits vollkommen verwelkt. Sie betrachtete den nächsten Grabstein, einen riesigen weißen Stein, den eine weinende Madonna zierte. Sie versuchte die Inschrift zu entziffern, konnte aber nur den Namen lesen. Catherine Murilla Joyce, geboren am 28. Juni 1965. Verstorben 23 Jahre später. Sie wurde nur 23 Jahre alt, dachte sie, ehe sie einigermaßen wieder zur Besinnung kam. 1965. Dieser Friedhof war also kein Relikt des vorigen Jahrhunderts. Vielleicht wurde er immer noch benutzt. Vielleicht wohnten die Verwandten von

Catherine Murilla Joyce ganz in der Nähe. Vielleicht trauerten sie um eine Tochter, eine Schwester, vielleicht trauerte auch jemand um eine Geliebte. Vielleicht kam jemand jede Woche mit frischen Blumen hierher, um die Trauer zu lindern und ihr Andenken zu ehren.

Es regnete inzwischen so stark, dass sie nur ein kleines Stück den Hang hinaufsehen konnte. Dort stand vermutlich eine Kirche oder eine Kapelle. Zielstrebig lief David zwischen den Gräbern hindurch und blieb ab und zu stehen, um einen Grabstein zu betrachten. Mari ging hinter ihm her. Sie war bis auf die Haut durchnässt und fing an mit den Zähnen zu klappern. Eine seltsame Melodie begleitete die Namen, die sie auf den Grabsteinen lesen konnte. Sie vereinigten sich zu einem schreienden, klagenden Chor in ihrem Kopf. Burke. Flaherty. Walsh. O'Halloran. Namen, die von eisiger Trauer und stoischem Glauben an das ewige Leben zeugten. »Oh Mary, pray for us.«

Mary. Bete für uns. Stein um Stein betete die Heilige Mutter um Barmherzigkeit. Plötzlich schienen die grauen Felsblöcke zum Leben erwacht zu sein. Schwarze, aufgerissene Münder. Sie meinte, die Grabsteine flüstern, schreien, keuchen und rufen zu hören. Sie beteten um Hilfe. Oh Mary, pray for us. Mari. Mari. Mary. Mari.

»David, ich friere. Können wir nicht zum Auto zurückgehen? David? Was willst du mir eigentlich zeigen? Sag doch was. David?«

Sie rannte hinter ihm her und fasste ihn am Hemd. Er drehte sich um, und sie sah, dass sie nicht mehr zu ihm durchdringen würde. Seine Augen glänzten fiebrig, und sein Haar klebte ihm im Gesicht. Der Regen lief ihm die Wangen hinunter, als weinte er. Er packte sie so fest an den Armen, dass es weh tat.

»Siehst du, was ich sehe?«, rief er.

»Was denn?«, schrie sie zurück. Sie war so durchgefroren,

dass sie sich nicht mehr verstellen wollte. Er schüttelte sie und packte sie noch fester.

»Männer und Frauen. Alte und Junge. Mütter und Väter. Töchter und Söhne. Kinder. Vergraben. Die einen gestern, die anderen vor fünfzig Jahren, aber alle für die Ewigkeit. Du liest die Namen, und du denkst, der wurde also achtundsechzig, und sie vierundachtzig, und der hier, der wurde nur fünfzehn. Du überlegst dir vielleicht, woran sie gestorben sind. Ob sie krank wurden oder einen Unfall hatten. Vielleicht war es das Alter. Der Organismus wollte einfach nicht mehr. Du fragst dich, was sie mit ihrem Leben angefangen haben. Wie sie gelebt haben. Was sie für eine Arbeit hatten. Was sie dachten, was sie fühlten. Kann man irgendwo noch die Luft atmen, die sie in ihren Lungen hatten? Kann man irgendwo noch die Gedanken fassen, die sie gedacht haben? Hat irgendjemand ihre Wünsche und Träume geerbt? Was denken die Leute, wenn sie diese Namen lesen? Denken sie überhaupt an etwas? Das ist nämlich die Frage. Denn eines wissen wir. Alle kommen hierher, aber niemand kommt von hier weg. Haben sie außer der Trauer einer Mutter und der Verlassenheit eines Kindes irgendwelche Spuren hinterlassen? Darüber denke ich nach, Mari. Ich denke nicht darüber nach, wo sie hin sind, sondern darüber, was sie zurückgelassen haben.«

Sein Gesicht war aufgewühlt, als er weitersprach.

»Weißt du, was für mich das Grauenvollste wäre, Mari? Dazuliegen, auf diesem Friedhof oder einem anderen, mit einer Statue auf meinen traurigen Überresten und dann eine Ewigkeit lang mitanzuhören, wie die Menschen vorbeigehen, ohne stehenzubleiben. Die Gewissheit, dass ich außer einigen betrübten Seelen, die mich einmal kannten und mein Andenken ehren wollen, nichts zurücklasse. Ein Andenken, das sich in einem Zeitraum, der verschwindend kurz ist, wieder in Nichts auflösen wird. Stell dir vor, von David Connolly bliebe einzig ein vorbeiflatternder Gedanke übrig… so wie der angenehme Essensduft, der noch in der Küche hängt. David, richtig. Ganz nett eigentlich. Ich erinnere mich noch, wie wir als Kinder einmal fischen waren. David. War das nicht der, der früher mal im Restaurant in Clifden gearbeitet hat? David. Ich frage mich, ob er sich eigentlich jemals wieder mit seiner Familie versöhnt hat. Aber ich glaube nicht, dass sie in den letzten Jahren noch miteinander geredet haben. Jedenfalls waren sie nicht bei der Beerdigung.«

Davids Stimme klang spöttisch, theatralisch. Sie versuchte ihn zu unterbrechen.

»Versuchst du mir zu erklären, dass ich heute leben soll, weil ich doch nicht weiß, was morgen passiert? Falls dem so ist, hättest du mich nicht hierher mitnehmen müssen. Ich hätte das auch verstanden, wenn du es mir heute Morgen im Bett nahegebracht hättest. Tatsache ist, dass ich so lebe, seit ich dich getroffen habe. Du hast es mir beigebracht. Dass man die Konventionen über Bord wirft. Dass man es wagen kann, loszulassen. Ich …«

»Aber darum geht es mir gar nicht, Mari!«

David schüttelte sie heftig.

»Worum dann?«

Jetzt schrie sie aus vollem Hals, um den Regen zu übertönen, aber auch um ihre aufkommende Panik zu unterdrücken. David ließ sie los und breitete die Arme aus.

»Ich rede nicht davon, heute zu leben, Mari! Das kann jeder, auch wenn es bei Gott nicht alle tun. Egal. *Fuck them all.* Sie sind mit dem Tag oder dem Leben oder der Zeit, die man ihnen zugemessen hat, zufrieden. Ich will Ewigkeit. Ich will, dass sich die Menschen immer an mich erinnern. Das ist die einzige Möglichkeit, ewig zu leben, egal, wovon mich die Priester überzeugen wollen. *Oh Mary, pray for us.* Mary, klar doch. Die Heilige Muttergottes. Es gelang ihr nicht einmal, zu verhindern, dass ihr Sohn ans Kreuz geschlagen wurde. Was habe ich da erst für eine Hilfe zu erwarten, wo ich nicht einmal ein guter Sohn gewesen bin und meinen Vater und meine Mutter nicht geehrt habe? Keine, Mari. Ich habe nur meinen Glauben an das Ewige. Die Ewigkeit, die ich mit diesen beiden Händen erobern will!«

Der Regen rieselte ihm die Arme entlang und das Hemd herunter. Sie konnte die Konturen seines Bauchs unter dem Stoff erkennen und trat auf ihn zu.

»David, du holst dir noch den Tod. Können wir nicht wieder zum Auto zurückgehen? Ich will hören, was du zu sagen hast, und begreifen, was du meinst. Aber hier gibt es nichts zu sehen, was wir nicht bereits gesehen hätten. David, bitte!«

Er fuhr fort, als hätte er sie nicht gehört.

»Schade eigentlich, dass nicht Gott darüber bestimmt, ob man ein ewiges Leben bekommt. Ja, Gott, Mari. Ich sage nicht, dass es keinen Gott gibt, im Gegenteil. Du kannst mir glauben, dass ich Gottes Nähe und Inspiration spüre, wenn ich arbeite. Das Problem ist nur, dass Gott mir nicht die Menschen geben kann. Und es sind die Menschen, die darüber entscheiden, ob ich die Ewigkeit erobere oder nicht. *The fickle crowd.* Wie recht er doch hatte, der gute Shakespeare, obwohl er Engländer war. Die unzuverlässige Menge. Sie entscheidet darüber, ob meine Werke berühmt werden. Was über sie geschrieben wird. Wo sie ausgestellt werden. Womit man sie vergleicht. Wie viel für sie gezahlt wird. Ich bin also der unzuverlässigen Menge ausgeliefert. Einer Menge, die ihr Geld für einen Scheißdreck ausgibt. Für billige und verdorbene Kunst, die nichts aussagt, höchstens, dass die Menschen unzuverlässig sind. Ich verachte sie. Weil sie so einen simplen Geschmack haben. Weil sie das Mittelmäßige wählen.

Und trotzdem arbeite ich für sie. An ihrer Wertschätzung ist mir gelegen. An ihrem Geld. Ich will, dass meine Werke in ihren Häusern, Museen und Firmengebäuden stehen. Weil es mir dann erspart bleibt, hier als irgendein anonymer Connolly unter einem Stein zu liegen. Es wäre schrecklich, wenn hier einmal die Leute vorbeigingen und sich denken würden, dass sie mal einen David Connolly kannten und dass das lange her war.«

Den letzten Satz brüllte er. Mari umfasste sein Gesicht mit beiden Händen und zwang ihn, sie anzusehen.

»David. Du redest davon, dass du an Gott glaubst, aber dass die Menschen entscheiden. Das klingt nicht logisch. Glaubst du nicht, dass der Gott, den du in deiner Nähe spürst, die Macht hat, die Menschen zu beeinflussen?«

Er strich ihr über die Wange. Das machte ihr Angst. Sein Lächeln glich einer starren Grimasse, und als er antwortete, schien er mehr mit sich als mit ihr zu sprechen.

»Nein. Und ja. Ich glaube nicht, dass Gott die Menschen direkt beeinflussen kann. Gott kann dem Menschen, der sein Schicksal selbst in die Hand nehmen will, einen Gedanken eingeben. Vielleicht hat er das bei mir schon getan. Ich weiß es nicht. Ich weiß nur, dass etwas geschehen muss. Eine… Sensation. Etwas ganz Besonderes. Etwas, was die unzuverlässige Menge nie vergessen wird.«

Er drehte sich um und schaute die Straße entlang Richtung Meer. Mari folgte seinem Blick und sah Himmel und Meer am Horizont zu einer körnigen und grauen Masse verschwimmen. Ihre Füße waren jetzt so kalt, dass sie vollkommen gefühllos waren. Ihr fehlte die Kraft für weitere Einwände. Stattdessen rannte sie zum Auto zurück. Die Grabsteine schienen auf sie zuzukommen, und sie meinte die Toten lachen zu hören. Hinter sich hörte sie David schreien.

»Es ist doch nett in Carna, Mari! Hier verstehen es die Leute, zu sterben. Besonders früher, vor langer Zeit. Der einzige Gedanke, den Gott ihnen eingab, war, dass sie so schnell wie möglich von hier wegmussten. Einige taten das dann auch und wurden Amerikaner, Gottes auserwähltes Volk. Andere blieben. Für immer. Bereicherten die Erde mit ihrer Asche und ihren Seelen und sind trotzdem für alle Ewigkeit vergessen.«

Letzteres hörte sie kaum noch. Sie rannte einfach auf das Auto zu und wollte die Tür aufreißen, aber sie war verschlossen. Verzweifelt riss sie am Türgriff, bis sie Davids Schritte hinter sich hörte. Ruhig schob er sie zur Seite, schloss die Tür auf und ließ sie einsteigen. Dann machte er die Beifahrertür hinter ihr zu, ging auf die andere Seite herum, setzte sich ans Steuer und fuhr los.

Sie schwiegen beide. Nach einer Weile wurde es warm im Auto, und das Gefühl kehrte allmählich in Maris Füße zurück. Sie zog ihre Schuhe aus und rieb sie mit den Händen, damit sie wärmer wurden. David warf ihr einen raschen Blick zu und lachte. Ein normales Lachen, das zeigte, dass er zurückgekehrt war. In Roundstone hielt er vor einem Pub, und sie gingen hinein und bestellten Bier und Irish Stew. Sie wärmten sich am offenen Kamin und sprachen über das Restaurant und darüber, dass sie die Öffnungszeiten verlängern mussten. Auf den Vorfall auf dem Friedhof von Carna kamen sie nicht mehr zu sprechen.

Mari merkte, wie ihr Geist zu ihr zurückkehrte. Sie betrachtete die Skulptur und überlegte, wie lange das jetzt wohl her war. Vier Jahre? Fünf? Sie wusste es nicht genau. Sie wusste nur, dass sie nie vergessen hatte, was David über die Vorstellungen Gottes gesagt hatte. Sie hatte jedoch erst am Renvyle Point wirklich verstanden, was er eigentlich gemeint hatte. Deswegen konnte sie das Geld von Elsa Karlsten einfach nicht zurückweisen. Der Entschluss, den sie unlängst gefasst hatte, war unwiderruflich. Sie musste zurück nach Irland. Zum Restaurant Murrughach.

KAPITEL 13

Anna war auf dem Weg zu Papa. Sie wusste, warum. Das Honorar, über das Mari, Fredrik und sie nicht hatten sprechen wollen, nachdem Elsa gegangen war. Gestern. War das wirklich nicht länger her? Die Situation war vollkommen absurd. Makaber und unwirklich.

Ehe sie das Café verlassen hatte, hatte sie noch ihre Stammgäste betrachtet. Das Fristaden war ein Ruhepunkt in ihrer anstrengenden Existenz, und wenn sie das Lokal verließen, waren sie fröhlicher, und ihnen war leichter ums Herz. Britta mit dem Zopf verkaufte Gemälde auf Märkten und trug das ganze Jahr über grüne Trainingshosen. Philip, dessen Hände immer zitterten, weil er zu viel trank, dessen Tremor jedoch abnahm, wenn er seine Suppe gegessen hatte. Gottfrid und Bela. Die beiden Herren, ihre Lieblinge, waren ebenfalls da gewesen. Sie waren sich ungemein ähnlich, der eine trank seinen Kaffee allerdings mit Milch, der andere schwarz. Manchmal kam es ihr vor, als verkörperten sie das Gute und das Böse und ergäben zusammen ein Gewissen. Ihr Gewissen. Was würden sie ihr jetzt raten? Würden sie ihr überhaupt glauben?

Sie fasste das Lenkrad fester und sprach ein stilles Gebet, dass bei ihrem Vater alles in Ordnung sein würde. War er gesund, fröhlich und in der Lage, sich um alles zu kümmern, dann würde es ihr nicht schwerfallen, auf die halbe Million zu verzichten. Sie selbst brauchte das Geld nicht. Sie wollte es auch gar nicht. Wenn sie das Geld nicht annahm, konnte sie so tun, als sei das Ganze nur ein böser Traum gewesen.

Aber als sie die Wohnung betrat, die nicht geputzt war und schlecht roch, wusste sie, dass das bloßes Wunschdenken gewesen war. Offensichtlich ließ sich der Haushalt immer schlechter führen. Zum ersten Mal in ihrem Leben kam ihr ihr Vater nicht in der Diele entgegen, um sie mit einer Umarmung zu begrüßen. Stattdessen rief er ihr zu, er sitze im Wohnzimmer. Auf einem Tablett vor ihm standen eine Tasse kalter Kaffee und eine halbgegessene Zimtschnecke.

»Ja, hier sitze ich«, sagte er resigniert und fuhr dann nach einer Weile fort: »Es gab auch schon bessere Zeiten.« Anna trat auf ihn zu, kniete sich hin und nahm seine Hände. Vorsichtig legte sie sie auf ihre Wangen.

»Meine Kleine. Das ist alles kein Spaß. Ich habe einen solchen Druck auf der Brust. Und dann fällt es mir auch schwer, das Essen bei mir zu behalten. Natürlich nicht das, das du mir dagelassen hast.«

Der Versuch erneuter Fürsorglichkeit, trotz aller Müdigkeit und allen Überdrusses. Anna fielen der resignierte Blick, das verfilzte Haar und die Füße in den Pantoffeln auf. Eine Niedergeschlagenheit bemächtigte sich ihrer, die sie zu bewältigen suchte, indem sie die Wohnung putzte, jedenfalls das Schlimmste. Glücklicherweise hatte sie einiges aus dem Café mitgebracht und füllte den Kühlschrank mit Lebensmitteln, die gut und gerne eine Woche reichen würden, wenn ihr Vater nur daran dachte, überhaupt etwas zu essen. Sie aßen gemeinsam, und nach einer Weile hatten die Wangen ihres Vaters wieder etwas Farbe angenommen. Dann bat er sie darum, mit ihm an die frische Luft zu gehen.

Auf dem Hof atmete er tief durch und erklärte, manchmal habe er das Gefühl, es sei zum letzten Mal. Kurz darauf bat er sie jedoch, ihm seine Depressivität zu verzeihen. Dann hakte er sich bei ihr ein, stützte sich schwer auf sie und meinte, dass es manchmal einfach etwas einsam sei. Sogleich sprach er seine Befürchtung aus, ihr ein schlechtes Gewissen gemacht zu haben.

»Ich komme schon zurecht. Ich komme gut zurecht. Wie geht es dir überhaupt?«, fragte er, um davon abzulenken, dass er sich verplappert hatte. Anna ärgerte sich über ihre Mutter und Schwester, weil diese wegsahen und sich nicht kümmerten. Dann erläuterte sie ihrem Vater kurz in groben Zügen die Geschäftsidee von *Kleopatras Kamm*, ohne jedoch Elsa Karlsten zu erwähnen. Nach anfänglichem Zögern erzählte sie dann auch von Fanditha und ihrem Beschluss, auf Gregs Hausboot in Amsterdam zu ziehen. Papa brummte vor sich hin und drückte ihren Arm fester. Er wusste, dass man nicht immer Herr seiner Gefühle war.

»Um mich brauchst du dir keine Sorgen zu machen«, versuchte er sie später zu überzeugen, als sie ihn umarmte, bevor sie nach Hause fahren wollte. Der Nachmittag hatte ihn so weit aufgemuntert, dass er es bis in die Diele schaffte, um ihr hinterherzuwinken. Das gab den Ausschlag. Leben um Leben. Das hatte sie selbst vor nicht allzu langer Zeit gesagt. Jetzt konnte sie nicht mehr zurück.

Einige Tage später erzählte sie Fredrik und Mari davon. Sie saßen zusammen, jeder mit einer Arbeit beschäftigt, die absurder wirkte denn je zuvor. Die Probleme anderer Leute schienen plötzlich keine mehr zu sein. Mari kontrollierte die Buchhaltung des Hundehorts Laternenpfahl, und Fredrik entwarf einen Schuhschrank, eine Maßanfertigung. Sie selbst war mit einem Trainings- und Diätprogramm für eine übergewichtige Volkshochschulgruppe beschäftigt. Für die richtige Ernährung konnte sie sorgen, aber für die Bewegung? Selbst hatte sie sich immer lieber ein Glas Wein eingeschenkt, wenn sie das Gefühl gehabt hatte, Bewegung zu benötigen. Sex war auch eine akzeptable Alternative gewesen. Sollte sie das etwa vorschlagen?

Die Stille war brutal, und Anna wollte nur noch laut schreien oder verschwinden. Fredrik, Mari und sie, die über alles hatten sprechen können, zogen es vor, nach Elsa Karlstens triumphierendem Bericht über das Ableben ihres Gatten ihren eigenen Gedanken nachzuhängen als sich miteinander auszutauschen. Fredrik wirkte abgemagert und bleich, und Mari hatte seltsam glänzende Augen. Wie ein Racheengel, hatte Anna einmal gedacht, dann hatte sie das Entsetzen gepackt. Mari? Die keiner Fliege etwas zu Leide tun konnte? Die eine Schere in die Hand ihres Chefs gerammt hat, hatte eine innere Stimme geflüstert. Anschließend hatte sie diesen Gedanken aus ihrem Bewusstsein verbannt.

Niemand hatte es gewagt, an der mutmaßlichen Wahrheit zu rütteln, Hans Karlsten sei eines natürlichen Todes gestorben, und da Elsa sich dafür entschieden habe, etwas anderes zu glauben, sei es genauso gut, sie in diesem Glauben zu lassen, damit der andere Verdacht nicht von neuem aufkommen könne. Dass Elsa ihren Mann selbst umgebracht hatte. So lautete auf jeden Fall die offizielle Version ihrer persönlichen, stillschweigenden Stellungnahme. Darüber aber, dass das Honorar an Elsas Überzeugung, sie hätten ihren Mann ermordet, gekoppelt war, hatten sie bislang nicht gesprochen. Auch nicht, dass einer von ihnen in die Sache verwickelt sein könnte.

Mari hatte sie gefragt, ob sie denn glaubte, Elsa würde den Mund halten. Anna hatte daraufhin erzählt, was sie in der Klinik von einem freundlichen und recht attraktiven Kardiologen erfahren hatte, nämlich, dass die Untersuchung von Hans Karlsten aller Wahrscheinlichkeit nach keine weiteren Folgen haben würde, da kein Verdacht auf ein Verbrechen vorläge. Obwohl der Kardiologe der Meinung gewesen sei, dass mehr Obduktionen durchgeführt werden müssten, da viel zu viele Morde unentdeckt blieben.

Anna hatte das Gefühl, sich nicht länger beherrschen zu können. Sie musste von ihrem Entschluss erzählen. Sie löste sich von ihren idiotischen Notizen, »stärkender Spaziergang am Morgen« als erste Stufe eines Fitnessprogramms. Dann warf sie den Stift beiseite, und die beiden anderen schauten auf.

»Ich kann nicht mehr! Ich habe nicht mehr die Kraft! Ich weiß, was unsere Pflicht wäre. Wir müssten Elsa sagen, dass wir nicht getan haben, was sie vermutet. Wir müssten ihr klarmachen, dass ihr Mann eines natürlichen Todes gestorben ist und dass wir überhaupt kein Honorar verdient haben. Dennoch habe ich mich entschlossen, den Mund zu halten und das Geld zu nehmen, und zwar Papas wegen. Entweder gelingt es mir, ihn in einem Heim unterzubringen, oder er stirbt. Eine andere Möglichkeit gibt es nicht, und ich bin die Einzige in unserer Familie, die bereit ist, das einzusehen. Deswegen habe ich gedacht, dass Dinge manchmal geschehen, weil sie geschehen sollen. Vielleicht war es kein Zufall, dass das ausgerechnet mir passiert ist. Vielleicht steht Gott ja auf Papas und meiner Seite? Zumindest weiß ich, dass er auf Papas Seite steht.«

Fredrik und Mari starrten sie an, und sie sah sich gezwungen, weiterzusprechen.

»Vielleicht ist es ja kriminell, eine Frau um Geld zu betrügen. Vielleicht wird ja das Finanzamt anfangen, herumzuschnüffeln. Vielleicht bin ich eine verlorene Seele und habe es nicht verdient, in den Himmel zu kommen. Aber ich vertraue meinem Instinkt. Auf den konnte ich mich immer verlassen. Bisher bin ich zurechtgekommen, ohne mich weiter darum zu kümmern, was die anderen sagen, solange ich ihnen nicht schade. Und ich glaube nicht, dass wir Elsa geschadet haben. Im Gegenteil. Ich glaube, dass wir ihr die Kraft gegeben haben, die es ihr ermöglicht hat … ja, vielleicht nicht gerade ihren Mann umzubringen, aber sich auf ein neues Leben allein zu konzentrieren. Natürlich bin ich bereit, Elsa Karlsten in nächster Zeit bei allem zu helfen, aber ich will auch das Geld annehmen. Findet ihr, dass das schauderhaft klingt?« Sie sah die anderen flehend an.

Schließlich antwortete Mari. »Ich finde nicht, dass es schauderhaft klingt«, meinte sie ruhig. »Falls es dich tröstet… und in deinem Entschluss bestärkt, dann… also, ich muss zugeben, dass ich in den letzten Tagen Ähnliches gedacht habe. Wir wollen uns für etwas bezahlen lassen, das wir nicht getan haben. Aber wir waren vorher entschlossen ihr zu helfen, und wir werden ihr auch jetzt beistehen. Fredrik könnte sich um ihre Finanzen kümmern, falls sie es wünscht, und ihr Geld sinnvoll anlegen. Ich werde ihr, wenn sie es möchte, dabei behilflich sein, ihr Haus zu verkaufen. Alles vorbereiten, die Besichtigungstermine organisieren, Gerümpel entsorgen… Außerdem scheint kein Zweifel daran zu bestehen, dass es ihr Anliegen ist, uns zu bezahlen. Sicher ist es auch nur gut für sie. Sie wird trotzdem noch Geld übrig haben. Ich dachte…«

»Weißt du, wie froh du mich jetzt machst?«, fiel ihr Anna ins Wort und schämte sich, weil sie beinahe in Tränen ausbrach. »Weißt du, dass ich vor allem befürchtete, ihr könntet mich für einen Schmarotzer halten. Ein widerliches, selbstsüchtiges und unmoralisches Wesen. So wie ich mich manchmal in Gesellschaft von Fanditha fühle. Ihr beiden seid für mich neben meiner Familie natürlich die wichtigsten Personen auf dieser Welt, und wenn ihr angenommen hättet, ich wolle das Geld aus Selbstsucht für mich behalten, dann wäre das…«

»Hör schon auf!«, unterbrach sie Fredrik. »Verdammt, Anna! Ich kenne dich. Du würdest einer Fremden deine letzte Bluse schenken und einer armen Seele, die ein Bett für die Nacht braucht, dein Haus überlassen. Meine Güte! Da draußen sitzen alte Männer und essen und trinken für die Hälfte von dem, was sie im Café nebenan bezahlen müssten. Du bist besser als jede karitative Einrichtung und warst es schon immer. Außerdem wissen wir, was du für deinen Vater empfindest. Du musst uns nichts erklären! Es ist nicht verwunderlich, dass wir aufgrund der Ereignisse verstört sind. Es kommt schließlich nicht sonderlich oft vor, dass normale, ehrbare Leute einen Mordauftrag erhalten.«

Letzteres war als Scherz gemeint, aber Anna entging die abgrundtiefe Verzweiflung in seinen Augen nicht.

»Aber wie denkst du darüber, Fredrik?«, flüsterte sie. »Ich merke, dass dich die Sache wahnsinnig mitgenommen hat. Wie ist deine Haltung dazu? Wirst du das Geld auch …«

Fredrik unterbrach sie erneut.

»Ich werde das Geld annehmen«, antwortete er knapp. »Auch ich habe nachgedacht und muss zugeben, dass es … schrecklich gewesen ist. Hier sitzen wir in einem kleinen Café auf Södermalm und unterhalten uns über die tiefsten menschlichen Abgründe. Über Unterdrückung, Gewalt, Barmherzigkeit und Buße. Ich bin kein großer Philosoph, aber mit meinem begrenzten Intellekt bin ich zu dem Schluss gekommen, dass es Elsa Karlsten jetzt besser geht und dass sie uns das Geld geben will. Mein Beitrag zur Sühne eines eventuellen Vergehens unsererseits ist, mit meinem Pfunde zu wuchern.«

»Wie das?«, fragte Mari misstrauisch. Fredrik schien mit sich selbst nicht einig zu sein. Er seufzte.

»Vielleicht verwende ich meinen Anteil dazu, etwas zu schaffen, was Freude unter meinen Mitmenschen verbreitet«, erwiderte er vorsichtig. »Vielleicht investiere ich in Musik und Tanz, in die Entertainmentbranche. Was geschehen ist, hat mich einsehen lassen, dass dies eine Möglichkeit ist, das Gute in der Welt zu vermehren. Wenn es mir gelingt, die Gesamtheit des Glücks zu vergrößern … mehr Menschen glücklich zu machen … Entschuldigt mich. Das klingt so banal, dass ich mich schämen muss. Aber ich kann das im Augenblick nicht besser ausdrücken.«

Anna fand, dass er etwas in Worte gekleidet hatte, was sie ebenfalls empfand.

»Falls es Gott gibt«, fuhr Fredrik fort, »dann lacht er uns vermutlich gerade aus, weil wir glauben, durchschaut zu haben, worüber die Menschheit schon immer nachgedacht hat. Oder er weint, weil wir in diesen Bahnen denken. Wie auch immer, du hast meine volle Unterstützung, Anna. Dein Entschluss gibt auch mir die Kraft. Dein Geld wird etwas bewirken. Das Ganze kommt mir vor wie eine kollektive Vergebung.«

Mari legte die Arme um sich, als würde sie frieren.

»Ich habe ebenfalls nachgedacht«, sagte sie. »Witzigerweise denke ich ähnlich wie du, Fredrik. Ich habe auch darüber nachgedacht, was meine Mitmenschen glücklich machen könnte, und bin zu dem Schluss gekommen, dass mir das nie so gut gelungen ist wie damals, als David und ich unser Restaurant in Clifden hatten. Ich selbst war immer zufriedener, wenn ich ein gutes Essen servieren konnte, als nach getaner Arbeit im Büro. Ich dachte, dass ich das Geld für so etwas verwenden könnte. Ihr seid meine besten Freunde, und ich weiß, dass ihr nie etwas tun würdet, um euch persönlich zu bereichern. Von mir selbst habe ich keine so gute Meinung. Aber ihr habt mich spüren lassen, dass das, was ich denke, Gewicht hat. Das hat mich in meinem Entschluss bestärkt.«

Anna betrachtete Fredrik in stillem Einvernehmen und wusste, dass er dasselbe dachte wie sie. Es kam nur selten vor, dass Mari ihre Zeit in Irland erwähnte, und wenn sie das tat, dann drückte sie sich meist unverständlich und vage aus, um zu signalisieren, dass sie auf Nachfragen keinen Wert lege. Als sie in Irland war, hatte sie sich Besuche verbeten, und Fredrik und sie hatten auch nicht darauf bestanden. Jetzt hätte Anna gerne nachgebohrt, beschloss jedoch, sich zurückzuhalten. Sie hatten eine zerbrechliche Einigkeit und damit auch wieder ein Zusammengehörigkeitsgefühl erzeugt, das sie nicht durch Fragen zerstören wollte.

Einige Tage später kam Elsa Karlsten mit einer ziemlich großen Tasche vorbei, der sie drei Umschläge entnahm, die nach ihrer Aussage je 500 000 Kronen enthielten. Sie erzählte, dass sie keine Hypothek hätte aufnehmen müssen, um zu bezahlen. Es hätte gereicht, einige von den Aktien zu verkaufen, von denen sie nur indirekt Kenntnis besessen hatte.

»Wenn ich nur gewusst hätte…« Sie seufzte immer wieder. Dann erklärte sie, sie wüssten sicher selbst am besten, wie unnötige Fragen von Banken und Behörden zu vermeiden seien. Sie selbst würde einfach behaupten, sie hätte Bargeld gebraucht, weil verschiedene Zahlungen für das Haus fällig geworden wären, das würde niemanden weiter verwundern.

Anna staunte über die intellektuellen Kapazitäten, die frei geworden waren, als hätte man Moos von einem hübsch verzierten Runenstein gekratzt. Sie fragte, ob die Polizei oder das Krankenhaus von sich hatten hören lassen hatten. Elsa Karlsten nickte und rückte ihren roten Hut zurecht. Die Hutfeder verdeckte teilweise ihr Gesicht. Schick. Allerdings zitterte ihre Hand, als sie sie nach der Kaffeetasse ausstreckte. Schwarzer Espresso mit etwas Milch und Kardamom, wie sie es bestellt hatte.

»Ja. Die Polizei ließ mitteilen, dass es keinen Grund für weitere Nachforschungen gibt. Und für die Mediziner scheint der Fall ebenfalls abgeschlossen zu sein. In seiner Krankenakte stand schließlich so einiges, und dann noch der Tabletten- und Alkoholmissbrauch, wie gesagt…«

In diesem Augenblick schaute Jo zur Tür herein. Anna fielen die frischgewaschenen Haare auf, und sie dachte, dass Jo wirklich nett war und mit jedem neuen Arbeitstag glücklicher wirkte. Jo suchte ihren Blick und entschuldigte sich gleichzeitig für die Störung. Sie wolle nur mitteilen, dass ein Paar im Café säße, das wissen wolle, ob *Kleopatras Kamm* auch Familientherapie anböte. Anna ging zur Tür und versuchte sich möglichst breitzumachen, damit Jo die prallen Umschläge auf dem Tisch nicht bemerkte. Sie bat Jo, dem Paar auszurichten, sie seien in einer halben Stunde willkommen. Dann machte sie ihr die Tür vor ihrer Nase zu.

Elsa Karlsten beendete das Gespräch mit einer Einladung zur Beerdigung. Als sie gegangen war, steckten sie alle drei wortlos die Umschläge ein. Fredrik fuhr sich mit einem Finger über den Kragen und sagte dann an niemand Bestimmten gewandt, jetzt sei es vorbei. »Es ist vollbracht«, wiederholte er, als müsse er sich selbst überzeugen. Anna verstand, was er meinte. Die Bezahlung war mit Handschlag quittiert worden. Das Schicksal Hans Karlstens und die gesamte Geschichte gehörten somit der Vergangenheit an. Endlich war die Sache für sie zu Ende.

Für Papa konnte es der Anfang sein.

KAPITEL 14

Anna saß in einer der Kirchenbänke, betastete einen Strauß weißer Rosen und sah sich um. Der Pfarrer sprach mit eintöniger Stimme, die sie immer mehr an das Zirpen einer Grille erinnerte. Es war eine schöne Kirche. Weiße Wände und bunte Fenster mit Szenen aus dem Leben Jesu, ein schlichter Altar mit einem hübschen Kerzenhalter … alles erweckte den Anschein von Versöhnung und nicht von Verurteilung. Hier würde es Papas Gott gefallen, während Mamas sich vermutlich die ältere und strengere Kirche auf der Anhöhe aussuchen würde. »Im Schweiße deines Angesicht sollst du zu den Wohnungen der Frommen wandern«, so ungefähr hätte sie sich ausgedrückt. Papa hätte nur tief Luft geholt und erwidert, dass es noch niemandem bekommen sei, sich derart zu verausgaben, bevor die Predigt überhaupt begonnen habe.

Vorne stand ein einfacher Sarg aus braunem Holz, auf dem einige wenige Blumensträuße und Gestecke lagen. Es waren nicht sonderlich viele Trauergäste anwesend. Anna blickte zu den Bankreihen jenseits des Mittelgangs hinüber. Hier saß Elsa Karlsten mit drei Männern, die vermutlich ihre Söhne waren. Neben ihnen zwei Frauen, vermutlich Gattinnen oder Freundinnen. Einige Kinder kämpften gegen die Langeweile an. Links befanden sich einige Männer um die sechzig, Kollegen oder Nachbarn, und recht weit hinten ein einzelner

Herr, der sie freundlich gegrüßt hatte, als sie draußen auf dem Friedhof gewartet hatte.

Eine verträumte Kirche für Hans Karlstens letzte Reise? Ein schöner Gedanke, vielleicht sogar zu schön für einen Toten, der ihrer Meinung nach keine Qualitätsseele besessen hatte, die er in die Ewigkeit weiterschicken konnte. Anna hörte, wie der Pfarrer vom Leben und Wirken Hans Karlstens erzählte. Er hatte sich vorbereitet. Souverän führte er die Zuhörer durch die Stationen Geburt, Ausbildung, Eheschließung, Kinder, Arbeit und Tod. Hans Karlstens offizielles Leben in der geschönten Version. Exkurse über Gewalt, Alkohol- und Tablettenmissbrauch waren nicht vorgesehen.

Wie es sich gehörte, zeigte das Altarbild den Vater, den Sohn und den Heiligen Geist. Anna rutschte auf ihrer Bank hin und her. Sie spürte Maris Bein an ihrem linken und Fredriks an ihrem rechten. Sie bildeten ebenfalls eine Dreieinigkeit, aber eine, die von Schuld und nicht von Seligkeit zusammengeschweißt wurde. Schuld, vielleicht nicht für das, was sie getan, sondern für das, was sie unterlassen hatten. Schuld für das, was sie angenommen hatten. Jeder eine halbe Million Kronen. Ihr eigenes Geld lag immer noch in dem Umschlag.

Mit Schuldgefühlen hatte ihre Mama sie und ihre Mitmenschen unterdrückt, und zwar so effektiv, dass es jahrelang nachgewirkt hatte. Eine beiläufige abfällige Bemerkung, eine resignierte Miene oder ein Seufzer genügten, um den Menschen in ihrer Umgebung zu bedeuten, wie verloren sie waren, oft auf eine so undefinierbare Weise, dass nur Schuldgefühle zurückblieben und nicht die Gewissheit, wirklich etwas verbrochen zu haben.

Ich bräuchte eine Putzfrau, zu Hause sieht es wirklich schlimm aus, und niemand packt mit an. Natürlich, das ist eine ausgezeichnete Idee. Ich kann dir helfen, eine zu finden. Putze ich dir vielleicht nicht gründlich genug? Was fällt euch ein, meine Haushaltsführung zu kritisieren, wo ihr selbst kei-

nen Schlag tut. Dieses Spiel hatte sie selbst viel zu spät durchschaut. Ihre kleine Schwester hatte es durchschaut, sie aber nicht an der Erkenntnis teilhaben lassen. Jetzt war es vermutlich zu spät.

Die Kirche. Hatte ihre Mutter nicht auch die für ihre Zwecke ausgenutzt? Anna erinnerte sich, wie sie einmal mit der ganzen Familie die Kirche besucht hatten. Anschließend waren sie ein paar glücklichen Nachbarn begegnet, die in der Februarsonne auf dem Eis spazierengingen. »Was für ein schöner Spaziergang!«, sagten sie und sahen dabei froh aus. Annas Mama entgegnete mit heruntergezogenen Mundwinkeln: »Wir waren in der Kirche. Alle waren dort.« Die Betonung auf »alle« war streng und traf, die Nachbarn sanken auch ganz richtig in der Winterkälte in sich zusammen mit dieser fast unmerklichen Wir-hätten-müssen-Bürde auf den Schultern. Annas Mama hingegen war ein paar Zentimeter gewachsen und mit einem glücklichen Lächeln von dannen stolziert. Die gebeugten Schultern der anderen bereiteten ihr mit den Jahren eine immer größere Freude.

Papa hingegen. Anna blickte wieder auf den Sarg, hörte den Pfarrer vom ewigen Leben sprechen und merkte, wie das Bild verschwamm und von einer Beerdigung vor vielleicht dreißig Jahren abgelöst wurde. Die Dorfkirche war voll gewesen, weil viele hören wollten, was der Pastor über einen Selbstmörder zu sagen hatte, der sich, ohne etwa Gott oder die Gemeinde um Erlaubnis zu fragen, erhängt hatte. Ganz vorne saß die Witwe mit versteinerter Miene. Die Kinder weinten verzweifelt während des gesamten Trauergottesdienstes. Mama jedoch sah siegesgewiss aus. Sie saß auf einer Bank zwischen allen anderen, und die Mühe hatte sich für sie gelohnt. Beim anschließenden Begräbnis faltete der Pfarrer die Hände, zum Himmel erhoben, und sagte mit wohlgewählten Worten, der Tote habe seine Möglichkeiten in den Himmel zu kommen verwirkt. Nach dem, was er getan habe, sei er verworfen. Von

Grauen erfüllt, starrte sie mit ihren jungen Augen in die offene Grube und sah zu, wie der Sarg hinabgelassen wurde. Sie dachte, dass es immer weiter hinab gehen würde, bis er zuletzt in der brennenden Hölle ankommen würde. Da hörte sie Papas Stimme.

Er trat vor, schaute den Pastor an und faltete wie dieser zuvor demonstrativ die Hände. Anna würde seine Worte nie vergessen: »Es ist eine Gnade Gottes, an einem Totenbett sprechen zu dürfen. Heute ist unserem lieben Pastor diese Gnade nicht zuteil geworden.«

Damals war er stark, aufrecht. Lachen und Nachsicht waren ihm nicht schwergefallen. Jetzt hingegen. Anna dachte an ihren letzten Besuch. Wie verzweifelt er ausgesehen hatte so allein im Wohnzimmer. Aber alles würde besser werden. Die Schuld würde verblassen, und es würden nur noch lustige Witze und ein Papa übrig sein, der umsorgt wurde.

Anna bemerkte, wie Mari sie mit dem Bein anstieß, und registrierte, dass der Pfarrer offenbar zum Ende kam. Auffordernd streckte er die Hände zu Elsa Karlsten und ihrer Familie aus, und diese erhoben sich wenig später, gingen zum Sarg und legten ein paar Blumen auf ihm nieder. Niemand sagte etwas, und nachdem die übrigen Trauergäste ebenfalls um den Sarg herumgegangen waren, spielte der Organist ein Kirchenlied über die Vergänglichkeit, und der Trauerakt war zu Ende. Anna verursachten die Kirchenglocken Kopfschmerzen, und sie war froh, endlich aufstehen zu können. Draußen atmete sie die frische Luft ein, um die Erinnerung an die Farce in der Kirche zu vertreiben. Gleichzeitig musste sie innerlich über sich selbst lachen. Wer war sie eigentlich, dass sie das Schicksal anderer so sehr berührte?

»Können wir jetzt gehen, was meinst du?« Mari stand neben ihr.

»Ich weiß nicht«, erwiderte sie flüsternd. Ehe sie aber noch mehr sagen konnte, stand Elsa Karlsten bereits neben ihr.

»Im Gemeindehaus gibt es jetzt noch eine Erfrischung«, sagte sie. »Oder etwas mehr als eine Erfrischung. Es soll sich schließlich für die wenigen, die sich herbemüht haben, auch gelohnt haben. Was habt ihr eigentlich von der Veranstaltung in der Kirche gehalten? Ich habe mir die ganze Zeit überlegt, wie viel von unserem Leben bloße Maskerade ist. Ehrlich gesagt glaube ich nicht, dass ein einziger Trauergast um den Mann im Sarg trauerte. Bedauerlich, aber wahr. Ich habe um mein altes Leben getrauert, mich aber gleichzeitig auf mein neues gefreut. Deswegen müsst ihr jetzt auch mitkommen, sonst wird es wirklich zu betrüblich. Außerdem will ich, dass ihr meine Söhne kennenlernt.«

Entsetzt und wortlos sah sich Anna um. Sie hatte Angst, dass sie jemand hören könnte. Elsa Karlstens Ausführungen fand sie etwas befremdlich, ihr fiel jedoch auch auf, dass die ältere Frau nervöser wirkte, als sie zu sein vorgab.

»Wir haben noch einiges…«, begann sie, wurde aber sofort unterbrochen.

»Bitte. Ich habe auf euch gezählt. Nicht zuletzt euretwegen veranstalte ich dieses Festessen. Und ich bin auch nicht so gelassen, wie ich wirke. Ich habe eine Tablette genommen, damit ich… ich… ihr könnt doch…«

Jetzt war Mari an der Reihe, sie zu unterbrechen.

»Wir kommen«, sagte sie eilig und begann in dieselbe Richtung zu gehen wie die anderen, ohne eine Antwort abzuwarten. Anna hörte Fredrik hinter sich tief Luft holen. Sie drehte sich um und hakte sich bei ihm ein.

»Immer mit der Ruhe«, flüsterte sie und drückte ihn an sich. Elsa hörte nur das letzte Wort.

»Ruhe. Natürlich. Ich gebe mir Mühe«, sagte sie und schaute sich um. »Ich habe mir gelobt, den Rest meines Lebens ruhig zu bleiben.«

Sie schien ein paar Zentimeter zu wachsen und folgte Mari. Elsa erzählte, alle drei Söhne hätten geplant, einige Tage lang in der Stadt zu bleiben. Der Jüngste wollte ihr mit dem Hausverkauf und allem Übrigen behilflich sein.

Sie holten die anderen am Eingang des Gemeindehauses ein, zogen ihre Mäntel aus und saßen wenig später an kleinen, hübsch gedeckten Tischen. Auf allen Tischen standen Schüsseln mit Salat, Brotkörbe und ansprechende Schnittchen sowie guter Wein. Mari fand einen Platz neben einem der Söhne, Fredrik saß gegenüber Elsa Karlsten, und sie selbst saß zusammen mit dem älteren Mann, der sie bereits vor dem Gottesdienst so freundlich gegrüßt hatte, an einem Tisch. Jetzt wandte er sich zuvorkommend an sie und reichte ihr die Hand.

»Martin Danelius. Es ist mir ein Vergnügen. Sie müssen Fräulein Anna sein. Ein wirklich schöner Name. Meine Frau heißt ebenfalls Anna. Sie war auch einmal genau so eine Schönheit wie Sie. Genauso schönes Haar und fröhliche Augen. Verzeihen Sie einem Mann, der beim Anblick von Jugend und Leben in Verzückung gerät. Aber dann fühlt man sich auch selbst wieder lebendiger.«

Anna dachte, dass dieses Kompliment anzüglich hätte wirken können, aus seinem Mund klang es jedoch nur nett. Sie lächelte und wollte gerade wieder Platz nehmen, da schlug Elsa Karlsten an ihr Glas und hieß alle willkommen. Sie stand sehr aufrecht da in ihrem marineblauen Kleid mit weißen Streifen und dem großem Kragen und strahlte Zuversicht statt Trauer aus. Anna fand, dass sie in fast unnatürlich kurzer Zeit eine ungewöhnlich attraktive Dame geworden war.

»Ich will euch nicht lange vom Essen abhalten«, begann sie. »Das Essen und der Wein sollen für sich sprechen, und ich wünsche uns allen ein schönes Beisammensein. Hier versammelt sind meine Kinder mit ihren Familien, und das ist eine ungeheure Hilfe für mich. Auch jene Menschen, die mir geholfen haben, als ich es schwer hatte, sind heute anwesend.«

Sie hielt inne und wirkte einen Augenblick lang sehr betrübt, den Tränen nahe. Anna betrachtete die Versammlung und fragte sich, wer wohl über die gesamte Lebenssituation Elsa Karlstens im Bilde gewesen war. Die Söhne hatten natürlich Bescheid gewusst. Naheliegenderweise auch ihre Familien. Aber die schwarz gekleideten Männer, bei denen es sich vermutlich um ehemalige Kollegen handelte? Und der nette, ältere Herr neben ihr? Vielleicht hatten sie nur die zerbrechliche Fassade wahrgenommen, in der sie zwar Risse ahnten, diese aber für normale Auseinandersetzungen hielten, wie sie in jeder Familie vorkamen. Vielleicht hatte Elsa Karlsten aus Angst vor Repressalien auch nicht zu viel preisgegeben. In diesem Fall brauchte sie jetzt kein Theater mehr zu spielen. Sie war, wie sie es selbst ausgedrückt hatte, frei.

Frei. Anna fand es makaber, dass eine Beerdigung auch eine Befreiung sein konnte, sah aber gleichzeitig ein, dass dieser Gedanke naiv war. Einige begruben ihre Angehörigen sicherlich von echter Trauer erfüllt, während für Andere ein Todesfall eine Erleichterung darstellte. Vermutlich war es nicht ungewöhnlich, dass die Erben auf den Kirchenbänken saßen und innerlich schon das Geld zählten, während der Pfarrer noch vom ewigen Leben sprach. Ein ewiges Leben konnte man sich bloß leider so viel schlechter vorstellen als ein Leben mit etwas mehr Geld. Der Mensch war oftmals recht einfach gestrickt.

Sie dachte an Greg. Greg, der das Meer liebte und ein guter Taucher war. Er hatte in vielen Erdteilen das Leben unterhalb der Wasseroberfläche untersucht und oft zu ihr gesagt, Tauchen bedeute für einen Menschen eine der wenigen Möglichkeiten im Jetzt zu leben. Eigentlich sei Tauchen mehr eine Form der Meditation als ein Sport. Indem man schwerelos schwebe, könne man die Forderungen, die die Welt an einen stelle, auf eine unvergleichliche Art und Weise vergessen. Ihm selbst war es gelungen, die Fähigkeit auch außerhalb des Wassers zu praktizieren.

Anna wusste, dass sie nie wieder einem Menschen begegnen würde, dem die Forderungen der Gesellschaft, die Etikette, die Gewohnheiten der anderen Menschen so gleichgültig waren wie Greg. Greg mit seinen nassen Haaren, die bis auf die Schultern herabfielen. Greg, der das ganze Jahr über braun war und der eine Muschel um den Hals trug. Greg, den sie, das hatte sie vor einer Weile beschlossen, bald wiedersehen musste. Greg, der sich gerade darüber freute, dass sich Fanditha auf dem Weg zu ihm befand. Vielleicht war sie schon dort. Vielleicht saßen sie bereits auf seinem Hausboot in Amsterdam und prosteten sich mit einem Glas Wein zu.

Anna schluckte und zwang sich dazu, Elsa Karlstens Worten zu lauschen.

»… und wie schon gesagt hat das, was meinem Mann … also Hans … zugestoßen ist, mich noch einmal einsehen lassen, wie wichtig es ist, im Jetzt zu leben, ohne vor- oder zurückzublicken. Ich sehe vor mir irgendwo unsere Lebenslichter brennen. Wir leben, solange sie leuchten, aber irgendjemand wird sie ausblasen, wenn es so weit ist. Wir wissen nicht, wann, aber wir wissen, dass wir hier und heute leben. Deswegen hoffe ich, dass wir jetzt unser nettes Zusammensein genießen, ohne das Gefühl zu haben, dass irgendetwas dieses Erlebnis trübt. Ich heiße euch alle willkommen und wünsche einen guten Appetit.«

Bei den letzten Worten klang ihre Stimme etwas belegt. Elsa Karlsten schnäuzte sich und setzte sich anschließend. Dann wurden Schüsseln herumgereicht, alle schienen Hunger zu haben. Wein und Wasser wurde serviert. Anna versuchte die Gedanken an Greg beiseitezuschieben. Sie merkte, dass ihr ihr Nachbar Martin einen Teller mit belegten Broten hinhielt. Plötzlich war sie sehr dankbar dafür, dass Elsa nicht ihr Café mit der Organisation beauftragt hatte. Das Ableben von Hans Karlsten war auch so schon problematisch genug. Auch noch den Leichenschmaus auszurichten wäre unerträglich gewesen. Sie streckte die Hand nach der Weinflasche aus, füllte ihr Glas und wandte sich dann an ihren Nachbarn, der ihr bereitwillig zutrank, ehe sie zu essen begannen. Nach einer Weile tupfte sich Martin Danelius mit einer Serviette die Lippen ab und wandte sich an sie.

»Das hat Elsa wirklich gut gesagt. Eine kluge Frau. Habe ich immer gewusst. Man könnte uns als alte Freunde bezeichnen. Vor vielen Jahren lernten wir uns im Urlaub kennen und sind seither immer in Verbindung geblieben. Das war nicht schwierig, schließlich wohnten wir auch in Stockholm, allerdings weiter außerhalb. Ich meine, ich und meine Frau. Anna, meine Frau, war mit Elsa befreundet. Mit Hans hatten wir nicht viel zu tun.«

Anna dachte, dass Martin Danelius zu den Menschen gehörte, deren größte Tugend ihre Alltäglichkeit war. Er fiel nicht weiter auf, und vielleicht war das schon immer so gewesen. Er war mittelgroß, fast kahlköpfig, sein Gesicht etwas zu breit und seine Züge etwas zu grob. Pluspunkt waren die Muskeln, die verrieten, dass er körperlich gearbeitet hatte, vielleicht im Freien. Seine Ausstrahlung milderte seine Eckigkeit auf eine erstaunliche Art. Liebe, dachte Anna. Dieser Mann kann lieben. Er begann wieder zu sprechen.

»Zum Schluss trafen allerdings hauptsächlich Elsa und ich einander. Meine geliebte Anna wurde vor einigen Jahren krank, und jetzt wohnt sie schon seit mehreren Jahren nicht mehr zu Hause. Sie ist schwer krank. Sehr schwer krank. Um die Wahrheit zu sagen, liegt sie mittlerweile … sie liegt in der Klinik. In … sie nimmt von ihrer Umgebung nichts mehr wahr.«

Anna sah, dass seine Lippen zitterten. Er tupfte sich erneut mit der Serviette die Lippen ab, vielleicht um das Zucken zu verbergen, und fuhr dann fort.

»Ich weiß, dass ich zufrieden und dankbar sein sollte. Für unser gemeinsames Leben. So etwas ist nur wenigen vergönnt, das muss ich zugeben. Anna und ich kannten uns schon aus der Volksschule. Ihre Zöpfe werde ich nie vergessen! Unten genauso dick wie oben und mit riesigen Schleifen zusammengebunden. Augen wie ein Iltis. Wach und intensiv. Sie war das reinste Quecksilber! Aber ich verliere mich in Erinnerungen, die einen jungen Menschen zu Tode langweilen müssen! Ja, jedenfalls rannte sie auf dem Schulhof herum, während die anderen Mädchen Angst davor hatten, sich schmutzig zu machen. Sie jedoch hatte keine Angst. Meine Anna nicht!«

»Das kenne ich von mir.« Anna konnte ihren Kommentar nicht zurückhalten. Martin Danelius lachte.

»So kam mir das auch vor. Sie erinnern mich wirklich an meine Anna, und das liegt nicht nur am Namen. Bestimmte Frauen gleichen einer Naturkraft, sie lassen sich nicht unterdrücken, wie sehr man es auch versucht. Nicht dass ich je versucht hätte, meine Anna zu unterdrücken. Ich habe mich damals sofort in sie verliebt. Und ich bin immer noch in sie verliebt. Glauben Sie an die ewige Liebe, Fräulein Anna? Daran, dass irgendjemand dort oben die Fäden zieht? Dass zwei Menschen füreinander geschaffen sind, wie Topf und Deckel zusammenpassen oder wie Korken und Flasche?«

Das Bild von Greg, nass und lachend nach dem Tauchen, traf sie wie ein Fausthieb im Magen, und sie bekam fast keine Luft mehr. Sie versuchte etwas zu sagen, brachte aber nur vorsichtig flüsternd über die Lippen, niemand könne das mit Sicherheit sagen, und es wirke wie ein Ding der Unmöglichkeit, dass es für jeden Menschen nur einen einzigen passenden Partner gäbe, aber dieses Gefühl könne sich natürlich einstellen, wenn man verliebt und die Beziehung zufriedenstellend sei …

Aber Martin Danelius schien ihr nicht zuzuhören.

»Es gibt Leute, die glauben, Liebe bedeute, jeden Tag glücklich zu sein. Als wäre Liebe so viel mehr, als sich miteinander im Alltag wohlzufühlen! Als sei Liebe nicht Arbeit wie alles andere auch! Ach, Fräulein Anna, wie ich doch über die Jugend und diese klugen Experten lachen muss, die erklären, was man tun muss, um diese sogenannte Liebe am Leben zu erhalten. Genauso dumm wie diese Diättipps, auf die Frauen ihre Zeit verschwenden. Sehen Sie mich an. Ich habe nie in meinem Leben etwas für die Fitness getan, sondern gut gegessen und hart gearbeitet. Und getanzt natürlich. Anna und ich sind, so oft sich die Möglichkeit ergab, tanzen gegangen. Dazu hatten wir Zeit. Weil wir keine Bücher darüber zu lesen brauchten, was wir tun müssen, um glücklich zu werden.«

Anna goss nach und tat Martin Danelius ein Stück von dem Truthahnbraten auf, der gerade serviert worden war. Vorsichtig probierte sie einen Bissen. Er war zart und schmeckte delikat nach Dörrpflaumen. Trotzdem fiel ihr das Schlucken schwer.

»Es klingt, als seien Sie glücklich gewesen«, meinte sie vorsichtig. Martin Danelius nickte. Anna hatte das Gefühl, dass die Betrachtungen des alten Mannes über die Liebe etwas in ihr geweckt hatten, was sie selbst lieber betäubt hätte. Die Beerdigung, Gedanken über die Kirche und ihre Kindheit, an Elsa Karlsten, an Greg und daran, was in den letzten Tagen geschehen war, kamen wieder in ihr hoch. Am anderen Ende des Saals beobachtete sie, wie sich Mari mit einem Mann unterhielt, der ein Sohn Elsa Karlstens sein musste, ein dunkelhaariger Mann, der nett und interessiert wirkte. Anna suchte Maris Blick, aber diese schien ganz ins Essen und Gespräch vertieft zu sein. Fredrik stocherte mit der Gabel in seinem Essen, ohne aufzuschauen oder sich mit jemandem zu unterhalten.

»Haben Sie Kinder, Anna?«

»Ja, ich habe eine Tochter, sie ist zweiundzwanzig. Sie heißt Fanditha, will aber lieber Fanny genannt werden.«

Martin Danelius lächelte sie an.

»Das hätte ich nie geglaubt«, meinte er. »Dass Sie schon so

erwachsene Kinder haben. So jung wie Sie aussehen, Fräulein Anna. Fanditha ist ein hübscher Name. Exotisch. Wir hatten uns so viele schöne Namen überlegt für die Kinder, die wir bekommen wollten. Unser Mädchen sollte Marianne heißen. Einen Jungen hätten wir vermutlich Anders getauft.«

Anna fand plötzlich, dass der Mann neben ihr gar nicht mehr so alltäglich aussah. Sein Gesicht hatte einen seltsamen Glanz, von dem sie nicht wusste, woher er kam. Sie ahnte, dass der Mann neben ihr vollkommen aufrichtig war und keinerlei Verstellung kannte. Er hatte nie gelernt, sich vor seinen Mitmenschen in irgendwelche Rollen zu verstecken. Die Trauer über die Kinderlosigkeit war tief empfunden, aber er hatte sie akzeptiert, weil er daran glaubte, mit dem, was das Leben für ihn bereithielt, zurechtzukommen.

»Wir haben keine Kinder bekommen«, bestätigte er dann auch ganz richtig. »Wir versuchten es wirklich, aber damals gab es noch nicht so schöne Methoden wie heute. Ich muss zugeben, dass wir uns nicht einmal gründlich untersuchen ließen. Man schämte sich, zum Arzt zu gehen und über etwas so Persönliches zu sprechen. Er hätte uns vielleicht Dinge gefragt, über die wir nicht hätten sprechen wollen. Wir wussten, was wir aneinander hatten, verstehen Sie, Fräulein Anna, und das ging niemanden etwas an, fanden wir. Manchmal denke ich, wir bekamen keine Kinder, damit es hier auf der Welt wenigstens ein bisschen gerecht zugeht. Ich habe nämlich die Vorstellung, dass jedem nur eine bestimmte Portion Glück zugedacht ist. Diese Portion ist aber nicht zu groß, da es schließlich für alle reichen muss.«

»Das klingt poetisch.«

»Poetisch? Das hätte Anna hören sollen. Falls einer von uns poetisch veranlagt war, dann war sie das nämlich. Ich war immer erdverbundener. Ich habe im Garten gearbeitet, kannte mich mit Büschen und Bäumen aus. Mit Wurzeln, der Bodenqualität und dem Wetter. Das hat vielleicht auch etwas mit

Poesie zu tun, aber nicht so richtig, finde ich jedenfalls. Anna las aber sehr viel. Sie war Bibliothekarin. Manchmal sagte sie, dass die Bücher eben ihre Kinder sein müssten, wenn wir keine eigenen bekämen. Sie war aber trotzdem kein weltfremder Mensch, sondern die offenste und wissbegierigste Person, der ich je begegnet bin. Wir sind viel gereist, müssen Sie wissen, Fräulein Anna. Da wir keine Verantwortung für Kinder übernehmen mussten, hatten wir die Möglichkeit, die Welt kennenzulernen. Wir wanderten im Gebirge, wohnten in einfachen Hotels, fuhren viel mit der Bahn und hatten immer einen guten Kontakt zu den Einheimischen. Aber wir mussten natürlich auch sehr beweglich sein.«

Eine Kellnerin räumte die Teller ab und stellte Dessertteller und Kaffeetassen auf den Tisch. Anna sah, dass Mari lachte, es herrschte zwar keine ausgelassene, aber doch eine angenehme Stimmung im Saal. Niemand hatte sich bislang erhoben, um ein paar Worte über Hans Karlsten und sein Leben zu sagen, aber das schien auch niemand zu vermissen. Als hätte sie ihre Gedanken gelesen, schaute Elsa Karlsten einen Augenblick hoch, hob ihr Glas in Annas Richtung und lächelte. Martin Danelius legte ihr seine Hand auf den Arm.

»Es kam so schleichend«, sagte er, als hätte er erkannt, dass ihm nicht unbegrenzt Zeit zum Erzählen blieb. »Es fing mit kleinen Dingen an. Wir wollten nach Brasilien fahren, und ich hatte Anna gebeten, den Sprachführer zu suchen. Sie erinnerte sich nicht, wo sie ihn hingelegt hatte. Schließlich fanden wir ihn im Regal, dort wo er immer stand. Wir lachten beide darüber. Jetzt werden wir langsam alt, sagten wir. Anna erinnerte mich daran, dass sie im Jahr zuvor fünfundsiebzig Jahre alt geworden war. Fünfundsiebzig, sagte ich und sah sie an. Sie war nämlich immer noch so schön wie am ersten Tag, fand ich. Dasselbe dichte Haar, obwohl es etwas kürzer und etwas grauer war. In meinen Augen immer noch derselbe Körper. Das war es dann, und wir traten unsere Reise an. Wunderbar. Obwohl es vorkam, dass sich Anna vergaß. Einmal fand sie den Weg zum Hotel nicht zurück, obwohl sie immer einen besseren Orientierungssinn als ich besessen hatte, einmal schloss sie sich versehentlich aus. Kleinigkeiten. Nichts, was man ernst zu nehmen brauchte. Damals.«

Martin Danelius machte eine Pause, als dächte er darüber nach, wie er seine Worte wählen sollte.

»Vielleicht hätte ich schon viel früher begreifen sollen, dass etwas nicht stimmte«, fuhr er fort. »Vor allen Dingen hätte ich es in den darauffolgenden Monaten bemerken sollen. Denn es passierte immer öfter, dass sie etwas vergaß, und das, worüber wir anfangs noch gelacht hatten, war bald nicht mehr lustig. Es war nicht lustig, wenn plötzlich Geld fehlte. Wenn sie vergessen hatte, den Herd auszumachen. Wenn das Bügeleisen ein Loch in ein Hemd brannte. Wenn sie vom Laden an der Ecke nicht mehr nach Hause fand. Alzheimer ist eine Krankheit, die viele Menschen trifft. Doch dass meine Anna krank war, wollte mir einfach nicht in den Kopf. Wir können nicht verstehen, was wir nicht verstehen wollen, ist es nicht so, Fräulein Anna?«

Er sah sie flehend an. Anna fiel auf, dass seine Augen eine verblichene, graue Färbung besaßen, die sie an schmutziges Glas erinnerte.

»Ich glaube, dass wir versuchen, das, was wir nicht verstehen wollen, von uns zu schieben«, meinte sie vorsichtig. In ihrem Inneren war Gregs Stimme von Fandithas abgelöst worden. *Hast du dir schon einmal überlegt, wie es ist, die Tochter von einer Person wie dir zu sein?* Anna fuhr sich mit der Hand durchs Haar, ein Versuch, die Worte wegzuwischen, aber sie hörte sie immer noch. *Ich will normal sein. Ich besuche Papa auf seinem Hausboot.*

»Das glaube ich ganz bestimmt. Von Schmerz und Trauer wollen wir nicht mehr als nötig wissen. Dass wir lieber an Gutes glauben als an Schlechtes ist menschlich«, fuhr sie fort und kostete dann vorsichtig von dem Himbeersorbet, das ihr jemand hingestellt hatte.

Martin Danelius seufzte.

»Wenn Sie nur wüssten, Fräulein Anna, wie sehr ich in den letzten Jahren gehofft und wie sehr ich für sie gekämpft habe. Ich habe sie ausgeschimpft. Ich habe sie gezwungen, sich zu erinnern. Habe sie mit nach draußen und mit in die Stadt genommen, wenn sie sich verkriechen wollte. Aber zum Schluss machte ihr Organismus nicht mehr mit. Sie wurde immer dünner und müder. Wusch sich nicht mehr. Ich musste aufgeben. Zu diesem Zeitpunkt hatte ich fast fünf Jahre für uns beide gekämpft. Aber der Tag, an dem sie ins Heim kam, war der schwärzeste Tag meines Lebens.

Heim nennt man es vielleicht nicht mehr, und das ist gut. Denn wie kann etwas Fremdes je ein Heim, ein Zuhause werden? Schließlich waren wir nie voneinander getrennt gewesen. Die ersten Monate versuchte sie immer, wieder nach Hause zu finden. Türmte und irrte dann in der Umgebung herum, und wäre in einer kalten Winternacht fast erfroren, als die Schwesternhelferinnen einmal vergessen hatten, die Tür abzuschließen. Dann kam die Apathie. Sie saß einfach nur noch in ihrem Sessel, wenn ich kam, genauer gesagt hing sie in ihrem Sessel. Sie weigerte sich zu sprechen und zu essen.«

Anna sah, dass Martin Danelius' Augen feucht geworden waren. Eine einsame Träne bahnte sich ihren Weg die Wange hinunter und verschwand in der tiefen Falte, die sich in seinem Mundwinkel eingegraben hatte. Sie legte ihre Hand auf seine, und er drückte sie fest, fast krampfhaft.

»Seit drei Jahren liegt sie bewusstlos im Krankenhaus. Sie erlitt einen Schlaganfall, und jetzt wird sie durch einen Schlauch ernährt. Sie atmet mit Hilfe eines Beatmungsgeräts. Die Schwestern drehen sie alle paar Stunden um, damit sie sich nicht wund liegt. Anna war der selbständigste Mensch, den ich gekannt habe. Jetzt liegt sie einfach nur noch abgemagert da und ist auf die Hilfe von Leuten angewiesen, die sie nicht einmal kennt. Ich sitze bei ihr und halte ihr die Hand und fahre ihr übers Haar. Ich flüstere ihr ins Ohr, dass ich sie immer lieben werde. Aber ich glaube nicht, dass sie mich hört, Fräulein Anna. Da könnte ich eine richtige Wut kriegen auf diesen guten Gott, an den ich immer geglaubt habe, da er Anna und mir ein so gutes Leben gegeben hat.

Warum lässt er es nicht zu, dass ich zu ihr durchdringe? Warum hat er bei ihr dichtgemacht? Denn so kommt es mir vor, verstehen Sie, Fräulein Anna. Dieses Wesen, das da liegt, hat nichts mit meiner Anna zu tun. Wenn meine Anna in diesem Körper wäre, würde sie mir antworten. Aber sie gibt mir kein Zeichen. Sie kann nicht einmal meine Hand drücken. Kann nicht seufzen. Manchmal zucken ihre Lider, aber ich habe nie den Eindruck, dass das etwas mit mir zu tun hat. Ihre Seele ist fort. Sie ist bereits verschwunden. Sie wartet irgendwo. Und deswegen habe ich auch eine Frage an Sie, Anna. Ich glaube, dass Sie mir helfen können.«

Er beugte sich zu ihr vor und sprach leiser. Sie fühlte sich dazu bemüßigt, sich umzuschauen, aber niemand an den Nachbartischen schien in ihre Richtung zu schauen oder sich für ihre Unterhaltung zu interessieren.

»Sie müssen wissen, dass wir nicht unvorbereitet sind, weder Anna noch ich. Wir konnten über alles reden, was das Leben und natürlich auch den Tod betraf. Ich habe es immer als unangenehm empfunden, an dieses Endgültige zu denken, dem keiner von uns entgeht. Obwohl ich immer ein gutes Verhältnis zu meinem Schöpfer hatte, gefällt mir das Leben wahnsinnig gut. Dann war da noch der Gedanke an Anna natürlich. Dass sie vor mir sterben könnte oder ich vor ihr. Ich konnte mir ein Leben ohne sie nicht vorstellen. Aber Anna sah das anders. Sie sagte immer, wenn sie vor mir gehen müsste, dann würde sie auf mich warten. Sie würde am Wasser bereitstehen und mithelfen, mich auf die andere Seite zu rudern.

Ist das nicht schön gedacht? Sie hatte nie Angst vor der künftigen Existenz, wie sie das nannte. Ihre Angst galt nur jener Situation, die nun eingetroffen ist. Dass sie einfach so daliegen könnte, krank und elend und vollkommen abhängig vom Wohlwollen anderer Menschen. Ihr schien es die größte Schmach zu sein, sich nicht mehr selbst versorgen zu können und das nicht einmal mehr zu wissen. Dass andere sie in ihrer Gebrechlichkeit bemitleiden könnten, während sie davon nichts mehr mitbekäme. Daher zwang sie mich zu einem Versprechen. ›Sollte ich zum bewusstlosen Pflegefall werden, so musst du dem ein Ende bereiten‹, sagte sie. ›Versprich mir das, Martin. Leg deine Hand auf die Bibel, und gelobe mir das.‹«

Martin Danelius senkte seine Stimme noch mehr, zum Schluss war nur noch ein undeutliches Flüstern zu hören.

»Ein fatales Versprechen, nicht wahr? Bei Gott zu versprechen, seiner Geliebten das Leben zu nehmen, ist keine Kleinigkeit, Fräulein Anna. Und ich muss zugeben, dass ich es mit der Angst bekam, als ich ihr dieses Versprechen gab. Vielleicht nahm ich die Sache ja auch nicht ganz ernst. Anna kam zwar regelmäßig darauf zu sprechen, dass es ihr größter Alptraum sei, alt und krank zu werden. Am Schluss sogar immer häufiger. Sie merkte natürlich selbst, dass es bergab ging, und ahnte vermutlich von Anfang an, wie die Sache ausgehen würde. Deswegen ließ sie mich auch die Hand auf die Bibel legen und meinen Eid schwören. Das war an einem kalten Märzmorgen. Und als ich versprach, meiner geliebten Anna auf die andere Seite zu helfen, wenn sie einmal nicht mehr könne… da hatte ich das Gefühl, als entflammten meine Fingerspitzen. Religiöses Wunschdenken vielleicht. Aber verstehen Sie das, Fräulein Anna?«

Wessen Gott hatte ihm die Fingerspitzen verbrannt? Mamas oder Papas? Anna kam nicht umhin, sich diese Frage zu stellen, die Antwort konnte unterschiedlich ausfallen, je nachdem, wie man die sowohl fatale als auch schöne Szene betrachtete, die ihr der ältere Mann neben ihr soeben beschrieben hatte. War es der Gott der Rache, der sagen wollte, dass der kleine Mensch seine Finger im Zaum halten sollte? Oder war es der Gott der Liebe und Barmherzigkeit, der seine Zustimmung ausdrückte?

»Das muss für Sie beide ein sehr bewegender Augenblick gewesen sein«, meinte sie vorsichtig, ohne sich den Gedanken zu gestatten, dass Martin Danelius ihr seine Frage noch gar nicht gestellt hatte.

»Bewegend? Ja, vielleicht. Es gibt Leute, die es selbstsüchtig genannt hätten, dem Menschen, den man liebt, ein solches Versprechen abzuverlangen. Ich habe Anna dieses Versprechen nicht abgenommen. Ich wollte nicht, dass sie in eine Situation gerät, in der sie sich für mein zukünftiges Leben oder meinen eventuellen Tod moralisch verantwortlich fühlt. Aber ich war noch gesund, als das passierte. Anna war krank. Das ist ein Unterschied. Seither trage ich dieses Versprechen mit mir herum. Ich dachte gestern daran, als ich bei ihr saß. Ich werde auch heute Abend und morgen wieder daran denken. Bis es geschieht.«

Annas Magen verkrampfte sich. Sie schaute zu Mari, und einen Augenblick lang trafen sich ihre Blicke. Sie wollte ihrer Freundin einen stummen Hilferuf senden, bekam aber keinen Kontakt. Maris Blick war wachsam, aber gleichzeitig merkwürdig fröhlich. Als Mari sich dann sofort wieder an ihren Tischnachbarn wandte, wusste Anna, dass sie allein war. Sie blickte zu Fredriks Platz und bemerkte erst jetzt, dass dieser leer war. Auch von ihm war keine Hilfe zu erwarten.

Martin Danelius trank einen Schluck Kaffee, rührte sein Himbeersorbet aber nicht an. Die rosafarbene Masse schmolz auf seinem Teller, und Anna sah vor sich, wie die Farbe dunkler wurde und über Teller- und Tischkante schwappte. Sie schüttelte den Kopf und zwang sich, tief durchzuatmen. Gregs Tauchanweisungen hallten in ihrem Kopf wider. Du musst ganz ruhig atmen, wenn du wieder an die Oberfläche kommen willst.

»Ich verstehe nicht…«, begann sie, aber er fiel ihr ins Wort.

»Ich erwähnte ja, dass Elsa und ich seit vielen Jahren gut befreundet sind. Wir wohnen in derselben Stadt, und dann weiß man natürlich, was sich hinter den Türen der Freunde abspielt. Alles andere wäre auch keine gute Freundschaft. Wir waren immer füreinander da. Das ging natürlich am ehesten, wenn ihr Mann verreist war. Dann konnte man sie besuchen, gemeinsam zu Abend essen oder ihr auch nur im Garten helfen. Hans war kein angenehmer Mann. Ich weiß, dass Sie das auch wissen, Fräulein Anna, deswegen brauche ich nicht lange um diese Sache herumzureden. Wir bemerkten das bereits, als wir ihn im Urlaub kennenlernten. Er trank, wurde im Hotel ausfällig und schrie Elsa an. Sie tat uns leid, und wir fanden, dass wir die wenige Hilfe, die wir ihr bieten konnten, auch leisten sollten. Sie hatte so nette Kinder. Da wir keine eigenen hatten, war uns das besonders wichtig.«

Martin Danelius seufzte und schaute in die Ecke des Saals, in der sich die Söhne mit ihren Familien versammelt zu haben schienen.

»Sie hat wirklich nette Jungen«, meinte er. »Vor allen Dingen der jüngste, Lukas. Die anderen haben sich von der Familie distanziert, als sie älter wurden. Ihnen blieb vermutlich nur die Kraft, sich selbst zu retten, vielleicht haben sie es sich auch etwas leicht gemacht, als sie der Meinung waren, Elsa solle versuchen, das Beste aus der Situation zu machen, da es ihr nicht gelungen war, sie ausreichend zu schützen. Man kann ihnen dafür keine Vorwürfe machen, dass sie so gedacht haben. Toleranz ist eine seltene Gabe, und es fällt nicht leicht, zu verzeihen, wenn man selbst schlecht behandelt worden ist. Umso schöner ist es, wenn man jemanden trifft, der das kann, so wie Lukas. Die anderen kommen nicht sonderlich oft zu

Besuch, aber er hat sich immer gekümmert. Vielleicht wird ja jetzt alles anders.«

»Ist das Lukas, da drüben neben meiner Kollegin?«

Martin Danelius nickte.

»Ja, das ist Lukas. Er scheint sich mit Ihrer Kollegin angefreundet zu haben. Das ist nett. Er ist immer noch alleinstehend. Ich glaube nicht, dass es ihm an Möglichkeiten gemangelt hat, sondern eher, dass er nicht wollte. Er sieht gut aus, und tüchtig ist er auch. Er ist Rechtsanwalt.«

Anna sah, wie Lukas Karlsten Mari anlachte. Sie wandte sich an Martin Danelius, um ihn zu fragen, was Lukas Karlstens juristisches Spezialgebiet sei, aber es gelang ihr nicht, den Satz zu beginnen, da ergriff ihr Tischnachbar schon wieder das Wort.

»Sie müssen wissen, dass Elsa und ich uns in den letzten Jahren gegenseitig eine große Hilfe waren. Ich kann aufrichtig sagen, dass Elsa der einzige Mensch auf der Welt ist, dem ich mich anvertrauen konnte. Ihr wird es vermutlich nicht anders gehen. Sie kennt zum Beispiel meine Situation mit Anna und weiß von dem Versprechen, das ich ihr gegeben habe. Ja, sie war auch schon in der Klinik und hat gesehen, wie es ihrer alten Freundin geht, und sie hat mit mir mitgelitten. Ich habe zugesehen, wie Elsa von ihrem Mann systematisch zerstört worden ist. Die Götter wissen, dass ich ihr meine Hilfe angeboten habe. Aber sie wagte nie, diesen Schritt zu tun. Sie wagte nie, zu uns zu ziehen oder später dann zu mir. Sie wagte nie, ihn anzuzeigen oder die Scheidung einzureichen. Bis sie eine Lösung fand.«

Anna versuchte, Martin Danelius' Blick, solange es ging, standzuhalten. Sie musste sich anstrengen, nicht zu blinzeln und nicht zu verraten, was sie dachte. Trotzdem hätte Martin Danelius ihr Grauen spüren und irgendwie darauf reagieren müssen. Seine Miene hätte erregt, zweideutig oder vorwurfsvoll sein müssen und nicht freundlich bittend. Und doch war dies der Anblick, der sich ihr bot. Sie sah einen alltäglichen, älteren Mann, nett, verzweifelt und außerordentlich hilfsbedürftig. Jetzt ergriff er ihre beiden Hände.

»Elsa Karlsten lud mich vor einigen Tagen zu sich nach Hause ein. Sie bot mir wunderbares Krokantgebäck an, das sie offenbar in Ihrem Café gekauft hatte, Fräulein Anna. Bei dieser Gelegenheit hat sie mir von *Kleopatras Kamm* erzählt. Davon, dass Sie ein Unternehmen betreiben, das Menschen in Not hilft. Das Ergebnis Ihrer Arbeit feiern wir gerade hier, wenn Sie mir erlauben wollen, es einmal so auszudrücken. Also habe ich mir meine Gedanken gemacht. Denn Sie müssen wissen, dass ich zwar ein einfacher Mensch bin, aber nicht unvermögend und zwar in zweifacher Hinsicht. Ich besitze sehr viel Wald in guter Lage, etwas davon habe ich schon verkauft, und mit der Zeit werde ich wohl alles veräußern. Ich übertreibe vermutlich nicht, wenn ich sage, dass ich sogar recht wohlhabend bin und bezahlen kann. Und zwar mindestens so viel wie Elsa. Deswegen und im Hinblick auf die Umstände möchte ich fragen… ja, bestünde vielleicht die Möglichkeit, dass Sie auch mir helfen könnten?«

KAPITEL 15

Das kupferne Kochgeschirr an den Wänden funkelte wie glänzende Augen, die großen Brotkästen und die Tortenplatten aus den Fünfzigerjahren verstärkten den Eindruck von altmodischem und frischgebackenem Frieden. Mari schaute durch die Glasscheibe auf der Theke mit dem Gebäck. Die Schinkenbrote waren fast aufgegessen, und von dem Geflügelpie war auch nur noch ein Rest übrig. Baiser, Schoko- und Himbeerplätzchen lagen dicht an dicht auf einem etwas größeren Teller, und ein Zitronenkuchen war eben erst angeschnitten worden. Jo hatte ihn vermutlich am Nachmittag noch rasch gebacken, um die vielen Münder zu stopfen, die hergekommen waren, um sich den Nachmittag zu vergolden oder zu ertragen. Sie selbst war erst kurz vor Feierabend eingetroffen. Seit sie nach dem Leichenschmaus auseinandergegangen waren, hatte ihr Annas verzweifeltes Flüstern, sie müssten dringend miteinander reden, keine Ruhe gelassen, obwohl ihr auch Lukas Karlsten nicht mehr aus dem Kopf gegangen war.

Wie lange war es her, dass sie etwas Ähnliches erlebt hatte? Sehr lange. Es ließ sich auch nicht damit vergleichen, wie sie David zum ersten Mal Flöte spielen gehört hatte. Seine Musik hatte sie so aufgewühlt, dass sie alles aufgegeben hatte, schließlich sogar sich selbst, um ihm auf seiner Reise parallel zum normalen Leben zu folgen. Lukas Karlsten hingegen hatte in ihr Vorstellungen von warmen Abenden vor dem Kaminfeuer wie in der Werbung erweckt, in harmonischer Zweisamkeit, vergoldet von Cognac und einem guten Buch.

Sie hatte versucht, sich auf den Gottesdienst zu konzentrieren, um für das, was passiert war, Reue zu empfinden, stattdessen überkam sie nur eine müde Gleichgültigkeit. Die ganze Veranstaltung war betrüblich, aber nicht, weil jemand gestorben war, sondern weil der Tote nur ein Gefühl der Leere zurückließ. Leere, nicht weil er eine Lücke hinterlassen hätte, sondern weil sein Ableben unterstrich, wie anders alles hätte sein können.

Sie hatte auf Lukas Karlstens Hinterkopf geschaut, dann den Blick auf das einfache Kruzifix gerichtet, das über dem Altar hing. Der Mann am Kreuz sah verletzlich und nackt aus, und sie dachte, es sei unwahrscheinlich, dass er in einer schwierigen Situation etwas für sie tun konnte. Trotzdem unternahm sie einen Versuch. Sie faltete die Hände und murmelte den Kopf gesenkt ein Gebet, während sie die Wärme Annas neben sich spürte. Guter Gott, mach dass er mich sieht und nicht Anna. Guter Gott, gib mir etwas von ihrem Strahlen. Dann hob sie den Kopf und belächelte ihre eigenen Gedanken. Von allen Gebeten, mit denen Gott an diesem Tag belästigt wurde, war dieses vermutlich das absurdeste.

Trotzdem dachte sie später voll Dankbarkeit an Jesus, weil er sie veranlasst hatte, sich zu beeilen, um zum Leichenschmaus zu kommen und vor Anna dort einzutreffen. Jesus sorgte in seiner Güte auch dafür, dass Lukas Karlsten gerade an der Garderobe stand, als sie das Gemeindehaus betrat. Er drehte sich um, nahm wortlos ihren Mantel, hängte ihn auf und hielt ihr dann die Hand hin.

»Lukas Karlsten«, sagte er, als würde das alles erklären.

»Mari Modin«, brachte sie mit halbwegs fester Stimme über die Lippen, und seine Hand fühlte sich so warm und fest an, wie es die Vorstellung vom offenen Kamin zuvor bereits suggeriert hatte. Lukas Karlsten nickte.

»Ich weiß, wer Sie sind«, meinte er. »Sie arbeiten bei dieser Firma, die meiner Mutter mit ihren Finanzen geholfen hat. Sie scheint Ihnen dafür sehr dankbar zu sein, und ich danke Ihnen deswegen auch sehr herzlich. Im Namen der ganzen Familie. Wir hätten ihr natürlich selbst helfen sollen, aber jetzt ist es nun einmal, wie es ist. Hatte Ihr Unternehmen nicht einen recht originellen Namen? Irgendwas mit einer ägyptischen Königin?«

»*Kleopatras Kamm*«, antwortete sie mühsam mit einer ihr fast fremden Stimme. Spielte er mit dieser Bemerkung auf ein Verbrechen an? Gab es einen Grund, anzunehmen, dass Lukas Karlsten mehr über die Kontakte seiner Mutter zu *Kleopatras Kamm* wusste, als er zugeben wollte? Wollte er etwa andeuten, dass sie sich in Dinge eingemischt hatten, die sie nichts angingen? Sie öffnete den Mund, um sich zu verteidigen, sah dann aber ein, dass sie vermutlich unrecht hatte. Lukas Karlstens Miene war offen und ehrlich gewesen. Sie sah nichts anderes als zurückhaltende Freundlichkeit und Interesse für ihr Unternehmen.

Verstohlen betrachtete sie ihn näher. In vielem ähnelte er seiner Mutter, er war groß und muskulös und hatte dunkles Haar, das sich auch mit zunehmendem Alter vermutlich nicht lichten würde. Die Augen hatten einen Grünschimmer, und seine spitze Nase und sein ziemlich breiter Mund wichen so weit von der Norm ab, dass man sofort Vertrauen zu ihm fasste. Wenn er Arzt war, dann sicher einer von der Sorte, dem seine Patienten die Treue bewahren, dachte sie noch, aber da kam er ihr schon zuvor.

»Sie müssen entschuldigen, dass ich sofort zur Sache komme«, sagte er. »Aber ich bin Rechtsanwalt und vermutlich derjenige der Familie, der am meisten mit den Finanzen unserer Eltern zu tun hatte. Ich muss allerdings zugeben, dass mein

Vater in diesen Fragen ziemlich verschwiegen war. Doch jetzt erhalte ich sicherlich Gelegenheit, mir diese Dinge näher anzuschauen.«

Auch das hätte eine versteckte Drohung sein können, aber wiederum las Mari in seinem Gesicht nichts anderes als Trauer über die Schwierigkeiten, die seine Familie in der Vergangenheit geplagt hatten. Sie murmelte, dass sie ihm dabei gerne behilflich wären, während das kürzlich erhaltene Honorar ihrem Gewissen zu schaffen machte. Lukas Karlsten war kein Trottel, ihm würde sicher auffallen, dass anderthalb Millionen Kronen des Familienvermögens fehlten. Andererseits hatte er das Talent seiner Mutter geerbt, und diese hatte versprochen, alles zu tun, um zu verschleiern, dass Geld aus dem Nachlass verschwunden war. Falls sie sich wirklich über Nacht von einer geduckten in eine aufrechte, selbständige Frau verwandelt hatte, war ihr das auch gelungen.

Mari sah sich im Café um. Alle Gäste waren gegangen. Als sie gekommen war, hatte sie nur mit Mühe einen freien Stuhl gefunden. Schließlich nahm sie auf einem der kleinen Sessel ganz hinten im Lokal Platz. Von dort aus hatte sie einen guten Überblick. Jo wetzte hin und her und bediente. An einem Fenstertisch blieb sie länger stehen. Ein junger Mann lachte sie an, und Jo erwiderte das Lachen. Mari dachte darüber nach, ob Jo sich irgendwie verändert hatte, weil sie schöner wirkte als noch vor einigen Wochen. Ob es etwas mit dem Haar war? Eine neue Frisur? Mari strich sich über ihr eigenes Haar, dankbar dafür, dass sie David seinen Willen gelassen hatte. Es sollte wachsen und so undurchdringlich werden wie die Hekke, die das Dornröschenschloss umgab.

Schließlich waren alle Gäste verschwunden, Jo räumte das letzte Geschirr ab, stellte die Reste in den Kühlschrank und putzte. Dann verschwand sie mit einem »Bis morgen«, und jetzt saß Mari im Fristaden, unfähig, die belegten Brote und den Kuchen aus der Theke zu nehmen, so wie sie es Jo versprochen hatte. Sie starrte die grüne Wand an, die alten Möbel und die Uhr und überlegte sich, was ihr Anna so dringend sagen wollte. Sie hatte aufgebracht gewirkt, und Mari ahnte, dass sie keine guten Neuigkeiten hatte. Trotzdem empfand sie keine Nervosität oder Angst, sondern nur eine unendliche Müdigkeit. Sie ließ den Zeigefinger über die rot karierte Tischdecke gleiten und dachte an die beiden älteren Herren, die Schach gespielt hatten, als sie in das Café gekommen war. Einer von ihnen hatte sich erhoben, um die Toilette aufzusuchen, und stolperte dabei beinahe über ihre Tasche. Sie entschuldigte sich bei ihm, und er hatte erwidert, das mache nichts. Dann war er plötzlich stehengeblieben.

»Sie sind ja noch so jung, aber Ihre Augen sind alt. Sie müssen aufpassen, dass sie nicht noch älter werden«, hatte er gesagt. Sie starrte ihn verständnislos an, und er sprach weiter.

»Sie wissen doch, es gibt Wege, denen man nicht folgen muss, obwohl man sie einmal eingeschlagen hat. Verlorene Schafe werden immer wieder willkommen geheißen, es ist einfach, wieder nach Hause zu finden, solange man noch nicht zu weit vom Wege abgekommen ist.«

Danach hatte er nachdenklich genickt, die Hand gehoben und ihr über die Wange gestrichen. Seine Hand war kühl, und nach einer Weile geriet sie sehr in Versuchung, ihren Kopf auf seine Schulter zu legen und einfach loszulassen. Dann war dieser Moment aber schon wieder vorüber. Er war verschwunden und hatte sich dann wieder seiner Schachpartie zugewandt, die seine totale Aufmerksamkeit und die des Gegners beanspruchte. Die beiden waren vermutlich Brüder, denn sie sahen sich sehr ähnlich.

Jetzt begann die Dunkelheit aus den Ecken zu kriechen. Mari zündete die Teelichter auf den Tischen an und war fast damit fertig, als sie hörte, wie die Tür aufging. Einen Augenblick lang bekam sie Angst, da sah sie, dass es Anna war. Sie trug immer noch die Kleider von der Beerdigung, einen seegrasgrünen Rock, dazu eine blaue Tunika und einen muschelverzierten breiten Gürtel, der ihr eigenes schwarzes Kostüm wie deplatziert erscheinen ließ.

»Du hast mir einen Schrecken eingejagt.« Sie versuchte zu lächeln, obwohl ihr nicht sonderlich wohl zumute war. Anna erwiderte das Lächeln nicht.

»Das war nicht meine Absicht.«

Anna warf ihre Tasche auf einen Sessel, ging wortlos in die Küche und kam nach einer Weile mit zwei dampfenden Tassen zurück. Mari schaute in ihre, Kaffee mit geschäumter Milch und einigen Raspeln Bitterschokolade. Sie probierte, der Kaffee schmeckte nach Vanille. Sie dachte, dass sie so einen Kaffee auch einmal in ihrem Restaurant Murrughach servieren würde.

Anna nahm ihr gegenüber Platz und trank ebenfalls einen Schluck.

»Du scheinst bei dem Leichenschmaus ja wirklich deinen Spaß gehabt zu haben. Mit diesem Mann. War das Elsas Sohn?«

Mari spürte, wie sie errötete.

»Ja«, erwiderte sie so gleichmütig wie möglich. »Das war Elsas jüngster Sohn. Er heißt Lukas und ist recht nett. Rechtsanwalt.«

Anna seufzte.

»Ich weiß. Leider«, erwiderte sie müde.

»Wie meinst du das?«

»Ich meine, dass wir ziemlich in der Scheiße stecken und dass ein Rechtsanwalt in der Familie die Sache auch nicht besser macht.«

Anna erhob sich, zog die Gardinen vor und fuhr dann fort.

»Elsa hat für uns Reklame gemacht. *Kleopatras Kamm*, das Unternehmen, das all deine Probleme löst. So hatten wir doch unsere Geschäftsidee einmal formuliert. Na gut. Wie wir wissen, ist sie überzeugt davon, dass wir ihres gelöst haben. Jetzt sollen wir die von anderen Leuten lösen. Hast du den älteren Mann neben mir gesehen, oder hat während des Essens Lukas Karlsten deine Aufmerksamkeit vollkommen in Anspruch genommen?«

»Natürlich habe ich ihn gesehen. Etwa achtzig, schätzungsweise. Wenig Haare. Es wirkte so, als würdet ihr euch über irgendwas Erfreuliches unterhalten. Er schien von dir fasziniert zu sein.«

Wie alle Männer, dachte sie müde, dieses Mal jedoch ohne eifersüchtig zu werden.

»Fasziniert? Vielleicht. Aber nicht auf diese Art, er hat seine einzige Liebe im Leben bereits gefunden. Die einzige Liebe. Verstehst du? Er glaubt nämlich, dass zwei Menschen füreinander geschaffen sind, und dass Ehen mehr oder minder im Himmel gestiftet werden. Glaubst du das auch?«

Ceratias holboelli. Du bist die, die du für mich sein sollst.

»Das habe ich vielleicht mal geglaubt«, erwiderte sie vorsichtig. »Du weißt vermutlich, dass ich das geglaubt habe, aber ich habe mich geirrt.«

Anna drang nicht weiter in sie, sondern fuhr fort.

»Jedenfalls ist er davon überzeugt. Seine Frau heißt Anna, genau wie ich, und er sagt, sie hätte mir früher sehr ähnlich gesehen. Sie lernten sich bereits auf dem Schulhof kennen. Dann lebten sie vergnügt und zu zweit, da sie keine Kinder bekamen, bis Anna krank wurde. Sie war verwirrt und musste in ein Heim. Alzheimer. Dann noch ein Schlaganfall. Jetzt liegt sie im Koma.«

»Wirklich tragisch. Wie alt ist sie?«

»Wie er, nehme ich an. Um die achtzig. Aber ehe sie ins ewige Vergessen verschwand, nahm sie ihm ein Versprechen ab. Sie wollte keine dahinvegetierende Scheintote werden, die auf die Hilfe Fremder angewiesen ist. Wer will das schon? Deswegen musste Annas Mann auch auf die Bibel schwören, ihr zu helfen, falls es so weit kommen würde. Er soll ihr auf die andere Seite helfen. So hat er das ausgedrückt. Ein hübscher Gedanke, wenn es nicht so traurig wäre.«

Mari fror, obwohl die Kerzen eine gemütliche Wärme im Lokal verbreiteten.

»Unheimlich«, sagte sie vorsichtig und dachte, dass David sie vermutlich auch zu so etwas hätte zwingen können. Sie hätte auch nicht nein gesagt.

»Unheimlich?« Anna lachte. So lachte sie sonst nie. »Das kann man vielleicht sagen. Aber noch unheimlicher war, dass dieser Martin Danelius wissen wollte, ob wir sein Versprechen nicht für ihn einlösen könnten. Also wir von *Kleopatras Kamm*, der Firma, die die Probleme anderer Leute löst. Er würde gut bezahlen. Sogar besser als Elsa Karlsten, denn er besitzt riesige Wälder, die er verkaufen will. Du siehst, dass sie ihn offenbar gut informiert hat. Nicht nur über unser Unterfangen, sondern auch darüber, was sie bezahlt hat. Entschuldige, aber jetzt brauche ich was Stärkeres.«

Anna verschwand und kehrte mit einer Flasche Portwein zurück. Sie schenkte ohne zu fragen zwei Gläser ein, und Mari nahm ihres ohne zu protestieren.

»Wir?«, fragte sie, um Zeit zu gewinnen.

»Ja. Wir. Er will, dass wir uns irgendwie in diese Klinik begeben und den Stecker ziehen, sodass sie stirbt. Ich vermute mal, unbemerkt, obwohl wir uns über Einzelheiten nicht unterhalten haben. Wünschenswert wäre, dass es dann auch wieder wie eine natürliche Todesursache wirkt, obwohl mir nicht ganz klar ist, wie das zugehen soll. Aber Hans Karlstens natürlicher Tod wurde schließlich laut Elsa dadurch verursacht, dass ihm jemand ein Kissen aufs Gesicht drückte. Vielleicht funktioniert diese Methode ja auch bei einer alten, dementen Frau im Koma.«

Annas Stimme klang scharf, und ihre Falten um die Augen glichen dunklen Spinnweben. Mari sah, dass sie den Tränen nahe war. Sie selbst empfand bei dem Entsetzlichen, das sie soeben gehört hatte, nur eine große Leere. Elsa Karlsten beharrte nicht nur darauf, dass *Kleopatras Kamm* ihren Mann ermordet hatte, sie sprach auch mit anderen darüber und empfahl sie weiter.

»Das kann nicht dein Ernst sein…«, begann sie, kam aber nicht weiter, da Anna zu schreien begann.

»Ich sage doch, dass er will, dass wir seine Frau umbringen! Er sieht das als Gnadenakt und nicht als Verbrechen, aber er bringt es nicht über sich, es selbst zu tun. Genau wie Elsa Karlsten, die es auch wollte, aber nicht wagte. Zuletzt sagte er, er sei dazu bereit, das Doppelte zu zahlen. Wir würden drei Millionen bekommen. Begreifst du, wie wahnsinnig das ist? Wir sind in eine Wirklichkeit geraten, in der ich nicht leben will! Hilf mir, das zu verstehen, Mari. Wie konnte das passieren? Wir sind normale Menschen, du, Fredrik und ich. Jedenfalls waren wir das noch vor nicht allzu langer Zeit. Jetzt kommen Leute zu uns, die uns als barmherzige Berufskiller betrachten. Das sind wir doch nicht, oder?«

Mari dachte, dass Anna nur selten außer sich geriet.

»Soll das eine Frage sein?«, erwiderte sie, ironischer als beabsichtigt. »Hast du darüber nachgedacht, dass es wirklich einer von uns gewesen sein könnte? Oder, um es unumwunden auszusprechen, dass ich es vielleicht war, der sich zu Hans Karlsten geschlichen und ihm ein Kissen auf den Mund gedrückt hat? Ich vermute, du hast nicht Fredrik im Verdacht, schließlich hat Elsa sowohl von einem Racheengel als auch von schönem Haar gesprochen. Auf mich würde diese Beschreibung vielleicht passen. Denkst du das?«

Über ihre eigenen Worte entsetzt, verstummte sie. Anna trank einen Schluck Port. Ihre Hand zitterte dabei.

»Und was denkst du?«, erwiderte sie schließlich mit etwas ruhigerer Stimme. »Wenn es weder Fredrik noch du waren, dann bleibe nur noch ich übrig. Vielleicht ist es gut, dass wir endlich darüber sprechen. Du scheinst dir deine Gedanken gemacht zu haben.«

»Du etwa nicht?«

Anna antwortete nicht. Mari sah sie mit den Augen der Mari aus jener Zeit an, als *Kleopatras Kamm* nur in einer Vitrine des British Museum existiert hatte. Braunes, lockiges Haar, braune Augen, ein großer Mund. Große Brüste unter der Tunika. Schöne und kräftige Hände, die selbst den widerstrebendsten Teig zu bändigen wussten.

»Verzeih mir, Anna«, sagte sie. »Die Sache hat eine Wendung genommen, die niemand von uns voraussehen konnte. Ich habe einfach das Gefühl, dass sich in den letzten Tagen etwas verändert hat. Mit Fredrik kann man kaum noch reden und mit dir ... du bist meine beste Freundin, und ich weiß nicht, wie ich ohne dich sein soll. Aber dann gibt es auch diese düsteren, nächtlichen Gedanken, wenn David ...«

Sie verstummte, weil sie sich fast verplappert hätte, dann fuhr sie jedoch fort.

»Dass du dich derart beherrschen konntest, niemand bei diesem Leichenschmaus hat dir etwas angemerkt, das ist schon bewundernswert. Wie konntest du diese Veranstaltung nur überstehen?

Geistesabwesend starrte Anna auf ihre Hände.

»Er rückte erst ganz am Schluss mit seinem Wunsch heraus«, sagte sie. »Ich konnte nur noch sagen, dass Elsa nach dem Tod ihres Mannes vollkommen außer sich gewesen sein muss und deswegen wahrscheinlich einiges missverstanden habe. Ich habe ihn darauf hingewiesen, nichts hätte darauf hingedeutet, dass Hans Karlsten keines natürlichen Todes gestorben sei, des Weiteren hätten wir Elsa Karlsten lediglich in finanziellen Fragen beraten. Daraufhin sah er mich etwas erstaunt an und meinte, er würde trotzdem zu einem Gespräch im Café vorbeikommen. Wahrscheinlich wird er seinen Wunsch wiederholen. Dann fügte er noch hinzu, dass er bereit sei, doppelt so viel wie Elsa zu zahlen. Drei Millionen, wie gesagt. Für jeden eine. Das sind ziemlich viele Bäume.«

Sie verstummte und schien nachzudenken.

»Glaubst du, dass es mehrere Wirklichkeiten geben kann?«

»Wie meinst du das?«

Anna seufzte erneut. Sie hatte ihr Glas zur Hälfte geleert und schien etwas beruhigt.

»Greg sprach immer von den verschiedenen Wirklichkeiten. Du weißt doch, er tauchte und stellte immer Betrachtungen darüber an, wie die Schwerelosigkeit im Wasser unser Zeitgefühl verändere. Das Jetzt würde irgendwie unendlich. Es gäbe nichts anderes als den Augenblick, es gäbe weder Geschichte noch Zukunft. Nur ein träges Paddeln im Wasser und totale Stille. Aber vielleicht war es ja gar nicht so merkwürdig, dass er unter Wasser so empfand, weil er auch auf Land so lebte. Ich bin noch nie jemandem begegnet, der den Augenblick so genießen konnte, und das verlieh ihm irgendwie eine wahnsinnige Ruhe. Laut Greg gab es nichts, worüber man sich Sorgen zu machen brauchte. Deswegen war es auch immer so unendlich geruhsam in seiner Gegenwart. Unter anderem deswegen.«

»Er fehlt dir?«

Anna schwieg so lange, dass sich Mari schon gar nicht mehr sicher war, ob sie überhaupt eine Antwort bekommen würde. Unterschiedliche Wirklichkeiten hatte auch sie selbst mit David zusammen erlebt. Aber auf eine andere Art.

»Ja, er fehlt mir«, sagte Anna endlich. »Ich gebe zu, dass mich Martin Danelius' Worte über die zwei Menschen, die füreinander geschaffen sind, berührt haben. Auf die Treue habe ich mich nie sonderlich gut verstanden. Das weißt du. Aber vielleicht habe ich nicht gewagt, treu zu sein, weil ich Angst hatte, selbst enttäuscht zu werden. Da ist es besser, als Erste zu gehen, dann bleibt einem die Schmach erspart. Oder die ewige Verdammnis Gottes, um mit meiner Mutter zu sprechen, obwohl Papa immer zu mir gehalten hat. Papa und Greg sind sich nur wenige Male begegnet, aber sie waren sich sympathisch, und das hätte mich verstehen lassen sollen, dass ich meinen sicheren Hafen gefunden hatte. Aber dann war da noch Fanditha. Ich glaubte mich in ihr Leben einmischen zu müssen. Gerade ich, die immer Toleranz und Selbständigkeit gepredigt hatte. Ich wagte nicht, sie irgendwohin gehen zu lassen, wohin ich ihr vielleicht nicht folgen konnte. Recht einfach, wenn man darüber nachdenkt. Ich wollte zu viel, und wer zu viel will, verliert immer, was er haben will.«

»Und jetzt hast du dich in eine unmögliche Situation hineinmanövriert. Genau wie ich.«

»Genau. Jetzt bin ich in eine unmögliche Situation geraten. Genau wie du.«

Sie sahen sich an.

»Wir müssen ihm sagen, dass er die Situation missverstanden hat«, meinte sie. Der Portwein und ihre eigenen Worte hatten sie beruhigt. »Wir müssen an unserer Version festhalten: Hans Karlsten ist eines natürlichen Todes gestorben, aber Elsa Karlsten will etwas anderes glauben, und wir belassen sie in diesem Glauben. Wir riskieren natürlich, dass er ihr erzählt, was wir gesagt haben, und dass sie ihr Geld zurückverlangt. Falls sie ihn nicht doch selbst umgebracht hat, denn dann hat sie jeden Grund, den Mund zu halten.«

Sie verstummte. Sie war sich im Klaren darüber, dass ihre Worte jeglicher Logik entbehrten. Hätte Elsa Karlsten ihren Mann selbst ermordet, dann hätte sie *Kleopatras Kamm* nicht weiterempfohlen, sofern sie nicht vollkommen übergeschnappt war. Und diesen Eindruck hatte die elegante Dame, die bei der Beerdigung ihres Mannes eine Rede gehalten hatte, ganz und gar nicht erweckt.

»Wir müssen ihn ganz einfach irgendwie abwimmeln«, fuhr sie müde fort. »Dann müssen wir mit Elsa reden und uns versichern, dass sie den Mund hält und mit niemandem über das

Vorgefallene spricht. Ihret- und unsretwegen. Was das Geld angeht ...«

Anna schien nicht mehr zuzuhören. Sie hatte ihr Glas wieder gefüllt und massierte ihre Schläfen.

»Erzähl mir von David«, sagte sie. »Du weißt, dass ich dich liebe, Mari, genauso wie ich Fredrik liebe. Und Fanditha. Und vermutlich Greg, obwohl ich jetzt nicht daran denken will. Aber manchmal verkriechst du dich in deine Muschel. In genau so eine Muschel, wie du sie immer in Koriander und Safran gekocht hast. Ich weiß, dass du in Irland der Liebe deines Lebens begegnet bist und unglaublich glücklich warst, aber ihr müsst abgeschieden in eurer eigenen Welt gelebt haben. Denn du wolltest nie, dass Fredrik oder ich dich besuchen, und als du uns besucht hast, warst du sowohl fröhlicher als auch trauriger als je zuvor. Ich habe dir dieses Glück gegönnt, das weißt du. Aber ich habe mir immer Sorgen um dich gemacht, auch weil ich diesen David nie getroffen habe. Und als dann alles zu Ende war ...«

»Er war psychisch nicht gesund.« Die Worte rutschten ihr so heraus, und sie sah, wie sie im Lokal herumwirbelten, als hätte sie eine Rauchwolke in die Luft geblasen. Jetzt gab es kein Zurück mehr. Sie sah, dass die Kerzen Schatten an die Wände warfen und dachte, dass das gut war. Ihnen standen schwere Zeiten bevor, mit denen sie gemeinsam fertigwerden mussten. Die Zeit der Geheimnisse war nun vorüber.

»Ich lernte ihn in einem Pub kennen, das weißt du, und verliebte mich sofort bis über beide Ohren. Verliebt ist übrigens das falsche Wort. Das klingt so normal. Als wäre das etwas Schönes und Unschuldiges gewesen, obwohl es nicht schön war. Vielleicht sollte ich sagen, ich war besessen. Wenn er Flöte spielte, fühlte ich mich auf eine seltsame Art sowohl zerrissen als auch ganz. Als würde er mich erst zerschneiden und dann wieder zusammensetzen. Später dachte ich oft, dass dieser Eindruck ganz richtig war. Es war genau so. In seinen depressiven Phasen zerriss er mich. Er untergrub mein Selbstvertrauen, zerstörte meine Lebensfreude und wühlte mich so auf, dass ich zum Schluss vollkommen wund war. Er verkroch sich ganz in sich. Gelegentlich weigerte er sich, aus dem Bett aufzustehen. Er konnte tagelang schweigen oder fast kein Wort sprechen. Möglicherweise arbeitete er dann an seinen Skulpturen, aber irgendwie verzweifelter als in seinen manischen Phasen, in denen wir auf seiner Begeisterung förmlich dahinflogen. Wenn er ganz oben war, dann war alles möglich. Dann wollten wir heiraten, tausend Kinder haben, ein Schloss bauen und von seiner Kunst leben, die dann allgemeine Anerkennung gefunden haben würde. Gleichzeitig würde das Restaurant Clifdens große Touristenattraktion sein.

In den dunklen Phasen hingegen … wenn er überhaupt mit mir redete … dann ging es immer um die Eitelkeit des Lebens. Die Sinnlosigkeit. Darum, dass nichts eine Rolle spielte, und dass man nur seine Seele retten könne, indem man versuche, etwas für die Nachwelt zu bewahren. Ich versuchte ihn dazu zu bewegen, Hilfe zu suchen, aber er weigerte sich immer. Er behauptete, dass ihm die Tabletten seine Schaffenskraft rauben würden. Ich musste daran denken, als Elsa erzählte, ihr Mann hätte sich auch immer geweigert zum Arzt zu gehen. Aber wer weiß? Vielleicht hatte er recht. Vielleicht hätte er diese Werke nicht geschaffen, wenn er ganz gesund gewesen wäre.«

»Warum hast du ihn nicht verlassen?«

Mari lachte, als sie an ihr eigenes unfassbares Gefühlsleben dachte.

»Weißt du, was das Schrecklichste war? Oder ist? Auch wenn er eines seiner fürchterlichen Tiefs hatte, war ich glücklicher mit ihm, als ich es je mit einem anderen Menschen gewesen bin. Er gab mir das Gefühl, lebendig zu sein und etwas zu bedeuten. Vielleicht war es wie für diesen alten Mann, mit dem du dich heute unterhalten hast. Vielleicht waren wir ja füreinander bestimmt? Er erschuf nicht nur Kunst. Er erschuf auch mich. In seinen Augen war ich schön. Stark. Mutig. Ich traute mich was. Das klingt banal, besonders, wenn ich mich mit dir vergleiche; du hättest dich nie so behandeln lassen. Aber wenn er seine Hochs hatte…«

Sie verstummte. Sie dachte, dass sie vielleicht unbewusst das falsche Wort gewählt hatte.

»Hast du je das Gefühl gehabt, alles sei möglich?«, fragte sie stattdessen. »Dass es möglich ist, diese verdammte Welt zu besiegen und mit ihrer Forderung fertigzuwerden, sich einzufügen und sich nicht zu überheben. Alle hatten einen Platz in der Hierarchie, aber meiner war nicht zu sehen. Das hatte ich zu Hause gelernt. Ich kann nicht sagen, dass meine Eltern mich nicht geliebt hätten. Auf ihre Art taten sie das sicher. Aber auf eine subtile Art waren sie egozentrisch. Sie hatten ihre Arbeit, ihre Einladungen, ihr politisches Engagement und ihre Freunde. Sie galten als gute Menschen. Aber eigentlich waren sie nur nett, weil es ihnen etwas nützte. Mich wollten sie als ihr braves Kind vorführen, aber ich durfte bei Gott nicht stören. Ich durfte ihr Leben nicht durcheinanderbringen. Meine Geschwister kamen besser damit klar. Mein Bruder war sportlich und intelligent, meine Schwester schlank und ätherisch. Mich haben sie irgendwie nie wahrgenommen. Es kam vor, dass ich herumging und mich in allem, was ich finden konnte, spiegelte, um mich davon zu überzeugen, dass ich ein Gesicht besaß.«

Anna erwiderte nichts, und sie fuhr fort.

»David erzählte häufig von einem Tiefseefisch, der Ceratias holboelli heißt. Er lebt in extremen Meerestiefen in vollkommener Dunkelheit. Dort ist jede zufällige Begegnung so wichtig, dass man sie nutzen muss. Findet ein Männchen dieser Spezies ein Weibchen, dann verbeißt er sich in sie. Sie wachsen zusammen und haben irgendwann sogar einen gemeinsamen Blutkreislauf. Ich fand es immer widerlich, wenn er davon erzählt hat. Vielleicht weil mir bewusst war, dass diese Fische eine Metapher für unsere Beziehung darstellten. Ja, David lebte in der Dunkelheit, aber auch im Licht. Vor allen Dingen sah er mich. Er sah mir ins Gesicht und sah Auge, Auge, Nase, Mund. Gedanken und Grübeleien. Er modellierte meinen Körper und fand ihn einzigartig. Mit ihm war ich… jemand, Anna. Kannst du das verstehen?«

»Ja. Das verstehe ich. Ich glaube auch nicht, dass das so ungewöhnlich ist. Mama hat sich nie die Zeit genommen, herauszufinden, wer ich bin. Es reichte, wenn sie wusste, wer meine Schwester war. Fredrik hat das vermutlich genauso empfunden. Er war nicht nur Luft für seine Eltern, er musste die Luft auch noch spielen. Bei dir führte das dazu, dass du an einen Mann geraten bist, der dich zumindest manchmal sah und dem du dich deswegen total hingeben wolltest. Fredrik scheint die Einsamkeit gewählt zu haben.«

»Ist das so?«

Beide verstummten. Mari fiel auf, dass der Portwein wie roter, fast schon ins Schwarze changierender Samt funkelte.

»Wann sollen wir es ihm erzählen?«, fragte sie schließlich.

Anna schüttelte den Kopf.

»Ich weiß nicht«, antwortete sie. »Ich hätte ihn bitten sollen, herzukommen. Aber plötzlich war er von diesem bizarren Leichenschmaus verschwunden. Ich habe keine Ahnung, wo er hin ist, und er hat sein Handy abgestellt. Um die Wahrheit zu sagen, mache ich mir Sorgen um ihn. Er wirkte gehetzt. Er war bleich und einsilbig. Was er erzählt hat, dass er was mit Musik und Tanz aufziehen will… ich kann mir nicht vorstellen, an was er denkt.«

»Vermutlich an das, woran wir alle denken. An Hans Karlstens Tod.«

Im Café war es jetzt fast ganz dunkel. Nur die Teelichter verbreiteten ein schwaches Licht. Annas Gesicht wirkte mit den aufgerissenen Augen und dem verzogenen Mund wie eine Maske.

»Was sollen wir tun, Mari? Was sollen wir Martin Danelius, der will, dass wir seiner Frau auf die andere Seite helfen, sagen? Was machen wir mit Fredrik?«

»Wir müssen mit ihm reden. Wir müssen ihm sagen, was passiert ist. Er wird entsetzt und verzweifelt sein, aber das lässt sich nicht ändern. Gemeinsam müssen wir überlegen, wie wir diesem Martin klarmachen, dass wir seinem Begehren nicht entsprechen können. Gegebenenfalls sprechen wir auch noch ein weiteres Mal mit Elsa Karlsten. Sie soll uns versprechen zu schweigen. Schlimmstenfalls müssen wir ihr das Geld zurückgeben.«

Anna schüttelte den Kopf.

»Dazu ist es jedenfalls für mich zu spät«, flüsterte sie. »Ich habe bei diesem Seniorenheim in Dalarna angerufen, von dem ich erzählt hatte, und bereits eine Wohnung reserviert. Eine der letzten. Papas Freude, als ich ihm davon erzählte, lässt sich kaum beschreiben. Er fragt sich natürlich, wie ich das bezahlen kann, aber ich glaube, mir ist eine plausible Erklärung eingefallen. Ich habe etwas von Ersparnissen erzählt, die es nicht gibt. Ich kann jetzt nicht mehr zurück.«

»Ich auch nicht. Ich habe David versprochen, dass ...«

Sie verstummte und hoffte, dass Anna sie nicht gehört hatte, aber es war zu spät. Annas Stimme klang nicht mehr rau und bedrückt.

»Hast du gesagt, du hättest ihm was versprochen, Mari? Ein Versprechen, das du immer noch halten willst? Kontrolliert er immer noch deine Gedanken und Taten, so wie damals?«

»Nein! Ich sagte nur ...«

Anna erhob sich. Sie ließ sich auf die Knie sinken, und ihre Gesichter kamen sich ganz nahe, als sie Maris Hände nahm.

»Ich weiß immer noch nicht viel über euer gemeinsames Leben«, sagte sie. »Aber ich weiß, wie es endete. Das hast du erzählt. Glaubst du, ich hätte das vergessen? Wie ihr zum Renvyle Point rausgefahren seid. Auf diese hübsche Anhöhe, die steil ins Meer abfällt. Ihr habt Wein getrunken und euch über die Ausstellung unterhalten. Ihr habt auf das Wasser und auf den Strand in der Tiefe geschaut. David sprach davon, dass er dir beibringen wolle zu fliegen. Dann breitete er die Arme aus und sprang.«

»Nein!« Mari hielt sich die Hände vor die Ohren und schrie. Grüne Hügel, blaues Wasser, Felsen, Ruinen, Schafe und eine umgefallene Weinflasche tauchten plötzlich vor ihrem inneren Auge auf, während sie »nein, nein, nein« flüsterte. Anna fuhr unbeeindruckt fort.

»Er ist gesprungen, Mari. Er hat gesagt, er wolle dir beibringen zu fliegen. Dann ist er selbst in den Abgrund gesprungen. Du hast das in allen Einzelheiten erzählt. Du hast fast nichts gesagt, aber das hast du erzählt. Wie er wie ein Vogel auf den Strand zuflog. Wie sein Hemd im Wind flatterte. Dass er etwas schrie, das im Rauschen der Wellen unterging. Du seist zum Abgrund geeilt und selbst fast abgestürzt. Du hättest immer noch seinen dumpfen Aufschlag auf dem Felsen in den Ohren. Du hättest nur noch geschrien, bis ein paar Touristen gekommen seien und sich um dich gekümmert hätten. Die riefen dann Polizei und Krankenwagen. War es nicht so? Du hattest einen schweren Schock erlitten, und sie sorgten dafür, dass du ins Krankenhaus kamst. Dort bliebst du dann einige Wochen lang, bis du stark genug warst, um dich wieder um dich selbst und um Davids Beerdigung zu kümmern. Es ist dir gelungen, seine Familie ausfindig zu machen, die auch zum Trauergottesdienst erschien, die eigentliche Beisetzung aber dir überließ. Es war zwar nicht einfach, diese Katholiken zu überreden, aber dir ist es gelungen. Du bekamst Davids Asche. Du hast sie in eine von ihm selbst gefertigte Urne gelegt und bist wieder raus zum Renvyle Point gefahren, dort hast du die Asche in den Wind gestreut.«

»Bitte, Anna, hör auf. Hör auf, hör auf, hör auf, bitte, Anna…«

»Nein, Mari. Ich höre solange nicht auf, bis du es begreifst. Es gibt kein David-meint und kein David-denkt mehr. Denn er ist tot. David ist tot, Mari. Das hast du mir selbst erzählt. Er kommt nicht zurück, nie mehr.«

KAPITEL 16

Mari kniete im Wohnzimmer ihrer Wohnung. Sie starrte auf die Skulptur des ineinander verschlungenen Paares und auf die Urne, die daneben stand, ohne zu wissen, wie lange sie dort schon gesessen hatte. Sie wusste nur, dass sie von ihrem Sessel im Café aufgesprungen war und Anna so heftig beiseitegestoßen hatte, dass diese hingefallen war. Dann war sie auf die Straße gerannt, hatte ein Taxi angehalten und sich nach Hause fahren lassen.

Nach Hause. Sie lachte, und das Lachen wurde von den weiß gestrichenen Wänden zurückgeworfen, an denen kein einziges Bild hing. Zuhause war Clifden, das Restaurant Murrughach. Hier würde sie nicht länger als nötig bleiben. Eigentlich könnte sie noch am selben Abend packen, die Sachen mitnehmen, die sie brauchte, einschließlich des Umschlags mit dem Geld von Elsa Karlsten, und sich auf den Weg machen. Sie könnte zum Flughafen fahren und die erste beste Maschine nach Irland nehmen. Das Geld machte es möglich. Das Geld und die Überzeugung, das Richtige zu tun.

David sei tot, hatte Anna gesagt. Tot. War er das wirklich? Was bedeutete in diesem Fall tot zu sein? Genügte es nicht, in der Erinnerung und in den Gedanken eines Menschen zu existieren und damit eine Art Leben zu haben? Genügte es nicht, auf der Stelle zu treten, um sich als lebendig zu bezeichnen?

Sie erhob sich, nahm den Deckel der Urne ab und schaute auf die graue Asche. Dort lag David. Unmöglich. David existierte in ihrem Kopf und nicht in einem schönen Gefäß. Jetzt war er neben ihr. Er nahm sie auf seinen Rücken und flog über Erde, Feuer, Luft und Wasser und warf sie dann auf das Bett im Obergeschoss. Das Haus in Clifden war wie früher, als hätte sie es eben erst verlassen. Eine Runde mit dem Staubsauger, und damals könnte heute sein. Erinnerst du dich an Inishbofin, Mari? Wo ich dich geküsst und einen Engel genannt habe?

David hatte damals gute Laune gehabt. Er war einige Tage lang nicht hyperaktiv gewesen und hatte nachts ruhig geschlafen, was bedeutete, dass es dauern würde, bis er wieder von Melancholie oder Angstzuständen heimgesucht wurde. An diesem Morgen erwachte er früh, geweckt von der Sonne, die durch die Gardinen im Obergeschoss fiel. Sie wandte sich zum Fenster und betrachtete die Staubkörnchen im Licht, während David das Bett verließ und wenig später mit Eiern und Speck, Orangensaft und Tee zurückkehrte. Sie schoben sich gegenseitig frischgebackenes Brot in den Mund und küssten sich. David verkündete nach einer Weile, er wolle den freien Tag mit einem Ausflug nach Cleggan feiern, von wo aus man mit einem Boot nach Inishbofin übersetzen könne.

»Ich habe dort gelegentlich in einem der Pubs gespielt«, sagte er und erzählte dann, dass immer noch ein paar hundert Leute auf der Insel wohnten, die von Schafzucht und Fischfang lebten. Sie sagte sofort ja. Ihr war klar, sie musste die Situation ausnutzen. Wenig später saßen sie im Auto. Davids positive Stimmung ließ ihn zuhören, als sie erzählte, dass sie gerne etwas tun würde, was auch ihr das Gefühl gäbe, weiterzukommen, damit nicht nur er in seiner Kunst wachse. Sie sprach von ihren Plänen, das Restaurant zu renovieren. Sie wollte es um einen gut bestückten Weinkeller bereichern, ohne deswegen die bodenständige Atmosphäre zu riskieren.

Er stimmte ihr zu und versprach, sie zu unterstützen, während sie die wunderschöne Sky Road entlangfuhren und die unvergleichliche Aussicht bewunderten.

Cleggan empfing sie mit dem müden Charme verschlafener Fischernester. Sie hatte sich oft gefragt, wo in Irland die Grenze zwischen Resignation und Wirtschaftswunder verlief. Sie beobachtete einen älteren Mann in abgetragenen Kleidern und mit einem Hund, der die Autos auf einen Parkplatz einwies. Eine steinige Wiese hinter ein paar alten Häusern mit Wäsche im Hof. Er deutete auf ein freies Stück Wiese, ließ sich durchs Seitenfenster bezahlen und steckte die Münzen in die Tasche. David unterhielt sich mit ihm, und er deutete auf die Fischerboote im Hafen. Gemächlich gingen sie zum Pier und drängten sich zwischen die Passagiere mit Rucksäcken und Fahrrädern. Es duftete angenehm nach Meer und Teer, und als die Fähre ablegte, bewunderte sie wie alle anderen die Inseln, die aus dem Meer auftauchten, und die grünen Wiesen, die bis ans Wasser reichten und den Erwartungen der Touristen an Irland entsprachen.

Als sie sich Inishbofin näherten, konnten sie zunächst nur die graue, mächtige Ruine erkennen, die über der Insel wachte. Im Hafen gab es Gedränge, alle wollten gleichzeitig Fahrräder mieten und sich in eine von zwei möglichen Richtungen aufmachen, um die »authentische irische Landschaft« zu genießen, wie David ihr ins Ohr flüsterte. Er hatte auf der Überfahrt nicht viel gesagt und sich nur schweigend umgesehen, als sie an Land gekommen waren. Nebeneinander gingen sie so weit nach Westen, wie es ging, verließen dabei den Trampelpfad und überquerten eine steinige Wiese voller Schafsmist. Die Schafe starrten sie mit stummer Interesselosigkeit an.

Nach einer Weile gingen sie zurück. David verschwand in einem Pub und unterhielt sich mit dem Besitzer, während sie draußen wartete und die graue Ruine betrachtete, deren Verfall ihre Schönheit nur unterstrich. Sie war hungrig, und als David wieder aus dem Pub kam, gingen sie in ein neues Hotel, das mit Tee und Scones lockte. Sie bestellten und baten darum, auf der Terrasse sitzen zu dürfen. Mari sah sich im Foyer des Hotels um und war gleichzeitig erstaunt und entsetzt. Alles war solide, aber so modern, dass es nur deplatziert wie aus einer anderen Welt wirkte.

Sie setzten sich auf die Terrasse, bekamen ihre Scones und betrachteten das Gerippe eines Schiffswracks nur wenige Meter entfernt. David sprach aus, was sie dachte.

»Ein schönes Hotel. Aber merkst du, dass die Moderne an der Terrassengrenze endet? Wer nach Irland fährt, will sich keine modernen Häuser anschauen. Er will Wracks sehen und alte Männer, die ihre Schafe hüten. Graue Ruinen, die an Kelten und Krieg erinnern. Dass die Leute trotzdem bequem wohnen wollen, ist eine andere Sache. Je seltener das Authentische wird, desto mehr fühlen sich die reichen Touristen von dieser Insel angezogen. Sie langweilen sich dermaßen, dass sie immer wieder nach einem ultimativen Kick suchen, um überhaupt weiterleben zu können. Von Irland sprechen sie im Zusammenhang mit Idylle oder auch Naturschönheit. Ich nenne es Armut.«

»Wie meinst du das?«

»Ganz einfach. Unsere frühere Armut ist unsere größte Touristenattraktion, und der Tourismus eine wichtige Einnahmequelle. Es geht also darum, das Alte zu bewahren, zumindest in Gegenden wie Connemara. Wenn es so weitergeht, dann sind wir Iren bald in unserem eigenen Land Statisten in einem Stück, das ›Der Mythos Irland‹ heißt. Wir müssen unsere Ruinen und einsturzgefährdeten Häuser pflegen, unsere Schafe und alten Leute und dafür sorgen, dass Letztere sich nicht zu modern kleiden und weiterhin brav fischen gehen. Vermutlich gilt das, was ich gerade sage, für die ganze Welt. Man sollte die Armut unter Denkmalschutz stellen. Damit die

Reichen etwas begaffen können, bevor sie in ihren Hotelbetten unter Daunendecken und mit Klimaanlage bequem einschlafen.«

Mari betrachtete das Wrack, vor dem ein älterer Mann gerade eine Staffelei aufgebaut hatte, um die Landschaft vor sich zu malen.

»Findest du, dass das zynisch klingt?«

»Überhaupt nicht, das ist realistisch.«

David warf einem Vogel ein Sconebröckchen zu, und dieser schnappte es auf und flog über die Ruine hinweg auf den Horizont zu.

»Aber du übertreibst, David. Natürlich ist das Hotel modern. Trotzdem schafft der Tourismus auch Arbeitsplätze und dadurch Wohlstand. Auch wir sorgen dafür. Früher hast du immer gesagt, die Touristen seien gut für die irische Wirtschaft. Ich glaube nicht, dass ihr irgendeine Armut pflegen müsst. Es reicht, dass ihr die Natur nicht zerstört, und ich glaube auch nicht, dass ihr das tun werdet. Ist die Landwirtschaft nicht überhaupt eine wichtige Einnahmequelle? Die Schafe und Pferde werden vermutlich bleiben, auch wenn sich die Bauern anders kleiden.«

David wandte sich ihr zu und nahm ihr Gesicht in die Hände.

»Du bist so unschuldig, Mari. Du bist wirklich so... gutgläubig. Meine Mari. Du bist ein Engel. Seit ich dir begegnet bin, glaube ich an Gott.«

Dann küsste er sie. Erst langsam und vorsichtig und dann so fest, dass es beinahe weh tat.

»Das war...«, flüsterte sie, als sie wieder Luft holen konnte, und wollte sagen, das sei das Schönste, was sie je gehört hätte. Jemals. Er brachte sie mit seinen Lippen zum Schweigen, und sie fügte sich und schob den Gedanken daran beiseite, dass sie ihm eigentlich nicht glaubte. Sein Gott war von Anfang an auf ihrer Seite gewesen. Sein schöpferischer Gott. An den er immer geglaubt hatte, trotz seiner Unzuverlässigkeit und den Enttäuschungen. Der Gott, von dem er auf dem Friedhof in Carna gesprochen hatte.

Sie zahlten und wanderten auf die Ruine zu. Vögel hatten in den Trümmern des Turms ihre Nester gebaut, und das Gras zwischen den Steinen war zertreten. Einige Leute saßen auf der Erde und picknickten, und das Meer war plötzlich nicht mehr blau, sondern grau. Erst auf dem Heimweg, als das Fischerboot den Hafen verlassen und schon die halbe Strecke zurückgelegt hatte, begann er wieder zu sprechen. Sie stand allein an der Reling und schaute ins Wasser. Er umarmte sie von hinten.

»Wenn es mit der Armut vorbei ist, dann haben wir immer noch das Meer«, sagte er, »das vollkommen unerforschte Meer, das uns nur ahnen lässt, was sich in der Tiefe bewegt.«

»Was gibt es da noch zu erforschen? Ich dachte, die Menschheit hätte das Meer ebenso skrupellos ausgebeutet, wie sie deiner Meinung nach Irland ausgebeutet hat?«

David umarmte sie noch fester.

»Weißt du, dass sechzig Prozent der Erdoberfläche aus Meeresboden besteht und dass wir diese Welt schlechter kennen als den Mond? Lange glaubte man, dass dort unten in der Dunkelheit keine Tiere existierten. Aber es gibt dort welche. Vielleicht zehn Millionen verschiedene Arten, und wir kennen nur einen Bruchteil davon. Also ist der Ozean eine Sammelstätte für viel mehr Lebewesen, als wir uns vorstellen können. Riesige Tintenfische, die zwanzig Meter lange Arme haben und eine Tonne wiegen können. Fische, die durch die Dunkelheit schwimmen und ihre Beute mit Lampen anlocken, die sie vor ihren Rachen hängen. Quallen, Würmer, Krabben, Wale …«

»Ceratias holboelli.«

»Du lernst dazu, Mari. Aber hast du auch gewusst, dass der tiefste Meeresgraben elftausend Meter tief ist? Das lässt unser eigenes Meer kümmerlich erscheinen. Als wäre es dort möglich, auf dem Grund entlangzuspazieren und immer noch Luft zu bekommen.«

Er drückte sie an die Reling, als er das sagte, und plötzlich verloren ihre Füße den Kontakt mit dem Deck. David hielt sie fest um die Taille und hob sie halb über die Reling. Gesicht und Oberkörper baumelten hilflos über dem schäumenden Wasser. Sie protestierte erst beherrscht, dann panisch, während David ruhig weitersprach, als hörte er sie nicht.

»Kann nicht das Wissen über die Tiefen dort unten dazu führen, dass du eins werden willst mit etwas, das größer ist als du? Wenn diese durchsichtigen Wesen ohne Mund und Verdauungsorgane sich ernähren können, indem sie Fett aus Walskeletten in Tausenden von Metern Tiefe saugen, dann kann doch wohl so ein hochentwickeltes Wesen wie du in diesem Gewässer überleben? Meine Murrughach. Meine Seejungfrau mit dem roten Haar. Willst du deine Flossen nicht ausprobieren?«

Sie spürte die salzige Gischt in den Augen und schrie. Erst als er entrüstete Stimmen hinter sich hörte, ließ David sie herunter. Er lachte, als er ihr Gesicht sah.

»Kleine Murrughach, du hast doch wohl nicht geglaubt, dass ich dich ins Wasser werfe? Was hast du eigentlich für eine Meinung von mir? Ist dir dein Humor vollkommen abhandengekommen? Oder der Verstand?«

Sie schaute in diese verdammten Augen, die ihre Farbe vom Meer geliehen hatten. Seine Haut war weiß wie der Bauch eines toten Fisches. Er trug einen grauen Pullover aus dicker Wolle und Jeans, und seine Hände waren erschreckend schön. Sie nahm sie und leckte ihm vorsichtig die Fingerspitzen ab.

»Ja«, erwiderte sie. »Ich glaube, ich verliere den Verstand.«

Die Erinnerung verblasste, und sie befand sich wieder im Wohnzimmer auf dem Fußboden, in einem Zuhause, das doch kein Zuhause war. *Mary, you are an angel. Since I met you, I believe in God.* Der Gedanke an Davids Worte ließ sie immer noch erschauern und rief ihr in Erinnerung, wie es war, seine Finger auf den Wangen zu spüren. Sie hatte das Gefühl, als würde er mit seinen Händen ihr Gesicht umschließen, sodass er ihr mit Leichtigkeit den Hals hätte umdrehen können. Sie hatte einmal Barbiepuppen besessen, deren Köpfe man austauschen konnte, um bequemer die Frisur zu wechseln. Es war einfacher gewesen, den Kopf auszutauschen als neu zu frisieren.

Mari schob ihre Hand in die Urne und ließ die graue Asche durch die Finger rieseln. Die Flocken waren weich auf der Haut und ließen auf dem Handrücken einen durchscheinenden Staub zurück. Sie hätte wirklich zum Renvyle Point fahren sollen, um die Asche im Wind zu zerstreuen, wie sie es sich vorgenommen hatte. Aber dann hatte sie es sich anders überlegt. Sie hatte sie mitsamt der Skulptur mit nach Hause genommen.

»Bist du tot, David?«, fragte sie in die Luft.

»Natürlich nicht«, antwortete er belustigt über diese dumme Frage. Sie platzierte den Deckel sorgfältig wieder auf dem Gefäß und wandte sich ihm zu. Er sah aus wie damals auf dem Boot von Inishbofin. Sogar sein Haar war nass. Der Pullover hatte einen Marmeladenfleck auf dem Ärmel. Als sie eingekehrt waren, war ihm ein Scone aus der Hand gefallen.

»Natürlich nicht«, wiederholte er. »Solange du für mich lebst, bin ich nicht tot, Mari. Ich lebe in deiner Fantasie. In deinen Träumen und Gedanken. Wir werden immer zusammen sein. Bis dass der Tod uns scheidet, hätten normale Menschen gesagt. Uns kann nicht einmal der Tod scheiden.«

Sie verkroch sich in seinen Armen, spürte aber nichts, als würde sie eine Wolke umarmen, die sich zwischen ihren Fingern verflüchtigte wie eben noch die Asche.

»*Kleopatras Kamm* hat den Auftrag zu einem weiteren Mord bekommen«, murmelte sie in die Armbeuge, die vielleicht nur Luft war.

»Das erstaunt mich nicht«, antwortete er mit einer Stimme, von der sie nicht wusste, ob sie sie überhaupt noch hörte. »Ihr habt unrealistischerweise geglaubt, ihr hättet alles im Griff. Aber die Hölle ist leer, und alle Teufel sind hier, wie man so schön sagt. Was wird von euch erwartet?«

»Ich weiß nicht, ob etwas von uns erwartet wird, David. Ich weiß nur, dass uns ein alter Mann gebeten hat, seiner schwerkranken Frau, die im Krankenhaus im Koma liegt, das Leben zu nehmen.«

»Zögert ihr?«

Sie sah die Knochen unter seiner durchscheinenden Haut. Er kam ihr zuvor.

»Ich sehe aus wie die Wesen in den Tiefseegräben. Denkst du das? Du hast an Inishbofin gedacht. Jetzt weißt du nicht, ob du einem alten Mann und seiner leidenden Frau helfen sollst, genauso wenig wie du vor einiger Zeit wusstest, ob du einer misshandelten Frau helfen sollst. Du enttäuschst mich, Mari. Vielleicht verlierst du jetzt wirklich den Verstand?«

Sie strich ihm über den Kopf und meinte die Wärme von seinen Haaren zu spüren.

»Diese Angelegenheit betrifft nicht mich allein. Wir müssen zusammenarbeiten. Nichts ist, wie es scheint. Dafür steht auch *Kleopatras Kamm*.«

»Dann musst du tun, was du tun musst.«

Sie merkte, wie er aus ihrem Bewusstsein glitt und wie die Vernunft zurückkehrte. Sie erhob sich rasch und holte das Telefon. Mit starren Fingern wählte sie eine Nummer, und als er an den Apparat kam, hatte sie das Gefühl, das Richtige getan zu haben.

»Fredrik«, flüsterte sie. »Ich muss mit dir sprechen. *Kleopatras Kamm* hat einen neuen Auftrag.«

KAPITEL 17

Fredrik saß in einem der Samtsesselchen des Fata Morgana. Das Lokal war halbvoll, aber es war auch erst früher Abend. Viele kamen später, und nach Mitternacht war es schwer, noch einen Sitzplatz zu finden. Michael, der Besitzer, drehte dann eine Runde, begrüßte alle und freute sich, dass die Kasse klingelte. Ob Kronen oder Euro spielte keine Rolle. Michael pflegte zu sagen, dass Wechselkurse ein positives Problem seien, die mit Liebe behandelt werden sollten. Für ihn, einen Deutschen, der während des Zweiten Weltkrieges zur Welt gekommen war und dessen Familie ihr Vermögen zwei Mal verloren hatte, galt ohnehin immer noch die D-Mark. Wenn auch nicht im Tresor, so zumindest im Kopf.

Fredrik versuchte, die letzten Tage von sich zu schieben. Die Gedanken an das Vorgefallene hatten ihn zu langen Spaziergängen veranlasst. Immer öfter hatte er sich genötigt gesehen, Anna und Mari zu erklären, er müsse an die frische Luft, frei von dem Duft von Zimtschnecken. Keiner hatte ihn verstanden. Er hatte die U-Bahn genommen, war etliche Stationen weit gefahren und dann am Ufer des Mälaren spazierengegangen. Große, schwerbeladene Schiffe fuhren an ihm vorbei, und ihm kam der verlockende Gedanke, sich ins Wasser zu werfen, zu diesen Schiffen zu schwimmen und sich mitnehmen zu lassen, egal wohin. Einmal hatte er bereits seinen Mantel ausgezogen und die Ärmel hochgekrempelt. Er hatte die Finger in das eiskalte Wasser getaucht, wieder zurückgezogen und sich, nachdem ihn Miranda ausgelacht hatte, wieder angekleidet.

Sie suchte ihn gelegentlich auf. Er besuchte sie nur selten, aber sie schien seltsamerweise immer zu wissen, wohin er gerade auf dem Weg war. Sie gingen oft genug zusammen spazieren, sodass sie wusste, wo sie ihn finden konnte, wenn er nicht im Fristaden war. Dorthin hatte er sie noch nicht vorgelassen. Er fühlte sich immer noch nicht reif dafür, Anna und Mari von ihrer Existenz zu erzählen.

»Schlappschwanz«, verspottete sie ihn hin und wieder, wenn sie gute Laune hatte. »Verräter«, zischte sie ihn an, wenn sie verärgert war. Flüsternd bat er sie um mehr Zeit. Sie streckte daraufhin die Finger in die Luft, als würde sie rechnen. Vielleicht die Tage. Die Tage bis zur Bekanntgabe ihrer Existenz oder bis zu Papas Entdeckung des Gewehrs.

Sie lag ihm wegen des Geldes in den Ohren.

»Du musst handeln«, hatte sie gesagt. »Unser Traum war nie näher als jetzt, Fredrik. Wenn du es nur geschickt anfängst, bist du bald ein vermögender Mann. Dann können wir in einem Jahr das Miranda's Palace eröffnen.«

»Wie kommst du auf diesen Gedanken?« Seine Frage war aggressiv.

»Das war eine geniale Idee, Fredrik. Die Probleme anderer Leute zu lösen. Es ist euch gelungen, und jetzt schreckst du vor dem Erfolg zurück. Ich habe dir das bereits gesagt. Mit etwas gutem Willen und besserer Werbung lassen sich weitere Aufträge wie der von Elsa Karlsten …«

»Hör auf! Hör auf, verdammt!« Er schrie laut, und mehrere andere Spaziergänger schauten ihn befremdet an, ehe sie, fester am Partner untergehakt, weitereilten.

»Schrei mich nicht an, Fredrik. Versuch hier nicht ein schlechtes Gewissen zu heucheln. Wir wissen beide, wie skrupellos du sein kannst. Denk doch nur an die Bärenjagd. Als dein Vater starb. Von einem fahrlässig abgefeuerten Schuss getroffen, dessen Herkunft nie jemand ermitteln konnte. Aus einer Richtung, aus welcher der Schütze sein Opfer eigentlich gut hätte sehen müssen, als er den Schuss abgab.«

Wald. Die einzelnen Bäume. Felsige Anhöhen bedeckt von Moos und Heidelbeerkraut. Jagd mit Gewehr. Im Rucksack Kaffee und Butterbrote. Der Jagdgesellschaft zugehörig, inzwischen der beste Jäger der Gegend, ungewöhnlich zielsicher. Eine schon fast künstlerische Präzision. Papas mit den Jahren immer zufriedeneres Lächeln, wenn ihm die anderen auf die Schulter klopften. Er hatte ihn doch noch hingekriegt! Es waren nur eine feste Hand und erzieherische Verwegenheit nötig gewesen. Er hatte ihn zu einem richtigen Kerl gemacht. Das sagte er aber nur, wenn Mama es nicht hörte, obwohl sie eine solche Bemerkung ignoriert hätte. Papa mied nicht die Reaktionen, sondern ihr Ausbleiben.

Dieser Morgen. Kalt und grau, tiefhängende Wolken, die sich in den Tannenwipfeln verfingen und zerfaserten. Feuchte Erde unter den Füßen. Tannennadeln und Tannenzapfen in Zickzackmuster auf den Pfaden, furchtlose und verwegene Jäger. Sie hatten die Hochsitze unter sich aufgeteilt und warteten Stunde um Stunde auf Wild, das kommen würde oder auch nicht. Der Bär hatte sich selten gezeigt, manchmal zweifelten sie bereits an seiner Existenz, aber die Spuren waren eindeutig. Zerfleischte Tierkadaver. Auf die Weiden war er vorgedrungen. Der Hunger würde ihn zu noch grausameren Taten treiben. Es war besser, ihm zuvorzukommen.

Er hatte seinen Standort mit Sorgfalt gewählt. Er besaß einen guten Überblick über das Gelände und die anderen. Er witterte die näher kommende Beute, noch bevor er sie sah. Schließlich war sie unausweichlich. Der breite Rücken. Die Muskeln. Die Zweige, die unter den kräftigen Füßen knackten. Das lockige Haar. Der Pelz. Er hatte genau gezielt, sein Finger hatte nicht im Geringsten gezittert, und abgedrückt. Das Wild war getroffen. Danach Stille und Warten.

Mehrere Stunden vergingen, dann die Aufgeregtheit der anderen. Die Schreie und das verzweifelte und unnötige Hilfeholen. Papa lag mit einem Stirnschuss auf dem Weg. Der Bär war angeschossen, aber frei. Er wurde mehrere Tage später sterbend in einer Felsspalte mehrere Kilometer entfernt gefunden. Er bekam das Fell.

»Du weißt genauso gut wie ich, dass nie geklärt wurde, wer diesen Schuss abgefeuert hat. Kaum ein Verdacht fiel auf mich, da mein Posten am weitesten entfernt lag.«

»Du hast gesagt, dass du nicht geschossen hast, aber hast du getrauert?«

Miranda hatte bei diesen Worten gelächelt, und in diesem Augenblick hatte er sie verabscheut. Er wünschte sich, dass sie ihn mit ihrer Exzentrik verschonte. Mari konnte jeden Augenblick kommen, und er wollte sich auf sie konzentrieren können, ohne dass Miranda ihm wie immer die Show stahl. Dies hier war nicht der richtige Augenblick, um sie vorzustellen.

Am Telefon hatte Mari verzweifelt geklungen. Sie berichtete, *Kleopatras Kamm* habe einen neuen Auftrag erhalten, und dann erzählte sie etwas von einem alten Mann, dessen Frau im Krankenhaus läge. Sie sprach unzusammenhängend, von einem Versprechen, das eingelöst werden müsse. Nach einer Weile bat er sie, herzukommen. Ins Fata Morgana. In das Lokal in der Altstadt, seinen Zufluchtsort, den er bislang geheim gehalten hatte. Sie war zunächst erstaunt, hatte dann aber zugesagt, so schnell wie möglich zu kommen. Und nun wartete er.

Fredrik schaute hoch und sah, dass Michael sich dem Tisch näherte. Er trug einen dunklen Anzug, ein graues Hemd und glänzende Lackschuhe. Das weiße Haar war zurückgekämmt und ließ das Gesicht irgendwie nackt erscheinen. Fredrik sah die Falten auf seiner Stirn, die tiefer geworden waren, aber Michael war immer noch ein attraktiver Mann, der sich geschmeidig zwischen den Tischen bewegte und Hände schüttelte oder jemandem seine Hand auf den Arm legte. Michael besaß ein hageres Gesicht mit hohen Wangenknochen und einer spitzen Nase. Die Konturen seines Mundes verstärkten den Eindruck, es mit einem Raubvogel zu tun zu haben. Einem netten Raubvogel um die fünfundsechzig. Michael setzte sich neben ihn und lehnte sich in das fleischrosa Polster seines Sessels zurück.

»Wie geht's, Fredrik?«, fragte er mit leichtem deutschen Akzent. Fredrik dachte darüber nach, wie lange Michael wohl schon in Schweden wohnte. Lang genug, um assimiliert zu sein, kurz genug, um nicht nur in der Vergnügungsbranche in Schweden, sondern auch im Ausland aktiv zu sein. Er wusste, dass er ihn hätte um Rat fragen können, aber das würde er nie tun. Sie waren gut befreundet, und deshalb hielten sie sich ans Wesentliche.

»Gut.« Er hatte keine Lust auf ein tiefergehendes Gespräch. Michael wusste, dass er unlängst mit ein paar guten Freunden eine Firma gegründet hatte, hatte ihn aber nie ausgefragt. So sollte es sein.

»Gut? Na ausgezeichnet.« Michael schlug vorsichtig die Beine übereinander, und seine erlesenen Kniestrümpfe kamen zum Vorschein. Michael war Ästhet. Socken, über denen haarige Männerbeine zum Vorschein kamen, fand er abscheulich.

»Meine Geschäfte laufen auch gut. Die Kunden sind treu und können zahlen. Eine wohlhabende Stammkundschaft ist das Beste, was sich ein Geschäftsmann wünschen kann. Loyalität, Geld und eine gewisse Diskretion. Damit kommt man weit. Aber wem erzähle ich das.«

Fredrik beschloss, den Ehrenkodex an diesem Abend zu brechen.

»Wie viele Lokale besitzt du eigentlich? Wie sieht dein Geschäftsimperium aus?«

»Imperium?« Michael lachte. Er sprach das R sehr deutsch aus.

»Ich komme aus einem Land, in dem Steuererklärungen nicht von jedermann einzusehen sind. Was keinesfalls bedeutet, dass man etwas zu verbergen hat, sondern nur, dass gewisse Dinge privat sind.«

Michael hob beschwichtigend die Hände.

»Entschuldige, mein Freund. Ich wollte nicht unverschämt sein. Du weißt, dass ich dir einiges zu verdanken habe. Also: Mein Imperium besteht aus fünf Nachtclubs in Hamburg, drei in Berlin und einigen weiteren Clubs in Deutschland. Unter anderem in Köln und Frankfurt. Wahrscheinlich sind es insgesamt etwa zehn Lokale. Der Zuschnitt ist sehr unterschiedlich. Einige sind exklusiver. Aber es gibt Kunden für alles. Ich biete an, was sie wünschen, solange es meine Qualitätsansprüche oder meine Vorstellungen von der Rentabilität nicht unterschreitet.«

»Und trotzdem wohnst du in Schweden.«

»Genau.«

Fredrik bemerkte, dass Michael ein wenig den Kopf bewegte, um zu kontrollieren, dass seine Angestellten auch ihre Arbeit machten. Auf der Bühne bereiteten ein paar Männer die Vorstellung des Abends vor.

»Wie gefällt es dir in Schweden?«

Er hätte diese Frage eigentlich nicht stellen sollen. Michael redete nur selten über sein Privatleben. Fredrik wusste nur, dass er eine Tochter hatte, die mit einem Schweden verheiratet war. Das war auch der Grund gewesen, warum Michael mit seiner Frau nach Stockholm gezogen war. Nach dem Umzug waren nur wenige Jahre vergangen, bis Michaels Frau an einer Lungenentzündung gestorben war.

»Früher sehr gut. Bis vor etwa einem Jahr, bis zu dem Unfall.«

»Was für ein Unfall?« Fredrik wunderte sich, dass er davon

nichts wusste. Er war zwar nicht Michaels Vertrauter, aber er war Michaels Freund. Michael starrte an die Decke.

»Das ist nichts, worüber ich gerne spreche«, sagte er schließlich. »Die Angestellten wissen nichts. Die Künstler auch nicht. Dass ich es dir erzähle, hat nur einen Grund. *Kleopatras Kamm.* Die Firma, die alle deine Probleme löst. Eine fantastische Programmerklärung. Vielleicht die beste, die mir je untergekommen ist.«

»*Kleopatras Kamm?* Woher…?« Fredrik verstummte. Die Antwort auf dieser Frage lag auf der Hand. Miranda musste mit Michael gesprochen haben. Miranda hatte ihn hintergangen und von *Kleopatras Kamm* erzählt. Was hatte sie noch alles ausgeplaudert?

»*Kleopatras Kamm*, ja. Wenn ich es recht verstehe, hat es so etwas Innovatives bislang kaum gegeben. Außerdem scheint das Ganze eine gewisse Finesse zu besitzen.«

Fredrik räusperte sich. Er erahnte nur, wie im Hintergrund der Vorhang aufging und ein Künstler in bodenlangem Kleid langsam seine Handschuhe abstreifte und ein Lied sang, in dem es um Verzeihen ging.

»Die Probleme der Leute können so unterschiedlich sein. Seinem Nächsten zu helfen kann eine gute Sache sein, egal ob man dem anderen nun dabei hilft, Müll oder Menschen auf die Kippe zu fahren. Womit wir bei dieser alten Frau wären… Hieß sie nicht Elsa?… das, finde ich, war wirklich eine gute Tat. Wäre es damals diesen prächtigen Männern des Widerstands gelungen, Hitler zu ermorden, es wäre viel gewonnen gewesen. In diesem Licht muss man das sehen, Fredrik, und das tue ich auch. Ja, meine ganze Familie stünde auf deiner Seite, jedenfalls der Teil, der am Leben geblieben ist.«

Entsetzt dachte Fredrik daran, dass Mari angekündigt hatte, ihm von einem neuen Auftrag zu erzählen.

»Ich bin ein vermögender Mann«, unterbrach Michael seine Überlegungen. »Ich habe viele Jahre gearbeitet und bescheidener gelebt, als nötig gewesen wäre. Und seit diese Sache passiert ist, hatte ich noch weniger Grund, ein ausschweifendes Leben zu führen. Ich verlange nur Gerechtigkeit. Und für die werde ich sehr gut bezahlen.«

Wie Elsa Karlsten, dachte Fredrik wieder. Für sie hatte Vermögen auch keinen Wert mehr besessen.

»Was willst du?«, fragte er direkter, als er es eigentlich vorgehabt hatte. Michael beugte sich über den Tisch. Er öffnete den Mund, als wolle er etwas sagen, aber dann schaute er zur Seite. Fredrik folgte seinem Blick und sah, dass Mari neben dem Tisch stand und zu ihnen heruntersah. Sie sah verschwitzt aus, als wäre sie gerannt. Die Wimperntusche war um ihre geröteten Augen verschmiert. Sie hatte geweint.

Michael erhob sich und streckte seine Hand aus. Mari nahm diese, und Fredrik hörte, wie Michael sie zu einer Illusion willkommen hieß und sich als der Hexenmeister des Lokals vorstellte. Mari nannte ihren Namen und sagte, sie sei eine Kollegin von Fredrik. Michael nickte und deutete auf den freien Sessel. Mari nahm Platz. Michael blieb stehen.

»Wir haben gerade über Ihr Unternehmen gesprochen«, sagte er. »*Kleopatras Kamm*. Interessante Geschäftsidee. Genauso interessant wie Kaiserin Kleopatra, die sowohl von Julius Cäsar als auch von Markus Antonius geliebt wurde. Aber sie hat Krieg geführt und dann Selbstmord begangen. Wenn ich mich recht erinnere, indem sie sich von einer Giftschlange beißen ließ.«

Er deutete Mari gegenüber eine Verbeugung an.

»Ich sollte euch allein lassen. Mir ist klar, dass ihr wichtige Dinge zu besprechen habt. Vielleicht ergibt sich ja später noch eine Gelegenheit zu einem Gespräch. Genießt solange die Atmosphäre. Bestellt, was ihr wollt, es geht aufs Haus. Nett, Sie kennengelernt zu haben, Mari. Sehr nett.«

Er verschwand. Mari sah ihm hinterher und blickte dann

zur Bühne hinauf, auf der die Frau in dem bodenlangen Kleid französisch gerollte Rs sang.

»Bist du oft hier, Fredrik? Warum hast du Anna und mir nichts davon erzählt?«

Fredrik fiel auf, dass sich ihr Haar wellte und dass ihre Augen nach Lavendel dufteten. Im Wald wuchs doch kein Lavendel.

»Warum ist aus uns beiden kein Paar geworden, Mari?«, fragte er. »Und dann dieser David in Irland, der dich so schlecht behandelt hat. Jedenfalls glaube ich das, du hast ja nicht viel erzählt. Aber ich ...«

»Ach, Fredrik ...« Mari nahm seine Hand. »Fredrik, ich ... ich liebe dich doch. Du bedeutest mir so viel. Glaube mir, dass ich es oft bereut habe ... aber es ist, als ob ... ich es nicht gewagt hätte, und dann mit David ... das war der falsche Zeitpunkt ...«

Er hatte das Gefühl, die Luft, die er atmete, schmecke nach Blut.

»Nicht gewagt? Aber warum hast du es dann mit David oder mit diesem jüngsten Karlsten-Sohn, der neben dir saß, gewagt? Du hast ihn doch heute erst kennengelernt? Noch dazu auf einer Beerdigung, und wir waren irgendwie für den Tod seines Vaters verantwortlich. Trotzdem war es nicht der falsche Zeitpunkt. Es war einfach an der Zeit, sich wieder zu verlieben.«

»Ich habe mich nicht wieder verliebt! Ich habe mich nur einfach mit einem netten Mann unterhalten. Das ist alles. Das hatte nichts mit dir zu tun. Außerdem hast du keinen Grund, mich auszuschimpfen. Wie hätte ich ahnen sollen, dass du dich auf diese Art für mich interessierst, wo du doch so viele Freundinnen hast? Und hätte ich eingewilligt, wäre es doch nur ein Trostpreis gewesen. Interessierst du dich im Grunde genommen nicht für Anna? Hast du es denn wenigstens mal bei ihr versucht?«

Fredrik bereute seinen Ausbruch bereits. Es war … beschämend, eine Frau zu fragen, warum sie einen nicht geliebt hatte.

»Das spielt keine Rolle«, sagte er. »Ich habe trotzdem zu mir selbst gefunden. Außerdem wollten wir nicht darüber sprechen.«

»Weißt du, Fredrik, ich habe auf dem Weg hierher nachgedacht. Du bist der schönste Mann, dem ich je begegnet bin. Was ich für dich empfinde, ist die beste und wärmste Form der Liebe, die ich je empfunden habe. Eine Liebe, die auf vollständigem Vertrauen und vollkommener Geborgenheit fußt. Wenn du mich nun wirklich haben willst.«

Fredrik sah, dass die Rötung ihren Augen unnatürliche Konturen verlieh.

»Du meinst es gut, Mari. Verzeih mir. Ich hätte das nicht sagen sollen. Man fragt Menschen nicht, warum sie einen nicht lieben. Allein schon die Frage disqualifiziert einen, nicht wahr? Erzähl mir von unserem neuen Auftrag, dann fällt mir vielleicht etwas dazu ein. Ich besitze schließlich das Talent, lose Enden zusammenzuführen.«

Mari schaute auf die Bühne. Die Frau in dem langen Kleid war von zwei Künstlern abgelöst worden, die ein zärtliches, turtelndes Duett sangen, irgendetwas mit »Freundin«. Es schauderte sie. Für Liebe war im Augenblick keine Zeit.

»Anna bat mich, nach der Beerdigung ins Café zu kommen. Du warst verschwunden, sonst hätte sie dich auch gebeten. Wo warst du übrigens?«

»Ich habe mich dünngemacht. Ich habe es nicht länger ausgehalten.«

Er sah, dass Mari den Versuch unternahm, zu schlucken.

»Du hast doch gesehen, dass ich neben dem Sohn von Elsa Karlsten saß. Er heißt Lukas Karlsten. Vielleicht ist dir auch aufgefallen, dass Anna neben einem älteren Mann saß, einem alten und guten Freund von Elsa. Er heißt Martin Danelius. Er war sehr angetan von Anna, aber das ist natürlich nicht weiter verwunderlich. Was hat sie eigentlich, das wir nicht haben?«

Sie lächelten sich an.

»Jedenfalls fasste dieser Martin sofort Vertrauen zu Anna. Vielleicht trug dazu auch bei, dass seine eigene Frau ebenfalls Anna hieß. Ich müsste heißt sagen. Offenbar war es eine wunderbare Zweisamkeit seit der Schulzeit. Sie liebten sich und lebten laut Anna ein ungewöhnlich harmonisches Leben. Sie waren sich gegenseitig genug, selbst als keine Kinder kamen. Zuletzt jedoch war ihnen das Leben übel gesinnt. Martins Frau erkrankte an Alzheimer, und jetzt liegt sie seit einem Schlaganfall im Krankenhaus im Koma.«

Mari verstummte und schaute wieder auf die Bühne. »Meine beste Freundin, meine beste Freundin.« Fredrik schien zu verstehen, was sie dachte.

»In diesem Lied geht es eigentlich um Homosexualität, um Freundschaft und ein bisschen mehr unter Frauen. Das Lied entstand zwischen den Weltkriegen. In diesen Jahren war man tolerant. Damals konnte man viel sagen, das heute tabu ist. Weißt du, dass es damals von Komponisten und Textern in Deutschland nur so wimmelte, die über Demokratie und freizügigen Sex schrieben? Als Hitler dann die Macht ergriff, wurde das alles verboten. Aber entschuldige, ich sitze hier und schwadroniere … Diese Ehefrau von diesem Martin … Wie alt ist sie?«

»Um die achtzig, glaube ich. Sie war offenbar schon recht lange krank. Aber ehe sie ganz ins Dunkel entglitt, hat sie ihrem Mann ein Versprechen abgenommen. Sie wusste, was ihr bevorstand, und nicht mehr für sich sorgen zu können, erfüllte sie mit Grauen. Wenn es so weit kommen würde, dann sollte ihr Mann, also Martin, ihr auf die andere Seite helfen. Könnte ja alles ganz hübsch sein. Jetzt ist es nur so, dass Elsa Karlsten von seinem Dilemma weiß und uns empfohlen hat. Er will gut bezahlen, sagt er. Verstehst du auch, was ich sage?«

Fredrik antwortete nicht. Ihm war der lächerliche und unwichtige Gedanke gekommen, warum die Leute, die sie in letzter Zeit kennengelernt hatten, eigentlich immer viel vermögender waren, als sie wirkten. Auch Michael. Ihm wurde etwas übel, und er stützte seinen Kopf auf die Hände. *Kleopatras Kamm* hat neue Aufträge. Genau, was du wolltest, Miranda. Bist du jetzt zufrieden? Er wusste nicht, ob er die Frage ausgesprochen hatte, aber er meinte, die Antwort hören zu können. Ja. Das bin ich.

»Geht es dir nicht gut?« Maris Stimme kam wie aus weiter Ferne. Er zwang sich, ihr in die Augen zu schauen, die jetzt so rot waren, dass sie ihn an die Augen eines gequälten Kaninchens erinnerten.

»Ich kann verstehen, wenn es dir nicht gut geht. Anna und mir geht es genauso. Wir wissen nicht, wie wir in diese Situation geraten sind, und wir wissen auch nicht, wie wir aus ihr herauskommen sollen, und das, obwohl ich schon einige Stunden über diese Frage nachgedacht habe, ehe ich hierhergekommen bin.«

»Und zu welchem Ergebnis bist du gekommen?«

»Im Augenblick bin ich einfach nur zu dem Schluss gekommen, dass ich verschwinden will. Weg. Ich habe vorgeschlagen, Elsa Karlsten das Geld zurückzugeben und dann einfach wegzuziehen. Anna behauptet, für sie sei es dafür zu spät. Sie hätte in diesem Heim bereits eine Wohnung für ihren Vater reserviert und möchte diese Reservierung nicht rückgängig machen. Ich kann sie verstehen. Ich könnte zur Not auf meine Irlandpläne verzichten. Oder genauer gesagt auch ohne dieses Blutgeld dorthin fahren. Dann müssten wir natürlich auch diesen Mann informieren, dass wir nicht zu Diensten stehen und seinem Begehren nicht nachkommen können.«

»Natürlich.« Fredriks Antwort war nicht mehr als ein Flüstern.

»Bist du dir sicher, dass es dir gut geht, Fredrik?«

Das Gefühl, alles verloren zu haben. Das Gefühl, als Papa ins Zimmer gekommen war und das Gewehr in der Matratze gefunden hatte, obwohl er doch schon beinahe daran geglaubt hatte, es geschafft zu haben. Das Gefühl der unendlichen Unausweichlichkeit aller Dinge, als Papa mit raschen, sicheren Schritten und dem Gewehr in der Hand in den Hof gegangen war. Das Gefühl, als er ihm schreiend hinterhergelaufen war, sich erniedrigend und um Verzeihung und Barmherzigkeit bittend. Das Gefühl, als Papa die Tür zum Holzschuppen aufgerissen hatte und die Kaninchen im Nacken gepackt, eines nach dem anderen rausgetragen und auf die Wiese gesetzt hatte. *Sie bekommen noch eine richtige Chance. Zeigt jetzt, dass ihr hoppeln könnt, ihr kleinen Scheißer. Dass noch was Wildes in euch steckt. Dass ihr nicht vollkommen verhätschelt seid.* Die unsicheren, aber freudigen Sprünge der Kaninchen auf der Wiese. Zum ersten und letzten Mal im frischen Grün. Das Gefühl, als sie Richtung Wald hoppelten und zwischen den Bäumen verschwanden. Papa lachte, weiß Gott! *Das hier wird eine richtig aufregende Jagd. Komm schon, Junge. Jetzt kannst du was lernen.*

»Klar. Ich bin natürlich genauso schockiert wie du. Ich weiß nicht, was ich sagen soll. Außer, dass wir selbstverständlich ablehnen. Dann müssen wir versuchen, eine Weile unterzutauchen. Das ist vielleicht nicht so schwer. Ich bin früher schon gelegentlich verschwunden, obwohl ich immer wieder zurückgekommen bin.«

Er versuchte seine Übelkeit zu unterdrücken.

»Ich wage nicht daran zu denken, wie Elsa Karlstens Mann gestorben ist«, flüsterte er. »So vieles ist unklar. Aber ich will es eigentlich auch gar nicht wissen. Er ist tot. Ich entscheide mich dafür, zu glauben, dass er eines natürlichen Todes gestorben ist, und will nicht weiter darüber nachdenken. Einen weiteren Todesfall können wir hoffentlich verhindern. Falls Martin nicht selbst zur Tat schreitet, wenn er einsieht, dass wir es nicht tun. So wie du es beschrieben hast, scheint er fest entschlossen zu sein, sein Versprechen zu halten. Ich kann ihn verstehen. Das ist wirklich sehr schlimm. Genauso wie ich Elsa Karlsten verstehen konnte, als sie zu uns kam und uns von dem Nussknacker erzählte.«

»Ich auch. Ich bin ganz deiner Meinung. Das ist das Schlimmste.«

Sie verstummten beide und sahen sich an. Mari tätschelte Fredrik die Wange. Er nahm ihre Hand und küsste vorsichtig ihre Handfläche. Dann schloss er behutsam ihre Finger, damit sie den Kuss auch behalten würde.

»Fredrik. Ich will nicht glauben, dass Menschen willens sind, Morde zu begehen. Aber ich weiß … ich glaube, dass es so ist.«

»Ich auch, Mari, obwohl ich es nicht will.«

»Aber denk doch nur daran, was der Arzt zu Anna gesagt hat. Eine Menge Morde bleiben unentdeckt.«

Der Ausdruck in Maris Augen war fast nicht zu ertragen. Die Musik wurde intensiver, und sie drehte den Kopf zur Seite und betrachtete die beiden Frauen auf der Bühne. Ihre Kleider, Frisuren und ihren Schmuck. Die Münder bewegten sich, als würden sie mit Hilfe von Gummibändern bewegt. Sie kniff die Augen zusammen, und Fredrik sah, wie ihr auffiel, dass etwas nicht stimmte. Gaben die Hüften alles preis? Die Schultern, schmal und anmutig, aber mit einer unerwarteten Eckigkeit, die nicht einmal eine üppige Federboa verhüllen konnte? Die Stimmen? Sie wandte sich an Fredrik, und dieser empfand vielleicht Erleichterung.

»Diese beiden Sängerinnen«, sagte sie langsam, »sind das wirklich Frauen? Oder sind das verkleidete … Männer?«

»Ja, das sind Männer. Alle Künstler, die in diesem Lokal auftreten, sind Männer. Vielen Zuschauern fällt das nicht einmal auf. Sie bewundern eine weibliche Schönheit, deren Vollkommenheit darauf beruht, dass sie nicht echt ist. Andere fühlen sich gerade deswegen davon angezogen. Der Reiz liegt in dem Unnatürlichen und gerade deswegen Perfekten.«

Mari antwortete nicht. Er überlegte, ob sie wohl die Frauen auf der Bühne schöner fand als alle sogenannten echten Frauen.

»Leute, die keine Ahnung haben, erfinden alle möglichen Bezeichnungen«, versuchte er zu erklären. »Transsexuelle, Bisexuelle ... Transvestiten. Irgendwas. Die Wahrheit ist jedoch, dass es nicht immer um Sexualität geht, sondern auch darum, etwas ... von der eigenen Persönlichkeit auszudrücken ... vielleicht. Es gab eine Zeit, da wurden alle Rollen im Theater von Männern gespielt, und niemand fand das merkwürdig. Und da ging es ganz klar nicht um etwas Sexuelles.«

Er wartete ab, ob sie fragen würde, erkannte aber nach einer Weile, dass sie es wohl nicht tun würde. Er war für diese Schonfrist dankbar.

»Bist du schockiert?«

»Natürlich nicht. Höchstens darüber, dass du fragst. Ich weiß, dass du dich immer für Tanz und Performance interessiert hast, und das hier gehört schließlich irgendwie dazu. Aber ... wir dürfen nicht vergessen ... was machen wir jetzt?«

Fredrik versuchte das Lokal mit Maris Augen zu sehen. Die prächtigen Plüschsessel hatten etwas Vulgäres. Die Bar war kitschig, die Klientel sensationslüstern. Im Miranda's Palace würde es ganz anders sein.

»Ich glaube, wir sind uns einig«, meinte er vorsichtig, »dass wir diesem Mann nur erst einmal klarmachen, dass wir seinen Wunsch nicht erfüllen können. Anna eignet sich wohl am besten dafür, ihm das zu vermitteln. Ich weiß nur nicht, ob sie weiß, wo wir ihn erreichen können.«

»Er wollte im Café vorbeikommen. Soll er nur. Ich finde auch, dass Anna ihn abweisen sollte. Irgendwie müssen wir uns auch darüber einigen, wie wir uns Elsa Karlsten gegenüber verhalten wollen. Vielleicht ist es doch das Beste, sie davon in Kenntnis zu setzen, dass ihre Vermutung nicht zutrifft. Sie davon zu überzeugen, dass sie geträumt haben muss. Ihr das Geld zurückzugeben und dann Annas Vater zu helfen, so gut es geht. Wenn wir nicht beschließen, das zu tun, wovon wir bereits gesprochen haben, also einfach abzuhauen.«

»Wieviel würde denn dieser Martin für unsere Dienste bezahlen?« Fredrik brachte es nicht über sich, das Wort »Mord« auszusprechen.

»Drei Millionen. Er würde drei Millionen zahlen. Eine Million für jeden.«

Eine Weile saßen sie schweigend da.

»Drei Millionen«, meinte Fredrik schließlich. »Eben noch dachte ich, es ist merkwürdig, dass immer dann Geld auftaucht, wenn es wirklich darauf ankommt. Aber dass das Geld dann nicht mehr wichtig ist. Wo hat er das Geld her?«

»Er wollte einen Wald verkaufen.«

Mari beobachtete die beiden »Frauen«, die für den Applaus dankten und die Bühne verließen. Sie wandte sich an Fredrik.

»Erstklassige Unterhaltung«, meinte sie. »Und das meine ich wirklich. Schließlich berührt mich Musik nur manchmal.«

»David war Musiker, nicht wahr?«

»Ja. Aber für die bildende Kunst besaß er ein noch größeres Talent. Damit wollte er auch unsterblich werden.«

Letzteres sagte sie mit abgewandtem Gesicht.

»Ich gehe jetzt, Fredrik. Wir sehen uns dann morgen im Café, falls du nicht bei mir schlafen willst?«

Er wusste, dass es ihr mit ihren Avancen ernst war und hatte erneut den Duft von Lavendel in der Nase.

»Vielleicht«, erwiderte er. »Wenn nicht, dann sehen wir uns bald. Morgen.«

Mari war kaum verschwunden, da eilte er schon zu den Garderoben hinter der Bühne. Er war sich bewusst, dass Miranda außer sich sein würde, weil er sich verspätete. Er fand die richtige Garderobe, öffnete die Tür. Der Raum schien leer zu sein. Nach einer Weile setzte er sich auf einen der Stühle. Wenig später sah er sie im Spiegel. Sie war leise hinter ihn getreten.

»Verzeih die Verspätung«, entschuldigte er sich.

Miranda lächelte. Die heute blonden Locken umrahmten ihre Stirn, und das weiße Kleid verlieh ihr eine Aura der Unschuld, von der er wusste, dass sie trügerisch war. Ihre Schminke war auf der einen Wange etwas verschmiert. Offenbar hatte sie es mit den Vorbereitungen eilig gehabt.

»Ich habe solange wie möglich gewartet. Du weißt, dass ich mich nicht gerne fertigmache, bevor du da bist, Fredrik. Ich brauche deinen Rat. Jetzt musste ich mich beeilen. Ich muss gleich auf die Bühne. Das weißt du. Aber das versteht sich, mit so einer eleganten Blondine an der Seite ist jemand wie ich vielleicht nicht mehr gefragt?«

»Natürlich bist du das.« Seine Antwort klang müde, und er war sich bewusst, dass das Kreuzverhör erst begonnen hatte. Miranda drehte sich auf dem Stuhl, auf dem sie gerade saß.

»Was wollte sie?«

»Ich glaube, du ahnst es bereits. *Kleopatras Kamm* hat noch eine Anfrage erhalten. Ein Mann will, dass wir ihm helfen. Seine Frau liegt im Koma. Er will, dass wir sie umbringen. Genauer gesagt will er, dass wir Sterbehilfe leisten.«

»Und das Honorar?«

»Ich wusste, dass du danach fragen würdest. Drei Millionen. Eine Million für jeden.«

»Es macht sich.«

»Hast du sonst nichts zu sagen?«

Miranda beugte sich zum Spiegel vor und verteilte das Make-up gleichmäßiger, sodass der Übergang vom Falschen zum Richtigen nicht mehr zu sehen war. Ihr Gesicht nahm den ganzen Spiegel ein, und er konnte sein eigenes nicht mehr sehen.

»Du hast dich da draußen geschämt, nicht wahr? Du hast dich für das Fata Morgana und für alles, wofür wir stehen, geschämt. Du hast dich für alle einfachen und verkleideten Männer geschämt.«

»Gar nicht wahr! Dafür gab es keinen Grund. Mari ist eine der tolerantesten Frauen, die ich kenne. Sie würde mich nie verurteilen.«

»Das Schlüsselwort lautet ›Frau‹, Fredrik. Nicht ›tolerant‹. Ich weiß durchaus, dass du gerne eine sogenannte richtige Frau an deiner Seite hättest. Aber das ist dir nicht geglückt, stattdessen bekamst du mich.«

Er packte die blonden Locken und zog sie zur Seite. Die Perücke fiel zu Boden, und das kurzgeschnittene Haar darunter kam zum Vorschein.

»Mehr Frau wirst du nicht bekommen, Fredrik. Aber was ist schon eine richtige Frau? Für die da draußen bin ich die personifizierte Weiblichkeit. Nach der herkömmlichen Definition bin ich vielleicht ein Mann, aber ich bin an deiner Seite. Ich werde dich nie verlassen. Ich weiß, was du denkst und fühlst. Und ich denke und fühle mit dir. Du und ich sind zu Großem bestimmt. Weil wir uns so ähnlich sind und weil wir einander helfen. Solidarität. Ist das nicht auch eine Form der Liebe? Was ist übrigens schlimmer? Sich zu verstellen und sein richtiges Ich zu verstecken, oder eine Perücke zu tragen und man selbst zu sein? Seine Persönlichkeit ganz und gar auszuleben? Ich bin die perfekte Illusion, Fredrik. Das weißt du. Und ich werde dafür sorgen, dass du das nie vergisst. Niemals. Solange du lebst.«

KAPITEL 18

Sie stand im weißen Kittel auf dem Krankenhauskorridor und dachte darüber nach, dass die Aussage, die Welt oder das Leben ließe sich mit der Bühne eines Theaters vergleichen, nur teilweise zutraf. Theater, ja, aber Maskerade wäre noch passender. Obwohl die Kleider eigentlich keine Rolle spielten. Worte und Gedanken zählten. Sie mussten oft genug versteckt oder maskiert werden, damit man nicht aus der Rolle fiel.

Welche Rolle hatte sie eigentlich in den letzten Tagen gespielt? Welche Kleider hatte sie getragen? Ganz gewöhnliche natürlich. Die, die keine Aufmerksamkeit erregten, und so ihre Trauer, Angst und Verzweiflung verbargen. Die verbergen sollten, dass sie ständig einen schreckerfüllten Dialog mit Gott führte. Weshalb mutest du mir das hier zu, obwohl du weißt, dass mich nichts mit größerem Grauen erfüllt?

Am Tag nach der Beerdigung hatten sie sich alle drei im Fristaden getroffen und überlegt, was zu tun sei. Sie hatten erwogen, sowohl mit Elsa Karlsten als auch mit Martin Danelius zu sprechen. Alle Karten auf den Tisch zu legen und dann weiterzusehen. Die Frage der Schuld übergingen sie dabei geflissentlich, aus der vagen Rücksicht heraus, niemand solle zum Schluss mit diesem schwarzen Peter in der Hand dasitzen müssen. Auch vom Geld war nur sehr am Rande die Rede. Routinemäßig versicherten sie einander, »das ergibt sich«. Floskeln, Ausreden und reine Lügen schienen das neue Gebäck zu sein, mit dem das Fristaden lockte.

Doch Schreie, Tränen und Beschuldigungen hatte es ebenfalls gegeben. Manchmal hatte sie sich gefragt, ob das, was da an die Oberfläche kam, wirklich nur ein Ergebnis der schrecklichen Ereignisse der letzten Wochen war. Es war jedoch gut möglich, dass sie es sich in all den Jahren, die sie sich nun kannten, im Namen der Liebe nie gestattet hatten, allzu gründlich nachzufragen. Vielleicht hatten sie sich einander ja immer nur mit Maske gezeigt?

Ein wirkliches Glück, dass sie an dem Abend, an dem er in das Café kam, alleine war. Sie hatte die Fenster öffnen, lüften, Kaffee mahlen und in aller Unschuld einen Schluck trinken wollen. Einen Moment lang hatte ihre Panik die Güte besessen, sich zurückzuziehen und sie in Frieden zu lassen. Dann hatte es an der Tür geklopft, und sie hatte ihn durch das Fenster gesehen. Ein älterer Mann, dessen Körper jünger wirkte als sein Geist, in Kleidern, die nicht so wohlhabend wirkten, wie er es ihren Informationen nach war.

Sie hatte die Tür geöffnet, und er war eingetreten. Sie hatte ihm etwas zu trinken angeboten, und er hatte sich dankbar mit einem belegten Brot und einem Spezialkaffee, den sie mittlerweile fast im Schlaf zubereiten konnte, bewirten lassen. Als er gegessen hatte, sagte er, er fühle sich an das Brot erinnert, das seine Frau immer gebacken habe. Dann kam er sofort zur Sache. Er sprach nicht von Schuld, Scham, Trauer oder Vergebung, sondern von Zusammengehörigkeit und von einer Liebe, die auch vor dem Tode nicht Halt machte. Sie bliebe bestehen, ohne Angst vor dem dunklen Abgrund. Er drückte sich geschliffen aus. Erneut verspürte sie Ekel und Panik. Sie verstand ihn so unendlich gut.

Sie wollte ihm erklären, dass sie sein Anliegen bereits diskutiert hätten, seinem Wunsch jedoch nicht entsprechen könnten. Aber es gelang ihr nicht. Sie versuchte ihre Furcht zu verdrängen. Aber ihre Gedanken umklammerten sie mit einer klebrigen Intensität und legten ihr unbeabsichtigte Worte in den Mund. Ob die Erwähnung des Honorars wohl dazu beigetragen hatte? Das wäre abscheulich. Daran durfte sie nicht denken. Jedenfalls nicht jetzt.

»Sie meinen ganz im Ernst, dass Sie das durchziehen wollen?« Ihre Stimme zitterte, aber er wirkte fest entschlossen.

»Ich war gestern bei ihr. Habe zugesehen, wie sie sie umgedreht haben. Ich habe ihre Hand gehalten und mit ihr gesprochen, wie ich das immer tue. Sie reagiert nicht. Die Antwort lautet also ja. Aus tiefster Seele. Anna hätte das sicher besser ausgedrückt.«

Anna Danelius hätte das besser ausgedrückt, wenn sie noch hätte sprechen können. Aber Anna Danelius konnte nicht mehr sprechen. Sie selbst erwiderte, sie müsse sich mit ihren Kollegen beraten und könne nichts versprechen. Sie beabsichtige, Anna im Krankenhaus zu besuchen und dann zu entscheiden. Dann ließ sie sich die notwendigen Informationen geben. Er gab sie ihr bereitwillig. Sie erfuhr alles über die Station, den Gang, das Zimmer und das Pflegepersonal. Zuletzt schrieb er ihr die Besuchszeiten und die Telefonnummer auf, als könne er damit sein eigenes Gedächtnis von unnötigen Informationen befreien. Sie hatte alles gespeichert. Und nun war sie hier.

Der weiße Schwesternkittel war einfach so eine Idee gewesen. Sie wollte nicht wie eine Besucherin aussehen. Sie wollte nicht auffallen und nicht angesprochen werden. Sie wollte dort sein, ohne richtig dort zu sein, wie ein Echo ohne Seele. Deswegen war sie in den Kostümladen gegangen und hatte genau das gefunden, was sie suchte. Mit dem Kittel, einer weißen Hose und ein paar alten Holzpantinen glaubte sie, nicht weiter aufzufallen. Wer sie aus einigem Abstand sah, hielt sie vermutlich für eine Aushilfe. Sie glaubte, dass sie das vor den meisten neugierigen Blicken schützen würde.

Sie sah sich um. Die Gänge verzweigten sich im rechten Winkel, und sie hatte keine Schwierigkeiten, das Zimmer Nummer 9 zu finden. Die Tür war geschlossen und als sie sie öffnete, dankte sie der Vorsehung, dass bislang niemand auf ihre Anwesenheit in der Klinik aufmerksam geworden war. Sie schloss die Tür hinter sich, lehnte sich dagegen, schloss die Augen und hielt den Atem an. Dann öffnete sie die Augen und sah sich sehr genau um.

Bei der Frau in dem Krankenbett hätte es sich genauso gut um einen Mann handeln können. Aus einiger Entfernung betrachtet sah das Wesen im Zimmer aus wie die Quintessenz eines gealterten Menschen ohne Geschlecht. Die gelbe Decke, mit der sie zugedeckt war, wölbte sich nicht über weichen Schenkeln oder einem warmen Bauch, sondern lag über eckigen Knochen. Der Kopf auf dem Kissen glich einem Totenschädel, und Haarsträhnen klebten an Stirn, Wangen und Kissen. Es war schwülwarm im Zimmer, und der Geruch von Verwesung verursachte ihr Übelkeit. Ihr kam in den Sinn, dass ihr Sterben bereits vor langer Zeit begonnen hatte. Vielleicht arbeiteten nur noch wenige Organe, während andere schon den Geist aufgegeben hatten.

Sie trat näher und strich der Frau im Bett vorsichtig über die Wange. Der Beatmungsschlauch führte durch den Mund in ihren Hals, und die Schläuche in ihrem Arm zeugten von Flüssignahrung. Sie streichelte die Frau erneut, ohne dass diese reagierte. Nicht einmal die Lider zuckten. Sie dachte an die Anna, von der Martin Danelius erzählt hatte. Eine Frau, die voller Leben gewesen war. Immer in Bewegung, auch geistig. Sie hatte vorausgesehen, was geschehen könnte, und war so mutig oder selbstsüchtig gewesen, Verfügungen für diesen Fall zu treffen.

Sie hatte auf gegenteilige Empfindungen gehofft, auf die selbstverständliche Erkenntnis, sich nicht in das einmischen zu dürfen, was Tod und Leben miteinander ausrangen. Sie hatte versucht, sich einzureden, dass sie nur einen raschen Blick werfen würde. Dass nichts entschieden sei. Alles gelogen, das sah sie nun ein. Sie hatte gewusst, was sie zu sehen bekommen würde und dass es sie entsetzen würde. Dass es sie dort treffen würde, wo sie am verletzlichsten war. Eigentlich war sie mit einer Frage gekommen, stattdessen hatte sie eine Antwort erhalten.

Sie hatte wissen wollen, was es für einen Sinn hatte. Jetzt sah sie die bittere Bestätigung der Sinnlosigkeit vor sich. Nichts konnte den Mangel an Leben, der sich ihr darbot, verteidigen, und niemand würde sie je davon überzeugen können, dass die vollkommene, bewusstlose Abhängigkeit nicht jeglicher Würde entbehrte. Trotzdem war das, was aus dieser Schlussfolgerung resultierte, ebenso schwer wie die in Stein gehauenen Zehn Gebote Gottes. Ihr Körper kämpfte gegen ihren Willen, und sie erinnerte sich an das geflügelte Wort: Der Geist ist willig, aber das Fleisch ist schwach. Auf dem Nachttisch standen ein paar Fotos, und sie sah Anna in jungen Jahren: Eine schöne Frau mit dunklem Haar, die neben einer anderen Frau stand, vielleicht ihre Schwester. Eine Schwester. Selbst hätte sie gerne eine gehabt und zwar im wahrsten Sinne des Wortes.

Die Schwester. Die ersehnte. Sie war fünf Jahre alt und hatte sich bereits daran gewöhnt, die Einzige, aber auch die Unvollkommene zu sein. Sie konnte sich nicht recht einfügen. Es gab Regeln, die befolgt werden mussten, Gefühle, die man zu empfinden hatte, Erwartungen, denen zu entsprechen war, die sie aber nicht recht verstanden hatte, weil sie so sehr damit beschäftigt gewesen war zu leben und gar nicht daran hatte denken können, wie sie dabei zuwege ging. Sie war nicht unglücklich gewesen. Nur manchmal hatte sie das Gefühl gehabt, etwas zu vermissen, und diese Lücke hatten auch die Zimtschnecken aus der Speisekammer und das Spiel mit den Streichhölzern auf dem Hof nicht ausfüllen können. Vielleicht hatte sie dieses Gefühl von ihren Eltern geerbt, ein Gefühl, dem sie unbewusst Ausdruck verliehen hatten, wenn sie an einem Kinderwagen vorbeigekommen waren oder wenn von einer »Entbindung« oder »gesegneten Umständen« die Rede gewesen war.

Dann dieser Tag. Sie war nach Hause gekommen, und ihre Eltern hatten freudestrahlend am Küchentisch gesessen. Sie hatten sich angestrahlt und sie. Plötzlich hatte es in Mengen gegeben, womit vorher nur gegeizt worden war. Einige Wochen später hatte sie an dem Wunder teilhaben sollen. »Du wirst ein Geschwisterchen bekommen. Mama erwartet ein Kind.«

Da hatte sie verstanden, was es bedeutete, eine Familie zu sein. Lachen war erlaubt, auch ihr, und es hatte den Anschein, als sei die bedrückende Unzufriedenheit aus den Wänden gewichen. Als sei ein Wasserschaden mit Erfolg behoben. Erst nachdem sich dieses Glück ausgebreitet hatte, verstand sie, was ihr vorher gefehlt hatte. Vielleicht lag das hauptsächlich daran, dass ihre Eltern zueinandergefunden hatten. Papa durfte Mama wieder anfassen und ihr über den Bauch fahren, der immer runder wurde. Mama ließ sie ins Schlafzimmer kommen und Dinge tun, die sie bislang nie gedurft hatte. Es kam sogar vor, dass sie alte Ballkleider leihen durfte, um sich zu verkleiden.

Als die Geburt bevorstand, musste sie zu den Nachbarn umziehen. Aufgeregt lief sie von einem Zimmer ins nächste, bis die Mutter der Nachbarfamilie streng zu ihr sagte, es reiche jetzt. »Mit einem Baby im Haus gelten andere Regeln. Es ist genauso gut, dass du dich gleich daran gewöhnst, dass sich jetzt nicht mehr alles um dich dreht«, sagte sie. Sie konnte sich noch gut an diese Worte erinnern. Auch an den Tonfall.

Sie musste ziemlich lange bei den Nachbarn bleiben. Sie schlief auch dort, in einer übelriechenden Abstellkammer, in der sie Alpträume bekam. Als sie wieder in ihr eigenes Zimmer einziehen durfte, zeigte es sich, dass Mama und Papa bereits eine geraume Zeit zu Hause gewesen waren. Mit ihr, der Neuen. Iris.

»Iris ist eine schöne Blume«, erklärte ihre Mutter. Sie schaute ins Kinderbett und sah etwas, von dem sie angenommen hatte, dass es rot, verschrumpelt und kräftig sein würde, es war aber bleich wie der Mond. Das kleine, schmale Wesen, das ganz vorsichtig atmete, war so zerbrechlich, dass man glaubte, es könne wegfliegen, wenn man darauf blies. Sie hatte immer gedacht, Babygeschrei sei durchdringend, aber wenn Iris schrie, dann ganz schwach und vorsichtig, etwa wie eine Nachtigall, deren Töne zerbersten. Trotzdem schienen es Mama und Papa überall und immer zu hören.

Allmählich verstand sie, dass etwas nicht stimmte. Dass die Kleine nicht mehr zu dem Gefühl beitrug, dass sie eine Familie waren, wie damals noch, als sie in Mamas Bauch gelegen hatte. Mamas Leidensmiene kehrte zurück, und Papa durfte seine Frau nicht mehr anfassen, weder am Bauch noch sonstwo. Jedenfalls nicht, soweit sie beobachten konnte. Sie selbst verschwand in einem schwarzen Loch der Gleichgültigkeit, in dem nichts, was sie unternahm, so recht passte. Falls überhaupt jemand von ihr Notiz nahm.

Iris war von Anfang an zum Tode verurteilt, sagten die Ärzte. Der angeborene Herzfehler war irreparabel, aber ihr Organismus war kräftiger, als alle erwartet hatten. Tag für Tag, Monat für Monat wachten sie über sie und erlebten, wie sie das Gitterbett verließ, sich umdrehte, krabbelte und schließlich ging. Sie rannte jedoch nicht, und sie aß auch nur manchmal. Sie war ein liebes Kind. Friedlich und nett, so wie ein Kind sein sollte. So wie sie nie gewesen war, so wie Mama sie sich aber immer gewünscht hätte.

Aber so lieb Iris in gesunder Verfassung war, so war es doch kein Vergleich dazu, wie es war, wenn sie krank war. Jedes Mal, wenn sie wieder mit einer Infektion unter ihrer Daunendecke lag, war es, als würde Mama gewissermaßen ihre

Rolle übernehmen, sie wurde eins mit ihr. Sie sprach davon, was Iris in dieser oder jener Situation getan hätte, was sie gesagt und wie sie empfunden hätte, während diese selbst hinter geschlossener Tür im Fieberschlaf lag und überhaupt nichts dachte oder empfand. Iris, die Mitfühlende. Iris, die Umsichtige. Iris, die Reine und Unbefleckte.

Iris die Unerreichbare und Perfekte. Ein Engel. Wenn sie selbst in den Spiegel schaute, sah sie, wie sie sein konnte, nur besser. Dann sah sie Iris' Spiegelbild. Aber ihre Anstrengungen waren vergeblich. Wie sehr sie auch versuchte, ruhiger, netter und sauberer zu sein, war Iris, das Spiegelmädchen, doch immer besser. Deswegen war sie geflohen. Und hatte nur so viel Verbindung aufrechterhalten, wie sie gerade verkraften konnte. Sie hatte ihre Nase in ein anderes Leben vergraben und den Geruch von Rot und Farbe, Sünde und Gelächter eingeatmet. Hatte sich nur zur Hälfte verstanden gefühlt. Die Familie war ohnehin zerbrochen, als Iris die Prophezeiung erfüllt hatte und verschwunden war. Jetzt war nur noch sie da. Die Verantwortung lastete schwer auf ihren Schultern.

Sie beugte sich über Anna Danelius. Sie nahm ihre Hand. Sie betrachtete den eingefallenen, lippenlosen Mund und die pergamentähnliche Haut der Finger und dachte, dass das, was sie gleich tun würde, von bizarrer Logik war. *Kleopatras Kamm* stand im Begriff, eine Mumie zu liquidieren. Eine Mumie, eine von denen, die sie zum Namen ihrer Firma und ihrer Geschäftsidee inspiriert hatten. Sie meinte auf dem Gang Schritte zu hören. Das Adrenalin pulsierte durch ihre Adern, aber das war vermutlich nur eine Illusion, genau wie ihre Schwesterntracht eine Illusion war. Dann schaute sie auf das Atemgerät. Die vielen Knöpfe verwirrten sie. Dann entdeckte sie einen, mit dem sich die Maschine abstellen ließ. Sie zögerte und drückte dann auf den richtigen Knopf. Das rhythmische Pumpen hörte auf. Bei der Maschine und bald auch beim

Menschen. Ein einfacher Minusposten in der Bilanz. Ein attraktives Zimmer in der Klinik würde frei werden.

Die Luft war raus. Noch nie hatte ihr dieser Ausdruck so eingeleuchtet wie jetzt. Wie der Vorfall den Organismus innerhalb weniger Sekunden einholte. Wie die malträtierten Lungen noch einmal versuchten, sich zu heben und zu senken, bis der Tod die Hand ausstreckte und über die Stirn strich. Die Atemzüge unregelmäßiger wurden, die Augenlider flatterten. Leben. Ja, so war es. Sie begriff, was sie gerade getan hatte. Oder was sie gerade hatte tun wollen. Panisch drückte sie den Knopf wieder ein. Wollte alles wieder ungeschehen machen. Sie sah, wie der Brustkorb zögerte. Hörte Schritte auf dem Gang und wusste, dass sie verschwinden musste. Sie hatte am Abgrund gestanden und hatte springen wollen und es im letzten Moment unterlassen. Rechtzeitig?

Ihre Beine zitterten, aber sie richtete sich auf, öffnete die Tür und schlüpfte auf den Gang. Mit panischer Selbstbeherrschung bewegte sie sich auf den Ausgang zu, zwang sich dann nach einer Weile, ganz ruhig zu gehen, um die Illusion einer normalen Abendvisite zu erwecken. Aus dem Augenwinkel meinte sie Leute am anderen Ende des Korridors zu sehen. Diese bogen aber in eine andere Richtung ab, vielleicht um nach Anna Danelius zu sehen. Anna Danelius, die hätte sterben können, wenn sie sie nicht gerettet und zurückgeholt hätte. Nichts war geschehen. So war es sicherlich, so musste es sein.

Nachdem sie die schwere Schwingtür der Station hinter sich gelassen hatte, immer noch unbemerkt, dachte sie, dass Gott ihr beigestanden haben musste. Sie wäre nicht unerkannt davongekommen, wenn das nicht sein Wille gewesen wäre. Sie hatte Allmächtiger gespielt und sich die Finger verbrannt, aber die Wunden würden heilen. Die Schwestern würden noch rechtzeitig kommen. Sie würden Anna Danelius helfen. Ihre eigene Tat würde im Kosmos verschwinden. Das musste für einen Siegesschrei ausreichen, der über die Dächer des Krankenhauses hinwegrollen und sich bis zu dem geliebten Menschen fortpflanzen würde, ohne den sie nicht leben konnte. Das wurde ihr jetzt klar. Sie würde fliehen. Sie würde frei sein, weil sie nichts mehr zu verlieren hatte.

Sie stieg in den Fahrstuhl, fuhr nach unten, ging zum Ausgang und stieß mit einem weißgekleideten Mann zusammen, der »Hoppla« sagte und sie verzückt ansah. Sie machte sich frei und atmete die Nachtluft ein. Als sie erkannte, was sie getan hatte, übergab sie sich auf den Bürgersteig. Sie hatte versucht, einen Mitmenschen zu töten, und war dann jemandem direkt in die Arme gelaufen, der sie wiedererkennen würde, falls es Nachforschungen gab.

Sie würde nie mehr frei sein.

KAPITEL 19

Fredrik fror. Der Schneematsch hatte die Zeit eingeholt, und der November wurde seinem Ruf gerecht. Ihm machte das nichts aus. Er fand, dass das Wetter zu den letzten Tagen passte, die ein Hohn ihrer heiligen Dreieinigkeit waren. Fredrik, Mari und Anna. Sie hatten einander Dinge gesagt, für die er sich nachts schämte, Plattitüden, »wir müssen das Richtige tun«, »wir müssen vernünftig sein«, hatten sie gesagt. »Wir müssen miteinander reden.« Hatten das immer wiederholt. Etwas, das sie früher nie hatten sagen müssen. Jetzt, wo sie reden mussten, gab es nichts mehr zu sagen.

Er hatte nichts beizutragen. Verschwand auf seine Spaziergänge oder ins Fata Morgana. Als ihn Mari besuchte, bot sie ihm an, zu ihr zu kommen und bei ihr zu schlafen. Er erwiderte, dass er die Einladung vielleicht annehmen werde, hatte es dann aber doch nicht getan. Jetzt bereute er das außerordentlich. Vielleicht hätte es alles verändert. Am nächsten Tag erwähnte Mari ihren Besuch im Fata Morgana nicht. Anna wusste, dass er über Martin Danelius' Anfrage informiert war, aber weiter nichts.

Zu welchem Ergebnis waren sie gekommen? Eigentlich nur, dass sie Martin Danelius' Ersuchen ablehnen und eventuell Elsa Karlsten informieren mussten. Sie hatten das Gefühl gehabt, dass es an der Zeit war, zu verschwinden. Vielleicht war ja jeder von ihnen fieberhaft damit beschäftigt, die eigene Flucht vorzubereiten. Auf ihn traf das allemal zu. Er wollte weg vom Café, von Anna und Mari und den jüngsten Ereignissen. Vor allen Dingen wollte er weg von Miranda, die ihm ständig mit einem eigenen Lokal in den Ohren lag. Er würde mit oder ohne Elsa Karlstens Geld verschwinden, vermutlich nach Berlin. In dieser Stadt waren viele damit beschäftigt, zu vergessen. Er konnte einer von ihnen werden.

Fredrik trat mit dem Fuß in eine Pfütze und fluchte, als ihm Wasser in den Schuh lief und den Strumpf durchnässte. Er beugte sich vor und versuchte gerade, den Schuh mit einem Taschentuch abzutrocknen, als ein Auto neben ihm bremste. Er schaute hoch und erblickte den schwarzen Lack und den Stern, der die Herrschaft über Luft, Wasser und Land vorspiegelte. Mercedes war eine Tochter gewesen, und der Stern war ein mächtiges Symbol. Das Auto stellte die funkelnde Verehrung der Mechanik dar. Am Steuer saß Michael, tadellos gekleidet wie immer.

»Michael? Noch nicht im Fata Morgana?«

Michael beugte sich zu ihm vor.

»Du verfügst über eine gute Beobachtungsgabe, Fredrik. Ich bin hier, und deswegen bin ich also nicht dort. Ein Chef, der nicht delegieren kann und immer vorausläuft, ist seinen Namen nicht wert. Steig schon ein.«

Fredrik gehorchte und ließ sich in das weiche Leder sinken. Dann setzte er vorsichtig die Schuhe ab, um den Teppichboden nicht zu beschmutzen. Das leise Schnurren des Autos erinnerte ihn an eine Katze oder, ja warum nicht?, an Miranda.

»Wohin fahren wir?«

Michael antwortete nicht, und Fredrik wiederholte die Frage auch nicht. Stattdessen betrachtete er das Grau in Grau vor der getönten Windschutzscheibe. Die Straße führte sie Richtung Süden, Richtung Södertälje. Fredrik überlegte, wohin es wohl gehen sollte, ohne dass es ihm sonderlich wichtig gewesen wäre. Zweifellos verfolgte Michael einen Zweck mit diesem Ausflug. Das genügte Fredrik, um die Augen zu schließen und an etwas Warmes zu denken.

Er erwachte, als das Schnurren aufhörte. Michael hatte vor einem kleinen weißen Haus mit Garten gehalten. Eine Katze schmiegte sich um die Hausecke und verstärkte den Eindruck von Märchen und reifen Himbeeren. Dann sah Fredrik die neugebaute Holzrampe, die zur Haustür führte.

»Wo sind wir?«

Michael stieg aus, ohne zu antworten. Fredrik folgte ihm und atmete den Geruch von feuchtem Wald ein. Michael hob die Arme.

»Wunderbar, nicht wahr? Ein paar Kilometer von der Großstadt entfernt, und sofort hat die Luft eine andere Zusammensetzung. Ich frage mich im Übrigen, ob man das, was wir in der Stadt einatmen, überhaupt als Luft bezeichnen kann.«

»Das ist keine Antwort auf meine Frage.«

Michael lächelte.

»Das hier ist das Haus meiner Tochter. Ich habe es für sie gekauft, als mein Schwiegersohn sie verlassen hat und sie ausziehen musste. Sie hat sich das Haus natürlich selbst ausgesucht. In Anbetracht der Umstände ist es vielleicht nicht so praktisch, aber man kann Stella keine Vorschriften machen, wo sie wohnen soll. Du wirst gleich verstehen, warum.«

Fredrik sah sich um. Der Garten war klein, aber sehr gepflegt. Die alten Apfelbäume schienen regelmäßig beschnitten zu werden, und die Johannisbeer- und Rosenbüsche würden schon in wenigen Monaten wieder blühen und Früchte tragen. Wo der Garten aufhörte, begann der Wald, und Fredrik überlegte gerade, wie weit es wohl zum nächsten Nachbarn war, als er in einiger Entfernung ein paar Häuser ausmachte. Michaels Tochter wohnte vielleicht recht einsam, aber andere Menschen waren dann doch nicht allzu fern. Fredrik ging zu einem Apfelbaum und strich vorsichtig über den Stamm, der sich rau und etwas feucht anfühlte. Da hörte er die Stimme.

»Ich hätte euch einander ohnehin irgendwann vorgestellt. Aber ich mag Besucher, die die Initiative ergreifen. Der Baum heißt Rufus. Mein Name ist Stella.«

Er drehte sich um. Es verwirrte ihn, dass die Stimme von unten zu kommen schien. Dann sah er die großen Räder und begriff, warum.

Die Frau im Rollstuhl war klein und zierlich, aber die Art, wie sie ihn mit leicht erhobenem Gesicht ansah, ließ sie selbst im Sitzen größer erscheinen, als sie war. Sie hatte die hohen Wangenknochen und braunen Augen ihres Vaters, aber was bei Michael knochig und scharf war, war bei ihr nur weich angedeutet, als hätte ein kleines spitzes Messer an hellem, duftenden Holz gearbeitet. Ihre Haut war bleich, und Fredrik fühlte sich an die durchsichtige Haut seiner Mutter erinnert. Als sie lächelte, sah er, dass ihre Fältchen um die Augen, nicht nur über ihr Alter, sondern auch über ihr Temperament Auskunft gaben. Sie trug ihr blondes Haar offen. Es schien ihr bis zur Taille zu reichen. Sie streckte die Hand aus und drückte kräftig die seine. Ihre Hand war warm. Irgendwie hatte er sich eingebildet, sie müsste kühler sein.

»Fredrik«, sagte er und überlegte, was wohl von ihm erwartet wurde. Sie lächelte, als wisse sie, was er dachte.

»Papa rief an und sagte, er würde einen guten Freund mitbringen. Aber ich habe schon geahnt, dass er nicht verraten würde, wo der Ausflug hingehen würde. Er ist nicht sonderlich mitteilsam, am allerwenigsten, wenn es um mich geht. Aber das hast du vielleicht schon gemerkt.«

»Ich wusste, dass Michael eine Tochter hat, mehr aber auch nicht«, erwiderte Fredrik. Er fror in seiner dünnen Lederjacke. Stella schien überhaupt nicht zu frieren, obwohl sie nur eine weiße Bluse und Jeans trug. Die Schnürsenkel ihrer Turnschuhe waren nicht zugebunden.

»Das sieht Papa ähnlich. Er redet nicht gerne über Privates. Er redete, eigentlich überhaupt nur, wenn es unbedingt nötig ist. Er ist immer sehr direkt, und es fällt ihm sehr schwer, wie die Schweden um alles herumzureden. Deswegen wirkt er in gewissen Situationen sicher unsensibel.«

»Das habe ich nie so gesehen. Aber ich mache auch nicht gerne viele Worte, wenn es um mich geht. Vielleicht ist das ja natürlich.«

Zu spät erkannte er, dass er etwas von sich preisgegeben hatte. Stella lächelte erneut.

»Das bedeutet also, dass ich die Unterhaltung bestreiten muss, solange ihr hier seid. Fantastische Aussichten, wenn ich schon mal Besuch bekomme. Wollen wir reingehen?«

Sie rollte mit ihrem Rollstuhl über den Rasen. Fredrik erwog, ihr zu helfen, wagte es dann aber nicht. Schließlich wollte er ihre Fähigkeit, allein zurechtzukommen, nicht in Frage stellen. Ihm fiel auf, dass sie sich ziemlich anstrengen musste, um einige Unebenheiten zu überwinden. Einmal fluchte sie leise, aber dann erreichte sie ohne größere Schwierigkeiten die Rampe und über diese die Haustür. Dort wartete Michael bereits. Offenbar hatte er die ganze Zeit dort gestanden und sie betrachtet. Michael beugte sich zu seiner Tochter herunter und küsste sie auf die Wange. Dann rollte Stella zur Tür und stieß sie auf. Sie drehte den Kopf zu Fredrik um.

»Ich schließe nie ab, wenn ich im Garten bin. Das ist einer der Vorteile mit einer Behinderung, man kümmert sich nicht mehr so sehr um irgendwelche Regeln und wird ein mutigerer Mensch. Man muss im Kopf beweglich bleiben, wenn die Beine nicht mehr wollen.«

Das sagte sie, während sie ins Haus rollte, nachdem Michael ihr die Reifen mit einem Lappen abgewischt hatte. Fredrik folgte ihr. So altmodisch das Haus von außen gewirkt hatte, so modern war sein Inneres. Etliche Wände waren entfernt worden, vermutlich um Stella die Fortbewegung im Rollstuhl zu erleichtern. Der helle Holzboden erweckte einen geräumigen Eindruck, obwohl das Haus nicht sonderlich groß war.

Die Diele, in der sie standen, war in Weiß, Grau und Blau gehalten, und als Fredrik Stella ins Wohnzimmer folgte, sah er, dass sich nur die bunten Gemälde von dem neutralen Ambiente abhoben. Das Sofa war weiß, der Couchtisch hatte eine Platte aus einem hellen Stein, die Küche war in Brauntönen gehalten, und auf der Spüle leuchtete eine Schale mit Zitronen.

Inzwischen war Stella in die Küche gerollt, und er folgte ihr, nachdem er seine Jacke über eine Stuhllehne gehängt hatte. Stella stellte Wasser auf und nahm Tassen und Teller aus einem niedrigen Schrank.

»Kann ich dir helfen?«

»Du kannst gerne im Wohnzimmer decken. Wenn ich allein bin, mache ich mir nicht die Mühe, mit Besteck und Tellern hin- und herzurollen, sondern esse in der Küche. Aber die Aussicht ist vom Sofa aus besser. Setz dich nachher gerne dorthin. Ich sitze ja bereits.«

Dieser Kommentar klang weder ironisch noch von Selbstmitleid erfüllt. Fredrik betrachtete das Porzellan. Rosenthal. Es war sehr lange her, dass er Kaffee oder Tee aus so dünnem Porzellan getrunken hatte. Vielleicht bei seiner Großmutter, als er noch richtig klein gewesen war.

»Du wohnst sehr schön. Das ist ein fantastisches Haus.«

»Danke. Papa hat es mir gekauft. Er ist ein Engel. Aber ich habe es eingerichtet.« Stella rollte mit einem Apfelkuchen aus der Küche. Fredrik nahm ihr den Teller ab und stellte ihn auf den Tisch. Wenig später erschien Michael mit einer Kanne frisch aufgegossenem Tee.

»Mehr wird nicht geboten«, sagte er.

»Papa!« Stellas Stimme war entrüstet, und Fredrik beeilte sich zu versichern, das sei mehr als genug, während er ihren Händen zusah, die die Räder des Rollstuhls bewegten. Die Muskeln spannten sich unter der Bluse.

Er fragte sich, was wohl von ihm erwartet wurde und warum er hier war. Michael hätte ihn nie mitgenommen, wenn er damit nicht irgendeine Absicht verfolgt hätte. Wusste Stella, was er vorhatte?

Erst nachdem Michael und er eine Weile auf dem Sofa gesessen, die Aussicht in den Garten bewundert und den Tee und den Kaffee, den Stella für Fredrik trotz seiner Proteste aufgebrüht hatte, probiert hatten, begann Michael zu sprechen.

»Meine Tochter ist die fähigste Person, die ich kenne. Sie war es jedenfalls bis vor gut einem Jahr, als sie noch gehen konnte, und sie ist es immer noch, auch nach dem, was geschehen ist. Ich erwähnte ein Unglück, Fredrik. Ich meinte das hier.«

Fredrik schwenkte seine Tasse und wusste nicht recht, was er antworten sollte. Er war sich nicht sicher, ob Stella damit einverstanden war, dass ihr Vater ihr Privatleben mit einem Fremden besprach. Sie schien jedoch weder verärgert noch traurig zu sein. Sie schob eine blonde Strähne beiseite, die in die Stirn gerutscht war, und sah ihn fast fröhlich an.

»Vermutlich interessiert es dich überhaupt nicht, aber viele Menschen möchten gerne etwas über die Ursachen einer Behinderung erfahren, wenn sie jemanden mit einem Handicap treffen. Vielleicht liegt das an dem instinktiven Wunsch, sich selbst zu schützen. Weiß man, wie es zugegangen ist, kann man angemessene Vorsichtsmaßnahmen ergreifen. Gegen eine Behinderung wie die meine kann man sich, glaube ich, nicht schützen. Ich bin von einem Mann angefahren worden, der zu viel getrunken hatte, bevor er sich ans Steuer setzte. Es stellte sich heraus, dass er anderthalb Promille im Blut hatte. Er konnte nicht mehr viel sehen, und mich schon mal gar nicht.«

»Stella, das ist ja furchtbar. Das tut mir leid. Ich …«

»Du brauchst nichts zu sagen, Fredrik. Mir ist klar, dass du das grauenvoll findest. Mir geht es nicht anders. Aber noch schlimmer ist, dass mich der Mann, der das getan hat, anschließend nie im Krankenhaus besucht hat. Er hat keinen

Brief geschrieben, sich nie entschuldigt. Das klingt vielleicht bizarr, aber das ist fast noch schlimmer, als dass ich nicht mehr gehen kann. Von demjenigen, der es verschuldet hat, nie gesagt zu bekommen, dass es ihm leidtut. Dazu kommt, dass er sich seiner Versicherung gegenüber damit rausreden wollte, dass ich nicht auf dem Zebrastreifen gegangen sei. Das stimmte zwar nicht, aber Aussage stand gegen Aussage.«

Auf Stellas Wangen waren zwei rosa Flecken aufgetaucht.

»Ich war auf dem Weg zu einem Restaurant. Es war spät, aber mein Mann hatte Überstunden gemacht, und wir hatten etwas zu feiern. Es war Freitag, und die Straßen, dort wo wir wohnten, waren leer. Alle in dem spießigen Vorort saßen hinter vorgezogenen Gardinen vor dem Fernseher. Ich war schon fast bei der U-Bahn-Station angelangt, da bog ein Auto um die Ecke. Ich überquerte die Straße, wie gesagt auf dem Zebrastreifen, und dachte noch, der fährt wirklich verdammt schnell und außerdem in Schlangenlinien, da kam er schon auf mich zu. Dann erinnere ich mich erst wieder daran, wie ich im Krankenhaus aufwachte, überall Schläuche und geronnenes Blut im Gesicht. Alles tat mir weh. Später wurde mir dann klar, warum.«

Ihr fiel das Haar wieder ins Gesicht, und sie schob es beiseite.

»Eine Weile lang glaubte niemand, dass ich überleben würde. Dann sah es so aus, als bliebe ich für den Rest meines Lebens ans Bett gefesselt. Als sich dann herausstellte, dass ich mit Ausnahme meiner Lähmung wieder ganz gesund werden würde, hatte ich das Gefühl, eine zweite Chance erhalten zu haben. Vielleicht gleicht auch deswegen die Dankbarkeit für das, was mir geblieben ist, die Trauer über das Verlorene aus. Die Trauer darüber, die Beine nicht mehr bewegen zu können. Und die Trauer über den Verlust meines Mannes natürlich.«

»Deines Mannes?«

»Als ihm klar wurde, dass sie nie mehr würde gehen können, hat er sie verlassen. Das Schwein.« Michaels deutscher Akzent war plötzlich sehr deutlich. Stella beugte sich im Rollstuhl vor und strich ihm über die Wange.

»Sag das nicht, Papa. Nicht jeder verkraftet es, ständig von einem Kranken umgeben zu sein. Natürlich hatte ich gehofft, dass sich mein Mann anders entscheiden würde. Er wachte ständig an meiner Seite, das muss man ihm lassen. Er verfolgte meine Fortschritte und freute sich über sie. Irgendwann rief ich ihn an und bat ihn, rasch in die Klinik zu kommen, weil ich ihm etwas Fantastisches mitzuteilen hätte. Er kam direkt von der Arbeit und sah mich im Rollstuhl sitzen. Ich bat ihn, mir dabei zu helfen, die Haare zu waschen, und kam mir fast wieder attraktiv vor, und ich glaube, dass er das auch fand. Er stand einfach da und sah mich lächelnd an. Dann fragte er mich, was ich ihm erzählen wollte. ›Ich kann immer noch Kinder bekommen‹, sagte ich. ›Sie sagen, dass ich immer noch Kinder bekommen kann.‹ Ich beobachtete ihn und dachte, er würde sich freuen, aber stattdessen schien er schockiert zu sein. ›Ich dachte, du würdest mir zeigen, dass du wieder gehen kannst‹, sagte er. ›Nein‹, erwiderte ich. ›Ich werde nie wieder gehen können.‹ In diesem Augenblick wusste ich, dass ich ihn verloren hatte.«

Fredrik wusste nicht, was er entgegnen sollte. Er schaute aus dem Fenster und folgte mit dem Blick einem Vogel, der Richtung Horizont verschwand. Vielleicht ein Zugvogel, der sich verspätet hatte. Einer, der die Heimat verließ, wenn es zu kalt wurde, und wärmere Landstriche aufsuchte. Stella seufzte.

»Früher verlief mein Leben in Riesenschritten. Im Krankenhaus musste ich lernen, mich mit winzigen Stückchen zu begnügen. Ich saß auf der Bettkante und versuchte von dort aus in den Rollstuhl zu gelangen. Ich musste mich dazu um neunzig Grad drehen. Wochenlang kam mir das unmöglich vor. Sie sagten dort: ›Immer nur ein Stückchen weiter.‹ Immer nur ein paar Grad mehr. Schließlich hatte ich es geschafft. Meine Welt ist eine kleine Welt geworden, dachte ich. Glück war eine weiche Decke über den Beinen, und dass man Hilfe bekam, wenn man nach einer Nacht, in der man geschwitzt hatte, duschen wollte. Dass es etwas Gutes zu essen gab und man Appetit hatte. Da erkannte ich, dass alles viel einfacher wurde, wenn man die Perspektive veränderte. Wenn ich mich entschied, die kleine Welt als die große Welt zu betrachten und die große als die kleine. Das hat mich so weit gebracht, dass ich jetzt hier leben kann. Und mit Papas Hilfe natürlich. Ohne ihn wäre nichts möglich.«

Fredrik strich sich über die Augen, um die Erinnerung an etwas zu verdrängen, was sein Vater einmal gesagt hatte. Umarmst du deine Kinder, dann musst du ihnen das ganze Leben lang hinterherputzen.

Stella seufzte.

»Es mag seltsam klingen. Aber ich bin glücklich. Ich glaubte, es nicht überleben zu können, als mich mein Mann verließ, aber sah recht bald ein, dass das eine doppelte Niederlage gewesen wäre. Ich hatte bereits einmal überlebt und hielt es für meine Pflicht, mit diesem Geschenk vorsichtig umzugehen. Dann ging alles sehr gut, als wollte mich das Leben doch noch entschädigen. Ich bin Architektin, und in diesem Beruf sind die Arme schließlich wichtiger als die Beine. Mein altes Büro versicherte mir, ich könne jederzeit zurückkommen. Ich hatte also nichts zu verlieren. Heute arbeite ich wieder als Architektin und beschäftige mich hauptsächlich mit der Inneneinrichtung für Menschen mit Handicap. Da gibt es eine Riesennachfrage, und ich bin dankbar, dass es auf diesem Gebiet inzwischen so rigorose Bestimmungen gibt. Ich habe mehr zu tun, als ich eigentlich bewältigen kann. Außerdem halte ich sowohl bei Behindertenverbänden als auch bei Firmen Vorträge darüber, wie man mit Hilfe innerer Motivation über einen Schicksalsschlag hinwegkommt. Meist reicht es, dass ich in meinem Rollstuhl vor den Zuhörern sitze, um ihnen das Gefühl zu geben, dass sie noch mehr leisten können. Schließlich habe ich es auch geschafft.«

Sie lachte. Fredrik sah ihre kleine rosa Zunge.

»Absurderweise habe ich jetzt auch angefangen, als Model zu arbeiten. Es begann mit Anzeigen für Hilfsmittel für Behinderte. Dann ließ ich mich in einer Frauenzeitschrift abbilden, in der Leute mit einem Handicap neue Frühlingsfrisuren vorführten. Vor dem Unfall wog ich viel mehr, aber in der Klinik habe ich dann radikal abgenommen. Vielleicht hat das auch eine Rolle gespielt. Ist es nicht absurd, dass Übergewicht ein schlimmeres Stigma ist als die Tatsache, dass man nicht mehr gehen kann?«

Fredrik sah, wie sie gestikulierte. Die Entrüstung über den Täter, der sich nie entschuldigt hatte, war verschwunden, und er schämte sich für alles, was er je gehasst hatte, und für jede Rache, die er je geübt hatte. Stella war darüber hinausgewachsen. Er selbst befand sich noch in einem Sumpf aus Schuld, Erniedrigung und Abscheu.

»Ich bin davon überzeugt, dass du, als du noch mehr gewogen hast, genauso schön warst wie jetzt. Ich weiß jedoch nicht ... du bist bewundernswert«, meinte er schließlich.

Stella lachte erneut, und zwar auf eine Art, die ihn an eine Perlenkette erinnerte, die einmal entzweigegangen war. Die Perlen waren eine nach der anderen zu Boden gefallen.

»Danke, Fredrik. Du darfst wiederkommen. Dann wirst du merken, dass es auch eine andere Seite gibt. Natürlich bin ich nicht immer glücklich. Nachts träume ich davon, aufstehen zu können. Dann laufe ich herum. Immer schneller, schließlich renne ich. Wenn ich einmal angefangen habe, kann ich nicht mehr aufhören. Mir bricht der Schweiß aus. Dann erwache ich abrupt und bin vollkommen schweißgebadet. Und meine Beine liegen da, ebenso leblos und tot wie zuvor. Dann denke ich, dass mir nicht nur die Fähigkeit zu gehen fehlt, sondern auch die… Ungewissheit. Mir fehlt die Zeit, in der ich nicht wusste, dass das Leben so schmerzhaft sein kann. Mir fehlt eine Art mentale Unschluld, wenn du verstehst, was ich meine.«

»Ja, ich weiß, was du meinst.« Fredrik schaute in ein Paar fröhliche Augen, aus denen trotzdem die Trauer hervorschimmerte.

Michael erhob sich.

»Es tut mir leid, dass ich dieses nette Zusammensein verlassen muss, aber ich muss zurück ins Fata Morgana«, sagte er. »Kommst du mit, Fredrik?«

Die Frage war rhetorisch. Stella wendete ihren Rollstuhl und versicherte ihnen, sie könne alleine abräumen. An der Tür reichte sie Fredrik die Hand, und dieser hielt sie etwas zu lange fest. Er wünschte sich, sie küssen zu können, sah aber ein, dass das absurd gewesen wäre.

»Danke«, sagte er stattdessen nur. »Und zwar für mehr als den Kaffee und den Apfelkuchen. Ich hoffe, wir sehen uns wieder.«

»Ich hoffe nicht nur, dass wir uns wiedersehen, ich gehe davon aus. Dann tische ich mehr auf als nur Kaffee und Apfelkuchen. Das ist mir etwas zu schwedisch, obwohl es gut ist.«

Sie lächelte und winkte ihnen von der Haustür aus zu, als sie ins Auto stiegen und aus der Einfahrt rollten. Fredrik wusste nicht, was er sagen sollte.

»Ihr Schwedisch ist im Unterschied zu meinem fast perfekt. Miteinander reden wir allerdings nur Deutsch.« Michael beantwortete damit eine Frage, die Fredrik nur ganz am Rande durch den Kopf gegangen war.

»Sie ist fantastisch«, meinte er schließlich, ohne weiter auf Stellas Sprachgefühl einzugehen. Michael antwortete nichts, und sie fuhren schweigend weiter. Sie näherten sich der Stadt, aber dann bog Michael in Richtung der südlichen Vororte ab, die Fredrik nur selten besuchte. Sie fuhren an Gärten und niedrigen Mietshäusern vorbei und hielten dann auf einem Parkplatz neben einer Reihenhaussiedlung. Michael stellte den Motor ab und wandte sich dann an Fredrik.

»Ich schaue mir gerne alte Filme an«, sagte er. »Ich kann sie immer wieder sehen. Diese Filme habe ich aufgenommen, als wir noch eine ganze Familie waren. Als meine Frau noch lebte. Als Stella noch auf dem Rasen herumrannte. Ich sehe diese Beine, die sich bewegen, und denke daran, dass sie den Rest ihres Lebens an den Rollstuhl gefesselt ist, und ich hasse. Das bedeutet nicht, dass ich nicht auch stolz auf sie bin. Aber ich hasse. Ich kann nicht vergeben. Vielleicht könnte ich das, wenn er für seine Tat die Verantwortung übernommen hätte. Aber das hat er nicht. Wie so viele andere. Glaube nur nicht, ich wüsste nicht, wer sie sind. Ärzte, Anwälte und Unternehmer oder auch Bauern und Arbeiter, die überzeugte Nazis waren, als das gefragt war, und dann entlaust zu guten Demokraten wurden. Das ist überall gleich. Natürlich kann man verzeihen, aber wie soll das zugehen, wenn der Täter nicht einmal sein Verbrechen gesteht?«

Er deutete auf eines der Häuser. Aus Backstein. Vor der Garage stand ein rotes Auto, im Garten eine Schaukel.

»In diesem Haus wohnt ein Mann, der ab und zu zu viel trinkt. Er hat eine Frau und drei Kinder. Oder hatte, muss ich wohl sagen. Sie sind nach dem Vorfall ausgezogen. Ich glaube, sie wohnen in einer anderen Stadt, weil sie dort Arbeit bekam. Er hat sich nicht einmal die Mühe gemacht, die Schaukel abzubauen. Das ist wohl so, wenn man zu viel trinkt.«

Er blickte durch das Autofenster. Seine Stimme war belegt.

»Ihm wurde eine Weile der Führerschein entzogen. Ein Monat Gefängnis. Geldstrafe. So viel waren Stellas Beine wert. Sogar das hätte ich akzeptieren können, wenn er sich gemeldet hätte. Aber das hat er nie getan, wie Stella schon gesagt hat. Hat sogar noch gelogen. Hat sich der Zahlung der Versicherungssumme widersetzt. Mit knapper Not ist Herr Ahlenius der Entlassung von seiner Zeitung entgangen und trinkt jetzt vermutlich noch mehr als früher. Glaubst du mir, wenn ich dir sage, dass er immer noch dieses blutbesudelte Auto fährt, obwohl er betrunken ist? Ich habe oft genug hier gestanden und ihm zugesehen, wie er zu seinem Auto wankte. Jedes Mal habe ich die Polizei angerufen. Und haben die was unternommen? Nein. Die halten niemanden auf, der betrunken Auto fährt, wenn am anderen Ende der Stadt ein Mord begangen wird. In diesem Viertel wohnen viele Familien mit Kindern. Wer ist das nächste Opfer? Der kleine Junge aus dem Nachbarhaus, der überfahren wird, wenn er seinen Ball holt, oder die alte Frau an der Ecke, die nicht mehr schnell genug über die Straße rennen kann, wenn Gefahr droht?«

»Michael, ich weiß nicht, worauf du hinauswillst?«

»Das weißt du, Fredrik. Ich habe diese Menschen über, die ungeschoren davonkommen, während ihre Opfer lebenslänglich bekommen. Das kann nicht gerecht sein. Meine Familie und ich, wir wissen was geschieht, wenn man das Gesetz nicht mehr auf seiner Seite hat. Ein gelber Stern auf dem Mantel, und schwupp wird die Gerechtigkeit um 180 Grad verdreht. Der Unterschied ist nur, dass ich mittlerweile handeln kann, wenn ich das will. Ich bin durch den Schaden und die Erfahrung klug geworden.«

Michael beugte sich zu ihm vor. Die Augen, die eigentlich fanatisch hätten leuchten müssen, wirkten nur unendlich traurig.

»Ich will hiermit *Kleopatras Kamm* den Auftrag erteilen, Esbjörn Ahlenius zu liquidieren. Ich bin mir sicher, dass ihr über die richtigen Kontakte verfügt, um diesen Auftrag auszuführen. Wenn ihr das tut, kannst du das Fata Morgana übernehmen. Ich überschreibe dir das Lokal, sobald die Sache erledigt ist. Dann besitzt du eines der besten Nachtlokale in Stockholm.«

KAPITEL 20

Nach Möglichkeit mied Anna die Gesellschaft von Mari und Fredrik. Papas Umzug hatte ihr einen Grund gegeben, sich fernzuhalten, und dafür war sie dankbar. Die reservierte Wohnung in Dalarna stand bereit und war möbliert. Als Papa die Nachricht erhalten hatte, hatte er sich nur umgesehen und gemeint, die alten Sachen in seiner Wohnung seien ihm gleichgültig, außerdem sei das ohnehin bald nicht mehr sein Zuhause.

»Wenn ich ein neues Leben anfange, kann ich es auch gleich richtig machen. Wenn es dort Möbel gibt, dann muss ich diesen Schrott gar nicht erst mitschleppen«, erklärte er unsentimental. Zusammen packten sie ein paar Taschen mit Kleidern und persönlichen Habseligkeiten zusammen, auch die Geige. Die Wohnung zu verkaufen würde dauern, falls sie sich nicht ohnehin entschlössen, sie möbliert zu vermieten. Aber das konnten sie später entscheiden. Im Augenblick erschien ihnen das nicht wichtig.

Die Fahrt dauerte einige Stunden. Mit jedem Kilometer, den sie zurücklegten, wirkte Papa jünger. Er öffnete das Seitenfenster, und der Fahrtwind fuhr ihm durch seine wenigen verbliebenen Haarbüschel, und er sang bei den alten Schlagern im Autoradio mit. Irgendwann wandte er sich ihr zu und meinte, er fühle sich wie der Held in einem Roadmovie. Die Art, wie er das amerikanische Wort aussprach, brachte sie zum ersten Mal seit langem richtig zum Lachen. Dann hielten sie am Rand der Landstraße an, breiteten eine Decke aus und tischten das Picknick auf. Papa aß mit gutem Appetit, er stand fest auf seinen Beinen und atmete gleichmäßig, zog allerdings ab und zu ein Taschentuch hervor, um sich den Schweiß aus der Stirn zu wischen.

Sie erreichten sein neues Domizil am Nachmittag. Die Leiterin, Gun, empfing sie und meinte, dass sie ja sogar das Wetter willkommen heiße. Der gepflegte Garten duftete nach Herbst, verhieß aber bereits den Frühling. Der gemähte Rasen ging in die wilden und weitläufigen Hügel über. Zusammen betraten sie Papas neue Wohnung, die sehr hell war und hübsch mit Kiefernmöbeln möbliert. Viele waren aus Holz aus der Gegend. Als sich Papa in einen der Sessel am Fenster sinken ließ, erübrigten sich die Worte. Schweigend genossen sie die Aussicht, ehe sie begannen, einige der Kleider im Kleiderschrank aufzuhängen. Wenig später erschien Gun und lud sie zum Abendessen ein. Im Speisesaal, einem weitläufigen und gemütlichen Raum mit großen Fenstern auf einer Längsseite, saßen mehrere ältere Männer und Frauen bereits am Tisch. Papa erhielt einen Platz an einem dieser Tische, Gun und sie nahmen an einem anderen Platz.

Der Fischeintopf schmeckte nach Liebe und nicht nach Altenheim. Während Anna aß, sah sie, dass ihr Vater bereits in ein lebhaftes Gespräch verwickelt war. Die Frauen an seinem Tisch schienen sich zu freuen, dass ein neuer Mann zu ihnen gestoßen war, für den sie sich schön machen konnten. Gun erklärte die Abläufe, wann gegessen wurde, was für Aktivitäten angeboten wurden. Im Nachbarhaus gab es eine Pflegeabteilung. Ärztliche Untersuchungen wurden regelmäßig durchgeführt. Anna war den Tränen nahe. Dass es in diesem Land, in dieser Gesellschaft, möglich war, ein Altenheim zu finden, in dem das Leben lebenswert war und in dem man dann auch noch krank werden und sterben durfte, erleichterte sie ungemein. Dann erinnerte sie sich jedoch daran, dass auch das Paradies seinen Preis hatte und dass sie das Geld einem Pakt mit dem Teufel verdankte. Sie beschloss jedoch vorübergehend eine große schwarze Persenning über ihr Gewissen zu ziehen. Das hier war gut. Das hier musste gut sein. Punkt.

Sie blieb über Nacht. Zum Tee am Morgen gab es frischgebackenes Brot. Dann packte sie Papas restliche Sachen aus und unternahm mit ihm einen Spaziergang. Wann war er zuletzt so glücklich gewesen? Am Nachmittag wollte er mit ein paar anderen Karten spielen, und abends stand ein Konzert auf dem Plan. Bevor sie fuhr, nachdem sie versprochen hatte, sich bald zu melden, umarmte er sie so fest, dass es weh tat.

»Kleine Anna …«, sagte er immer wieder. Dann tätschelte er ihr die Wange. Kleine Anna. Diese Worte enthielten alles. Du und ich. Als sie ihn im Rückspiegel winken sah, wurde sie von ihren Gefühlen überwältigt. Zuhause angekommen, stürzte sie, ohne sich Schuhe und Mantel auszuziehen, ans Telefon. Mit zitternden Fingern wählte sie die Nummer. Nach dem dritten Klingeln hatte sie ihn am Apparat.

»Hier ist Greg.«

Sie konnte nichts sagen. Das Zittern ihrer Finger erfasste alle ihre Glieder. Sie hörte Greg am anderen Ende. Er fragte, wer dran sei, er höre nichts. Seine Stimme kam ihr lächerlich bekannt vor, obwohl es fast ein Jahr her war, dass sie sich zuletzt unterhalten hatten. Nach einer Weile forderte er den Anrufer mit freundlicher Stimme auf, es einfach wieder zu versuchen, und legte dann auf. Sie setzte sich aufs Sofa und presste die Arme an sich.

Zwei Stunden später wiederholte sie den Versuch. Sie hatte sich mit Wein gestärkt und ein paar Sätze zurechtgelegt.

»Hier ist Greg.«

»Hallo, Greg. Hier ist Anna.«

Die Stille am anderen Ende war voller Zärtlichkeit.

»Anna…« Zögernd, aber voller Freude. Der weiche, australische Akzent.

»Ja, ich bin das, Greg. Störe ich?«

Die Standardbemerkung, um Zeit zu gewinnen. Greg lachte.

»Anna, du solltest mich besser kennen. Es ist ziemlich spät. Glaubst du, ich arbeite an etwas, das so wichtig ist, dass ich es nicht beiseitelegen könnte, um mich mit dir zu unterhalten?«

»Entschuldige.«

»Seit wann entschuldigen wir uns?«

»Oh, Greg…« Sie begann zu weinen.

»Anna, ist was passiert?« Gregs besorgte Stimme. Der Wunsch, sich in seine Arme zu kuscheln, war überwältigend.

»Nein. Das nicht. Oder genauer gesagt, doch. Ich weiß nicht, wie ich es dir erklären soll, oder ob es sich überhaupt am Telefon erklären lässt… aber ich wollte so gerne deine Stimme hören, und…«

»Dann komm halt her, und erzähle es mir.«

Wie gut er sie doch kannte. Er wusste, was sie wollte und worum sie ihn nie hätte bitten können.

»Ist das dein Ernst?«

»Anna, tu nicht so. Du kennst mich. Willst du herkommen? Ich habe zwar gerade erst die Fotos von dir abgehängt und die Sachen, die du vergessen hattest, weggeräumt. Dass es dir auch immer gelingt, das mit mir zu machen. Anna…«

Schweigen.

»Fanditha hat sich in ihrem alten Zimmer eingerichtet«, sagte er nach einer Weile, da ihm klar war, dass es ihr schwergefallen wäre, danach zu fragen.

»Will sie auf dem Hausboot wohnen?«

»Wenn ich sie recht verstanden habe, zumindest eine Weile. Sie hat jedenfalls nichts anderes gesagt. Aber ich habe mich angestrengt. Ich habe das Deck geschrubbt. Abgestaubt. Einen Blumentopf für den Tisch gekauft. Kannst du dir das vorstellen? Ich mit Schürze?«

»Und nichts drunter.«

Sie lachten beide. Anna wischte sich mit dem Handrücken die Tränen von den Wangen.

»Es scheint ihr gut zu gehen. Wir waren abends lange auf und haben uns unterhalten. Ich finde, sie wirkt offener und fröhlicher als bei ihrem letzten Besuch. Sie hat Erfolg, aber das weißt du ja. Vielleicht macht unsere Tochter ja an der Uni Karriere.«

»Was für eine Strafe.«

»Sag das nicht, Anna. Du bist genauso stolz wie ich.«

»Es reicht, wenn du stolz bist. Was ich meine, ist ihr egal.«

»Bullshit!«

»Darf ich wirklich zu euch kommen? Ich vertreibe auch… niemanden?«

»Du bist immer willkommen, Anna. Was auch immer du sein willst, habe ich mich ein für alle Mal entschieden, dass du meine allerbeste Freundin bist. Für eine beste Freundin gibt es immer zumindest ein Bett…«

»Greg, Liebster…«

»Sag nicht zu viel. Wann wolltest du kommen?«

»Ich weiß nicht recht. Vielleicht in ein paar Tagen. Oder in ein paar Wochen. Darf ich so vage sein? Glaubst du, Fanditha hat etwas dagegen, dass ich komme?«

»Nein, das glaube ich nicht. Und du darfst gerne so vage sein.«

»Greg, ich glaube, ich liebe dich.«

»Ich weiß, dass ich dich liebe, Anna.«

»Schlaf gut.«

»Erst zünde ich noch eine Kerze an und denke an dich. Wie schon so oft.«

Nachdem sie aufgelegt hatte, merkte sie, dass ihre Handflächen feucht waren. Sie ging zum Kleiderschrank und nahm

Kleider heraus. Sie überlegte sich, wie sie packen sollte. Ordentlich wie Fanditha, um zu üben, oder rasch wie im Kino? Im Film kam immer ein Foto ganz zuoberst in den Koffer. Sie konnte eines von Papa oder vielleicht auch das von Greg und Fanditha nehmen. Beide steckten voller Erinnerungen.

Sie hatte gerade erst ein Nachthemd zusammengefaltet und ganz unten in ihre Reisetasche gelegt, als es an der Tür klingelte. Es war neun Uhr, und Anna überlegte sich, ob es wohl Elsa Karlsten sein konnte. Sie hatte es in der letzten Zeit vermieden, zum gegenüberliegenden Haus hinüberzusehen, weil sie Angst hatte, Elsa oder, noch schlimmer, das Gespenst von Hans Karlsten könnte aus einem Fenster zu ihr hinüberschauen.

Sie öffnete. Als sie Mari erblickte, war sie zuerst erleichtert. Dann bemerkte sie ihren Gesichtsausdruck, der nichts Gutes verhieß.

»Ich habe mir schon überlegt, wer das sein könnte. Komm rein.«

Sie trat beiseite, und Mari ging wortlos in die Küche und warf ihren Mantel über eine Stuhllehne. Anna folgte ihr. Ihr fiel auf, dass Mari das Haar hatte wachsen lassen. Ihre grüne Bluse schmeichelte ihren Rundungen, aber auf eine Art, die ihr Autorität verlieh. In ihrem ungewöhnlich tiefen Ausschnitt hing ein keltisches Kreuz.

Sie hatten nicht wieder von David gesprochen. Jedenfalls nicht mehr, seit sie gesagt hatte, David sei tot, und Mari solle aufhören, mit einem Gespenst zusammenzuleben. Irgendwie hatte sie vermutet, dass es Mari schwerfiel, die Liebe zu dem Mann, der ihr einmal so viel bedeutet zu haben schien, loszulassen. Was in Irland geschehen war, hatte ihre Freundin verändert. Verschlossen und in sich gekehrt war sie immer gewesen, aber etwas von ihrer Unschuld war verschwunden und von einem durchdringenden Glanz in ihren Augen abgelöst worden. Mit anzusehen, wie der Geliebte

Selbstmord beging, musste ein furchtbares Erlebnis gewesen sein.

Anna schloss die Augen und sah vor sich, wie Greg ins Wasser tauchte und nicht mehr an die Oberfläche kam. Es schauderte sie. Trotzdem glaubte sie von sich, so einen Fakt akzeptieren zu können. Ihre Unterhaltungen über David hatten sie vermuten lassen, dass das bei Mari nicht der Fall war. Dass diese sich in die Fantasie geflüchtet hatte, um die Wirklichkeit aushalten zu können. Diese Überlegungen hatten zu weiteren Fragen geführt, die die Vorfälle der letzten Wochen betrafen. Vielleicht war Mari gar nicht die, für die sie sich ausgab? Genau wie *Kleopatras Kamm* im Britischen Museum.

»Ist was passiert?«, fragte sie abwartend und dachte, dass das genau Gregs Worte gewesen waren.

»Wo warst du?«, Maris Antwort war eine Frage.

»Ich habe Papa in dem Heim in Dalarna abgegeben, von dem ich dir und Fredrik erzählt habe. Bist du hergekommen, um mich danach zu fragen?«

Mari hielt mit ihrer Linken das Kreuz umklammert, das sie um den Hals trug.

»Ich habe den ganzen Tag im Café gearbeitet. Und heute Abend auch. Ich habe versucht, für diese unglückliche Frau, die letzte Woche hier war, einen Modeleitfaden zusammenzustellen. Dann habe ich mir die Buchführung dieser EDV-Klitsche angeschaut. Wir haben es schließlich nicht nur mit Mordaufträgen zu tun. Aber das kann sich natürlich ändern.«

»Wie meinst du das?«

»Ich meine, dass es schon wieder so weit ist! Ich saß wie gesagt hier im Café und habe gearbeitet, da kam Fredrik rein. Er war ziemlich aufgeregt, und wir unterhielten uns lange über Dinge, von denen ich später erzählen kann. Als ich bald darauf nach Hause ging, war Fredrik noch da. Er sagte, er müsse noch ein paar Sachen erledigen. Ich war schon fast zu Hause, da klingelte mein Handy. Es war Fredrik. Er war vollkommen außer sich, und es fiel mir schwer zu verstehen, was er sagte. Er weinte, Anna. Schließlich gelang es ihm dann aber doch, mir zu erzählen, dass es kurz nachdem ich gegangen war, an der Tür zum Büro geklopft hätte. Es war Jo. Sie hatte den Mann, mit dem du dich bei der Beerdigung unterhalten hattest, reingelassen. Martin Danelius.«

»Martin Danelius? Ich dachte…«

»Was dachtest du?«

Anna schluckte.

»Ich hätte nicht gedacht, dass er noch einmal auf seine Anfrage zurückkommt. Ich weiß, dass wir das nicht mehr weiter mit ihm besprochen haben. Aber ich habe die ganze Zeit den Kopf in den Sand gesteckt und von nichts etwas wissen wollen.«

»Er hat seine Bitte auch nicht wiederholt.«

»Was wollte er dann?«

»Errätst du es nicht?«

Das Blut begann hinter Annas Schläfen zu pochen.

»Du meinst…?«, brachte sie mit Mühe über die Lippen und griff nach dem Weinglas, das noch auf dem Küchentisch stand. Mari sah sie beinahe spöttisch an.

»Genau das meine ich. Martin Danelius wollte uns dafür danken, dass seine Ehefrau endlich Frieden gefunden hat. Sie ist vor einigen Tagen in der Klinik gestorben.«

Das Geräusch von splitterndem Glas ersparte ihr die Antwort. Dafür empfand sie einen sofortigen, durchdringenden Schmerz. Anna starrte auf ihre Hand. Sie hatte das Glas mit der Hand zerquetscht. Auf dem gesamten Tisch lagen Scherben, ein funkelnder Regen, aber einige Splitter hatten sich in ihre Hand gebohrt. Dunkles Blut lief vermischt mit Wein aus einer Wunde in der Handfläche über den Arm. Mari sprang von ihrem Stuhl auf.

»Anna, du meine Güte!«

Die Konturen der Umgebung gewannen an Schärfe. Eine

wunderbare Sekunde lang schwebte sie durch einen schwerelosen Traum, bis sie wieder zu sich kam. Sie merkte, dass sie auf dem Fußboden lag. Mari kniete neben ihr und versuchte, mit einer Pinzette die Splitter aus ihrer Hand zu entfernen. Anna wollte aufstehen, aber Mari drückte sie zu Boden.

»Lieg still, dann kriege ich die auch noch raus. Sonst hast du den Rest deines Lebens Splitter im Körper.«

»Mach mir keine Angst.«

»Das ist mir offenbar bereits gelungen.«

Anna blieb liegen, bis Mari ihr erlaubte, aufzustehen und die Hand mit kaltem Wasser abzuspülen. Währenddessen war Mari ins Badezimmer gegangen. Jetzt kam sie mit einer Mullbinde zurück und wickelte sie vorsichtig um die Hand.

»Du musst zum Arzt. Das hier ist nur provisorisch.«

»Ich wusste gar nicht, dass du dich so gut auf Verbände verstehst.«

Mari machte eine Grimasse, die nicht zum Ausdruck ihrer Augen passte.

»David hat sich oft beim Kochen geschnitten. Manchmal glaube ich fast, dass er das absichtlich tat. Er liebte es, wenn man ihn bemutterte, und ich muss zugeben, dass ich dagegen auch nichts einzuwenden hatte. Das führte immer zu vorbehaltloser Liebe, wenn du verstehst, was ich meine.«

»Oh. Du bist doch sonst nicht …«

»… so aufrichtig, wolltest du doch sagen? Ja, es gibt keinen Grund mehr, weiterzuheucheln. Vielleicht rettet uns nur noch die Ehrlichkeit aus der Situation, in die wir geraten sind.«

»Mari …«

»Warst du ehrlich, Anna? Weißt du Dinge, die du mir nicht erzählt hast? Wusstest du beispielsweise, dass Fredrik sehr viel Zeit in einem Club in der Altstadt verbringt, der Fata Morgana heißt und in dem Männer in Frauenkleidern auftreten?«

Anna sah sie erstaunt an. Sie hatten sich wieder an den

Tisch gesetzt, und sie versuchte, die Hand ruhig zu halten, damit das schmerzhafte Pochen aufhörte. Besorgt stellte sie fest, dass Mari zwar offenbar das Meiste aufgewischt hatte, dass aber noch immer Glassplitter auf dem blutfleckigen Tisch lagen.

»Pornographie?«

»Ganz und gar nicht. Eher Travestieshow. Revuesongs. Altmodisch und durchaus mit Stil, falls du verstehst, was ich meine. Vielleicht ist das aber nicht so wichtig. Ich glaube, dass Fredrik was mit einem der Männer hat, die dort auftreten. Ich habe doch gesagt, dass er sehr aufgebracht war, als er heute ins Café kam. Vielleicht wagte er es ja deswegen, sich zu öffnen. Er sprach von einer Person namens Miranda, die eine sehr enge Freundin zu sein schien. Aber wenn ich ihn richtig verstanden habe, dann ist diese Miranda ein Mann, der in Frauenkleidern auftritt.«

»Und Fredrik hat ein Verhältnis mit ihm?«

»Ich glaube, dass er das zu verstehen geben wollte, obwohl er sehr unzusammenhängend sprach. Er sagte, sie seien schon längere Zeit mit Unterbrechungen zusammen, aber dass er sie eigentlich loswerden wolle… er wisse aber nicht, wie er das anfangen solle. Sie, oder genauer gesagt, er, schien ihn irgendwie in der Hand zu haben. Ich versuchte ihn zu fragen, aber er wollte nicht antworten, sondern begann stattdessen von dem Mann zu reden, dem dieses Lokal gehört. Er heißt Michael und hat offenbar eine Tochter, die im Rollstuhl sitzt. Fredrik faselte, es sei jetzt aus mit uns, da Michael sich für die Beine seiner Tochter rächen wolle. Offenbar wurde sie von einem Mann angefahren. Dieser Mann heißt Esbjörn Ahlenius. Fredrik nannte fast wie ein Mantra mehrmals seinen Namen. Ich weiß nicht, ob Fredrik damit andeuten wollte, dass wir es mit einem weiteren Mordauftrag zu tun haben. Als ich nach den Details fragte, war er auf einmal still. Versuchte es als einen Witz abzutun, so wie er das immer macht.«

Anna schwieg eine Weile.

»Und du kennst dieses Fata Morgana? Schließlich weißt du, wie es dort aussieht? Und du hast kein Wort zu mir gesagt …?«

»Du warst in den letzten Tagen schließlich auch nicht sonderlich mitteilsam.«

»Und Fredrik hat auch nichts gesagt. Hattest du den Eindruck, dass er versuchen wollte, zu sagen, er sei immer schon schwul gewesen, oder geht es hier um etwas anderes?«

»Ich wollte nicht fragen. Aber ich glaube tatsächlich nicht, dass er … ich meine … ich bot ihm an dem Abend, an dem ich das Fata Morgana besucht hatte, an, zu mir nach Hause zu kommen, und hätte er das getan …« Sie beendete den Satz nicht.

Anna stellte sich Fredrik und Mari in einem Bett vor. Bei diesem Gedanken wurde ihr etwas unwohl, vielleicht weil sie selbst nicht beteiligt war.

Mari stützte ihren Kopf in die Hände. »Ich will nicht glauben, dass Fredriks komisches Verhalten etwas mit Martin Danelius' Frau zu tun hat«, sagte sie. »Aber jetzt ist noch offensichtlicher geworden, dass wir uns nicht so gut kennen, wie ich glaubte. Wir drei. Und wenn Fredrik Geheimnisse vor uns hat …«

»Habe ich vielleicht auch welche.«

»Oder ich.«

Anna streckte ihre unversehrte Hand aus und legte sie auf Maris. Sie hatte das Gefühl, ihre Hand auf einen kleinen, etwas feuchten Stein zu legen.

»Kannst du vielleicht noch etwas ausführlicher erzählen, was Martin Danelius gesagt hat?«, fragte sie vorsichtig und mit so fester Stimme wie möglich.

Mari zog ihre Hand nicht weg.

»Ich weiß auch nicht mehr als das, was Fredrik mir erzählt hat«, erwiderte sie. »Er war wie gesagt sehr erregt. Martin Danelius sei ins Büro gekommen und habe erzählt, seine Frau sei einige Tage zuvor verstorben. Soweit ich verstanden habe, war da nichts weiter dabei. Anna Danelius war schwer krank und hat den Geist aufgegeben, nachdem sie jahrelang im Koma gelegen hatte. Martin Danelius wurde aufgefordert, zu erscheinen, und das tat er, und dann hat er wohl von seiner Frau Abschied genommen. Er hatte ein paar Tage damit gewartet, zu uns zu kommen, da er Zeit brauchte, um sich zu sammeln. Aber offenbar war er unerhört dankbar. Erzählte etwas davon, dass er nie zu hoffen gewagt hätte, dass das Gespräch mit dir so rasch zu einem Resultat führen würde. Er sagte, es sei ihm vollkommen schleierhaft, wie wir es angestellt hätten, aber es sei ihm klar, dass wir hinter der ganzen Sache steckten. Vom Honorar sprach er auch. Von einem Konto auf den Kaiman-Inseln war die Rede.«

Anna betrachtete ihre verletzte Hand. Das Blut war an einer Stelle unterhalb des Handgelenks durch den Verband gedrungen. Sie schloss die Augen und versuchte, sich auf etwas anderes als das Pochen in den Fingern zu konzentrieren.

»Als wir uns bei der Beerdigung unterhielten, hat Martin Danelius nicht erwähnt, in welchem Krankenhaus seine Frau lag oder wie es in ihrem Zimmer aussah …«

Sie unterbrach sich und versuchte sich zu sammeln. Ruhige Atemzüge. Auf den Grund zu sinken dauerte sicherlich seine Zeit. Gregs Tauchkünste.

»Ich könnte wirklich hysterisch schreien. Aber ich will versuchen, mich zu beherrschen. Verzeih mir, wenn ich gefühllos wirke, aber sonst weiß ich nicht, wie wir mit dieser Sache klarkommen sollen. Anna Danelius ist tot. Hans Karlsten ebenfalls. Was kann passiert sein?«

Sie hielt ihre unverletzte Hand hoch und streckte die Finger einen nach dem anderen aus.

»Wir könnten es mit zwei ganz natürlichen Todesfällen zu tun haben. Hans Karlsten ist in seinem Bett gestorben, Anna Danelius im Krankenhaus. Beide waren krank, Anna Danelius war schwer krank. Niemand scheint einen Verdacht zu hegen, es könne etwas nicht mit rechten Dingen zugegangen sein. Wenn wir die Vorgespräche mit *Kleopatras Kamm* einmal außer Acht lassen, so hat nichts Unlauteres stattgefunden.«

Stattgefunden. So hätte Fredrik das auch ausgedrückt. Anna hätte schreien können, nahm sich aber zusammen.

»Es wäre natürlich auch denkbar, dass eine der Personen eines natürlichen Todes gestorben ist und dass die andere ermordet wurde, und zwar vermutlich von ihrem Partner. Es besteht aber auch die Möglichkeit, dass beide von ihren jeweiligen Partnern ermordet worden sind. Elsa Karlsten könnte ihren Mann umgebracht haben, genauso wie Martin Danelius seine Frau umgebracht haben könnte. Ich weiß nicht wo, wann oder wie, aber ich könnte mir vorstellen, dass Elsa das Kissen dazu benutzt hat, von dem sie sprach. Oder eher diese Tabletten, die sie ihm unter seine Medizin mischen wollte. Und Martin? Kann man eine Beatmungsmaschine ausschalten? Wie auch immer. So könnte es gewesen sein. Das wäre absurd und furchtbar, aber trotzdem. Eine vierte Möglichkeit wäre, dass Elsa Karlsten hinter den beiden Todesfällen steckt. Eine schwache, unterdrückte Ehefrau hat sich innerhalb kürzester Zeit in eine sehr tatkräftige Dame verwandelt. Vielleicht hat sie uns ja die ganze Zeit getäuscht? Beim Ehemann lief es sehr gut, und das gab ihr den Mut und die Stärke, einem guten Freund zu helfen. Den umgekehrten Fall, dass Martin Danelius für beide Todesfälle verantwortlich sein soll, halte ich für wenig wahrscheinlich. Ich glaube nicht, dass er Hans Karlsten auf dem Gewissen hat. Bist du meiner Meinung?«

Mari starrte vor sich hin, ohne etwas zu sehen.

»Ich gebe dir recht, dass all das denkbar wäre. Ich will, dass es so ist, weil alles andere bedeuten würde, dass es einer von uns getan hat.«

Jetzt war es gesagt, und die Worte krochen wie Giftschlangen auf dem Boden herum. Anna fiel auf, dass Maris blondes Haar golden glänzte. Das schöne Kreuz, das sie um den Hals trug, konnte sie nur in Irland gekauft haben. Sie beugte sich über den Tisch und strich Mari über die Wange. Wenn man nicht fragte, konnte einem die Antwort egal sein.

»Mari«, flüsterte sie vorsichtig. Das reichte. Mari beugte sich ebenfalls über den Tisch und begann zu weinen, erst leise, dann verzweifelt. Das Schluchzen ging nach einer Weile in ein Gejammer über. Anna nahm zwei Gläser aus dem Schrank und eine der Whiskyflaschen, die sie aus der Wohnung ihres Vaters mitgenommen hatte. Er hatte ihr seinen Vorrat bis auf seine Lieblingsflasche vererbt. Als Anzahlung für etwas, was sich ohnehin nicht zurückzahlen lässt, hatte er gesagt. Sie schenkte ein und reichte Mari das eine Glas.

»Nimm. Ich weiß, dass du keinen Whisky magst, aber nimm ihn trotzdem.«

Mari leerte die bernsteingelbe Flüssigkeit in einem Zug. Anna tat es ihr gleich. Als ihr der Alkohol durch die Kehle floss, brannte ihre Hand wie Feuer. Nur mit Mühe konnte sie ein Wimmern unterdrücken.

»Anna, was tun wir nur?« Maris Frage war eine Mischung aus Hysterie und einem Versuch der Selbstbeherrschung.

»Wir gehen davon aus, dass beide Todesfälle eine natürliche Ursache haben. Ich kann mit Elsa Karlsten und Martin Danelius sprechen, wenn du willst. Sie von unserem Standpunkt unterrichten und dann sehen, was sie über das Geld sagen. Im zweiten Fall ist schließlich noch kein Geld geflossen. Und was Elsa angeht... Seltsamerweise bin ich mir unsicherer, was sie betrifft. Vielleicht dürfen wir das Geld ja behalten, damit wir nichts über ihre Bitte verlauten lassen, ganz gleichgültig, wer es gewesen ist. So werde ich es natürlich nicht formulieren. Aber vermutlich wird sie die Sache so sehen.«

»Ist sie jetzt zu Hause?«

Anna erhob sich, ging zur Haustür und öffnete sie. Das Haus gegenüber sah unbewohnt aus, aber in einigen Fenstern brannte Licht. Es hatte angefangen zu regnen, ein Schneeregen, der den Garten in Morast verwandelte und die Konturen der Landschaft ausradierte. Sie kehrte zu Mari zurück.

»Es brennt Licht. Sie müsste also zu Hause sein. Aber ich will jetzt nicht mit ihr sprechen.«

»Nein. Geh jetzt nicht. Lass mich nicht allein. Bitte!«

Mari erhob sich, eilte auf sie zu und umarmte sie. Anna spürte ihren Körper an ihrem und lehnte einen Augenblick lang ihren Kopf resigniert auf Maris Schulter. Sie spürte die Rundungen der Brüste an ihren eigenen und dachte, dass alles so einfach sein könnte. Es fehlte nur Fredrik. Fredrik. Sofort machte sie sich Sorgen und wusste, dass diese Unruhe schon die ganze Zeit da gewesen war. Natürlich.

»Wo ist Fredrik im Augenblick?«

»Ich weiß nicht.« Mari machte sich aus ihrer Umarmung los und sah sie mit ihrem tränenverquollenen, geröteten Gesicht an. »Er hat mir das alles erzählt und dann aufgelegt. Fast mitten im Satz. Ich habe zurückgerufen, aber er ist nicht drangegangen. Dann hatte ich nur noch den einen Gedanken, so schnell wie möglich zu dir zu fahren.«

»Hat er dir irgendeinen Anhaltspunkt gegeben, wo er hinwollte? Versuch dich zu erinnern. Ich glaube, das ist wichtig.«

Mari bemerkte ihre Unruhe und versuchte sich zu konzentrieren.

»Er sprach von Martin Danelius… von dem Mord… davon, dass wir erledigt seien. Vielleicht hat er auch Miranda erwähnt. Ich weiß nicht recht. Vielleicht bringe ich es auch mit dem durcheinander, was er mir zuvor im Café erzählt hat. Aber vielleicht hat er wirklich etwas von Miranda gesagt. Dass er gezwungen sei, sich jetzt zu entscheiden. Dass er es leid sei.

›Keine Illusion‹, hat er gesagt. Kann er das gesagt haben. Keine Illusion?«

Anna war an der Haustür.

»Wir müssen Fredrik finden«, sagte sie. »Vielleicht weißt du ja besser als ich, wo wir suchen müssen.«

KAPITEL 21

Böse Augen. Schleimige Lippen. Sich windende Schlangen. Moor, Erde, Duft von Tannennadeln. Und die Worte eines alten Mannes. Danke für das, was ihr getan habt. Danke, dass ihr meiner Anna über den Abgrund geholfen habt. Auf die andere Seite. Jetzt ist sie frei. Ich bin frei. Meine Dankbarkeit wird bis ans Ende der Zeit dauern.

Das Ende der Zeit.

Fragen. Sie ist also tot. Seit einigen Tagen. Die Überraschung im Gesicht des Mannes. Wussten Sie das nicht? Ich wagte nicht zu glauben, dass Sie es tun würden. Dass Sie es könnten. Zahlen. Natürlich. Trauer, sicherlich. Der Tod ist abschließend. Die Trauer ebenfalls. Aber nicht das Leiden. Das Leiden setzt sich in alle Unendlichkeit fort. Jetzt hat ihre Unendlichkeit ein Ende gefunden.

Der Schrecken.

Weitere Fragen. Wie kann ich nur fragen? Wie kann ich so tun, als sei ich normal? Würmer unter der Haut. Eine verletzte Seele. Schuld. Du hast die Kaninchen nicht retten können. Du hast Anna Danelius nicht retten können. Du hast geglaubt, du könntest Michaels Bitte um einen weiteren Mord ignorieren. Grauenvoll, aber durchaus durchführbar. Abwehren und fliehen. Wie naiv. Jetzt sind zwei Menschen gestorben. Wird ein dritter sterben?

Das muss ich verhindern.

Zahlen. Kaiman-Inseln. Ein Konto. Lachen. Eine ausgestreckte Hand. Ein Gewehr. Die Flucht. Dank. Komm zurück. Muss … einfach … weg. Ciao. Eine geschlossene Tür.

Schweigen. Nur das Echo von Schritten. Seine eigenen. Auf dem Bürgersteig. Ein Mann auf der Flucht. Ein Mann?

Während Fredrik rannte, spürte er die pochenden Worte in sich, als seien sie blutgefüllt. Als sei jedes Wort sein eigenes Herz, das leise pochend die Wahrheit preisgab. Danke. Dass. Ihr. Meiner. Frau. Halft. Und vorher noch Michael. Liquidiere Herrn Ahlenius. Das Fata Morgana besitzen. Wie kann man nur eine Illusion besitzen. Eine. Illusion.

Er hatte sofort Mari angerufen. Das war wie ein Reflex gewesen, nichts, was etwas mit Logik zu tun gehabt hatte. Ihre Stimme hatte ausgereicht, um ihn wieder zur Vernunft zu bringen. Gerade noch rechtzeitig hatte er das Geständnis zurückgehalten. Aber sie hatte erfahren, was geschehen war. Sie würde es Anna mitteilen. Sie würden es erfahren.

Alle würden es erfahren.

Er sah hoch, sah das graue Wasser bei Slussen an die Kaimauer schlagen und realisierte, dass er hierher auf dem Weg gewesen war. Zur Illusion. Trotzdem wollte er nicht. Er wollte nicht ins Fata Morgana. Er wollte nicht zu ihm. Zu ihr. Zu Miranda. Er wollte in die Wirklichkeit.

Bei diesem Gedanken hielt er inne. Er zog rasch sein Handy aus der Tasche und wählte. Er hatte das Gefühl, sein schwarzer Hemdkragen würde am Hals scheuern. Kalte Panik. Die Sonne ist weg. Das Herz der Dunkelheit. Michaels Stimme.

»Hallo, Fredrik? Kommst du?«

Seine Frage, undeutlich wie die eines kleinen Jungen. Lieber Papa. Bitte.

»Natürlich kannst du die bekommen. Nicht dass ich jedem x-Beliebigen die Adresse meiner Tochter geben würde. Aber zufälligerweise ist es so, dass sie mich recht bald nach unserem Besuch um deine Telefonnummer gebeten hat. Sie wollte auch noch so einige andere Dinge wissen, und ich habe ihr erzählt, was du auch gerne selbst über dich gehört hättest. Ich mag dich sehr, Fredrik, das weißt du. Meine Tochter liebe ich bis zum Wahnsinn. Hier hast du ihre Adresse. Du weißt auch, was ich mir für einen Ausgang wünsche.«

Er versuchte den Namen der Straße zu behalten, indem er ihn sich immer wieder vorsagte. Nach einer Weile kreiste es mit den anderen Worten in seinem Kopf, und er hätte fast zu spät den Arm gehoben, um das Taxi anzuhalten, das an ihm vorbeiraste. Vorbeiflog. Nein, vorbeihoppelte. Wie ein Kaninchen.

Erst als er im Taxi saß, kamen die Tränen. Er wusste nicht, ob es dem Taxifahrer auffiel oder ob es ihn kümmerte. Es war ihm gleichgültig. In verzweifelter Trauer über alles schlug er die Hände vors Gesicht und weinte in wortloser Panik, bis er vollkommen leer war. Dann wischte er sich rasch die Tränen aus dem Gesicht und vermutete, dass er erbärmlich anzusehen sein würde, wenn ihm Stella die Tür öffnete. Dann sah er ein, dass das sein erster vernünftiger Gedanke war, seit Martin Danelius in der Tür des Cafés aufgetaucht war und ihn angesehen hatte.

Sie stand im Garten, als er eintraf. Stand. Das war natürlich eine Illusion. Ihre Behinderung war bereits das Normale, und das Normale war unnormal. Die Räder des Rollstuhls hatten sich in die Laubhaufen unter den Apfelbäumen eingegraben. Er bezahlte, sah das Taxi verschwinden und konnte sich erst nicht überwinden, auf sie zuzugehen. Ihr schmaler Körper. Das lange, blonde Haar. Augen, die ihn anfunkelten. Edelsteine oder Strass. Das Licht wurde sowohl in Steinen gebrochen, die Millionen kosteten, als auch in solchen, die für ein paar Hunderter zu haben waren. Falscher Theaterkrimskrams war so gut wie Gold. Alles kam darauf an, wer den Hals betrachtete. Einen Hals, um den man die Hände legen konnte.

Um zuzudrücken.

Er bemerkte, dass er zitterte, und er ging auf sie zu, langsam, um seinen Körper zu beruhigen. Mit jedem Schritt kam sie näher. Keine Illusion. Eine Frau im Rollstuhl. Wirklich und wertvoll.

»Hallo, Stella.«

Sie hielt ihm die Hände hin. Er sah die Wärme in ihren Augen. Erwartung? Die bleiche Haut war von einem dünnen, roten Schleier überzogen. Die Lippen waren leicht geöffnet. Er dachte, dass er nichts wissen konnte, aber dass nichts mehr verloren gehen konnte, wenn bereits alles verloren war. Am Anfang war das Wort, aber vor dem Anfang war die Liebe. Er nahm ihre Hände in seine. Sie waren warm. Er küsste sie nacheinander auf die Handfläche und legte diese dann auf seine Wangen. Sie waren stark und warm. Er ging in die Hocke, um ihrem Gesicht näherzukommen, und hielt dabei ihre Hände weiter fest. Sie entzog sie ihm nicht. Lächelte.

»Papa sagte, du hättest um meine Adresse gebeten. Das hat mich hoffen lassen… ich meine, ich hatte ihn bereits nach deiner Telefonnummer gefragt. Eine Gelähmte macht nur ungerne den ersten Schritt. Vielleicht hätte ich nie angerufen. Aber…«

Er hielt es nicht länger aus. Er rutschte näher an sie heran. Das Gras war feucht. Dann fasste er ihr Gesicht mit den Händen und küsste sie. Erst fragend, weil er Angst hatte, die Situation missverstanden zu haben, dann mit Hingabe und voller Zutrauen, als sie den Kuss erwiderte. Er bemerkte den Duft der Erde, meinte aber auch, die Apfelblüte des Frühlings in der Nase zu haben, den Duft der reifen Äpfel. Er drückte sie an sich, so gut es ging, und dachte, dass das Leben eine Sackgasse war. Wirkliches Glück konnte nur der finden, der die Möglichkeit besaß, zurückzugehen, um einen Ausweg zu finden.

Er ließ sie los, um sie zu betrachten. Ihre Augen waren warm, weicher Samt neben milchweißer Haut, und sie lächelte. Er spürte ihren Atem am Hals.

»Ich wusste es bereits, als du kamst«, sagte sie. »Ich sah dich im Garten und dachte, das ist er. Trotzdem versuchte ich meine Rolle zu spielen. Eigentlich hatte ich geglaubt, dass es nie wieder passieren würde, du weißt schon.«

Sie lächelte erneut. »Sollen wir reingehen? Kannst du so nett sein und mir helfen, den Rollstuhl zu schieben? Dann geht es schneller. Das sage ich nur ein einziges Mal, und ich werde es außer zu dir zu niemandem sagen.«

Er erhob sich, fasste die Griffe des Rollstuhls und schob ihn, so schnell es ging, auf die Rampe zu und dann hinauf. Er blieb vor der Haustür stehen und sah, dass an den Rädern große Erdklumpen klebten.

»Trag mich rein, Fredrik. Lass das blöde Ding draußen stehen, und tu so, als hätte ich mir nur den Fuß verstaucht. Lass mich ein paar kurze Minuten lang normal sein.«

»Für mich bist du ohnehin die einzig Normale in einer vollkommen verrückt gewordenen Welt. Ich glaube, dass ich …«

Sie brachte ihn zum Schweigen, indem sie ihre Arme um seinen Hals legte. Ihm stieg der frische Duft ihres Haars in die Nase. Er wusste, dass er sich beherrschen musste. Er durfte nicht wieder weinen. Er hob sie hoch und dachte, dass sie zerbrechlich sei wie Glas, dass Glas jedoch das Ergebnis einer lebenslangen Ehe von Sand und Wärme darstellte.

Mühelos trat er über die Schwelle, und es gelang ihm, die Tür hinter ihnen zu schließen. Er warf ihr einen fragenden Blick zu, und sie deutete auf eine Tür weiter hinten. Er ging dorthin und öffnete die Tür mit dem Fuß. Stella drückte ihr Gesicht an seine Brust und atmete tief durch. Ein helles Zimmer. Blaues Bett. Eine unbeschädigte Matratze ohne Gewehr. Graue Decke. Muscheln auf dem Fensterbrett.

Vorsichtig legte er sie aufs Bett. Sie richtete sich mit den Armen auf. Sie trug immer noch die weiße Bluse und die Jeans.

»Setz dich neben mich, Fredrik. Lass mich gesund und vollkommen sein, solange es geht.«

»Ich habe bereits gesagt, dass du vollkommen bist, Stella.«

»So vollkommen, dass ich das alles nicht tun kann, was ich jetzt gerne tun würde.«

Er küsste sie erneut und begann dann vorsichtig die Knöpfe ihrer Bluse zu öffnen. Er berührte ihre Halsbeuge mit den Lippen und ließ sie dann sein Hemd aufknöpfen. Dann faltete er beide Kleidungsstücke ineinander zusammen. Er hatte das Gefühl, dass nichts von ihnen je wieder getrennt sein würde. Dann zog er ihr die übrigen Kleider aus und strich zärtlich über ihre Beine, die starr und reglos auf der Decke lagen. Sie hätte eine Statue sein können. Aber nicht wie Mama. Keinesfalls wie Mama. Er legte sich neben sie und spürte ihre Seele unter seinen Händen. Er merkte, dass sie beide weinten. Gemeinsame Tränen, eine stille Flut, Hände wie leichte Schmetterlinge und sein Bein über ihrem.

»Du erinnerst dich, was ich gesagt habe, Fredrik. Ich kann Kinder bekommen.«

»Ich will, dass du Kinder bekommst.«

Ihr Duft. Er würde ihn den Rest seines Lebens in der Nase haben. Ihr Haar, Fäden einer Qualle im Wasser. Ihre warmen Hände und das Lachen auf der Lichtung. Weiches Moos im Wald. Sein eigener Körper, auferstanden von den Toten, schön in den braunen Augen, ursprünglich. Meer und Unendlichkeit. Schwarz und weiß. Ihre Lippen an seiner Wange, seine Augen über Wald und Wiesen. Fiebrige Fantasien auf der Flucht zum Horizont, um nie mehr zurückzukehren, noch vorhandene Träume mit Wolle gefüttert und Heilkräutern. Eine Wellenbewegung wie die des hohen Grases am Waldrand, das Glück eines Sonnenstrahls oder eines Tautropfens an einer Waldblume. Schrei und Stille. Sünde und Versöhnung dürfen nie getrennt werden.

Er wusste nicht, wie lange sie so nebeneinander dagelegen hatten. Er wusste nur, dass er in ihren Armen nie wieder frieren würde. Mit dem Zeigefinger folgte sie den Konturen seiner

Lippen und Augen. Sie beugte sich über ihn und begrub ihn unter ihrem Haar. Lächelte.

»Lesen schwedische Kinder eigentlich Heidi?«

»Ich habe das Buch gelesen. Heidi, die bei ihrem Großvater auf der Alm wohnte. Sie hat mir nie leidgetan. Sie schien frei zu sein.«

»In dem Buch gab es ein Mädchen, das Klara hieß. Sie wohnte in einem schönen Haus und hatte es sehr gut. Jeden Morgen bekam sie frische Brötchen zum Frühstück. Sie hatte langes, blondes Haar, genau wie ich. Und sie saß im Rollstuhl, genau wie ich. Der einzige Unterschied ist, dass sie am Ende des Buches wieder gehen konnte. Wie im Märchen eben. Ich habe sie beneidet, als ich klein war, als sei sie wirklich. Ich fand sie so schön. Merkwürdig, nicht wahr? Dass man ein krankes Mädchen beneiden kann. Als hätte ich damals schon gewusst, was geschehen würde. Aber jetzt brauche ich nicht mehr neidisch zu sein. Niemand hob sie aus dem Rollstuhl, und niemand zog sie aus und machte sie zu einer glücklichen Frau.«

»Vielleicht wurde sie anders glücklich. Vielleicht verführte sie jemand nach Schluss der Handlung?«

»Irgendwie glaube ich das nicht.«

»Willst du mich heiraten?«

Stella lächelte.

»Um Klara glücklich zu machen?«

»Um dich glücklich zu machen.«

»Fredrik, das musst du nicht. Ich werde nie gehen können. Das hier … ist genug.«

»Für mich nicht.«

Er beugte sich vor, um das Nein in ihren Augen nicht sehen zu müssen. Er strich ihr mit der Hand über die Rundung ihres Bauches, über ihre Hüften und ihre Schenkel. Zeichnete mit dem Finger Schnörkel auf ihr linkes Bein. Betrachtete ihre kleinen weißen Härchen und fühlte sich an Pusteblumen erinnert. Dann hörte er ihre Stimme.

»Gib uns etwas Zeit, Fredrik. Nicht meinet-, sondern deinetwegen.«

»Ich brauche keine Bedenkzeit.«

»Aber ich. Wenn ich mich recht entsinne, hob Heidi ihre Brötchen für die Nachbarin mit den schlechten Zähnen auf. Als sie nach Hause fuhr, waren sie steinhart. So kann es gehen, wenn man sich zu viel auf einmal wünscht. Nur etwas Zeit, Fredrik. Um im Paradies auszuruhen, bevor wir weitere Äpfel pflücken.«

»Bist du im Paradies?«

»Ja. Oder ganz oben auf dem Gipfel des Berges. Das klingt vielleicht etwas origineller.«

»Dann kann ich warten.«

Fredrik dachte, dass er das, was er gesagt hatte, wirklich meinte. Er konnte warten. Auch mit dem anderen. Dem Gespräch, von dem er geglaubt hatte, dass er es mit Stella würde führen müssen. Über Esbjörn Ahlenius und den Auftrag, den er von Michael erhalten hatte. Ist denn wirklich nichts, was es zu sein scheint? Ist alles wie *Kleopatras Kamm*? Nicht das hier. Um Gottes willen nicht das hier. Und er wusste plötzlich, dass er es ihr nie würde erzählen können. Was im Café oder im Fata Morgana vorgefallen war. Das Gespräch mit Michael.

»Könntest du dir vorstellen, aus Schweden wegzuziehen? Nach Deutschland, in deine alte Heimat? Nach Berlin?«

»Warum fragst du?«

Weil ich fliehen will. Weil ich alles hinter mir lassen muss. Weil ich mit dir zusammen ein neues Leben beginnen will.

»Meine Großmutter war Französin, und meine Mutter ist als junges Mädchen hierhergekommen. Manchmal glaube ich, dass ich mich deswegen nicht ganz als Schwede fühle. Ich liebe Paris und London, habe aber aus irgendeinem Grund immer davon geträumt, in Berlin zu wohnen. In kaum einer anderen Stadt gibt es so eine fantastische Verbindung von Vergangenheit und Gegenwart. Mir gefällt die Atmosphäre dort. Ich würde gerne dort arbeiten. Was ist nicht wichtig. Aber könntest du dir das auch vorstellen?«

Stella lachte.

»Könntest du dir das auch vorstellen ... das klang wirklich so schwedisch, wie es nur geht. ›Könntest du dir das auch vorstellen‹ statt ›Willst du‹. Ich weiß nicht, Fredrik. Ich habe mir hier eine neue Existenz aufgebaut, und ich fühle mich wohl. Und mit meinen begrenzten Voraussetzungen habe ich sogar Erfolg im Beruf. Trotzdem würde ich nicht nein sagen. Ich liebe Berlin auch. Aber müssen wir das gerade jetzt entscheiden?«

»Nein. Aber vielleicht in vierundzwanzig Stunden.«

»Du machst Witze.«

Fredrik fiel auf, dass die Decke weißer war als die gleichfalls weißen Wände. Sie hatte verschiedene Weißtöne gewählt, um das Zimmer größer erscheinen zu lassen. Nicht einmal das Weiß war eindeutig. Alle diese Nuancen von Weiß und Schwarz, Wahrheit und Pflicht. Er wandte sich wieder an sie.

»Stella. Ich weiß, dass ich jetzt in so ein männliches Stereotyp verfalle, wie ich sie eigentlich verabscheue. Aber ich muss noch mal weg. Sofort. Es gibt noch etwas, was ich erledigen muss. Das kann nicht warten. Glaubst du, diese wunderbar warme und herrliche Zweisamkeit, die wir jetzt hätten erleben sollen, ließe sich ... ein paar Stunden aufschieben?«

Sie runzelte die Stirn, aber es gelang ihr trotzdem nicht, böse auszusehen. Die Lachfältchen um ihre Augen verhinderten das.

»Erst fragst du mich, ob ich dich heiraten will. Dann sagst du, dass du verschwinden musst. Dafür, dass du nichts von männlichen Stereotypen hältst, gelingt es dir recht gut ...«

Er brachte sie zum Verstummen, indem er ihr einen Finger auf die Lippen legte.

»Glaubst du mir, wenn ich sage, dass ich eine Weile wegmuss, gerade weil ich den Rest meines Lebens mit dir verbringen will? Ich muss noch etwas erledigen. Von einigen Dingen muss ich mich verabschieden, damit ich mich so frei fühlen kann, wie ich mich zusammen mit dir fühlen möchte. Ich drücke mich schlecht aus. Du hast recht. Diese verdammten Stereotypen.«

»Es sei dir verziehen. Aber dafür musst du etwas mehr von dir erzählen. Ich weigere mich, dich als Fremden gehen zu lassen.«

Fredrik dachte, dass sie wie zwei schön drapierte Leichen nebeneinanderlagen. Er wehrte sich gegen diese Vorstellung, aber vor seinem inneren Auge sah er, wie sie sich in Hans Karlsten und Anna Danelius verwandelten. Er sah, wie sich seine eigenen Arme und Beine in müde, welke Äste verwandelten, während Stellas Atemzüge zum Keuchen eines Beatmungsgeräts wurden.

»Was willst du wissen?«

»Wer du bist. Wo du herkommst, wie deine Kindheit war, was du als Kind angestellt hast, ob du Geschwister hast, wie deine Eltern waren, wie…«

»Ich komme aus einem kleinen Dorf in Ångermanland.« Die Antwort klang bitterer, als er beabsichtigt hatte, es ging aber nicht anders. In seinen Ohren begann es zu rauschen, als würde der Wind durch den Wald brausen und die Tannen zur Unterwerfung zwingen.

»Mama kam in den sechziger Jahren nach Schweden, nachdem ihre Mutter, meine Großmutter, gestorben war. Mama war damals gerade erst zwanzig. Aber für sie war in Paris nichts mehr zu holen gewesen, pflegte sie immer zu sagen. Großmutter war Sängerin und wurde von einem deutschen Soldaten schwanger. Anschließend galt sie als Verräterin. Ich will gar nicht daran denken, wie sie gelebt haben, aber vielleicht sage ich das auch nur, um mich zu verteidigen. Mama erzählte so wenig und hätte auch nicht mehr preisgegeben, wenn ich gefragt hätte. Recht bald lernte sie Papa kennen und blieb in Ångermanland in seinem Heimatdorf. Innerhalb eines Jahres kam ich zur Welt, und vielleicht war ich ja auch der Grund, warum sie überhaupt zusammenzogen. Tatsache ist, dass ich es mir nie gestattet habe, darüber nachzudenken. Ich meine darüber, wie der Zeitpunkt meiner Geburt mit dem Zeitpunkt ihres Kennenlernens zusammenpasste. Jedenfalls waren die beiden sehr unterschiedlich. Papa war Forstmeister, ein Mann des Waldes, wenn man es einmal etwas feierlicher ausdrücken will. Groß und kräftig. Auf eine grobschlächtige Art sicher auch attraktiv. Mama war eine zartgliedrige Französin.«

»War es eine glückliche Ehe?«

Der Wind nahm zu. Der Wind, der Bäume entwurzelte und im Bach herumwirbelte.

»Was ist eigentlich Glück? Ich kann das nur anhand meiner Beobachtungen beantworten. Ich sah ein sehr ungleiches Paar, das zusammen wohnte, als hätten beide akzeptiert, dass ihnen dieses Los im Leben zugefallen sei. Jedenfalls Mama. Ich kann nicht so recht erklären, wie ich das meine. Aber bei Mama hatte ich immer das Gefühl, dass sie nicht sie selbst war, sondern dass sie sich selbst spielte. Sie spielte die Französin, die nach Schweden gezogen war und an der Schule als Musiklehrerin arbeitete. Ich kann nicht entscheiden, ob sie glücklich oder unglücklich war. Nur dass sie gewissermaßen… abgeschaltet war.«

Stella streckte den Arm aus und bekam eine Decke zu fassen, die auf dem Boden lag. Sie breitete sie über ihnen aus, und er spürte die raue Wolle an den nackten Beinen.

»Und dein Vater?«

Fredrik zog die Decke zurecht, um ihr nicht in die Augen schauen zu müssen.

»Er lebte nach seinen Regeln, kann man sagen. Ich war alles, was er sich nicht gewünscht hatte. Er hatte sich ein energisches Kerlchen gewünscht und bekam ein verweichlichtes, verängstigtes Bürschchen mit Sinn für Blumen und Spitze. Vielleicht lag es ja an dem Tod meiner Schwester.«

Stella sah ihn entsetzt an.

»Ist deine Schwester gestorben? Wie tragisch.«

»Sie war recht klein, als es passierte. Ich lernte sie also nie kennen. Aber irgendwie war sie auf eine merkwürdige Weise doch Teil der Familie. Manchmal glaube ich, dass ich die Trauer meiner Eltern dadurch abschwächen wollte, dass ich gleichzeitig Bruder und Schwester war. Sowohl der kleine Junge als auch das kleine Mädchen. Es endete damit, dass ich etwas dazwischen wurde.«

»Gefällt es dir deswegen so gut im Fata Morgana?«

»Hat Michael das erzählt?«

»Er hat eigentlich überhaupt nichts erzählt. Nur dass ihr euch dort kennengelernt habt.«

Fredrik sah, dass ihre Augen ohne jedes Misstrauen waren, unschuldig wie die der Kaninchen.

»Mein Vater hat mich einmal bestraft«, sagte er zögernd, unsicher, ob er es erzählen sollte, aber irgendwie auch nicht in der Lage, es für sich zu behalten. »Ich tat etwas, dessentwegen er sich für mich schämte. Dafür wollte er mir eine Lektion erteilen. Er spielte Verstecken mit mir, und als es mir nicht gelang… mich gut genug zu verstecken, ließ er meine Kaninchen frei, sodass diese in den Wald liefen.«

Er konnte nicht mehr erzählen. Wie gerne er auch sein Gesicht wie vorhin an ihre Brust gedrückt und ihr alles erzählt hätte. Alles. Er schaute hoch und sah, dass es trotzdem genug gewesen war. Sie war ernst.

»Wie schrecklich. Du musst sehr verzweifelt gewesen sein. Wie alt warst du da?«

»Etwa zehn. Ich weiß nicht mehr so genau. Wie auch immer, so lernte ich mit der Zeit zumindest, einen richtigen Mann vorzutäuschen. Wir verstanden uns im Verlauf der Jahre besser. Alle drei.«

»Leben sie noch?«

»Mama schon. Papa ist vor etlichen Jahren bei einem Jagdunfall ums Leben gekommen. Jemand hat versehentlich einen Schuss abgegeben. Vielleicht sogar er selbst. Man ging der Sache nie auf den Grund.«

»Und deine Mutter?«

»Sie wohnt immer noch dort im Norden. Das ist die einzige Wirklichkeit, zu der sie sich verhalten kann. So sehe ich das, sie vermutlich auch.«

Stella lehnte ihren Kopf an seine Brust, und er sah ihr Gesicht nicht mehr. Vorsichtig strich er ihr übers Haar und überlegte sich, was sie wohl dachte.

»Das klingt traurig«, sagte sie. »Irgendwie klingt das alles todtraurig, obwohl ich nicht recht erklären kann, warum. Es klingt so einsam. Ich hatte zwar selbst keine Geschwister, aber Mutter und Vater und eine Unmenge Cousins und Cousinen, zu denen ich immer noch einen guten Draht habe. Unsere Familie wurde auf die grauenvollste Weise dezimiert, wenn man es jetzt in einer etwas größeren Perspektive betrachten will. Und doch ist das Grauen nie bis zu uns durchgedrungen. Mama war ein warmer und unerhört positiver Mensch, der das Leben bejahte. Sie war eine intelligente Frau, aber ihr Glaube an Gott war ein Kinderglaube mit der Überzeugung, dass sie bei allem, was sie tat, Rückendeckung hatte. Papa kennst du ja bereits, und du kannst dir vorstellen, dass man sich keinen besseren wünschen kann.«

»Michael ist ein fantastischer Mensch. Da hast du recht.«

»Das sagt er auch von dir.«

Bei diesen Worten setzte er sich im Bett auf. Er sah ein, dass die Zeit kostbar war. Keine Minute länger als nötig wollte er sich von der Schlange beherrschen lassen, die ihn jetzt schon viel zu lange lähmte. Sie konnte jeden Augenblick angreifen, ihn beißen und ihr Gift verspritzen, sodass er unschädlich gemacht wurde.

»Stella. Wenn ich mich jetzt beeile, dann kann ich schon in wenigen Stunden wieder zurück sein. Länger dauert es nicht. Das verspreche ich. Danach werde ich es nie mehr eilig haben, von dir wegzukommen. Vielleicht kann ich ja das Abendessen besorgen. Eine Flasche Wein kaufen. Wie wäre das?«

Der bloße Gedanke, dass sie vielleicht schon was vorhatte, veranlasste ihn dazu, sich schneller anzukleiden, als er es eigentlich beabsichtigt hatte. Der bloße Gedanke, dass sie ein Leben besaß, an dem er nicht beteiligt war, gab ihm das Gefühl, wieder ganz klein und außerdem weich zu sein. Widerlich weich wie ein verfaulter Apfel. Er konnte ihre Stimme hinter sich hören.

»Das klingt fantastisch, Fredrik. Aber du musst …«

Er erhob sich und zog die letzten Kleider an. Dann drehte er sich um und sah sie nur mit Decke auf dem Bett liegen. Ihr Gesicht war dort, wo er sie stürmisch geküsst hatte, gerötet, ihr Haar war durcheinander, und ihre Lippen waren etwas geschwollen.

»Kann ich dir mit den Kleidern helfen?«

»Hör auf, Fredrik. Das Einzige, was du tun musst, ist meinen Rollstuhl holen und neben mein Bett stellen. Und zurückkommen. Du musst mir versprechen, zurückzukommen.«

Ihre Stimme war ernst. Er beugte sich vor, umarmte sie und hatte das Gefühl, dass er es nie schaffen würde, wenn er jetzt nicht ging. Rasch ließ er sie los, ging in die Diele, öffnete die Haustür und betrachtete den Rollstuhl. An der Wand lehnte ein Rechen, und er reinigte die Räder, so gut es ging. Dann wischte er sie mit dem Lappen, der in einer Ecke lag, ab. Anschließend rollte er den Rollstuhl ins Schlafzimmer.

Stella hatte sich aufgesetzt und war bereits zur Hälfte angekleidet. Die Beine, die über die Bettkante baumelten, hätten für den Ahnungslosen voller Kraft sein können. Fredrik stellte den Rollstuhl neben das Bett, hockte sich hin und legte seinen Kopf auf ihren Schoß. Sie strich ihm übers

Haar, hob dann sein Gesicht zu ihrem hoch und küsste ihn.

»Beeil dich. Aber mach dir nicht die Mühe, Essen und Wein zu kaufen. Ich habe alles da.«

»Es ist bereits fast eine Stunde vergangen. In dreiundzwanzig Stunden gibst du mir doch eine Antwort und sagst mir, ob du mich nach Berlin begleitest?«

Sie lachte.

»Vielleicht gebe ich dir deine Antwort auch schon, wenn du zurückkommst.«

Er meinte, sich von ihr loszureißen, obwohl sie vermutlich eher den Eindruck hatte, dass er sich vorsichtig aus ihrer Umarmung befreite. In der Tür drehte er sich um. Er sah sie lächeln und zwang sich zu gehen. Er zog sein Handy aus der Tasche, bestellte ein Taxi. Es traf in weniger als zehn Minuten ein, und er hatte nur eben Zeit, ein Ohr an den Stamm des Apfelbaums zu legen, ehe es in die Auffahrt einbog. Beim Einsteigen, meinte er zu sehen, dass sich die Gardinen bewegten. Er winkte. Auf Wiedersehen.

Er saß aufrecht und angespannt auf dem Beifahrersitz, bis das Taxi vor dem Fata Morgana hielt. Er sah auf die Uhr. Es war weit nach Mitternacht. Jetzt herrschte Hochbetrieb bis zum frühen Morgen. Er trat ein. Musik und schummerige Beleuchtung. Gedränge an den Tischen und vor der Bar. Er hielt nach Michael Ausschau, sah aber ein, dass mit ihm zu sprechen nur hieß, das Unausweichliche hinauszuzögern. Er musste Miranda treffen. Mit ihr musste er sich aussprechen.

Er drängte sich an den Frauen vorbei, die in Grüppchen dastanden und das Geschehen auf der Bühne verfolgten und die Abendkleider von Paul und Johannes bewunderten. Er stieß die Männer beiseite, die lüstern die Beine der Artisten betrachteten. Schließlich näherte er sich dem rückwärtigen Teil des Lokals und öffnete die richtige Tür. Die Garderobe war leer. Er hatte es nicht anders erwartet. Sie würde ihn wieder überraschen und vermutlich irgendwelche Zugeständnisse von ihm verlangen. Aber dieses Mal würde es ihr nicht gelingen.

Vorsichtig öffnete er die Tür des Kleiderschranks. Er betrachtete die Abendkleider, rot, weiß und Goldlamé, und fuhr mit den Fingern über die weiche Federboa. Dann stieß er mit den Zehen ein paar der Schuhe an. Alles sehr raffiniert, genau wie sie. Er. Sie, die sich dafür entschieden hatte, die äußere Ordnung zur stellvertretenden Sicherheit zu machen. Wie gut er sie doch kannte. Ihn. Er dachte an Mama und Grand-Mère, und zog vorsichtig ein Kleid aus blauer Seide hervor. Er konnte sich nicht zurückhalten und vergrub sein Gesicht in dem kühlen Stoff. Die goldenen Sandalen fielen um. Er kniete sich hin, um sie wieder aufzurichten, und als er wieder aufstand, wusste er, dass es ihr gelungen war. Wieder einmal.

Wie lange er das Gesicht in den Händen vergraben auf dem Stuhl gesessen hatte, wusste er nicht. Er wusste nur, dass er sie so lange wie möglich von sich fernhalten wollte. Als er schließlich glaubte, die Türklinke zu hören, schaute er hoch und sah, dass sie die rote Perücke gewählt hatte. Die, die bis zur Taille reichte.

»Wo warst du?« Ihre Frage war scharf und wütend. Seine Frage.

»Miranda, ich…«

»Ich habe meinen Auftritt verpasst. Ich kann nicht ohne dich auftreten, das weißt du. Sie haben einen dilettantischen Anfänger auftreten lassen, der nicht fähig war, gleichzeitig zu singen und sich zu bewegen. Warum tut man etwas, das man nicht beherrscht?«

»Miranda, es tut mir leid. Aber…«

»Aber was?«

Er versuchte, ihr die Perücke herunterzureißen. Aber sie wehrte sich. Er.

»Es ist aus«, flehte er. »Bitte, Miranda, sei barmherzig. Ich will nicht mehr. Ich habe jemanden kennengelernt. Bei ihr kann ich ich selbst sein. Dort brauche ich mich nicht zu verstellen. Ich sehe endlich eine Möglichkeit, glücklich zu werden. Lass mich doch glücklich werden.«

Verzweifelt und fragend sah er sie an.

»Du weißt also Bescheid?«

Sie lächelte bösartig, und plötzlich fiel ihm der grelle Kontrast von falschem Haar und echter Haut auf.

»Glaubst du wirklich, ich sei so dumm, dass ich nicht wüsste, was du hinter meinem Rücken treibst, Fredrik? Glaubst du, ich wüsste nicht, was du unternimmst? Du warst jetzt dort, nicht wahr? Du hast dich mit jemand anderem verlustiert. Aber vermutlich warst du nicht stark genug, ihr von Michaels neuem Auftrag zu erzählen. Von ihrem Papa.«

Ihm stockte der Atem. Die Luft in der Garderobe war erfüllt von Staub und bleichen Träumen. Die Partikel verklebten die Schleimhäute und Flimmerhärchen, und er fasste sich unwillkürlich an den Hals.

»Wie kannst du nur …?«, zischte er dann.

Miranda lächelte erneut. Ein Schlangenlächeln, wenn es so etwas gab.

»Ich finde, wir sollten jetzt mit dieser Farce aufhören. Ich finde, du solltest ein für alle Mal einsehen, dass ich genau weiß, was du tust. Ich erfahre es immer. Aber vielleicht hattest du ja nicht die Zeit, es mit mir zu besprechen. Schließlich ist es nicht so lange her, dass er mit dir gesprochen hat, oder?«

Er antwortete nicht. Ihm fiel auf, dass Mirandas Miene jetzt etwas versöhnlicher wirkte. Trotzdem blickte er zu Boden, um ihr nicht in die Augen sehen zu müssen. Sie war nicht mehr schön. Nur makaber. Er bot einen kläglichen Anblick.

»Fredrik. Schau mich an. Tu nicht, als gäbe es mich nicht. Das hier kannst du nicht alleine entscheiden. Ich bin ebenfalls betroffen. Wenn wir das Fata Morgana übernehmen, dann können wir unsere Träume schneller verwirklichen, als wir je geahnt haben. Natürlich müssen wir den ganzen billigen Plunder rausreißen, damit das Lokal ein gewisses Niveau bekommt. Aber wenn wir ein bereits etabliertes Lokal übernehmen, dann können wir die gesamte Barschaft darauf verwenden. Außerdem …«

Er sprang auf. Hielt sich die Hände vor die Ohren, obwohl er wusste, dass das Rauschen im Kopf nicht von außen kam.

»Sei still! Sei still, sage ich! Wir werden kein Lokal übernehmen! Wir brauchen auch kein Geld! Wir führen keinen Auftrag aus! Dass Menschen so gestört sein können, zu glauben, sie hätten das Recht zu töten, ist eine Sache. Aber damit haben wir nichts zu tun, du und ich. Wir haben nie etwas damit zu tun gehabt und werden nie etwas damit zu tun haben. Und deswegen … nein, nicht deswegen, aber … ich will, dass wir Schluss machen, Miranda. Unsere Beziehung kann nicht weitergehen. Du findest vielleicht, dass das kalt und gefühllos klingt, aber ich kann im Augenblick nicht anders. Ich habe eine richtige Frau kennengelernt …«

»… die nicht gehen kann. Du siehst, alle haben wir unsere Fehler.«

»Ich hasse dich!«

Mirandas Hand suchte nach der Puderdose, öffnete sie, nahm den Pinsel heraus und fuhr sich damit im Gesicht herum. Die rosa Wolke löste in ihm einen Hustenreiz aus.

»Nein, Fredrik«, sagte sie. »Du hasst mich nicht. Du liebst mich. Ohne mich bist du nichts, das weißt du. Ein geschlechtsloses Neutrum. Mit mir kannst du alles erreichen. Und mit dir kann ich alles erreichen. Das muss ich zugeben, und das tue ich auch. Siehst du. Ich bin ehrlicher, als du es bist. Ich kann ohne dich nicht existieren. Deswegen weißt du auch, was wir zu tun haben.«

Ohne eine Antwort abzuwarten, drehte sie sich um und

ging zur Tür hinaus. Er sah, wie sie die Blicke auf sich zog. Ein älterer Mann versuchte sie am Arm festzuhalten, aber er schlug die Hand beiseite, und der andere hätte fast das Gleichgewicht verloren. Ihr Arm. Sein Arm. Er wusste es nicht länger. Entsetzt sah er, wie sie auf Michael zuging, ein paar Worte in sein Ohr flüsterte und die Hand ausstreckte. Michael schob seine Hand in die Innentasche seines Jacketts und zog einen Schlüssel hervor, den er ihr in die Hand drückte. Fredrik meinte, das kalte Metall auf der Handfläche zu spüren. Mit einem »Berichte mir anschließend« drehte sich Michael um und setzte seine Unterhaltung mit einer Gruppe von Männern, die neben ihm standen, fort. Fredrik folgte Miranda, die auf die Straße getreten war und auf Michaels Parkplatz zueilte. Er fror in der kalten Luft und merkte, dass die Passanten sie anstarrten. Rasch öffnete er die Tür des Wagens und stieg ein. Miranda saß am Steuer.

»Wohin fährst du mich?«

Wortlos ließ sie den Motor an und fuhr los. Das weiche Schnurren des Motors vermittelte ihm einen Augenblick lang das Gefühl, in friedlicher Absicht bloß einen netten Ausflug zu unternehmen. Das Gefühl verstärkte sich, als sie auf die Autobahn fuhren und Miranda die Heizung einschaltete und Musik anmachte. Chicago.

When you're good to Mama, Mama's good to you.

»Kennst du das noch, Fredrik?«

»Natürlich. Frag nicht so blöd.«

»Aber erinnerst du dich noch, wann du es zum ersten Mal gehört hast?«

Er wollte sich nicht erinnern. Wollte nicht daran denken. Das schnurrende Motorengeräusch und das Brausen im Kopf mussten eigentlich genügen, um die Erinnerung zu übertönen. Trotzdem war sie da. Sie zerrte innerlich wie mit Krallen an ihm, bis er den Schrei hörte. Den Schrei, als die Kaninchen auf den Waldrand zuhoppelten und sein Papa ihnen hinterhereilte, lachend und mit ausholenden Schritten. Sein eigener Schrei. Ein unbeschreibliches Grauen.

»Er hat es in die Länge gezogen, nicht wahr?« Mirandas Stimme. Sachlich. Vielleicht auch mitfühlend.

»Nein!«

»Erst folgte er dem einen und erschoss es mit einem Schuss. Es ist nicht leicht, ein Kaninchen mit einem Gewehr zu erschießen, aber er war natürlich ein guter Schütze. Welches war das erste? Erinnerst du dich? Die Mutter? Lisen?«

»Nein!«

»Ich glaube, es war Lisen. Du bist hinterhergerannt. Du liefst auf Lisen zu und sahst den blutigen Klumpen. Dann bist du im Moos zusammengebrochen. Deswegen hattest du auch nicht die Kraft, den anderen zu folgen. Du hast neben Lisen gesessen, geweint und ihren blutigen Pelz gestreichelt, bis du vollkommen rot verschmiert warst. Es war klebrig. Wie Himbeermarmelade.«

»Bitte, Miranda …«

Wohin bringst du mich? Wohin fährst du? Nach Süden. Ich war schon mal hier. Kürzlich.

»Dann hörtest du den anderen Schuss. Eins, zwei, drei. Es gelang dir, aufzustehen. Du liefst auf Papa zu. Er hatte die Kaninchenkadaver vor sich liegen. Nicht mehr als ein paar Fellhäufchen. Du versuchtest, wegzuschauen. Aber du konntest es nicht. Du sahst wie hypnotisiert zu, als er Kelis hochhob, den du mehr als alles geliebt hattest. Er zog sein Messer hervor und zog ihm den Pelz ab. Du sahst das rote Fleisch, und der Gestank stieg dir in die Nase. Dann übergabst du dich. Und Papa sagte, dass du nie …«

»Nein, nein, nein, nein!«

»Erinnerst du dich an das Essen, Fredrik? Kerzen und schönes Porzellan? Butterweicher Kaninchenbraten auf einem Bett aus Gemüse. Dazu ein französisches Kartoffelgratin und ein Löffel voll Johannisbeergelee. Hatten sie nicht auch die Nachbarn eingeladen? Damit du dich zusammennehmen musstest? Doch, so war es. Dein Hemd war gestärkt. Und deine Eltern tranken Wein. Rotwein. Er sah aus wie das Blut der Kaninchen. Musstest du nicht auch davon essen …?«

Das Rauschen im Kopf. Ein Orkan. Dunkle Wolken und fürchterlicher Regen.

»Was für eine Strafe! Nur weil du versucht hattest, so zu werden wie sie.«

»Hör auf, hör auf, hör auf, hör auf …«

»Da hast du dich entschlossen, Fredrik. Gewiss, du hast abgewartet. Hast dir von mir helfen lassen. Hast einen richtigen Mann gespielt. Hast schießen gelernt. Aber zum Schluss hast du ihn erwischt. Hast ihn mit einem einzigen Schuss erledigt. Deine kläglichen Beteuerungen, dass wir kein Recht haben, zu töten, kannst du dir also sparen. Natürlich kannst du töten, Fredrik. Wir haben es bereits getan. Wir können es wieder tun.«

»Ich war es nicht! Das war sie… du… sie…! Das war sie!«

Sein Schrei wurde vom weichen Lederpolster des Wagens verschluckt. Sie lachte und bog auf die Straße ein, die er noch vor kurzem mit Michael aufgesucht hatte. Er spürte die weiche Bewegung des Wagens im Rücken. Sie schlug das Lenkrad ein. Er drehte es zurück. Sie verlangsamte und parkte am Bordstein. Er schaute auf das Ziegelhaus und das rote Auto davor. Sie zog das Telefon aus der Tasche und wählte eine Nummer. Er versuchte, freundlich zu klingen, als er dem Mann, der ans Telefon gegangen war, sagte, es stünde für ihn eine Kiste Wein auf dem Bürgersteig vor seinem Haus. Sie lachte über diesen offensichtlichen Vorwand. Er verteidigte sich damit, dass ein Trinker nicht nachdachte, wenn es um Alkohol ging, und dass er behauptet hätte, es handele sich um ein Geschenk von einem guten Freund.

Gespannt schaute sie auf die Haustür. Sie wurde geöffnet.

Ein Mann mittleren Alters in Jogginghose und Pullover trat ins Freie. Er ahnte, dass er unrasiert und ungekämmt war. Sie sah, dass er aus seinem Garten auf den Bürgersteig trat, dachte, dass es spät in der Nacht war und dass er Glück gehabt hatte, dass der Mann überhaupt aufgewacht war, falls er nicht ohnehin wach gewesen war. Sie ließ den Motor an und gab Gas. Er dachte, dass die Nacht ein dunkler Mantel war, in dem man sich verkriechen konnte. Sie sah, dass sich der Mann umschaute. Vielleicht war er erstaunt. Er drückte das Gaspedal durch, und der Abstand zu dem Mann betrug nur noch einige Meter.

Sie sah sein Gesicht. Aufgedunsen und gerötet. Er sah den Körper. Verbraucht und heruntergekommen. Sie sah den Mann auf dem Bürgersteig, seine Verwirrung und nach einer Weile den Schrecken. Er beschleunigte und war jetzt nur noch ein paar Meter von ihm entfernt. Sie sah, dass der Mann rückwärts weglaufen wollte. Er sah die Augen. Aufgerissen, entsetzt, menschlich.

Im letzten Augenblick riss er das Lenkrad herum. Er spürte, dass die Räder gegen die Bordsteinkante knallten, ehe sie auf dem Asphalt aufkamen. Sie schrie enttäuscht auf, weil er das Ziel verfehlt hatte. Er schrie, dass er sie für immer zum Schweigen bringen würde. Sie sah den Baum und versuchte zu bremsen. Er hinderte sie daran. Das Auto raste weiter, und der Stamm näherte sich mit entsetzlicher Geschwindigkeit. Sie riss die Arme vors Gesicht. Er verlor die Kontrolle über das Fahrzeug. Im Kopf wirbelte ein Leben. Das Haus. Das Bett. Papa. Gewehr. Mama. Statue. Marmor. Rosenknospen. Perlen. Töne. Musik. Reisen. Kaninchen. Fell. Blut. Schwester.

Er ahnte, wie sich der Aufprall anfühlen würde, wusste aber bei sich, dass er es nie erfahren würde. In der Sekunde, ehe ihn der Baumstamm traf, hörte er nur die Stille. Dann verschwand er ins Ungewisse und ins Dunkel. Als Letztes merkte er noch, wie ihm die Perücke vom Kopf glitt und auf seinem Schoß landete. Er dachte noch, dass sie dort wie ein warmes, kleines Tier lag oder wie Stellas Hand. Nicht mehr. Nie mehr. Und doch für immer.

KAPITEL 22

Zwanzig Jahre bei der Polizei, und trotzdem würde es nie Routine werden. Jedenfalls nicht für ihn, und für die meisten seiner Kollegen vermutlich auch nicht. Da half es weder muskulöse Arme zu haben oder im Sommer schnell braun zu werden. Eine Frau zu haben, die sich freute, wenn man nach Hause kam, und Kinder, die wie die meisten Kinder waren. Auch nicht dass man Rückzugsmöglichkeiten besaß, das kleine Sommerhaus an der Westküste. Das Segelboot. Die Rosen im Garten.

Nichts half, wenn man mit einem gewaltsamen Tod konfrontiert wurde und sich um das kümmern musste, was der Sensenmann gütigst hinterlassen hatte. Er würde nie abgebrüht genug sein, Witze zu machen über zerfetzte Leichen, ins Leere starrende Augen und Blut. Er würde auch nie eine Todesnachricht überbringen können, ohne dabei Magenschmerzen zu bekommen. Jedes Mal war ihm bewusst, dass sich die Hinterbliebenen für den Rest ihres Lebens an seine Worte erinnern würden. Und dann hatte er das Gefühl, nie die richtigen Worte zu finden, und dass er sich im Nachhinein barmherziger und würdiger hätte ausdrücken können.

Jetzt war er dankbar dafür, dass ihm die Kollegen versprochen hatten, die Mutter in Norrland anzurufen. Denn am schlimmsten war, die Reaktion des Gegenüber, auf die eigenen Worte nicht beobachten zu können. Befürchten zu müssen, jemand am anderen Ende der Telefonleitung könne etwas Unbedachtes unternehmen. Dem Betroffenen gegenüberzustehen war dann doch immer noch vorzuziehen. Nicht alle sahen das so, aber er hatte das immer so empfunden.

Was er vergangene Nacht gesehen hatte, hatte ihn schockiert. Der Anruf ging ein, als er sich bereits auf eine ruhige Nachtschicht eingestellt hatte. Die aufgeregte Stimme hatte ihn vorgewarnt und recht behalten. Als er mit den anderen eintraf, fanden sie statt der Vorstadtidylle ein Inferno vor. Das Auto hatte den Baumstamm gerammt, die Kühlerhaube war eingedrückt, und verbogenes Blech lag auf dem Rasen verstreut. Die Leiche hinter dem Lenkrad erkannte er nur undeutlich, ihm wurde aber trotzdem fast übel.

Der Krankenwagen war bereits eingetroffen, aber die Sanitäter konnten nichts mehr tun. Sie riefen die Feuerwehr, und es dauerte etliche Stunden, die übel zugerichtete Leiche aus dem Autowrack zu befreien. Die Zahl der Schaulustigen war für die Tageszeit – mitten in der Nacht – imponierend, sie hatten jedoch umgehend Absperrbänder aufgehängt und die ganz Aufdringlichen so zurückgehalten.

Zeitungsfotografen waren natürlich auch da, aber auch diese konnten sie in Schach halten. Einstweilen war der Mann in Frauenkleidern vor der allgemeinen Neugier geschützt. Es stellte sich jedoch die Frage, wie lange noch. Ihm war die Aufgabe zugefallen, die Nachbarn zu verständigen, aber diese hatten nicht viel zu sagen. Die meisten waren erst von dem Lärm des Vorfalls aufgewacht, hatten aus dem Fenster geschaut und waren dann ins Freie geeilt, um zu sehen, ob sie etwas tun konnten. Anschließend hatten sie unabhängig voneinander Krankenwagen und Polizei alarmiert.

Der Einzige, der etwas zu berichten wusste, war ein Mann mittleren Alters, um den sich die Sanitäter sofort bei ihrem Eintreffen kümmerten, weil er apathisch auf dem Bürgersteig saß. Sie verabreichten ihm ein Beruhigungsmittel und schickten ihn nach Hause, baten ihn jedoch, sich für Fragen bereitzuhalten. »Wenn es ihm gelingt, nüchtern zu bleiben«, hatte einer der Sanitäter zu ihm gesagt und müde gelächelt. Diese Bemerkung war relevant. Dennoch konnte Esbjörn Ahlenius später mit fester Stimme erzählen, er sei von einem Mann angerufen worden, der behauptete, für ihn würde auf dem Bürgersteig eine Kiste Wein bereitstehen.

»Wirkte etwas verdächtig, aber egal. Nachschauen schadet nicht«, erklärte er den Umstand, warum er mitten in der Nacht auf die Straße gegangen war. Als er keine Weinkiste gesehen hätte, hätte er sich umgeschaut und das Auto auf sich zurasen sehen. Danach habe es einen Augenblick gedauert, bis er begriffen habe, dass die Fahrerin es auf ihn abgesehen hatte.

»Ich schwöre. Diese Rothaarige sah vollkommen verrückt aus. Hübsch, aber verrückt. Sie hatte die Augen aufgerissen und schien zu schreien. Ich dachte, mein letztes Stündlein hätte geschlagen. Aber wenige Meter von mir entfernt, riss sie das Lenkrad herum und rammte den Baum. Einfach so. Verdammt, was für ein Aufprall. Ein Glück, dass die Karre nicht explodiert ist. Aber ein Benz hält so einiges aus. Autos bauen, das können die Deutschen …«

Er stellte noch ein paar weitere Fragen, erfuhr aber nichts Weiteres von Belang. Außer dass Esbjörn Ahlenius keinerlei Feinde habe, dass er »glücklich« geschieden sei und als Redakteur bei einer Firmenzeitung arbeite. Spätere Nachforschungen ergaben, dass Esbjörn Ahlenius mehrmals wegen Trunkenheit am Steuer verurteilt worden war, einmal im Zusammenhang mit einem Unfall, den er verursacht hatte. Dadurch wurde die Polizei auf Michael Pfeil aufmerksam. Er war der Vater der Frau, die Esbjörn Ahlenius angefahren und in den Rollstuhl gebracht hatte. Ungefähr gleichzeitig stellten sie fest, dass Michael Pfeil Eigentümer des Unfall-Mercedes war.

Frühmorgens rief er dann Michael Pfeil an und erzählte ihm, was vorgefallen war. Dieser bat ihn in ein Lokal in der

Altstadt und gab selbst unumwunden zu, dass die Sache verdächtig wirkte. Pfeil war der Polizei zwar nicht bekannt, besaß aber jene Art von Lokal, die bei ihm keine sonderliche Begeisterung hervorrief, obwohl er sich selbst als toleranten Menschen bezeichnen würde. Alle seine Bedenken wurden jedoch zerstreut. Michael Pfeil war trotz der frühen Morgenstunde tadellos gekleidet und setzte ihm ein gutes Frühstück vor. Sein Schock und seine Verzweiflung über die Trauerbotschaft waren so echt, dass es unwahrscheinlich wirkte, dass er in den Unfall verwickelt sein könnte. Der Totalschaden war ihm gleichgültig, was den Eindruck eines Menschen, der sehr trauert, noch verstärkte. Schließlich nannte ihm Michael Pfeil den Namen des Mannes in dem Seidenkleid. Fredrik. Fredrik André.

Als unparteiischer Polizist beschrieb er Esbjörn Ahlenius so neutral wie möglich und gab nur weiter, was dieser erzählt hatte. Überraschend ehrlich und ohne Umschweife gab Michael Pfeil daraufhin zu, dass er Esbjörn Ahlenius für das hasse, was er seiner Tochter angetan habe. Er hätte ihm den Tod gewünscht. Fredrik André habe davon gewusst, er könne sich jedoch nicht vorstellen, dass sein Freund vorgehabt habe, Esbjörn Ahlenius zu überfahren. Es sei richtig, dass er am Vorabend sein Auto an Fredrik André ausgeliehen habe. Er wisse jedoch nicht, wozu dieser es gebraucht habe.

»Er war für mich so etwas wie ein Sohn, ich habe mich hundertprozentig auf ihn verlassen. Es gab auch keinen Grund, das nicht zu tun.« Sein deutscher Akzent war sehr deutlich.

Auch dass Fredrik André Frauenkleider getragen hatte, konnte er plausibel machen. Michael Pfeil erzählte, Fredrik André sei schon seit längerer Zeit unter dem Künstlernamen Miranda im Fata Morgana aufgetreten. Miranda habe große Erfolge gefeiert, was dem Fata Morgana eine führende Rolle unter den Stockholmer Nachtclubs eingebracht habe. Fredrik selbst habe das Rampenlicht jedoch eher gescheut.

»Er war zurückhaltend und pflegte kaum Umgang mit den anderen. Einige seiner Kollegen fanden ihn vermutlich etwas seltsam. Wenn er nicht gerade auftrat, saß er häufig allein an einem Tisch und murmelte vor sich hin. Vermutlich repetierte er die Texte. Er war Perfektionist und Autodidakt. Er war fantastisch. Ich hatte keinen Grund, mir etwas dabei zu denken, dass er seine Bühnenkleidung trug, als er sich meinen Wagen lieh. Ich dachte, er hätte vielleicht etwas… vergessen…«

Dann hatte seine Stimme ihren Dienst versagt. Michael Pfeil hatte seine Stirn auf den Tisch gelegt und geweint. Nach einer Weile hatte er ein blütenweißes Taschentuch aus der Tasche gezogen und sich die Tränen aus den Augen gewischt.

»Wie soll ich das bloß meiner Tochter beibringen?«, hatte er gefragt. Was hatte er darauf antworten sollen? Er hatte nur eine Gegenfrage stellen können. Ob mit »etwas seltsam« auch selbstmordgefährdet gemeint sein könne? Michael Pfeil hatte geantwortet, das könne er natürlich nicht wissen, er glaube es aber nicht. Dann hatte er auf Fredrik Andrés Arbeitsplatz und seine Kolleginnen verwiesen, die auch seine besten Freunde gewesen seien. Anna und Mari seien am Vorabend im Fata Morgana gewesen und hätten nach Fredrik gefragt. Das Unternehmen heiße *Kleopatras Kamm* und sei in einem Café im Stadtteil Södermalm zu finden. Er hatte sich die Adresse geben lassen und war sofort dorthin gefahren.

Jetzt stand er vor der Tür.

Bereits als er eintrat, hatte er das Gefühl, dass das nicht sein letzter Besuch sein würde. Wie hatte er dieses Café nur übersehen können? An den anderen Cafés war zwar auch nichts auszusetzen, meist war der Kaffee in Ordnung, es gab belegte Brote, und das Gebäck stammte schon mal aus der Fabrik. Nach einem Café wie diesem hatte er immer gesucht und es noch selten gefunden. Ein echtes Café, in dem der Kaffeeduft in den Wänden hing und die Backwaren mit Liebe zubereitet wurden. Ihm fiel auf, dass das Café trotz der frühen Stunde verhältnismäßig gut besucht war. Die Klientel war gemischt und ruhig, viele lasen Zeitung oder ein Buch. An einem Fenstertisch saßen zwei ältere Männer in schwarzen Anzügen und spielten Schach.

Er musste sich dazu zwingen, sich auf seine Aufgabe zu konzentrieren. Er ging auf die Frau zu, die hinter der Theke stand. Sie hatte dunkles Haar, trug einen Pferdeschwanz und war hübsch. Kurzer Rock. Vielleicht in seinem Alter.

»Ich heiße Anders Ledin und komme von der Polizei. Es tut mir leid, wenn ich störe, aber ich suche zwei Frauen, die hier arbeiten. Die eine heißt Mari, die andere Anna.«

Er versuchte, mit Rücksicht auf die Gäste leise zu sprechen, konnte es aber nicht verhindern, dass ein paar Leute an den Tischen in der Nähe den Kopf hoben und ihn musterten. Die Frau hinter der Theke wirkte bestürzt, fing sich aber rasch. Sie reichte ihm die Hand und stellte sich vor. »Ich bin Jo, entschuldigen Sie, Johanna«, sagte sie und trat dann auf eine Tür zu, klopfte, trat ein und schloss die Tür hinter sich. Nach einer Weile kam sie wieder heraus.

»Treten Sie bitte ein. Was darf ich Ihnen bringen? Aufs Haus natürlich.«

Er bat um einen starken, schwarzen Kaffee und trat dann in das kleine Zimmer hinter der Küche. Wenige Minuten später saß er mit einer Tasse vor den beiden Frauen und versuchte, sich einen Überblick zu verschaffen.

Er konnte sich nicht helfen. Aber wie sehr er auch versuchte, sich auf die tragische Mitteilung, die er zu überbringen hatte, zu konzentrieren, kam ihm der Tag doch heller, verzeihender, etwas … vielversprechender vor, wenn er die Frau betrachtete, die sich als Anna vorgestellt hatte. Diese Haare und braunen Augen machten vermutlich jeden Mann nervös. Die üppigen Brüste unter der Bluse lenkten ihn ab, obwohl sie wirklich nicht flirtete. Sie verfügte über eine ungeheure Ausstrahlung. Außerdem sehnte er sich bei dem Blau ihrer Bluse nach dem Meer.

Erleichtert betrachtete er die andere Frau. Sie würde seine Sinne nicht verwirren. Nach nochmaligem Hinsehen revidierte er jedoch seine Meinung. Mari, hatte sie sich mit fester Stimme vorgestellt. Und als er in ihre fast lila Augen schaute, kam er zu dem Schluss, dass sie vielleicht doch nicht so ungefährlich war, wie sie aussah. Ein Kreuz funkelte in ihrem Ausschnitt, ein Gebet um Frieden, aber auch eine Beschwörung. Außerdem gefiel ihm ihr blondes Haar, das ihn an Milch und Honig denken ließ.

Er stellte sich rasch vor. Nach all den Jahren hatte er gelernt, dass es sich nicht lohnte, das Unvermeidliche hinauszuzögern. Stattdessen erzählte er so sachlich wie möglich, dass ihr Freund und Kollege Fredrik André in der Nacht bei einem Verkehrsunfall ohne Fremdbeteiligung ums Leben gekommen sei. Er hätte einen Baum gerammt, nachdem er fast einen Mann namens Esbjörn Ahlenius überfahren hätte. Er sei sofort tot gewesen. Bei seinem Tod habe er Frauenkleider getragen.

»Haben Sie Grund zu der Annahme, dass Fredrik André sich das Leben nehmen wollte? Soweit ich unterrichtet bin, waren Sie nicht nur Kollegen, sondern auch gut befreundet.«

Eine schnell gestellte Frage konnte gelegentlich allzu traumatische Traueranfälle abwenden. Auch hier war es so. Beide Frauen waren sehr bleich geworden, und der dunkelhaarigen, Anna, liefen die Tränen über die Wangen. Die Blonde, Mari, biss sich so fest auf die Unterlippe, dass es nach einer Weile zu bluten begann.

»Wir… ich meine, ich wäre nie auf die Idee gekommen, dass er sich das Leben nehmen könnte«, meinte sie schließlich und zwirbelte eine blonde Haarsträhne zwischen den Fingern.

»Wir kennen Fredrik jetzt schon seit vielen Jahren, und natürlich hatte er Phasen der Niedergeschlagenheit wie alle anderen. Aber dass er so deprimiert gewesen sein soll… es ist unfassbar, dass wir das nicht gemerkt haben.«

»Wussten Sie, dass er unter dem Namen Miranda in einem Etablissement namens Fata Morgana aufgetreten ist? Dass er dort als Frau verkleidet gesungen hat?«

Die Dunkelhaarige, Anna, nahm eine Serviette vom Tisch und schnäuzte sich. Die Tränen in den Augen machten sie noch unwiderstehlicher.

»Ich erfuhr davon erst gestern Abend, als wir das Fata Morgana besuchten und uns mit Michael Pfeil unterhielten«, antwortete sie. »Fredrik hatte Mari angerufen. Er war ganz aufgeregt. Er sprach davon, einen Weg wählen zu müssen. Dann kam Mari zu mir, weil sie sich Sorgen machte. Wir haben dann beschlossen, nach ihm zu suchen. Schließlich sind wir hierher gegangen und haben gehofft, dass er hier auftauchen würde. Wir waren die ganze Nacht hier.«

»Haben Sie versucht, ihn anzurufen?«

»Unentwegt. Er ist aber nicht ans Handy gegangen.«

Es war noch nicht klar, ob das ramponierte Mobiltelefon, das sie aus dem Autowrack geborgen hatten, irgendwelche Informationen liefern würde. Andererseits schienen sie auch keine weiteren Informationen zu benötigen. Ein Mann hatte sich umgebracht. Aus unbekannten Gründen. Seine Aussage, wählen zu müssen, bestätigte das. Oder vielleicht… er beschloss, auf gut Glück zu fragen.

»Können Sie ausschließen, dass Michael Pfeil Esbjörn Ahlenius gerne tot gesehen hätte, und er Fredrik das erzählt hat?«

Das Erstaunen wirkte echt. Möglicherweise verfärbten sich ihre Gesichter noch etwas heller. Sie schienen ein Gespenst gesehen zu haben, oder vielleicht war er auch nur müde oder übertrieben misstrauisch. Polizeiliche Gründlichkeit. Zwei Köpfe wurden geschüttelt. Ein blonder und ein dunkler.

»Nein«, antwortete Anna schließlich. »Fredrik hat nie davon gesprochen. Wieso?«

»Fredrik André war wie gesagt drauf und dran, Esbjörn Ahlenius zu überfahren, ehe er den Baum rammte. Die Angaben sind noch unbestätigt, muss ich hinzufügen, da sie von Esbjörn Ahlenius selbst stammen und dieser Ahlenius nicht ganz nüchtern war, als sich das alles zutrug. Aber Esbjörn Ahlenius war auch der Mann, der vor etwa einem Jahr so betrunken am Steuer saß, dass er Michael Pfeils Tochter Stella schwer verletzte, die seither die Beine nicht mehr bewegen kann.«

Wieder ein Gespenst?

»Fürchterlich.« Dieses Mal Mari, ohne zu bestätigen oder zu bestreiten, ob diese Information neu für sie war. »Aber dass Fredrik versucht haben soll, einen anderen Menschen totzufahren, ist vollkommen undenkbar. Er war der freundlichste und mitfühlendste Mensch, dem ich je begegnet bin.«

Er musterte sie erneut und überlegte, ob er irgendeine Frage vergessen hatte. Oft fanden sich die Antworten dort. Bei den vergessenen Fragen.

»Wir werden das natürlich nie mit Sicherheit wissen«, meinte er. »Und auch wenn sich Fredrik André mit der Absicht trug, Esbjörn Ahlenius totzufahren, so hat er das nie in die Tat umgesetzt. Er hat sich offenbar stattdessen selbst getötet. Ein Unfall ist mit fast hundertprozentiger Sicherheit auszuschließen. Wir können Menschen ihre mörderischen Absichten nicht vorwerfen, solange sie sie nicht in die Tat umsetzen.«

»Was geschieht jetzt?« In Annas Frage steckten Trauer und Resignation.

»Wir unterrichten seine Mutter. Dann wird sich seine Familie um alles weitere kümmern müssen.«

Er wollte nicht über die obligatorische Identifizierung sprechen. Michael Pfeil hatte sich dazu bereit erklärt. Stattdessen erhob er sich. Er legte ihnen zwei Visitenkarten hin und forderte sie auf, sich zu melden, falls ihnen noch etwas einfiele.

Er hoffte insgeheim, dass das der Fall sein würde, und schämte sich dann gleich wieder dafür.

»Können wir ihn sehen?« Maris Frage war klar und kalt. Wie gefrorenes Wasser. Er gab ihnen den Rat, den er immer gab. Manchmal wurde er befolgt, manchmal auch nicht.

»An Ihrer Stelle würde ich versuchen, mich so an ihn zu erinnern, wie er war. Aber wenn Sie darauf bestehen, dann melden Sie sich einfach bei uns.«

Er gab ihnen die Hand und bedankte sich. In der Tür drehte er sich noch einmal um.

»Dieses Café ist wirklich wunderbar. Es tut mir leid, dass mich so bedauerliche Umstände hierher geführt haben. Es ist wahrscheinlich, dass ich wiederkomme.«

»Herzlich willkommen«, sagte Anna unter Tränen. Ein Willkommen trotz der Trauer. Nicht an die Brüste denken. Er entdeckte ein paar Broschüren auf einem Regal. *Kleopatras Kamm*.

»Kann ich eine mitnehmen?«

»Natürlich.«

Er blätterte und sah, wie Fredrik André einmal ausgesehen hatte. Ein schöner Mann. Männlich, also nicht so, wie er angenommen hatte … aber schön. Unbewusst zog er den Bauch ein.

»Sie lösen die Probleme anderer Leute?«

»So haben wir einmal unsere Geschäftsidee formuliert.« Wieder Anna, dieses Mal reservierter.

Er steckte die Broschüre in die Tasche.

»Wenn Ihnen das gelingt, werde ich arbeitslos. Trotzdem wünsche ich Ihnen viel Erfolg. Ich bin mir jedoch sicher, dass für meine Kollegen und mich noch genug zu tun bleibt. Leider gibt es Probleme, die sich nicht von anderen lösen lassen, aber das wissen Sie vermutlich bereits.«

Als er den Gastraum wieder betrat, befiel ihn das deutliche Gefühl, dass Jo den größten Teil der Unterhaltung mitgehört hatte. Er kaufte bei ihr ein paar noch warme Brötchen und trat dann in die Kälte. Vielleicht würde es an diesem Tag ja schneien. Dann würden sich alle über etwas Selbstgebackenes freuen. Er dachte daran, wie begeistert die Kinder sein würden, und dass ihm deswegen seine Gedanken von eben verziehen sein würden. Unterbewusst störte ihn irgendetwas an dem Gedanken, die Probleme anderer Leute zu lösen, ohne dass er hätte sagen können, was. Dann sah er wieder Fredrik Andrés blutige Füße in hochhackigen Goldsandalen vor seinem inneren Auge und dachte, dass nichts schwieriger war, als Mensch zu sein.

KAPITEL 23

Unendliche Kilometer nur Tannen, Kiefern und Wege, die ins Nichts führten. Weißer, verschneiter Wald und tröstender Kaffee aus dem Fristaden in einer Thermoskanne. Der Proviant, der an Reisen in der Kindheit am Horizont der Zeit erinnert hatte, war schon lange aufgegessen, aber beiden fehlte die Kraft für einen Besuch im Speisewagen. Mari überlegte sich, wie lange es wohl dauern würde, bis sie sich wieder nach einer guten Mahlzeit sehnte.

Vielleicht in Irland. Aber nicht hier. Hier nie wieder.

Sie lehnte den Kopf ans Fenster und dachte daran, wie angenehm es war, im Zug zu sitzen. Mit dem Auto zu fahren wäre unmöglich gewesen. Allein bei dem Gedanken, sich ans Steuer zu setzen, den Zündschlüssel herumzudrehen, den ersten Gang einzulegen und dann aufs Gas zu treten, wurde ihr übel. Diese Bewegungen würde sie für immer mit Fredrik verbinden oder mit dem, was von ihm noch übrig war.

Inzwischen wusste sie, dass sie besser nicht hingegangen wären. Sie hätten auf den klugen Polizisten hören sollen. Stattdessen hatten sie darauf bestanden. Sie hatte ein Gefühl der Schuld und Verpflichtung verspürt. Vielleicht hatte sie auch geglaubt, eine ihr noch unbekannte Seite Fredriks zu entdecken. Den Mann in Frauenkleidern. Sie hatte das nicht weiter mit Anna diskutiert, sondern nur gesagt, sie fühle sich dazu gezwungen. Anna hatte sich sofort bereit erklärt, sie zu begleiten. Gründe für diesen Beschluss hatte sie nicht genannt.

Aber es war ein Fehler gewesen. Jetzt würde sich die Erinnerung an den lebenden Fredrik für immer mit der Erinnerung an den zerstörten Leichnam auf der Totenbahre vermischen. Natürlich war ihre Vorstellung von Fredrik in Samt und Seide nur ein Produkt ihrer Fantasie gewesen. Sie hatte nach Anhaltspunkten gesucht, wo keine zu finden waren. *Tough luck*, hätte David vermutlich gesagt.

David. Bald.

Es hatte einige Stunden gedauert, bis sie sich eingestanden hatten, dass sie mit Fredriks Mutter sprechen mussten. Anna hatte sich erboten, sie anzurufen, und das dann vom Fristaden aus getan. Die Nummer hatten sie problemlos von der Auskunft erhalten, und die Stimme am anderen Ende hatte geklungen, als hätte sie diesen Anruf erwartet und herbeigesehnt. Anna hatte das Gespräch nach einigen Minuten beendet und dann referiert, was sie in Erfahrung gebracht hatte. Fredriks Mutter war bereits informiert gewesen. Das Begräbnis würde in einer guten Woche in der Kirche des Dorfes stattfinden. Sie hatte erzählt, dass Fredrik ihre Namen gelegentlich erwähnt habe. Sie seien willkommen, sie zu besuchen und an der Beerdigung teilzunehmen. In ihrem Haus gebe es Übernachtungsmöglichkeiten, falls das erwünscht sei.

»Fredriks Mama hat gesagt, dass er nie viele Freunde in seinem Dorf hatte«, sagte Anna plötzlich.

Bei dieser Bemerkung zuckte Mari zusammen. Dass Anna aussprach, was sie gerade dachte, war nichts Ungewöhnliches mehr. Vermutlich dachten beide die ganze Zeit über ähnliche Dinge nach. Sie wälzten mit zusammengekniffenen Lippen und mit geschlossenen Augen ihre Probleme. Bis eine der beiden nicht mehr konnte. Wie jetzt.

»Aber er war doch noch sehr jung, als er von zu Hause ausgezogen ist. Oder? Wie alt war er da eigentlich?«

»Weiß nicht. Vielleicht achtzehn. Es gibt vieles, das wir nicht über Fredrik wissen. Ich frage mich, ob seine Mutter diese Lücken schließen kann«, meinte Anna nachdenklich.

»Einige vielleicht. Aber sicher nicht alle. Ich hatte immer das Gefühl, dass die beiden nicht viel Kontakt hatten.«

»Wir ahnten einiges, aber mehr auch nicht. Gewusst haben wir eigentlich nichts. Ich werde mir deswegen solange ich lebe, Vorwürfe machen.«

»Das hätte Fredrik nicht gewollt. In diesem Fall hätte er sich nicht …«

Sie hätte es beinahe ausgesprochen. Umgebracht. Das, was nicht gesagt werden durfte. Wortlos hatten sie sich auf Schweigen geeinigt. Jedenfalls im Augenblick.

Die Tage vor ihrer Reise waren sehr seltsam gewesen. Irgendwie gelang es ihnen, die Arbeit, die zu tun war, aufzuteilen. Es war naheliegend, dass sich Anna mit Elsa Karlsten und Martin Danelius unterhielt, da sie in Elsas Nähe wohnte. Mari wusste, dass ihr diese Konfrontation schwergefallen wäre. Außerdem hatte Anna mehr Kontakt mit den beiden.

»Das ganze Haus war voll von ausgestopften Tieren.« Anna sprach erneut ihre eigenen Gedanken aus.

»Wusstest du das nicht?«

»Nein. Ich war zum ersten Mal in dem Haus. Elsa hatte in der Küche gedeckt, aber als ich durch das Wohnzimmer ging, sah ich sie. Natürlich Vögel, aber auch Eichhörnchen und Hasen. Und einen Hund. Das war wirklich schrecklich unheimlich. Ich musste gar nicht erst fragen. Sie erzählte es mir auch so. ›Sie sollen weg‹, sagte sie. Ich dachte, wie typisch, dass ihr Mann Kadaver gesammelt hatte. Ich meine, in gewissem Sinne hatte er das ja auch mit ihr gemacht. Er hatte sie getötet und ausgestopft. Sie lief ihr ganzes Leben wie ein ausgestopftes Tier in diesem Haus herum.«

»Aber jetzt schien sie also glücklich zu sein?«

»Ja. Martin auch. Ich bin froh, dass mir die Idee kam, sie zusammen zu treffen. Zwei Gespräche dieser Art hätte ich nicht überstanden. Glücklich ist im Übrigen vielleicht das falsche Wort. Natürlich waren beide verzweifelt über Fredriks … also über das, was Fredrik zugestoßen ist. Sie versicherten, dass sie das wirklich nicht gewollt hätten. Dass sie nie geahnt hätten … und so weiter. Martin Danelius klang ganz ehrlich, als er sagte, dass er nie daran gedacht hätte, dass einer von uns wirklich zur Tat schreiten könnte. Vielleicht wollte er sich rechtfertigen. Elsa war ehrlicher.«

»Jetzt, also im Nachhinein … sie hat doch wirklich jemanden neben dem Bett gesehen?«

»Ich habe sie auch danach gefragt. Sie beharrte darauf, eine Frau in der Dunkelheit gesehen zu haben. Jetzt sei ihr klar, dass es sich um Fredrik in Frauenkleidern gehandelt haben müsse. Aber schließlich hat niemand Verdacht geschöpft … die Ärzte hielten das letztendlich für einen erwartbaren Todesfall … aber sie wollen offenbar noch einmal mit ihr über irgendetwas sprechen … auch Martin Danelius hatten sie noch einmal in die Klinik bestellt. Auf die Station, auf der seine Frau gelegen hatte …«

»Worüber können sie wohl mit Elsa sprechen wollen? Und mit Martin Danelius … ich dachte, die Krankenakte seiner Frau sei endgültig abgeschlossen …?«

»Ich bete jeden Abend darum, dass es wirklich so ist. Dass sie nichts finden … und dass sie … dann nicht anfangen, Elsa oder Martin auszufragen. Sie sind beide alt und halten dem Druck vielleicht nicht Stand. Wenn sie uns erwähnen …«

»Dann wird man Fredrik zweier Morde anklagen. Nach seinem Tod. Darauf läuft es doch wohl hinaus? Aber das darf einfach nicht sein …«

Mari merkte, dass sie sich in ihren eigenen Gedanken verfing. Eine Ermittlung wegen Mordes? Nie im Leben. Das würde sie nicht überstehen.

»Anna Danelius ist doch wohl eines natürlichen Todes gestorben?«

»Natürlich! Und Hans Karlsten… ich kann mir nicht vorstellen, dass Fredrik jemanden umbringen könnte. Und solange niemand etwas anderes sagt, weigere ich mich auch, so etwas zu glauben. Ich will glauben, dass beide eines natürlichen Todes gestorben sind. Punkt Schluss.«

Anna klang aufgebracht. Als müsse sie sich verteidigen. Mari überlegte, was sie wohl unternehmen würde, falls irgendwelche Einzelheiten bekannt wurden… falls Elsa und Martin auf sie verweisen würden… falls Kommissar Anders Ledin noch einmal ins Café käme, um sie über Hans Karlstens und Anna Danelius' Tod auszufragen…

»Glaubst du, dass Fredrik wirklich vorhatte, Esbjörn Ahlenius zu überfahren?« Die Frage hing wie eine eklig schillernde Seifenblase zwischen ihnen in der Luft. Mari hatte sie eigentlich nicht stellen wollen, konnte sie aber nicht länger unterdrücken. Sonst wäre sie geplatzt. Anna vielleicht auch.

Sie wusste, dass sie beide an die Nacht dachten, in der Fredrik an einen Baum gefahren war, während sie auf ausgestorbenen Straßen nach ihm gesucht hatten. Schließlich waren sie wieder im Fristaden gelandet und saßen dort die ganze Nacht. Sie riefen Fredrik an, aber er antwortete nicht, und schließlich suchten sie Michael Pfeil im Fata Morgana auf. Anna sah sich erstaunt in dem Milieu um, das Fredrik offenbar so lange vor ihnen geheimgehalten hatte. Michael Pfeil ließ sofort alles stehen und liegen und erklärte, Fredrik habe sein Auto geliehen, ohne zu sagen, wohin er wolle. Er war sehr besorgt, als er verstand, dass etwas nicht in Ordnung war, aber er konnte ihnen nicht helfen.

Erst später. Dieses Gespräch hatte Mari übernommen. Das Gespräch über den eventuellen Mordauftrag von Michael, den Fredrik andeutungsweise erwähnt hatte. An einem Vormittag saßen sie in einem muffigen und eingerauchten Fata Morgana.

Der Besuch der Polizei lag da bereits ein paar Tage zurück, und niemand hatte Zeit für Heucheleien. Im Gegenteil, Michael Pfeil war von brutaler Offenheit. Er erzählte alles von Esbjörn Ahlenius und dem Unfall, der seiner Tochter die Beweglichkeit ihrer Beine geraubt hatte. Er erzählte von dem Auftrag.

»Ich konnte schließlich nicht ahnen …«, hatte er immer wieder gesagt. Er erklärte, dass er verrückt gewesen sein musste, Fredriks Berichten über *Kleopatras Kamm* Glauben zu schenken, aber noch verrückter, dass er Fredrik gebeten habe, Esbjörn Ahlenius aus dem Wege zu räumen. Mari begriff noch nicht recht, was er eigentlich meinte. Schon beteuerte er, dass ihm nun klar sei, dass *Kleopatras Kamm* keine Agentur für Auftragsmorde sei. Vor einiger Zeit habe er *Kleopatras Kamm* jedoch einen solchen Auftrag erteilt. Glaubte er wie Elsa Karlsten und Martin Danelius, dass jemand anderes die Arbeit erledigen würde? Dass sie über eine Armee von Killern verfügten, die nur auf ein Zeichen warteten? Oder war er ein Mann, der wie viele andere einfach nicht sehen wollte, dass sein Auftrag Konsequenzen haben würde?

»Sie baten uns darum, zu töten.« Mari sprach ihre Gedanken jetzt laut aus.

Anna seufzte. »Daran habe ich auch gedacht. Die ganze Zeit. Sie wollten eine grauenvolle Tat vollbracht sehen, haben aber nicht darüber nachgedacht, wie sich die Durchführung gestalten würde. Der Zweck heiligt die Mittel oder so. Und wir haben beide Augen zugedrückt.«

»Aber hat Fredrik wirklich versucht, Esbjörn Ahlenius zu töten?« Diese Frage kam ihr lebenswichtig vor. Entscheidend. Mari biss sich in die Backe, um den Schmerz nicht spüren zu müssen.

Anna verschränkte die Beine auf dem Sitz. »Ich weiß nicht«, erwiderte sie. »Ich würde gerne glauben, dass er es nicht über sich brachte und im letzten Augenblick noch ausgewichen ist. Ich würde …«

Wieder wurde es still. Mari schaute aus dem Fenster. Der Zug schwankte leicht. Wald und eine weitere Tasse Kaffee aus dem Fristaden.

»Ich werde nie glauben, dass er jemanden töten wollte«, sagte sie schließlich. »Für mich wird er immer ein geliebter Freund sein … Die übrige Welt wird in ihm einen unglücklichen Künstler sehen, der sich das Leben nahm, vielleicht weil er nicht wusste, wer oder was er wirklich war. Nur du und ich wissen, welche Anfragen *Kleopatras Kamm* erhalten hat. Du … und ich … und Elsa Karlsten und Martin Danelius. Und Michael Pfeil.«

»Du hast recht. Die Tatsache, dass Fredrik auf Esbjörn Ahlenius zugefahren ist, bedeutet nichts. Elsa Karlsten könnte …«

»Können wir uns darauf einigen? Dass es sich um natürliche Todesfälle handelte?«

Anna strich sich über die Stirn. Starrte auf den Boden.

»Ja, Mari. Einverstanden. Was geschehen ist, musste geschehen. Fredrik wollte niemanden töten. Er war der beste Mensch, den ich je gekannt habe. Nach dir natürlich. Jetzt können wir nur hoffen, dass nicht das Krankenhaus oder die Polizei … wir müssen ganz einfach weiterhin beten.«

Mari bemerkte, dass Anna nach Zimt duftete. Dann schaute sie auf die Uhr. In etwa einer Stunde würden sie ankommen. Vielleicht hatten sie sich deswegen unterhalten können. Weil die Zeit begrenzt war. Das Gespräch, das sie soeben geführt hatten, war eine Farce. Fredrik war nicht schuldig. Sie war schuldig. Sie hatte die Konsequenzen ihrer eigenen Handlungen nicht kommen sehen. Vater, verzeih ihnen, denn sie wissen nicht, was sie tun. Und jetzt war Fredrik tot. Bald würde er auf einem Friedhof in Ångermanland liegen und vielleicht keine andere Gesellschaft haben als den einen oder anderen flüchtigen Gedanken, der zufällig vorbeikam. Davids Lektion aus Carna. Sie hatte protestiert. Jetzt konnte sie es fast verstehen. David. Ich werde mir nie verzeihen können.

Sie würde sich ihr ganzes Leben lang schuldig fühlen. Die Sühne hatte an dem Tag begonnen, an dem der Polizist mit den müden Augen ins Café gekommen war. Und sie würde erst dann wieder frei sein, wenn sie die ewige Ruhe gefunden hatte. Warum nicht in Carna? Dann wäre der Kreis geschlossen. Nur dass dort nie jemand vorbeikommen und ihr einen Gedanken widmen würde. Recht so. Man musste seine Verbrechen sühnen.

Wie aus einem Reflex heraus umklammerte sie das Kreuz, das sie um den Hals trug. Sie erwachte, als der Zug mit einem Ruck im Bahnhof hielt. Von hier aus ging es erst mit dem Bus, dann mit dem Taxi weiter zu Fredriks Mutter. Sie hatte ihnen den Weg genauestens beschrieben und sich höflich dafür entschuldigt, dass die Verkehrsverbindungen in Norrland zu wünschen übrig ließen. Mari empfand eine unendliche Müdigkeit. Auf dem Bahnsteig war es so kalt, dass ihre Wangen schmerzten. Fredriks Mama hatte ihnen zwanzig Grad unter null in Aussicht gestellt. Sie hatte sich nicht vorstellen können, was das bedeutete. Möglicherweise half es ihr ja dabei, ihre Gefühle einzufrieren. Sie würden zu einem kleinen, kompakten Klumpen erstarren, der sich handhaben ließ. Anna riss sie aus ihren Gedanken.

»Wenn du hier einschläfst, dann wachst du nie wieder auf. Komm. Ich glaube, es geht hier lang.«

Sie fanden den Bus. Er war neu und mit jedem Komfort ausgestattet. Sie stiegen ein. Außer ein paar älteren Männern, die so weit wie möglich von ihnen entfernt Platz nahmen, waren sie die einzigen Fahrgäste. Der Bus fuhr pünktlich ab. Mari sah, wie die Bebauung recht rasch verschwand und von dem kompakten Wald abgelöst wurde, den sie bereits in den letzten Stunden vom Zug aus gesehen hatten. Die Schneemassen drückten die Äste der Tannen zu Boden, die großen Felsbrocken waren unter der weichen Schneedecke verborgen, und die Dunkelheit war gelassen und verzeihend. Maris Sehnsucht nach dem Meer war so intensiv, dass sie erschauerte. Einst war Fredrik von hier geflohen, um nicht lebendig begraben zu werden. Jetzt konnte ihn niemand mehr vor seinem letzten Ziel retten.

Der Gedanke, dass er vielleicht jetzt auf denselben Wegen unterwegs war wie sie, ließ sie erneut erschauern. Im Laderaum eines Autos, in einem Sarg verfolgte er sie, um von ihnen Gerechtigkeit oder eine Erklärung zu verlangen. Mein Gott, mein Gott, warum hast du mich verlassen?

Ich glaube, dass ich den Verstand verliere.

»Wir sind da.«

Annas Stimme weckte sie. Sie stiegen am Busbahnhof aus, und wenig später holte sie ein Taxi ab und fuhr sie in das kleine Dorf, in dem Fredrik aufgewachsen war. Einzelne Häuser säumten die Straßen, ein Zentrum mit Läden war nirgends zu sehen. Mari fragte den Taxifahrer, und dieser antwortete, alles sei schon seit Jahren geschlossen, aber in einem etwas größeren Ort einige Dutzend Kilometer entfernt gebe es gute Geschäfte. »Man braucht ein gutes Gedächtnis«, konstatierte er knapp. Dann hielt er vor einem Haus an, das etwas für sich stand.

Mari sah ein graues Haus am Waldrand mit einigen Nebengebäuden vor sich. Der Hof war größer, als sie erwartet hatte, wirkte aber ein wenig verfallen. Hier und da blätterte die Farbe, und der Weg von der Haustür zum Briefkasten war schon wieder zugeschneit.

»Sie geht nicht sonderlich oft aus«, sagte der Taxifahrer in einem unerwarteten Anfall von Gesprächigkeit. Anna zahlte und dankte, nahm ihre Taschen aus dem Kofferraum und begann auf das Haus zuzugehen. Als das Taxi verschwunden war, war die Stille total. Die Dunkelheit ebenfalls.

Mari begann die Wanderung auf das Haus zu. Bei jedem

Schritt versank sie bis zu den Waden im Schnee. Irgendwann waren ihre Stiefel schneegefüllt. Hinter sich hörte sie Anna keuchen.

»Wenn es das falsche Haus ist, weiß ich nicht, was wir tun.«

»Es muss das richtige sein. Sonst lege ich mich in den Schnee, rudere mit den Armen, sodass der Abdruck aussieht wie der eines Engels, und verschwinde.«

Ein Engel. Ein Racheengel. Mari dachte, dass sich die Sprache für immer verändert hatte. So viele Worte würden nie mehr dasselbe für sie bedeuten wie früher. Dann hörte sie die Musik.

Die Töne des Flügels perlten unter der Tür hervor, schlichen über den Schnee, wurden leichter und verschwanden in den Tannenwipfeln. Die Stimme, die sang, war weich und gleichzeitig durchdringend, intensiv und absolut eigen. Mari versuchte den Text zu verstehen, hörte aber nur, dass das Lied auf Französisch war. Vorsichtig stellte sie ihre Tasche vor der Haustüre ab. Vergeblich suchte sie nach einer Klingel, als die Musik abrupt verstummte. Wenige Sekunden später wurde die Tür geöffnet. Eine Frau stand vor ihnen.

Fredriks Mama war vermutlich Mitte sechzig, wirkte aber mindestens zehn Jahre jünger. Ihr blondes Haar war geflochten, ihre Haut bleich, und ihre wenigen Falten unterstrichen nur, wie glatt ihre Haut im Übrigen war. Ihre geschwungenen Lippen waren rot geschminkt. Ihr weinrotes Kleid reichte bis zu den Knöcheln, und ein Paar Schuhe mit hohen Absätzen ließen ihre schlanken Beine in exklusiven Nylonstrümpfen noch länger erscheinen. Sie hatte die Augenbrauen gezupft und mit einem Strich nachgezogen, und Mari wusste plötzlich nicht, ob sie selbst oder die Frau in der Tür deplatziert war. Sie schaute in ein Paar blaue Augen und hoffte, etwas wiederzuerkennen, sah aber nur ihr eigenes Spiegelbild. Die Frau hielt ihr die Hand hin.

»Ich bin Michelle André. Sie müssen Anna und Mari sein. Treten Sie doch ein. Den Winter hier im Norden muss man wirklich gewohnt sein. Aber ich habe ein Feuer im offenen Kamin brennen.«

Ihre Stimme und Diktion erinnerten sehr an die von Fredrik mit Ausnahme eines ganz schwachen französischen Akzents. Sie trat beiseite, um sie hereinzulassen, und betrachtete sie dann aus einigen Metern Entfernung. Tat sie das wirklich? Sie schaute zwar in ihre Richtung, aber ihr Blick wirkte irgendwie seltsam. Ihre Pupillen schienen erstarrt zu sein, ihre Lider regten sich nicht, und die getuschten Wimpern erinnerten an die einer Puppe. Jetzt lächelte sie.

»Haben Sie Ihre Mäntel aufgehängt? Dann können Sie eintreten. Ich habe im Wohnzimmer gedeckt. Falls Sie nach der Reise hungrig sind.«

Anna und Mari folgten Fredriks Mama zur Wohnzimmertür. Michelle André bewegte sich anmutig, aber konzentriert, als hätte sie jeden Schritt lange im Voraus geplant. Die Türen zu den anderen Zimmern waren geschlossen. Hier würden sie nur zu sehen bekommen, was ihnen ihre Gastgeberin gestattete, und das, obwohl ein Willkommensfeuer im Kamin brannte.

Mari trat ins Wohnzimmer. Es war schöner, als das graue Äußere des Hauses hatte erwarten lassen. Hier gab es keine ramponierten Möbel oder fleckigen Kissen. Der Raum wurde von einem großen schwarzen Flügel und einem Bücherregal mit Büchern und Noten dominiert. Der flauschige Teppich war rot, und die verschnörkelten Jugendstilmöbel erinnerten an das Fata Morgana. Im Fenster stand eine Lampe mit einem Lampenfuß in Form einer Frau, die stark an die Besitzerin des Hauses erinnerte. Der Tisch war für drei Personen gedeckt. Tee und eine Platte mit Kanapees. Croissants und Marmelade gab es auch. Fredriks Mama nahm auf dem einen Sofa Platz, schlug die Beine übereinander und bat sie mit einer Handbewegung, ebenfalls Platz zu nehmen. Ihre Schuhe ließen Annas und Maris Socken vulgär erscheinen.

Sie setzten sich, und als Michelle André sie aufforderte, zuzugreifen, gossen sie den heißen Tee in die zierlichen Tässchen. Er duftete aromatisch. Es war ein sehr guter Tee. Die Frau auf dem Sofa schien sie immer noch ebenso unsehend zu beobachten wie zuvor. Vorsichtig goss sie sich selbst Tee ein und lehnte die Tülle der Kanne dabei auf den Rand der Tasse. Michelle André hatte lange Fingernägel, die in der Farbe ihres Kleids lackiert waren.

»Es ist wirklich bedauerlich, dass wir uns unter so tragischen Umständen kennenlernen. Ich weiß, dass Sie gute Freundinnen von Fredrik waren, und ich weiß es zu schätzen, dass Sie hergekommen sind. Es ist eine lange Reise von Stockholm in diese nördliche Wildnis. Ich erinnere mich noch, wie ich das erste Mal hierherkam. Ich dachte, das hier ist das Ende der Welt. Ganz falsch war das nicht.«

»Wie lange haben Sie hier gewohnt?«, fragte Anna, nachdem alle einige Sekunden geschwiegen hatten.

»Ziemlich genau vierzig Jahre. Überraschend, nicht zuletzt für mich. Ich komme eigentlich aus Paris und bin immer noch Französin, zumindest habe ich noch einen französischen Pass. Aus irgendeinem Grund hatte ich nie Lust, die schwedische Staatsbürgerschaft zu beantragen. Ich hätte sie natürlich bekommen. Haben Sie etwas dagegen, dass ich rauche?«

Beide verneinten, und Michelle André erhob sich und kehrte wenig später mit einer Schachtel Gauloises zurück. Sie zündete sich eine Zigarette an und inhalierte genüsslich.

»Einmal Französin, immer Französin. Das hat mein Mann immer gesagt. Er ist tot. Seit etlichen Jahren.«

Mari starrte auf die Croissants, die sehr knusprig wirkten. Sie hatte immer noch keinen Hunger, nahm aber trotzdem eins, mehr um das Unbehagen zu zerstreuen, das ihr die gesamte Situation eingab. Die deplatzierte Frau vor ihr ließ keinerlei Trauer erkennen. Sie ließ überhaupt keine Gefühle erkennen. Sie biss ab, was ein knusperndes Geräusch verursachte. Michelle André lächelte.

»Etwas Zivilisation müssen wir schließlich auch hier in der Wildnis aufrechterhalten. Ich koche gerne. Fredriks Interesse an ›Cuisine‹ hat er von zu Hause mitbekommen, auch wenn man das nicht meinen sollte.«

Wieder wurde es so still, dass Mari das Gefühl hatte, das Geräusch des zerkrümelnden Croissants würde das ganze Zimmer erfüllen. An den Wänden hingen Schwarzweißfotos von Paris, wahrscheinlich während des Zweiten Weltkriegs oder kurz danach aufgenommen. Auf einigen waren Gruppen von Soldaten zu sehen. Michelle André schien zu ahnen, was sie dachte.

»Meine Mutter war eine Deutschenhure, so hieß das damals. Sie war eine hervorragende Sängerin und Tänzerin. Damals gab es auch sehr seriöse Etablissements. Der deutsche Mann, in den sie sich verliebte, war auch nicht jemand, den sie in irgendeinem Bordell kennengelernt hätte, sondern ein hochrangiger Offizier. Er machte sie zu seiner Geliebten und ersparte ihr damit ein viel schlimmeres Schicksal. Sie war Jüdin, sollte ich vielleicht noch erwähnen. Als Jüdin konnte man damals nicht so wählerisch sein.«

Sie führte die Tasse zum Mund und schluckte vorsichtig.

»Er war ehrlich. Zu Hause hatte er Familie und Kinder. Nach Ende des Krieges wollte er zu ihnen zurückkehren. Damit hielt er nicht hinterm Berg. Meine Mutter gab sich damit zufrieden. Mit einem Leben in bescheidenem Luxus, während andere hungerten oder starben. Dass sie mit ihm schlafen musste, wenn er das wollte, diesen Preis war sie bereit zu zahlen. Sie liebte ihn. Jedenfalls sagte sie mir das, und ich glaubte ihr. Meine Mutter war eine sehr ehrliche Frau. Manchmal sogar brutal ehrlich. Aber das war mir immer lieber.«

Sie nahm einen weiteren Zug von ihrer Zigarette. Ihre

durchsichtigen Augen schienen die Gegenwart vergessen zu haben, als blickten sie zurück und nicht voraus. In zweierlei Hinsicht.

»Er machte seine Ankündigung wahr und verschwand zu Kriegsende. Ohne zu wissen, dass ich unterwegs war, muss ich zu seiner Verteidigung sagen. Ironie des Schicksals, nicht wahr? Dass sie ganz am Ende des Krieges noch schwanger wurde, nachdem sie so lange verschont geblieben war. Verschont ist vielleicht das falsche Wort. Vermutlich wollte sie ja ein richtiges Andenken an ihn haben. Er hatte ihr schließlich das Leben gerettet. Sie war ihm dankbar dafür und erlaubte sich keine Bitterkeit. Sie sagte immer, Bitterkeit sei das nutzloseste Gefühl, dem sich der Mensch hingeben könne. Das ist sehr wahr.«

Michelle André ließ ihr Silberarmband kreisen, und die schweren Anhänger klirrten. Es wirkte alt, und das Silber war stellenweise schwarz angelaufen.

»Sie fragen sich sicher, warum ich von meiner Mutter spreche, wo ich doch von meinem Sohn sprechen sollte. Aber ich habe den Eindruck, eine Erklärung sei angebracht. Als der Krieg zu Ende und mein Vater nach Hamburg zurückgekehrt war, gab es niemanden mehr, der meine Mutter beschützt hätte. Es war kein Problem mehr, Jüdin zu sein, aber es war ein Problem, eine Affäre mit einem Deutschen gehabt zu haben. Trotzdem kam sie relativ glimpflich davon. Sie rasierten ihr zwar den Kopf, aber ihr blieb das Teeren und Federn erspart. Andere hatten nicht dasselbe Glück. Vielleicht half es ihr ja, dass sie einen dicken Bauch hatte. Schließlich gibt es Grenzen dafür, wie man eine Schwangere behandelt. Wollen Sie sehen, wie sie aussah?«

Ohne eine Antwort abzuwarten, ging sie auf eine der geschlossenen Türen zu. Sie streckte die Hand aus, berührte die Tür, ließ die Finger sinken und berührte die Klinke. Wenig später kehrte sie mit einem Foto in einem verschnörkelten

Rahmen zurück, das sie Mari reichte. Anna und sie betrachteten schweigend eine schöne Frau in bodenlangem Seidenkleid, mit Pelzstola und Zigarettenspitze. Sie hatte den Kopf etwas zurückgelehnt, und ihr langes Haar fiel ihr über die Schultern auf den Rücken. Es reichte ihr bis zur Taille.

»Es war kastanienbraun. Es tut mir leid, dass ich es nie gesehen habe. Aber andere haben es mir erzählt. Anschließend war es nie mehr so schön wie vorher. Vielleicht lag das auch an der Lebensmittelknappheit. An der täglichen und nächtlichen Arbeit und vielleicht auch an der Trauer. Sie glich das durch Perücken aus. Als sie starb und ich nach Schweden kam, hatte ich nicht viel Gepäck. Ein Kind im Bauch. Und eine Tasche mit Perücken und Abendkleidern.«

Michelle André streckte die Hand nach der Platte aus, nahm ein Kanapee und biss vorsichtig ab.

»Der Apfel fällt nicht weit vom Stamm, finden Sie vielleicht. Ich will nicht auf irgendwelche Einzelheiten eingehen. Wir haben überlebt, und das war gut so. Mein eigenes Kind wurde nicht aus Geldmangel heraus gezeugt, sondern aus einer Lust und Leidenschaft heraus, die ich nicht zu beherrschen gelernt hatte. Meine Mutter starb, ohne erfahren zu haben, dass ich schwanger war. Sie war krank, und ich wollte nicht, dass ihre letzte Zeit von Unruhe getrübt würde. Hatte sie als alleinerziehende Mutter überlebt, dann würde ich das auch tun. Dass ich dann in Schweden gelandet bin, ist eine andere Geschichte. Ich arbeitete in einem Restaurant. Dort lernte ich eine Familie kennen, die mir anbot, in ihrem Hotel in Sollefteå zu arbeiten. Sie suchten Sommeraushilfen aus dem Ausland. Offenbar gab es viele Soldaten in der Stadt, die gerne Geld ausgaben, wenn sie frei hatten. Eine sehr gewagte Initiative, aber das waren Menschen, die unkonventionell dachten. Vielleicht Menschen wie ich. Ich hatte nicht viel zu verlieren. Ich kam also hierher, und eine Woche später lernte ich meinen Mann kennen, als er Waren für das Hotel lieferte. Ich bekam so etwas wie ein geordnetes Leben für mein Kind und mich, obwohl der persönliche Preis dafür hoch war.«

»Wusste der Mann, den Fredrik seinen Papa nannte, dass er nicht Fredriks Vater war?« Annas Frage klang gespannt. Michelle André lächelte vorsichtig.

»Schwer zu sagen. Wissen und Verstehen sind zwei verschiedene Dinge. Er fragte mich nie, und ich beantwortete seine unausgesprochene Frage auch nie. Fredrik war mir sehr ähnlich mit Ausnahme der Haare, die glücklicherweise dieselbe Farbe hatten wie die meines Mannes. Aber natürlich muss er einen Verdacht gehegt haben. Die beiden waren sehr unterschiedlich. So unterschiedlich wie zwei Männer nur sein können. Ich stand zwischen ihnen.«

»Wusste Fredrik Bescheid?«

»Ich habe ihm natürlich nichts erzählt. Ob er etwas geahnt hat, weiß ich nicht. Aber er hätte nie gefragt. Das wäre unverschämt und vulgär gewesen. Fredrik war nicht so.«

Zum ersten Mal meinte Mari in der Stimme ein Gefühl auszumachen. Der weiche Fluss der Konsonanten und Vokale war einen Augenblick lang von etwas anderem durchschnitten worden. Trauer oder Reue? Gab es etwas zu bereuen? Dass sie Fredrik Luft vor der Wohnzimmertür hatte spielen lassen, während sie ihre Freunde mit ihrem Gesang und Klavierspiel beeindruckt hatte? Dass sie die Angelegenheit in eine lustige Anekdote verwandelt hatte, über die alle gelacht hatten?

»Die beiden waren wie gesagt sehr verschieden. Mein Mann war ein rauer Mensch. Der Urtypus einer gewissen Sorte urtümlichen Mannes, wenn Sie verstehen, was ich meine. Er gab sich zwar Mühe in meiner Gegenwart, und es gelang ihm, die schlimmsten Unarten einzudämmen, aber von einer Verwandlung konnte nicht die Rede sein. Fredrik schlug nach mir und seinem richtigen Vater. Einem Musiker. Natürlich war mein

Sohn eine Enttäuschung für meinen Mann. Ein Junge, der sich lieber Perücken aufsetzte als im Wald zu jagen.«

Damit war es gesagt, und es gab kein Zurück mehr. Michelle André schien das einzusehen.

»Die Polizei hat mich darüber informiert, wie er gekleidet war und womit er sich beschäftigte. Ich mache ihm keine Vorwürfe. Fredrik war auf seinem Gebiet sicher sehr gut. Das war sein Vater auch. Hätte Fredrik seine künstlerische Seite ausleben dürfen, wäre vieles sicher anders gekommen. Sobald er das Missfallen meines Mannes erregte, suchte er Zuflucht bei den Perücken. Ich wusste das, aber ich versuchte auch, ihn zu beschützen. Ich habe viele Fehler gemacht, das gebe ich zu, aber ich habe getan, was ich konnte. Und doch war es natürlich ein ungleicher Kampf. Außerdem musste ich auch an mich selbst denken.«

Sie sprach dies aus, als wäre es das Natürlichste und Selbstverständlichste auf der Welt. Ich will überleben. Ich will, dass man sich an mich erinnert.

»Aber dann kam dieses eine Mal. Fredrik glaubte, er sei sicher. Mein Mann wollte eine längere Wanderung machen, und ich unterrichtete in der Schule. Fredrik war allein zu Hause und nutzte die Gelegenheit. Er hatte eine der Perücken aufgesetzt und eines meiner Kleider geliehen. Mein Parfüm benutzt. Er trug eine Perlenkette und hatte eine Zigarette in das Mundstück gesteckt, das meine Mutter auf diesem Foto in der Hand hält. Er hatte die Zigarette angezündet. Dann legte er eine Schallplatte auf. Er tanzte und sang zur Musik und merkte nicht, dass mein Mann mit der ganzen Jagdgesellschaft nach Hause kam, um sich vor der Jagd noch mit einem Schnaps zu stärken. Sie hörten nur die Musik und öffneten die Tür. Alle sahen ihn. Für meinen Mann war das eine furchtbare Schmach. Er rannte ins Zimmer und packte die Perlenkette. Sie zerriss, und die Perlen fielen zu Boden. Fredrik bat mich um Entschuldigung, sobald ich nach

Hause gekommen war und erfahren hatte, was vorgefallen war.«

Mari merkte, dass es ihr schwerfiel, ruhig sitzen zu bleiben. Die klangvolle Stimme, die anmutig übereinandergeschlagenen Beine, die seelenlosen Augen. Fredrik tot. Geschmacklose Anekdoten aus der Kindheit, serviert mit Tee und französischen Croissants.

»Mein Mann bestrafte Fredrik. Er erschoss seine Kaninchen. Das Ganze war als Wettstreit getarnt. Fredrik sollte das Gewehr meines Mannes verstecken, und wenn mein Mann das Gewehr fand, dann wollte er die Kaninchen erschießen. Natürlich stand das Ergebnis von vornherein fest. Dann musste ich die Kaninchen zubereiten. Die Nachbarn waren eingeladen, damit Fredrik gezwungen sein würde, sich zusammenzureißen. Was er auch tat. Aber der Vorfall veränderte ihn irgendwie. Deswegen erzähle ich auch davon. Denn es könnte erklären, warum er sich das Leben genommen hat.«

Nimmt sich das Leben. Nahm sich das Leben. Hat sich das Leben genommen. Keine Veränderung des Tempus würde das, was geschehen war und was gesagt worden war, rückgängig machen können.

»Sie zwangen ihn, seine eigenen Kaninchen zu essen?« Annas Stimme war von Wut und Ekel erfüllt, was sie auch nicht weiter kaschierte. Mari war ihr dankbar. Sie hätte Michelle André gerne den dampfenden Tee in ihr hübsches Gesicht geschüttet.

»Das klingt barbarisch, nicht wahr? Vielen Städtern ist es unverständlich, Tiere zu essen, die man selbst aufgezogen hat. In Fredriks Fall geschah nur etwas, was ohnehin geschehen wäre, jedoch etwas früher als ursprünglich geplant. Ich versuche gar nicht, mich zu rechtfertigen. Ich habe mein Möglichstes getan. Ich hatte alles mit so viel Stil und Sorgfalt wie nur möglich zubereitet. Fredrik aß alles auf, obwohl ich ihm gesagt hatte, er könne auch was übriglassen.«

Eine Weile lang schwiegen sie alle drei. Mari spürte, wie sie vor Unbehagen errötete.

»Sie haben gesagt, er habe sich verändert«, meinte sie nach einer Weile.

»Seine künstlerische Begabung wurde ihm gleichgültig, und er wurde mehr oder minder so, wie mein Mann ihn haben wollte. Unter anderem lernte er so treffsicher zu schießen, dass ihn die anderen Männer der Gegend respektierten und bewunderten. Dann zog er von zu Hause aus und nahm die Perücken mit. Und die Zigarettenspitze und das Kleid meiner Mutter. Aber als mir der Polizist erzählte, wie er bei dem Unfall gekleidet war und dass er als Künstler in Frauenkleidung aufgetreten sei, begriff ich, dass er es nie vergessen hat … ich meine, hatte. Vielleicht konnte er das Doppelleben ja nicht mehr ertragen. Ich kann verstehen, wie er sich fühlte.«

Sie biss vorsichtig von ihrem Kanapee ab und tupfte sich dann mit einer Serviette die Lippen ab. Irgendwo schlug eine Uhr, und Mari kam das wie ein Hohn vor. Hier brauchte es nichts, was die Stunden, Minuten, Sekunden ans Kreuz schlug. Hier war die Zeit stehengeblieben. Michelle André brach das Schweigen.

»Ich weiß nicht, wie viel Fredrik über seine Kindheit erzählt hat. Ich erwarte auch nicht, dass Sie Verständnis dafür aufbringen oder mir verzeihen, weil ich nicht die Mama war, die Fredrik gebraucht hätte. Ich habe nicht vor, mich zu rechtfertigen. Ich erzähle das nur, weil ich finde, dass ich es Fredrik schuldig bin. Sie waren offenbar seine besten Freunde. Aber ich weiß, dass ich die Sache in gewissem Maße wiedergutgemacht habe.«

»Und zwar wie?« Annas Stimme war immer noch voller Aggression.

Michelle André strich eine unsichtbare Knitterfalte ihres Kleids glatt.

»Mein Mann ist bei einem Jagdunfall ums Leben gekommen«, sagte sie. »Vor einigen Jahren. Wir befürchteten, ein Bär hätte sich in die Gegend verirrt und eine ziemliche Verwüstung angerichtet. Fredrik war der Gruppe zugeteilt, die ihn aus seinem Versteck locken und unschädlich machen sollte. Die Jagdgesellschaft war ziemlich groß und auf ein großes Gebiet verteilt. Irgendwann fiel ein Schuss. Mein Mann wurde in der Stirn getroffen. Er starb offenbar sofort, wurde aber erst nach mehreren Stunden entdeckt. Fredriks Posten war sehr weit von dort entfernt, und er konnte auch über seinen Aufenthalt absolut zufriedenstellend Rechenschaft ablegen. Es sei ihm geglückt, den Bären anzuschießen, sagte er, und der Bär, der einige Tage später gefunden wurde, war auch wirklich von einem Schuss getroffen worden. Der Schuss, der meinen Mann getroffen hatte, konnte nie einem Schützen zugeordnet werden, es bestand auch die Möglichkeit, dass er sich selbst erschossen hatte, obwohl das unwahrscheinlich wirkte. Er hätte sich kaum in dic Stirn geschossen. Aber mein Mann war ein guter Schütze, genau wie Fredrik.«

»Was hätte er für einen Grund gehabt, sich zu erschießen?« Mari hatte wieder das Gefühl, dass die Frau, die ihr gegenübersaß, sie beobachtete, ohne eigentlich etwas zu sehen.

»Mit den Jahren wurde er immer deprimierter. Unter Stimmungsschwankungen hatte er allerdings schon immer gelitten. Aber nachdem wir unsere Tochter verloren hatten, wurde es schlimmer. Ich hatte eine Tochter, die nur zwei Jahre alt wurde. Sie starb an einem Blinddarmdurchbruch. Wir schafften es nicht rechtzeitig ins Krankenhaus.«

»Mein Beileid.« Annas Stimme. Mari konnte nicht entscheiden, ob darin Mitleid mitschwang oder nicht. Ihr fiel auf, dass sie noch nicht ihr Beileid über Fredriks Ableben bekundet hatten.

»Danke.« Michelle Andrés Stimme klang genauso beherrscht wie zuvor. »Wäre sie am Leben geblieben, dann wäre vieles anders gekommen. Mein Mann hätte die Gewissheit gehabt, ein eigenes Kind zu haben, und davon hätte auch Fredrik profitiert. Jetzt wurde der Druck auf ihn noch größer. Mein Mann trauerte mehr um seine Tochter, als er je zugeben wollte. Ich habe Ihnen kein gutes Bild meines Ehemanns vermittelt, aber er war kein ganz und gar schlechter Mensch. Nach dem Tod unserer Tochter verschwand ein Stück von ihm, das er durch Jagd, brutale Erziehung und manchmal auch durch Alkohol zu kompensieren suchte. Es gab Leute, die sich durchaus vorstellen konnten, dass er sich das Leben genommen hatte, und vielleicht war dies mit ein Grund, warum man den Jagdunfall bei der Bärenjagd recht rasch zu den Akten legte. Sowohl was die polizeilichen Ermittlungen als auch die Überlegungen der Leute betraf. In diesem Landstrich kümmern wir uns normalerweise nicht um das Privatleben der Nachbarn, wenn es sich irgendwie vermeiden lässt. Das ist im Übrigen auch sehr zivilisiert.«

»Was glauben Sie selbst?« Maris Frage klang schärfer, als sie es beabsichtigt hatte. Michelle André zog noch einige Male an ihrer Zigarette und drückte sie dann in einem Aschenbecher aus Porzellan aus.

»Es spielt keine Rolle, was ich glaube«, sagte sie. »Aber ich habe Fredrik beschützt. Zuletzt. Das ist alles, was ich zu sagen habe.«

Ihre Augen wirkten verhangen, als würden Rauchschleier in ihrem Gesichtsfeld hängen. Sie hob die Hand, um sich eine Haarsträhne aus dem Gesicht zu streichen, hielt dann aber mitten in der Bewegung inne. Mari sah in die unbarmherzigen Augen und wusste Bescheid. Natürlich.

Michelle André lachte. Ein klirrendes Lachen, als hätte jemand eine Schachtel Nähnadeln zu Boden fallen lassen.

»Ist das Leben nicht ein einziges, ironisches Schauspiel, in dem der Einzige, der bis zum letzten Akt aushält und seine Ehre nicht verloren hat, der Narr ist? Ich wollte meinen Sohn nicht sehen. Er erinnerte mich an alles, was hätte sein können und was nicht war, und dadurch bedeutete er zu viel für mich, als dass ich ihn hätte lieben können. Ich erzählte ihm nie von seinem richtigen Vater. Vielleicht hätte ich das tun sollen. Aber ich habe den Menschen, der Fredrik war, nie gesehen. Jetzt sehe ich fast überhaupt nichts mehr. Ich sehe nur noch Licht und Schatten. Sie sind zu zweit, dort auf dem Sofa, aber ich kann nicht sehen, ob Sie hübsch sind oder traurig, gleichgültig oder nur hasserfüllt. Ich sehe zwei Schatten vor noch dunkleren Schatten. Bald werde ich nicht einmal mehr das sehen. Vielleicht werde ich dann ein erleuchteter Mensch.«

Eine weiche kastanienbraune Stimme, wie das Haar auf einer alten Fotografie. Keine Bewegung, kein Gefühl, nur eine gleichgültige Feststellung. Als sie sich wenig später erhob, zum Flügel ging, sich setzte und zu spielen begann, war es so, als würde sie weitersprechen, aber aus einer anderen Richtung. Sie lächelte, als könne sie sich sehen und würde über das, was sie sah, lachen.

»Die Finger sind meine Augen. Mein Gesang und meine Musik sind alles, was mir geblieben ist. Aber Bitterkeit ist wie gesagt ein nutzloses Gefühl. Trauer eigentlich auch. Führt zu nichts. Wie eine Melodie ohne einen schönen Schlussakkord.«

Mari wollte aufspringen und schreien. Das Zimmer verlassen. Aber das war unmöglich. Sie verfing sich in den Tönen, ließ sich von der Melodie mitreißen. Die verdammte Michelle André hatte ein Stück ausgesucht, das all das ausdrückte, was sie empfand. Nach einer Weile wurde sie von hemmungslosen Schluchzern geschüttelt. Anna umarmte sie von hinten und versuchte sie zu beruhigen.

Michelle André blieb sitzen und ließ den Schlussakkord ausklingen.

»Ich zeigen Ihnen Ihr Zimmer«, sagte sie dann. »Sie können in Fredriks altem Zimmer schlafen. Ich habe mir dabei helfen lassen, dort ein Extrabett aufzustellen. Vielleicht wollen Sie sich nach der Reise ja frisch machen oder einen Spaziergang unternehmen. Nicht dass ich so erpicht darauf bin, mich in die Kälte zu begeben, aber für jemanden, der nicht hier wohnt, ist das vielleicht verlockend. Anschließend möchte ich Sie gerne zum Abendessen bitten. Bis zum nächsten Restaurant ist es ein gutes Stück, und für ein richtig gutes Lokal muss man schon eine Reise unternehmen. Nach Stockholm oder warum nicht gleich nach Paris?«

Sie erhob sich und ging mit denselben beherrschten und konzentrierten Schritten wie vorher auf eine der geschlossenen Türen zu und öffnete sie. Dann trat sie beiseite. Anna entschuldigte sich und verschwand im Badezimmer. Mari trat ein.

Das Zimmer war nicht groß, wirkte sauber, sah aber aus wie aus einer anderen Zeit. Das Bett war sauber bezogen, im Regal standen zerlesene Kinder- und Jugendbücher neben oft geherzten Teddybären, anständig gekleidete Puppen, Spieldosen, Puzzles und Malsachen. Die einst gelben Gardinen waren so verblichen, dass sie fast weiß aussahen. Nur das Extrabett war neu und mit weißer, bestickter Bettwäsche bezogen. Die Handtücher, die auf den Kissen lagen, waren gebügelt und trugen das Monogramm M.A. Vorsichtig ging sie auf das Bett zu, das einmal Fredrik gehört haben musste, und strich mit der Hand über die Decke. Wie ein Echo hörte sie Michelle Andrés Stimme.

»Sie fragen sich sicher, warum ich Ihnen das alles erzählt habe. Ich habe gesagt, das sei der Versuch einer Erklärung gewesen. Aber reicht das? Sie fragen sich sicher auch, warum ich Sie nicht nach Fredrik frage. Nach seiner Arbeit, seinem Leben und seinen Freunden. Danach, was er in den letzten Jahren getan hat. Wen er kennengelernt hat. Was Sie von ihm gehalten haben. Ob Sie sich seinen Selbstmord erklären können. Die Vergangenheit liefert mir einige Stücke des Puzzles. Sie besitzen vielleicht die übrigen.«

Mari betrachtete das schöne Haar, die geschwungenen Brauen und den Mund, der Fredriks ganz ähnlich war. Sie wurde sich des Umstandes bewusst, dass sie im Unterschied zu Fredriks Mutter vollkommen verheult aussah.

»Sie sagen, Sie wollen, dass wir es verstehen. Aber ist es nicht eher so, dass Sie wollen, dass wir etwas verzeihen?«

Michelle Andrés Lächeln war kaum mehr als eine leichte Krümmung der Oberlippe. Ihre leeren Augen sahen direkt durch sie hindurch und verfingen sich in ihren Gedanken wie eine Gewehrkugel.

»Das Abendessen wird um sieben serviert. Ich hoffe, das ist Ihnen recht«, erwiderte sie und verließ das Zimmer. Wenig später hörte Mari wieder Klavierspiel und Gesang. Edith Piaf. Hymne à l'amour. Eine dunkle Huldigung der Liebe. Sie trat auf das Bücherregal zu und strich mit der Hand über die Märchen von Rittern und Prinzessinnen. Dann setzte sie sich auf Fredriks Bett. Fredrik war tot. Aber vielleicht war er ja gar nicht bei einem Autounfall gestorben. Vielleicht war er schon hier gestorben, umgeben von Menschen, die nicht hatten sehen wollen, dass eine Seele zu Staub und Asche zerborsten war. Die Ascheflocken waren dann vom Wind davongetragen worden, ohne dass sich jemand die Mühe gemacht hätte, die sterblichen Reste aufzusammeln.

KAPITEL 24

Mari lag unter einer weichen Daunendecke. Mit den Augen folgte sie der Maserung des Holzes an der Decke. Fredrik hatte diese zufälligen Linien jahrelang betrachtet. Wenn sie das Bett mit ihm teilte, dann nur so wie jetzt. Er war damals nicht zu ihr nach Hause gekommen. Für alles war es immer zu spät.

Neben sich hörte sie Annas Atemzüge und wusste, dass sie an das hervorragende Abendessen dachte, das man ihnen auf schönem Porzellan zusammen mit passendem Wein in altmodischen Kristallgläsern serviert hatte. Michelle André hatte Fisch, Gemüse und kleine Kartoffeln gekocht und ihnen aufgetan, ohne dass etwas daneben gegangen wäre. Anna hatte sie gefragt, wie lange sie bereits Probleme mit den Augen habe, und die Antwort erhalten, es hätte schon vor ihrem dreißigsten Geburtstag angefangen. Die dunklen Elfen, die jetzt vor ihren Augen tanzten, würden bald ebenfalls verschwinden.

Michelle Andrés Stimme hatte dabei gleichgültig geklungen, als beträfe es sie eigentlich gar nicht. Sofort danach hatte sie einige der Fragen gestellt, die sie bereits am frühen Abend angekündigt hatte. Was sie über ihren Sohn wüssten. Mit wem er befreundet gewesen sei. Ob sie eine Vorstellung davon hätten, was wirklich geschehen sei. Die Art, wie sie diese Fragen stellte, ließ keine Trauer erkennen, und sie hatten die Fakten referiert, jedoch darauf bedacht, niemanden bloßzustellen. Mari hatte vom Fata Morgana erzählt, da ihr klar war, dass Michael Pfeil zur Beerdigung kommen würde. Anna hatte das Café erwähnt und die Tatsache, dass sie mit Fredrik zusammengearbeitet hatten. Von *Kleopatras Kamm* war nicht die Rede gewesen.

Mari spürte, dass das Bett in der Mitte eine Kuhle hatte, vermutlich weil die Matratze durchgelegen war. Das war ihr aufgefallen, als sie das Laken geradegezogen hatte. Sie wusste, dass es ihr schwerfallen würde, einzuschlafen, obwohl sie einiges von dem guten Wein getrunken hatte, nicht unbedingt, weil sie ihn genossen hätte, sondern eher, um den Nachgeschmack herunterzuspülen. Ein bedeutungsloser Gedanke streifte sie. Bald war Weihnachten.

»Glaubst du, dass Fredrik seinen Vater erschossen hat?« Annas Frage schnellte durch die Dunkelheit wie der Rückstoß einer Waffe. Mari war froh, dass Anna ihr Gesicht nicht sehen konnte.

»Ich weiß nicht«, erwiderte sie flüsternd. »Aber wenn ja, kann ich ihn beinahe verstehen. Die Haustiere des eigenen Kindes zu erschießen… es dann noch zu zwingen, diese aufzuessen…«

Sie sprach nicht weiter, sondern biss sich auf die Unterlippe und dachte, dass sie sich jetzt auf gefährlichem Terrain befanden. So hatte alles angefangen. Mit Verständnis. Sie konnte es sich wirklich nicht erlauben, den Mord an einem Unterdrücker zu rechtfertigen.

»Nein«, sagte sie dann immer noch flüsternd, weil sie Angst hatte, Michelle André könnte an der Tür horchen. »Nein, ich glaube nicht, dass er geschossen hat. Wenn alle anderen davon ausgingen, dass es ein Unfall oder ein Selbstmord war…«

»Der Apfel fällt nicht weit vom Stamm, meinst du? Obwohl er ja nicht sein leiblicher Vater war.«

»Und wahrscheinlich auch nicht sein gefühlter. Er scheint wirklich ein Ekel von Mann gewesen zu sein.«

»Ein Mann, der alles kontrollierte. Der zuerst an seine eigenen Wünsche und Bedürfnisse dachte und nicht verstand, dass andere Menschen anders veranlagt sein könnten.«

Mari war sich nicht sicher, ob das eine Anspielung auf ihr Verhältnis zu David sein sollte. Sie entgegnete nichts, dachte aber daran, was sie von dem Unfall gehört hatte. Ein Schuss. Ein Kainsmal.

»Ich glaube es auch nicht.« Das war wieder Annas Stimme. »Wenn er jemanden erschossen hätte, dann doch wohl sie. Michelle. Obwohl das vielleicht gar nicht nötig war. Sie ist bereits tot. Kalt und gefühllos. Weißt du, dass mich passive Brutalität oft mehr erzürnt als alles andere? Etwas Bestialisches zu tun ist einfach bestialisch. Aber danebenzustehen und zuzuschauen und dann zu behaupten, man hätte nicht eingreifen können, aus welchen Gründen auch immer, das erfüllt mich fast mit noch größerem Ekel.«

»Tot, hast du gesagt. Meinst du, wie ein ausgestopftes Tier? Wie Elsa Karlsten?«

»Nein, mit tot meine ich seelenlos. Diese Frau ist eine der schlimmsten Personen, die mir je begegnet sind. Ist dir aufgefallen, wie sie von ihrer toten Tochter erzählt hat? Sie hat keine Miene verzogen. Hat nur an diesem verdammten Tee genippt und den kleinen Finger abgespreizt.«

»Ich gebe dir recht. Gleichzeitig denke ich aber auch, dass es für ihre Mutter in Paris die Hölle gewesen sein muss. Sowohl während des Krieges als auch danach. Und dann der Umzug hierher, jung und schwanger. Wie entsetzlich, Paris gegen das hier einzutauschen. Dann die Entdeckung, dass man einen Sadisten geheiratet hat. Zu wissen, dass man ein Geheimnis hat. Ein Kind zu verlieren. Vielleicht konnte sie auch nur so überleben? Elsa Karlsten kam mit einer Bitte zu uns. Michelle André entschied sich dafür, nichts zu empfinden.«

Ein Kind zu verlieren. Nichts zu empfinden. Sie hörte, wie sich Anna im Bett wälzte.

»Du willst sie doch nicht etwa in Schutz nehmen? Ich kann nur eines zu ihrer Verteidigung vorbringen und zwar, dass sie verdammt guten Wein serviert. Wie hat sie das genannt? Zivilisation? Meine Güte, das eigene Kind nicht in Schutz zu nehmen ...«

Mari unterbrach sich. Sie überlegte, ob Anna wohl an Fanditha dachte. Sie atmete den Duft der frischgewaschenen Laken ein und spürte, dass ihre Füße langsam wärmer wurden. Natürlich war sie Annas Meinung. Michelle André war abscheulich, aber war der Mangel an Gefühlen nicht ... verständlich? Dann hörte sie, dass Fredriks Mutter unten wieder zu spielen begann. Ihre Stimme klang triumphierend und schmutzig-vulgär. Es war die Dreigroschenoper.

Sie starrte wieder an die Decke und ertrank in den Blutbahnen des Holzes.

»Einen Augenblick lang habe ich fast geglaubt, sie hätte selbst geschossen«, meinte sie schließlich. »So wie sie das gesagt hat. Dass sie Fredrik dann schließlich doch beschützt habe. Dass sie ihn endgültig verteidigt habe. Ich glaube, sie wäre kaltblütig genug, den Mord ihres Mannes zu planen und durchzuführen und dann damit zu leben.«

Das Schweigen dauerte ein paar Sekunden. Anna wälzte sich erneut im Bett.

»Dass sie buchstäblich über Leichen gehen könnte, ist offensichtlich«, erwiderte sie schließlich, »genauso offensichtlich wie die Tatsache, dass Fredrik das nicht konnte.«

»Wenn dem so wäre ... wäre das Grund genug, ihr zu verzeihen?«

»Mari, ich weiß nicht. Bald weiß ich überhaupt nichts mehr. Ich weiß nur, dass ich das Ende dieses Alptraumes herbeisehne.«

Sie verstummten beide. Mari dachte an Fredriks Galakleider im Fata Morgana. Michael Pfeil hatte wissen wollen, was mit ihnen geschehen sollte. Er habe sie ganz bewusst Fredriks

Mutter gegenüber nicht erwähnt. Mari hatte ihm versprochen, sich um die Kleider zu kümmern. Was sollte sie mit ihnen machen? Seide, Samt. Putzlappen, Lumpen. Keine Zuflucht. Sie war müde, war sich aber nicht sicher, ob sie würde abschalten können. Der Gedanke, dass sie in Fredriks Bett lag, beunruhigte sie, und sie meinte den Duft von Träumen, Erwartungen und Enttäuschungen eines Jungen wahrzunehmen. Die Laken dufteten nach fleckenloser Fassade und saubergescheuerter Schuld. Schuld. Schon wieder.

»Hast du keinen Kontakt zu deinen Geschwistern?« Annas Frage überraschte sie, und sie sah sich gezwungen, sich eine Antwort zurechtzulegen. Sie musste darüber nachdenken, wie die richtige Antwort lautete.

»Mein Bruder hat eine eigene Firma. Seine Frau ist Lehrerin und kümmert sich außerdem um die drei Kinder. Meine Schwester ist irgendwie aalglatt, verkauft Bücher in einer ökumenischen Buchhandlung, meditiert, kleidet sich vorzugsweise indisch und ist mit einem Gärtner verheiratet. Ich habe beide schon seit Jahren nicht mehr getroffen und hege auch nicht den Wunsch, es zu tun. Selbst als wir noch unter einem Dach wohnten, hat uns nichts verbunden. Sie haben mich nie in Irland besucht, aber das war vielleicht auch meine Schuld. Ich legte auf Besuch keinen gesteigerten Wert. Du erinnerst dich. Aber vielleicht hätte ich mich gefreut, wenn sie zumindest gefragt hätten. Wir hatten alle keinen sonderlich guten Kontakt zu unseren Eltern, und es gab auch keine Familienfeste, bei denen wir uns hätten treffen können. Ich habe immer geglaubt, dass mir das nicht fehlt.«

Anna lachte. Das erste Lachen seit Tagen.

»Du warst doch die Älteste, nicht wahr?«

»Das wusstest du doch schon?«

»Du hast von ihnen erzählt, als wir uns kennenlernten. Aber das ist so lange her, dass ich es fast vergessen habe. Wir wissen viel weniger voneinander, als wir immer geglaubt haben. Wir haben uns für beste Freundinnen gehalten. Aber nach deinen Geschwistern habe ich zuletzt vor vielleicht zehn Jahren gefragt. Fredriks Doppelleben mit französischen Perücken aus den vierziger Jahren war uns vollkommen unbekannt. Auch die Tatsache, dass er um eine kleine Schwester trauerte.«

»So lange hat er nicht im Fata Morgana gearbeitet. Irgendetwas muss vorgefallen sein, was seine Erinnerungen wieder an die Oberfläche gebracht hat.«

Wieder wurde es still. Annas Stimme klang seltsam metallisch, als sie wieder zu sprechen begann.

»Der Kontakt zu meiner Schwester ist auch nicht der beste. Es fällt mir schwer zu akzeptieren, dass ihr unser Vater und seine Situation vollkommen gleichgültig sind. Was für ein Verrat. Dass Pferde wichtiger sein können als Menschen! Aber vielleicht rufe ich sie an, bevor ich abreise. Schließlich muss ich ihr sagen, wo ich mich aufhalte.«

»Hast du vor zu verreisen?«

»Ich habe vor, diese verdammte Beerdigung hier hinter mich zu bringen. Dann fahre ich zurück zu meinem Haus und meinem Café und kümmere mich um die letzten offenen Fragen. Anschließend fahre ich zu Greg nach Amsterdam. Fanditha ist bereits dort. Ich will sehen, ob nicht doch noch etwas aus uns dreien wird. Ich glaube, dass ich das will. Ob sie das auch wollen, muss ich erst noch herausfinden. Aber ich habe beschlossen, einen Versuch zu machen.«

Anna in Amsterdam. Ein anderes Land, ein anderes Leben. Ihre verbleibende gemeinsame Zeit war knapp bemessen. Sie lief ab.

»Wann hast du diesen Beschluss gefasst?«

»Ich habe es mir bisher nicht eingestehen wollen, aber ich glaube … dass ich nie einen Mann so sehr lieben kann wie Greg. Und ich muss lernen zu akzeptieren, dass meine Tochter … ich meine, ich will alles versuchen, damit wir wieder zueinanderfinden. Außerdem will ich diese ganzen betrüblichen

Ereignisse hinter mir lassen. Ich will zwar nicht vergessen, aber mir selbst vergeben können.«

»Dich trifft keine Schuld, Anna.«

»Wie kannst du dir da so sicher sein?«

Mari antwortete nicht. Sie dachte daran, dass sie bald wieder allein sein würde. Keine Anna. Niemals wieder Fredrik. Nur ein unendliches Meer, Inseln mit steil abfallenden Küsten, grüne Unendlichkeit und eine schwarze Vergangenheit.

»Ich fahre nach Irland«, flüsterte sie. Nach Irland, wiederholte sie innerlich, als seien diese Worte eine Beschwörung. Sie hörte, wie sich Anna bewegte, und konnte die Gedanken ihrer Freundin nachvollziehen. Mari fährt nach Irland, um die Toten zum Leben zu erwecken oder um sich selbst in einem Berg furchtbarer Erinnerungen an einen von Dämonen besessenen Mann zu vergraben. Sie kam der Frage zuvor.

»Du hast selber gesagt, ich müsse David vergessen. Ich müsse endlich akzeptieren, dass er tot ist. Ich wollte damals nicht auf dich hören. Ich bin einfach weggelaufen, erinnerst du dich? Das war in jener Nacht, als ich zum ersten Mal das Fata Morgana besucht und Einblick in Fredriks verbotenes Leben gewonnen hatte. Aber du hast recht. Ich muss vergessen, und zwar jetzt mehr denn je. Ich kann das nur, indem ich wieder dorthin zurückkehre. Seltsamerweise habe ich mich nirgends so zu Hause gefühlt wie dort.«

»Ich hatte nicht das Recht, dich so anzuschreien.«

»Aber in der Sache hattest du recht. Ich habe mit einem Gespenst gelebt. Mit der Inkarnation eines Menschen. Einem Phantomschmerz. Wie sehr mir das geschadet hat, daran wage ich gar nicht zu denken. Aber jetzt muss es endlich ein Ende haben. Alles muss ein Ende haben.«

Annas Stimme klang wie das düstere Echo ihrer eigenen Überlegungen.

»Was hast du dort vor?«

»Ich will unser Restaurant wieder eröffnen. Soweit ich

weiß, sind die Räumlichkeiten noch vorhanden. Offenbar ist der Segelclub wieder dort eingezogen. Aber vielleicht kann ich mich ja bei ihnen einkaufen …«

Sie wollte nicht von Elsa Karlstens Honorar oder Martin Danelius' Millionen sprechen. Sie wollte nicht darüber diskutieren und nicht daran denken, dass sie sich bald trennen würden. Anna sprach das Unvermeidliche aus.

»Dann trennen sich nach dieser Farce also recht bald unsere Wege?«

»Ich versuche nicht, dir zu entkommen. Und schließlich können wir ja in Verbindung bleiben …«

In Verbindung bleiben. Fredrik hätte über diese klägliche Formulierung gelacht. Ohne dass sie dagegen etwas unternehmen konnte, liefen ihr wieder die verdammten Tränen über die Wangen. Die Musik war verstummt, und sie überlegte sich, welche Alpträume wohl Michelle André heimsuchten.

»Johan hat mich fallen lassen, und ich habe ihn bestraft, indem ich ihm eine Schere in die Hand gerammt habe. Mir kommt es vor, als läge das mehrere Jahre zurück und nicht nur einige Wochen. Diese Strafe hat dazu geführt, dass wir *Kleopatras Kamm* gegründet haben. Ein Monster. Und hier wurde Fredrik dafür bestraft, dass er sich als Frau verkleidet hat.«

»Wie hat man dich bestraft, als du klein warst?« Annas Frage klang besorgt. Wenig später kroch Anna zu ihr ins Bett und legte ihr einen Arm um die Taille. Sie spürte Annas Brüste, Bauch und Schenkel hinter sich. Gezeiten und Sahne, Schatten und Regen. Eine Weile lagen sie so da, und Anna machte beruhigende Geräusche. Fredrik würde nie mehr atmen. Nie mehr lachen oder weinen, etwas spüren oder sein. Sich nie mehr erinnern.

»Sie haben mich nie geschlagen. Sie haben nie auf körperliche Gewalt zurückgegriffen. Meist haben sie mich wie Luft behandelt, auch wenn ich nichts angestellt hatte. Wollten sie zum Ausdruck bringen, dass ich etwas Dummes getan hatte –

so nannten sie das, ›zum Ausdruck bringen‹ –, so sprachen sie einfach nicht mit mir. Als Fredrik erzählte, er sei einmal Luft gewesen, hat mich das sehr mitgenommen. Denn ich weiß, wie man sich fühlt, wenn man nicht wahrgenommen wird. Manchmal schwiegen sie tagelang. Vielleicht habe ich es deshalb so lange mit David und seinem Schweigen, wenn er deprimiert war, ausgehalten. Ich war es gewohnt.«

Sie spürte Annas warme Atemzüge am Hals und im Haar. Sie schloss die Augen und meinte den Duft von Kardamom und Geborgenheit wahrzunehmen. Als sie wieder zu sprechen begann, war der Beschluss zu bekennen nicht mehr ihr eigener.

»Einmal haben meine Eltern einen ganzen Monat lang nicht mit mir gesprochen. Mama hat es gelegentlich versucht, aber Papa war konsequent. Das war er immer. Konsequent. Dieses Wort mochte er sehr. Aber jenes Mal glaubte ich, den Verstand zu verlieren. Ich war noch recht klein und hatte gerade erst mit der Schule angefangen.«

Wieder Annas Stimme. Warm und weich im Ohr und mit einem aufrichtigen Mitgefühl, das das Zittern und den Sturm zum Erliegen brachte. Wie Jesus auf dem Wasser. Man darf nicht nach unten schauen und den Glauben verlieren. Denn dann fällt man.

»Was hattest du denn Schreckliches getan, um ihrer Meinung nach eine derartige Strafe zu verdienen?«

Schweigen. Die Erinnerung an eine Schale, die auf Glas splittert, und an eine weißgelbe Flüssigkeit, das Embryo von etwas, was vielleicht einmal hätte fliegen können.

»Ich aß rohes Ei zum Frühstück. Im Schulbus.«

KAPITEL 25

Galway Road. Main Street. Market Square. Beach Road. Clifden. Connemara. Zuletzt war sie im Sommer hier gewesen, und vor den Pubs hatten Tische gestanden. Jetzt lag die Kälte wie eine blaue Haut auf Straßen und Häusern. Während Mari die vertrauten Straßen entlangschlenderte, kamen ihr die bunten Fassaden in dem bleichen Winterlicht, das vorsichtig zwischen den Wolken hervorsickerte, gedämpft vor. Sie betrachtete die Wollpullover und den keltischen Schmuck in den Schaufenstern. Seit sie zuletzt in Irland gewesen war, hatte sich nicht viel verändert. Die Touristen schienen mit den Gezeiten gekommen zu sein. Sie hatten ihre Andenken gekauft, waren verschwunden und von neuen Touristen ersetzt worden. Im Fenster von Mullarkey's Bar hing ein Plakat. Ein paar Musiker aus der Gegend würden abends spielen. Kein David Connolly natürlich.

Der Abschied von Schweden war so schmerzlos gewesen, wie sie erwartet hatte. Nach Fredriks Beerdigung hatte es keiner Worte mehr bedurft. Ein namenloses Grauen hatte sich ihrer bemächtigt, ein Schrecken, den sie nie überlebt hätte, wenn sie nicht Anna an ihrer Seite gehabt hätte. Unter die wenigen Trauergäste aus dem Dorf hatte sich eine illustre Gesellschaft aus dem Fata Morgana gemischt. Das hätte eine aufregende Kombination ergeben können, wären die Extreme in Fredriks Leben und Tod dadurch nicht so deutlich geworden.

Michael Pfeils Trauer war unendlich tief und aufrichtig, aber seine bloße Anwesenheit erinnerte an Mordaufträge und eine Welt voll Illusionen. Seine Tochter Stella im Rollstuhl verstärkte die Tragik noch. Eine bezaubernde Frau, aber verschlossen und einsilbig. Mari hatte nicht recht verstanden, weshalb sie zu der Beerdigung angereist war, und vermutet, dass ihr Vater sie brauchte. Vielleicht hatte sie Fredrik irgendwann getroffen. Sie hatte nicht fragen wollen. Sie hatten sich begrüßt und ein paar wenige, unverbindliche Sätze gewechselt. Stella Pfeil schien kein Mensch zu sein, der Zeit auf Plattitüden verschwendete.

Fredriks Mutter hatte Klavier gespielt und gesungen. Ihre Stimme erreichte ungeahnte Höhen, und sie absolvierte die Veranstaltung mit Bravour. Das Publikum applaudierte wie dressierte Affen, und Mari empfand bei allen klatschenden Händen Ekel.

An das eigentliche Begräbnis und das Mahl danach wollte sie jetzt gar nicht erst denken. Sie würde in den kommenden Jahren noch Zeit genug zum Trauern haben. Aber noch nicht jetzt. Erst musste sie etwas zu Ende bringen. Wenn sie nur nicht so müde wäre.

Anna und sie hatten nach ihrer Rückkehr noch ein paar Tage im Café in Stockholm gearbeitet. Anna schloss einen Inneneinrichtungsauftrag ab. Sie erzählte, sie hätte die Beherrschung verloren und den Kunden angeschrien, sie werfe die hässlichen Kissen höchstpersönlich weg, wenn er es nicht täte. Man hätte auf sie gehört und gezahlt, ohne zu protestieren. Mari lehrte ein paar junge Leute, mit denen sie schon vor langer Zeit einen Termin vereinbart hatte, die Grundzüge der Buchhaltung. Angesichts der gutgläubigen und besorgten Augen ließ sie alle zuvor vorbereiteten Informationen über Konjunkturtrends und Auftragseingänge außer Acht. »Beschäftigt euch mit Dingen, die euch am Herzen liegen, und lasst euch von niemandem einreden, ihr wäret wertlos«, bläute sie ihnen stattdessen ein. Die Augen blickten daraufhin erstaunt, aber freudig überrascht. Dann saßen sie im Café, aßen Zitronenmuffins und lachten. Eines der Mädchen sagte, ihr gefiele Maris Kreuz.

Die Farbe der Trauer hatte sich vertieft. Sie pulsierte durch den Körper und bewirkte, dass sie kaum Angst empfand, als Elsa Karlsten das Café betrat und um eine Unterredung bat. Sie saß ihnen gegenüber und erzählte, sie habe sich mit den Ärzten unterhalten. Diese hätten sich, wie gesagt, dafür entschieden, einen Herzinfarkt zu konstatieren. Das Ableben war nicht unerwartet gekommen, und deshalb hätten sie von einer Obduktion abgesehen. Eigentlich wollten sie sie nur noch einmal fragen, ob ihr Mann selbstmordgefährdet gewesen sei, da er offenbar Alkohol und Tabletten im Übermaß konsumiert hätte. Anschließend hatten sie sich vorsichtig erkundigt, wie sie sich fühle. Ob sie Hilfe benötige. Jemanden, mit dem sie sich unterhalten könne. Elsa erzählte, sie wisse nicht, ob die Ärzte mit dem Gesagten etwas hatten andeuten wollen, aber sie hätte sie einfach nur ganz ruhig angesehen und gesagt, dass sie auf den Alkohol- und Tablettenkonsum ihres Mannes keinen Einfluss gehabt hätte. Sie selbst wäre nicht suchtgefährdet.

Dann erzählte Elsa Karlsten Anna und ihr, dass auch Martin Danelius eine ernste Unterredung mit einem der Ärzte der Station seiner Frau geführt habe. Einiges deute darauf hin, dass sich jemand am Beatmungsgerät zu schaffen gemacht habe, aber niemand konnte mit Sicherheit etwas sagen. Die Verantwortlichen kannten natürlich Martin Danelius' Auffassung in dieser Frage, und daher wollte man gerne gefragt haben, ob es »etwas« zu erzählen gäbe. Martin Danelius hätte laut Elsa Karlsten alles energisch abgestritten und dann angedeutet, es könnte sich auch um eine Nachlässigkeit des Pflegepersonals gehandelt haben. Ob man mit dieser verdeckten Anklage vielleicht davon ablenken wolle? Der Arzt hätte das entsetzt in Abrede gestellt, und anschließend wäre nicht mehr viel gesagt worden.

Anna und sie konnten einander kaum in die Augen sehen, nachdem Elsa Karlsten sie verlassen hatte. Dann stellte Anna fest, dass die Todesfälle nun offensichtlich zu den Akten gelegt worden seien. Niemand würde ein Interesse daran haben, herauszufinden, wie viel ein alter Mann getrunken habe, oder ob eine Krankenschwester versehentlich den falschen Knopf gedrückt habe. Mari schwieg und nickte. Sie fragte sich, ob der Herzinfarkt wirklich die Todesursache gewesen sein konnte. Sie weigerte sich, daran zu glauben, dass die Manipulation des Beatmungsgeräts zum Tod geführt hatte. Sie überdachte noch einmal, was der Arzt zu Anna gesagt hatte. Dass die meisten Morde unentdeckt blieben.

Die Wohnung zwei Wochen später zu verlassen war einfach gewesen, Anna zu verlassen jedoch schmerzhaft. Eine Umarmung, ein etwas gezwungenes Versprechen, in Verbindung zu bleiben. Gemeinsame Geschäfte. Darüber müssen wir noch reden. Dann allein. Grüß Greg. Und kein »Grüß David« zurück. Das war verständlich. Anna konnte es schließlich nicht wissen. Ihre Familie hatte mit einem einstimmigen »Ach ja?« geantwortet, als sie angerufen hatte, um sich zu verabschieden. Mit ihren übrigen Bekannten war es genauso gewesen. Die Reise nach Irland hatte sie wie eine Befreiung empfunden. Dann war sie tagelang in der Umgebung von Clifden mit dem Gefühl herumgelaufen, vielleicht doch überleben zu können. Mehr konnte sie nicht verlangen, aber weniger konnte sie auch nicht akzeptieren. Schuldig: Fredrik. Lieber Fredrik, verzeih mir.

Es war nicht schwer, sich Informationen zu besorgen. Der inzwischen berühmte Sohn der Gegend und seine Kunstwerke wurden in sämtlichen Broschüren des Fremdenverkehrsamts, die sie gelesen hatte, erwähnt, und in Clifden gab es mehrere Läden, die eines seiner unbedeutenderen Werke im Fenster hatten. Sie betrachtete die Skulpturen, und die Art und Weise, auf die er die unzuverlässige Menge nun schließlich doch noch erobert hatte, ekelte sie an. Er hatte erreicht, wonach er gestrebt hatte, war zu schwindelnden Höhen aufgestiegen. Aber der Preis war hoch gewesen. Niemand wusste das besser als sie.

Noch ein Tag. Sie schob es auf, solange es ging, dann überwand sie sich doch. Sie war sich nicht sicher, ob sie nicht doch früher oder später jemand wiedererkannte. Sie konnte es genauso gut heute erledigen. Die Sonne schien wie damals. Renvyle Point. Es würde fantastisch sein, wieder dorthin zu kommen.

Mit der großen Tasche in der Hand wanderte sie die Sky Road entlang und sagte sich Sätze vor, die aus einem nachlässig formulierten Reiseführer hätten stammen können. Steil abfallende Felsen. Schäumende Wellen, endloses Meer. Schiffe am Horizont. Im Sommer würde das Gras wieder ganz grün sein, und gelbe und lila Blumen würden auf ihm leuchten. Die Touristen würden ihr mit Rucksäcken entgegenkommen und am Straßenrand verweilen, um sich der Aussicht hinzugeben. Autos würden an den Aussichtspunkten parken und Fahrräder am Straßenrand liegen. Bald würde sie zu dem Grundstück gelangen, von dem sie vor Jahren geträumt hatten. Sie hatten es bebauen wollen. Ein Grundstück mit einer Ruine. Rasen mit Aussicht und noch dazu einem Stück Geschichte.

Das Haus war größer, als sie es sich nach der Beschreibung vorgestellt hatte. Der Versuch, den alten irischen Baustil zu imitieren, war geglückt, das musste sie zugeben. Zwei Gebäude. Wohnhaus und Atelier. Der graue Stein harmonierte mit den Farben der Landschaft, und nur die Autos verrieten den Wohlstand. Mercedes. Nichts geschieht zufällig. Alles ist bereits geschehen und wird geschehen. Sie ging auf die Tür zu und klingelte. Sie dachte, dass sie etwas fühlen müsse, wies diesen Gedanken dann aber sofort von sich. Die Gefühle waren schon lange verschwunden. Verschwunden am Renvyle Point. In Elsa Karlstens Haus. Vor Fredrik auf der Bahre.

Als die Tür aufging und er vor ihr stand, dachte sie, dass es vielleicht doch nicht so ganz stimmte. Ein Gefühl befiel sie trotz allem doch. Nicht Nervosität, Liebe oder Schrecken, sondern eine perverse Freude. Nur mit Mühe konnte sie ein krankes, gehässiges Gelächter unterdrücken. Sein Erstaunen war so lächerlich, so total und so vorhersehbar. Genauso lächerlich wie er selbst in schwarzen Hosen, schwarzem Rollkragenpullover und schwarzem Jackett. Natürlich hatte er zugenommen, und natürlich trank er immer noch. Das Gesicht hatte sich kaum verändert, aber die scharfen Linien waren diffuser geworden, und seine Haut war gerötet. Sein rotes Haar war kurz geschnitten und glatt gekämmt, und seine Augen hatten einen berechnenden Glanz, den sie vorher noch nie gesehen hatte, auch nicht in seinen wahnsinnigsten Augenblicken. Vielleicht sah sie das auch nur so, weil sie es so sehen wollte: Er war ein Mann, der seine Seele verkauft hatte.

Sekundenlang standen sie da und sahen sich an. Sie wusste, dass sie lächelte. Ihr Lächeln wurde nicht erwidert. Der berechnende Gesichtsausdruck war verschwunden und von Überraschung, Fassungslosigkeit und Angst in dieser Reihenfolge abgelöst worden. Angst. Sie merkte, dass ihr Lächeln noch breiter wurde.

»Mari…«

Seine Stimme hatte sich nicht verändert. Vielleicht hätte sie sich darüber freuen sollen. Sie konnte ihn zwingen, ihr das keltische Gebet vorzuspielen, ein letztes Zugeständnis.

I am the Man of this night.

»Es freut mich, dass du mich noch erkennst, David, nach all den Jahren.«

Er lachte. Ein unfreiwilliger Versuch, die Normalität zu wahren.

»Wie kannst du nur glauben, dass ich dich nicht wiedererkennen würde? Du siehst aus wie früher, obwohl du die Haare gefärbt hast.«

»Ich war immer rothaarig. Das weißt du. Aber jetzt färbe ich mein Haar nicht mehr blond. Die Umstände haben mich gelehrt, dass die Natur gibt und nimmt, wie es ihr gefällt.«

Er lehnte am Türrahmen, und sie überlegte, dass seine scharfen Kanten vielleicht stumpfer geworden waren, dass sein Kern aber sicherlich intakt sei. Daher konnte sie seine Gedanken lesen. Was soll das? Wie kann ich das ausnutzen? *What is in it for me?* Sie betrachtete das Wasser und die Ruine.

»Genauso schön, wie ich es in Erinnerung hatte, von damals, als wir hier vorbeigingen und davon träumten, wie unser Haus aussehen würde. Du hast dich ebenfalls daran erinnert, sehe ich. Das freut mich. Zwei Häuser. Eines zum Wohnen, eines zum Arbeiten.«

»Mari … ich weiß nicht, was ich …«

»Vielleicht solltest du mich hereinbitten? Wie man es guten, alten Freunden gegenüber zu tun pflegt, wenn man sie seit vielen Jahren nicht gesehen hat?«

Wortlos trat er beiseite und ließ sie ins Haus. Ohne die Schuhe auszuziehen und die Tasche abzustellen, ging sie an ihm vorbei. Davids Gemälde und Skulpturen dominierten den Raum, und sie fand, dass die harmonischen Ölfarben und glattgeschliffenen Konturen die Aussicht verhöhnten.

»Willst du einen Tee?« Seine Frage klang unsicher.

»Gerne, David. Und vielleicht auch ein Stück Pie, falls du immer noch kochen solltest. Ich habe mir aber sagen lassen, dass du es nun nicht mehr nötig hast, dein Einkommen aufzubessern.«

Er lachte. Dieses Mal etwas sicherer, geschmeichelt natürlich.

»Es kommt nicht mehr so häufig vor, da hast du recht.«

Er verschwand, und Mari folgte ihm in eine moderne Küche. Er stellte Wasser auf und goss dann den Tee auf. Sie betrachtete die Hände, die einmal ihren Körper berührt hatten. Die Adern auf seinen Handrücken. Zum ersten Mal empfand sie eine gewisse Unsicherheit. Als hätte er es geahnt, blickte er auf. Natürlich. Er hatte immer ihre Gedanken lesen können.

»Du siehst gut aus, Mari«, sagte er. »Du bist schön. Du warst immer schön, aber jetzt bist du ganz besonders schön. Dass du mein Kreuz trägst, das … ja, da werde ich … shit. Ich weiß nicht, was ich sagen soll.«

Du siehst nicht gut aus, wollte sie schon entgegnen, brachte aber nicht mehr als ein Danke über die Lippen. Er reichte ihr die Teekanne, und sie ging ins Wohnzimmer und stellte sie auf den Couchtisch. Wenig später trat er mit zwei Tassen und einem Teller Plätzchen ein.

»Nicht gerade das, was wir im Murrughach serviert hätten. Kekse aus dem Laden.«

Die Anspielung auf ihre gemeinsame Vergangenheit versetzte ihr einen Stich, und ihr wurde warm. Rasch schenkte sie ein, trank einen Schluck und dachte an das Teeritual bei Michelle André. Etwas Zivilisation müssen wir schließlich auch hier in der Wildnis aufrechterhalten. Dort war der Winter weiß und steif gefroren. Hier lief der Schnee die Fenster hinunter. Die unzuverlässige Sonne war bereits verschwunden. David lehnte sich auf dem Sofa zurück. Sie betrachtete ihn. Der Bauch hing ihm über den Gürtel. Er bemerkte ihren Blick.

»Ich bin nicht so wohlerhalten wie du. Einfach alles bequem auf die Arbeit zu schieben wäre eine lausige Entschuldigung. Aber es stimmt, dass ich viel zu tun habe. Ausstellungen, Gestaltung von Plätzen, Reisen … letzten Monat war ich in Tokio auf einer Vernissage. Die Japaner sind ganz wild auf meine Plastiken.«

»Darüber habe ich was gelesen und über deine Erfolge. Du bist einer der anerkanntesten Künstler des Landes und vielbeschäftigt. Gastprofessor an mehreren angesehenen Kunstakademien. Sie liebt dich, diese unzuverlässige Menge, die du verachtet hast, aber trotzdem erobern wolltest.«

Sein Blick. Plötzlich wachsam.

»Jetzt verstehe ich nicht, was du meinst.«

»Ich spreche von einer Unterhaltung von früher, als du mich zum Friedhof von Carna mitgenommen und gesagt hast, du wolltest nicht in Vergessenheit geraten. Ein anonymes Begräbnis stelltest du dir grauenvoll vor. Erinnerst du dich, dass du das gesagt hast? Ich erinnere mich noch sehr deutlich. Ich hatte unlängst noch einmal einen Grund, darüber nachzudenken. Einer meiner besten Freunde beging Selbstmord.«

Er sah sie an und besaß tatsächlich so viel Feingefühl, zu erröten. Sein Blick war immer noch abwartend, als ahne er eine undefinierbare Gefahr.

»Es tut mir leid um deinen Freund. Nein, ich erinnere mich nicht an diesen Ausflug. Aber ich erinnere mich an viele andere. Wir haben uns immer ganz spontan entschlossen, die Sachen ins Auto geladen und sind losgefahren. Ein Picknick hatten wir immer dabei. Wir sind auf die Inseln gefahren und waren jedes Mal rechtzeitig zurück, um das Restaurant zu öffnen. Ich habe das nicht vergessen, Mari, das sollst du wissen. Manchmal denke ich, dass ich nie so glücklich gewesen bin wie damals. Mit dir.«

»Wie meinst du das?« Die Frage klang harmlos, die Dornen waren unter der Konversation verborgen.

David fuhr sich mit den Fingern durchs Haar, eine Geste, die sie schon unzählige Male gesehen hatte. Da die Haare so kurz geschnitten waren, wirkte sie jedoch überflüssig.

»Ich meine, dass wir eigentlich alles hatten, was wir brauchten«, meinte er. »Berühmt zu sein und Geld zu verdienen ist ja ganz nett. Aber nicht so nett, wie man glaubt, wenn man das alles nicht hat. Anyway. Ich gehe einer Beschäftigung nach, die mir gefällt. Kennst du eigentlich meine neueren Werke?«

Unsicherheit? Eine Frage? Sie nickte.

»Ich habe Fotos gesehen und irgendwann mal eine Ausstellung besucht.«

»Willst du dir das Atelier ansehen?«

Sie nickte erneut, und sie erhoben sich gleichzeitig. Einen Augenblick lang standen sie sich gegenüber, und sie merkte, dass sich die Luft zwischen ihnen veränderte. Sie hörte seine Atemzüge und spürte, dass die Luft, die eben noch in ihrer Lunge gewesen war, nun in seiner verschwand. Bei diesem Gedanken brach ihr der Schweiß aus, und sie drängte sich an ihm vorbei. Sie spürte, dass seine Hände ihre Schultern berührten. Sie schnappte sich ihre Tasche, ging auf die Tür zu, öffnete sie und trat auf den Hof. Der Wind war kalt, und es schauderte sie. Mit raschen Schritten ging sie gefolgt von David zum Atelierhaus. Er holte sie ein und hielt ihr die Tür auf.

Der Raum war groß, und als er Licht machte, fiel ihr auf, dass die Beleuchtung sehr professionell und durchdacht war. Auf dem Boden standen ein Dutzend abstrakte Plastiken aus Ton, die maritime Assoziationen erweckten. An die Wand gelehnt standen etliche figurativere Gemälde. Irische Landschaften in weit ausholenden, großzügigen Pinselstrichen. Langsam ging sie von Werk zu Werk, hielt gelegentlich inne und versuchte zu finden, was sie suchte.

»Leider kann ich nicht so viel hier sein, wie ich es gerne wäre. Erfolg bringt unvorhergesehene Verpflichtungen mit sich.«

Sie wusste, dass in dieser Bemerkung eine Bitte um Bestätigung lag, und das freute sie. Vorsichtig strich sie mit der Hand über eine der Skulpturen, in der sich etwas ineinander verschlang, was unauflösbar schien.

»Ceratias holboelli?«

Die Angst hinter einer vermeintlich freundlichen Fassade.

»Nein. Aber es freut mich, dass du dich daran erinnerst. Ich weiß, was du von mir hältst, aber ich wollte eigentlich nie …«

»Wie kannst du wissen, was ich von dir halte? Du hast mich nie gefragt. Mich nie besucht. Du hast dich versteckt, bis du dir sicher warst, dass ich verschwunden war.«

»Mari …« Dieses Mal flehend. »Die Götter sollen wissen, dass der David, mit dem du damals zusammengelebt hast, krank war. Du weißt das von allen am allerbesten. Glaube mir, ich verstehe, wie das gewesen sein muss und was du durchgemacht hast. Aber ich konnte nicht …«

»Warum?«

»Ich weiß nicht. Vielleicht schämte ich mich. Vielleicht hatte ich Angst. Ich meine, ich kam dann selbst in Behandlung. Es dauerte lang, bis ich begriff, wie krank ich eigentlich gewesen war.«

»Aber die Ausstellung fand statt, ehe du dich in Behandlung begeben hast. Dafür warst du gesund genug. Du hättest dir diese Möglichkeit nie entgehen lassen, nicht wahr? Alle Aufmerksamkeit war auf David Connolly gerichtet. So wie du es dir immer gewünscht und wovon du immer gesprochen hattest. Der Pöbel, den du verachtetest, den du aber trotzdem bezwingen wolltest. Und es ist dir gelungen. Diese Idee, die vielleicht in Carna entstanden war. Etwas ganz Besonderes. Etwas, was die unzuverlässige Menge nie vergessen würde. Sie vergaßen nicht. Sie kommen in Horden, um es sich anzusehen. Damals gab es auch noch etwas zu sehen.«

»Wie meinst du das?« Seine Stimme, aggressiv. Wie immer, wenn er Kritik witterte.

»Erinnerst du dich, wie oft du die Bibel zitiert und zu einem Werkzeug gemacht hast, wie alles andere, was dir in die Hände fiel? Du hast kein gutes Haar an den Künstlern gelassen, die erfolgreicher waren als du. ›Weil du aber lau bist und weder warm noch kalt, werde ich dich ausspeien aus meinem Munde.‹ Dieses Zitat habe ich nie vergessen.«

»Ich auch nicht. Aber ich …«

»… bin lau geworden, oder etwa nicht, David? Ich habe verfolgt, was du in all den Jahren geleistet hast. Gesehen, was du ausgestellt hast und was über dich geschrieben wurde. Ich sehe, was hier vor mir steht. Mittelmäßige, gefällige Kunst. Ein Clown für die Massen, der sich überall anpasst. Schade nur, dass du dafür das geopfert hast, was du einmal warst. Deine Seele. Aber die verschwand vielleicht am Renvyle Point. Genau wie meine.«

Er antwortete nicht. Schaute nur durch die großen Fenster, die Richtung Hang und Meer gingen. Sie wusste, dass ihm klar war, dass sie die Wahrheit sprach. Sie wusste, dass er die Werke, die im Atelier standen und die er bald für groteske Summen verkaufen würde, eigentlich verabscheute. In diesem Augenblick hasste er sie, weil sie sich erdreistete, ihn darauf hinzuweisen.

»Hast du keine Kinder?«

Er sah sie wieder an. Diese Frage hatte ihn überrascht.

»Nein, das hat sich noch nicht ergeben. Sheila und ich haben darüber gesprochen. Wir wollen aber noch warten. Und du?«

»Soll ich die Frage so verstehen, dass du wissen willst, was ich in all den Jahren getan habe? In diesem Fall kann ich dir eine Antwort geben. Schließlich bin ich dann wirklich wieder nach Hause gekommen. Ich habe mir mein Wissen, das auch unserem Murrughach über die Runden geholfen hat, zunutze gemacht. Ich habe ein Buchführungsbüro mitbegründet und dort bis vor einigen Monaten gearbeitet. Dann haben meine Freunde und ich ein neues Unternehmen namens *Kleopatras Kamm* gegründet. Wir wollten die Probleme anderer Leute lösen. Genial, nicht wahr? In der gesamten Zeit habe ich in einer Wohnung ohne Gemälde an den Wänden gewohnt. Zwar habe ich das Gemälde damals mitgenommen, auf das du so stolz warst. Friedhof in Carna. Ich fürchte jedoch, dass es etwas verändert ist. Ich habe es verbrannt und die Asche in die Urne mit den Fischhenkeln geschüttet. Sie gewann dadurch, fand ich, wurde irgendwie beseelt. Und natürlich hatte ich noch eine deiner Plastiken, an der ich mich erfreuen konnte. Natürlich Ceratias holboelli. Es war etwas schwierig, sie nach Hause zu transportieren, aber schließlich bin ich, wenn es darauf ankommt, eine findige Person.«

Sie hörte selbst, dass ihre Stimme kurz davor war, sich zu überschlagen, und zwang sich, ruhig durchzuatmen. Genauso ruhig wie jenes Mal, als sie bei Elsa Karlsten den ausgestopften Hund entdeckt hatte. Genauso ruhig wie damals, als sie Hans Karlsten das Kissen auf den Mund gedrückt hatte.

»Gibt es noch etwas, was du mir sagen willst, David?«

Er sah sie verwirrt an, und sie sah ein, dass sie nicht länger warten konnte. Sie beugte sich vor und nahm etwas aus der Tasche. Als sie wieder aufschaute, blickten seine hellblauen Augen, die sie einmal mehr als alles auf der Welt geliebt hatte, erstaunt und verängstigt. Das Gewehr war schwer, aber sie hielt den Lauf mit festem Griff in der einen Hand, während der Zeigefinger der anderen Hand ruhig auf dem Abzug ruhte.

»Es ist noch so vieles ungesagt, David. Ich finde, dass wir in aller Ruhe darüber sprechen sollten. Wir haben alle Zeit der Welt. Ich dachte, wir könnten einen kleinen Ausflug unternehmen. Luft atmen, die schon in Hunderten von Lungen gewesen ist. Und gibt es ein schöneres Ausflugsziel als Renvyle Point? Ich finde, du solltest fahren, David. Ich selbst würde gerne die Aussicht bewundern. Und mich vorbereiten.«

Sie kamen an dem Quäkerdorf Letterfrack vorbei und fuhren dann durch Tullycross. Mari dachte, dass man eigentlich den Croagh Patrick, den heiligen Berg, sehen können müsste, wenn es nicht zu regnen begann. In Tully fragte sie in scherzhaftem Ton, ob sie nicht anhalten und ein Guinness trinken sollten. David antwortete nicht, sondern fuhr einfach weiter, den Blick starr geradeaus gerichtet. Sein Gesicht war grau, und als es zu regnen begann, wusste Mari, dass sie das Schicksal auf ihrer Seite hatte. Niemand würde bei diesem Wetter am Renvyle Point sein. Allen war klar, dass man leicht einmal danebentrat, wenn der Nebel die Augen verklebte und die Abstände verschwimmen ließ.

David parkte am Ende der Straße und fragte vorsichtig, was er jetzt tun sollte. Sie drückte ihm den Lauf des Gewehrs etwas fester an den Kopf und forderte ihn auf, auszusteigen. Er folgte ihren Anweisungen, und sie stieg auf der anderen Seite aus, richtete das Gewehr erneut auf ihn und befahl ihm, zur äußersten Spitze zu gehen. Sie folgte ihm. Vorsichtig sah sie sich um. Wie immer vermittelte ihr die Schönheit der Landschaft ein Gefühl des Ausgeliefertseins, als wäre sie ein Teil des Ganzen, aber ein Teil, das nicht recht passte. Bald würde das Gras auf den Hügeln wieder grünen, und die Schafe würden beginnen, mit roboterähnlicher Monotonie zu grasen. Im Hintergrund reckte die Ruine ihr Skelett und gestattete es dem Wind, die Zwischenräume zwischen den Steinen zu kitzeln. Die in der Ballinakill Bay verstreuten Inseln wiesen ungewöhnlich scharfe Konturen auf, und genau wie damals dachte sie, dass die Touristen deswegen nach Irland kamen und die Schauer und die Feuchtigkeit ertrugen. Sie wollten Augenblicke wie diesen erleben, wenn sich Vergangenheit und Gegenwart unterhakten und die Gebete der Kelten zum Himmel stiegen, als herrschten sie immer noch über die Insel.

Sie gelangten an die äußerste Spitze des Kliffs, und Mari schaute vorsichtig über die Kante. Der weit unter ihnen liegende Strand war mit Muscheln und Steinen bedeckt. Er wirkte genauso unnahbar und deplatziert wie immer. Einen Augenblick lang wollte sie vorschlagen, nach unten zu gehen, überlegte es sich dann aber anders. Der Regen ließ ihren Pullover an ihrem Rücken kleben. Sie fror. David offenbar ebenfalls. Er sah sie an, und sie sah zum ersten Mal einen Schimmer des David, den sie einst geliebt hatte. Das Wasser, das ihm über die Wangen lief, schienen Tränen zu sein.

»Mari, verdammt! Ich weiß, dass ich etwas Unverzeihliches getan habe! Ich weiß es, aber ich war krank! Ich wollte doch nur, verdammt, Mari, ich wollte nur, ich habe dich geliebt, ich glaube, ich liebe dich immer noch, Mari, o Gott, Mari, niemand hat mich so inspiriert wie du, ich weiß, dass du recht hast. Ich bekam, was ich wollte, und ich wollte es nicht haben. Ich produziere Schrott, meine Kunst ist Schrott. Ich verlor alles, als ich dich verlor, ich verlor die Gabe. Ich war nie so glücklich wie mit dir. Bitte, Mari, bitte. Töte mich nicht, töte mich nicht. Oh my God …«

Seine Beine knickten ein, und er fiel auf die Knie. Die Feuchtigkeit seines Hosenbeins konnte Regen sein, aber auch das Entsetzen seines Körpers. Sie hob das Gewehr und richtete es auf seinen Kopf.

»Das war nicht die Eingebung eines Augenblicks, David Connolly. Wochenlang hattest du bei unseren Bekannten Andeutungen gemacht: ›Mari wirkt so deprimiert. Ich mache mir Sorgen um Mari.‹ Du hast meinen Selbstmord parallel zu deiner Ausstellung vorbereitet. Das hätte so gut gepasst. Der tragische Selbstmord der Freundin am Renvyle Point wenige Tage vor der Ausstellung mit Skulpturen, die uns beide darstellten. Ceratias holboelli. So eine Scheiße. Ich kann mir deine tränenreichen Erklärungen vorstellen. Deinen Jammer. ›Sie war mein Alles. Jetzt habe ich nur noch das hier.‹ Sie hätten dir geglaubt, David.«

»Mari, nein, ich …«

»Du hast sogar dafür geübt, nicht wahr? Als wir einen dieser netten Ausflüge machten, von denen du eben noch so hingerissen erzählt hast. Erinnerst du dich an das Mal, als wir mit der Fähre nach Inishbofin gefahren sind? Du hast mich gepackt und über die Reling gehalten, als wolltest du mich ins Wasser werfen. Du wolltest sehen, wie die Leute reagieren würden. Und du hast deine Bestätigung erhalten. Es dauerte lange, bis jemand rief und wissen wollte, was wir da eigentlich machten. Da wusstest du, dass es dir gelingen würde. Du musstest nur noch etwas energischer werden.«

»Nein, Mari, so war das nicht, ich wollte...«

»Du wolltest mir zeigen, wie man am Renvyle Point fliegen kann. Wir waren recht nahe am Abgrund, als ich Angst bekam. Ich merkte plötzlich, wie fest du meinen Arm gehalten und mich angesehen hast. Ich schaute direkt in deinen Wahnsinn, David. Ich war überzeugt davon, dass du in den Abgrund springen und mich mitnehmen würdest. Du würdest den Ceratias holboelli töten, sowohl den Mann als auch die Frau. Deswegen habe ich mich gewehrt und geschrien. Genauso deinet- wie meinetwegen. Bis ich begriff, dass nur ich wie ein verdammter Seevogel über die Felsen fliegen sollte, um auf Muscheln und Steinen aufzuprallen. *Cockles and mussles, alive, alive, oh*. Molly Malone starb auch in der letzten Strophe. Ich weiß nicht, wie lange ich mich wehrte oder welche Götter eigentlich diese Amerikaner geschickt haben. Diese Touristen, die sich so gerne die irische Armut ansehen, falls du dich noch erinnerst. Jetzt bekamen sie stattdessen eine Kostprobe des irischen Wahnsinns.«

»Aber ich wollte dich eigentlich gar nicht herunterwerfen. Ich schwöre, ich liebte dich, o Gott, nicht nur dich, wir beide, wir beide, ich weiß, Mari, aber jetzt bin ich gesund, ich nehme Tabletten, sie haben gesagt, ich sei manisch depressiv und dass ich meine Höhen und Tiefen nicht kontrollieren könnte. Ich war so verzweifelt, Mari...«

Davids Stimme ging in ein klägliches Gejammer über. Mari betrachtete ihn, ohne etwas zu empfinden. Blaue Ruhe. Seevögel über dem Wasser. Graue Schleier wie vor den leeren Augen Michelle Andrés.

»Du bist einfach weggelaufen«, sagte sie dann und merkte, dass der Finger am Abzug gefühllos wurde. »Du bist weggelaufen wie ein aufgeschrecktes Kaninchen. Hätte sich dieses amerikanische Paar nicht um mich gekümmert, wäre ich vielleicht hier oben auf dem Kliff am Schock gestorben. Aber sie haben mich ins Krankenhaus gefahren. Sie haben mich gefragt, was geschehen sei. Ich habe sie natürlich angelogen. Dich gedeckt. Wir hätten uns gestritten. Es sei unverantwortlich, sich so nahe am Abgrund zu prügeln. Im Krankenhaus haben sie mich dann zweimal besucht. Zweimal öfter als du, David. Von dir habe ich erst später gehört. Wie dein Wahn langsam verebbt sei, gerade rechtzeitig zur Ausstellung. Und dass du das Gerücht meines Selbstmordversuchs an die richtigen Leute weitergegeben hättest. Du bekamst deine Besprechungen. Aber du hättest sie auch so bekommen.«

»Verzeih mir, verzeih mir, verzeih, aber du irrst, du irrst, du…«

»Schade dass du mich nicht besser im Auge behalten hast. Du glaubtest wohl, ich würde wie ein Hund mit eingeklemmtem Schwanz verschwinden. Dass ich es nie wagen würde, dich öffentlich herauszufordern, dass ich nie erzählen würde, was geschehen war und wie gut du alles vorbereitet hattest. Teilweise hast du ja recht behalten. Ich schlich mich ins Haus und packte einige von meinen Sachen zusammen. Das Gemälde, die Plastik und die Urne ließ ich von einer Spedition abholen, als du nicht im Restaurant warst. Du hast das vielleicht geahnt, aber das war ein geringer Preis, nicht wahr? Das Gemälde habe ich in einer sternklaren Nacht am Renvyle Point verbrannt. Ich wollte die Asche im Wind verstreuen und mir vormachen, ich hätte dich durch die Zerstörung eines Gemäldes, das ein Stück deiner Seele enthalten hatte, getötet. Aber nicht einmal da gelang es mir, dich in meinen Gedanken zu töten. Ich hob die Asche auf und schüttete sie in die Urne. Dann schuf ich den Mythos von dem toten David Connolly. Ich habe alle diese Jahre mit einem Gespenst gelebt. Manchmal wusste ich schon nicht mehr, wer von uns wirklich tot war. Du oder ich. Vielleicht kann man sagen, dass ich deinen Wahnsinn übernommen habe.«

»Gib mir eine Chance, Mari. Ich will alles wiedergutmachen. Sheila bedeutet nichts. Sie hat nie so viel bedeutet wie du. Wir können wieder von vorne anfangen, ich habe noch ein ganzes Leben, um alles wiedergutzumachen. Lass es mich versuchen, lass mich, ich wollte dich nicht töten…«

»Ich war schwanger, David. Die Schwangerschaft war noch nicht weit fortgeschritten, aber ich hatte es dir bei der Ausstellung erzählen wollen. Wäre sie ein Erfolg gewesen, hätten wir zwei Gründe zum Feiern gehabt. Wenn nicht, dann hättest du trotzdem einen Grund gehabt, dich zu freuen. Das habe ich in meiner unbeschreiblichen Einfalt geglaubt. Dich verlangte es nach Ewigkeit, nicht wahr? Dort siehst du ein Stück Ewigkeit. Deine Gene hätten weitergelebt. Aber im Krankenhaus bekam ich eine Blutung. Deine Gene bluteten aus mir heraus und wurden von weißen Krankenhauskompressen aufgesogen. Wurden von Händen aufgewischt, die man nach vollendetem Werk desinfizierte.«

Er streckte die Hände aus wie zum Gebet. Sie sah das gedunsene Gesicht und den beleibten Körper und dachte, dass sie ihm gerne einen Tritt in den Abgrund gegeben hätte.

»Es ist dir gelungen. Weißt du das? Es ist dir gelungen, nicht nur unser Kind, sondern auch mich zu töten. Ich bin seither wie eine lebende Tote herumgelaufen. Ohne Gefühle, ohne Vernunft. Für meine Umgebung lebte ich, während du tot warst. Schwarz wurde weiß. Genau wie unser Unternehmen *Kleopatras Kamm*, das nicht war, was es zu sein schien. Du hast mich dazu veranlasst, zu töten, weißt du das? Ich habe einem elenden Familientyrannen ein Kissen auf den

Mund gedrückt. Er unterdrückte seine Frau. Jetzt lebt sie auf, und mit ihrem Geld will ich unser Restaurant wieder eröffnen. Es ist wirklich zu betrüblich, wie es dort im Augenblick aussieht. Doch, ich war dort. Ein schäbiges Café und schimmelige Segel in unseren alten Räumen.«

»Ich verstehe nicht, was du sagst, natürlich hast du niemanden getötet. Ich war krank, nicht du, aber Mari …«

»Siehst du dieses Gewehr? Ich habe es einer Blinden gestohlen. Bin in ein Zimmer gegangen, habe es von der Wand genommen und in meine Tasche gesteckt. Siehst du, wozu deine kleine Mari fähig ist? Diese Frau hat ihren Sohn nicht gesehen, und jetzt ist er tot. Fredrik hat sich das Leben genommen, weil ich getötet habe. Aus Rache für das, was du mir angetan hattest. Du hast ihn getötet, und das ist so wahr, wie ich hier mit dem Gewehr stehe, das Fredriks Kaninchen getötet hat. Alles hängt zusammen, David, und man muss seine Schulden bezahlen. Bist du bereit, für deine zu zahlen?«

Sie hob das Gewehr und richtete es auf seine Stirn. Ein Kainszeichen. Sie sah, wie er die Augen aufriss. Die Pupillen wurden kleiner, und er öffnete den Mund. Ein stummer Schrei. Dann schloss er den Mund wieder. Langsam senkte er den Kopf, als sähe er ein, dass alles verloren war. Sie schaute über das Wasser und dachte, dass der heilige Berg von dunklem Nebel und verkleideten Göttern verhüllt war.

Sie dachte an Fredrik. Dachte daran, wie sie selbst eine Lawine ins Rollen gebracht hatte und wie er vielleicht schließlich eine alte Frau im Koma getötet hatte. Sie sah ihn im Auto sitzen und mit einem Fuß, der in einem hochhackigen Schuh steckte, Vollgas geben, um vielleicht einen Mann zu töten, der im Suff jemanden angefahren hatte. Vielleicht. Niemand konnte es wissen. Das Einzige, was sie wusste, war, dass sie sich schließlich entschieden hatte. Ihre unglückliche Existenz zu beenden. Unglückliche Existenz, unglückliche Existenz … in ihrem Kopf kreisten Wortfetzen.

Fredrik. Sie ließ das Gewehr sinken. Sie spürte, dass sie bis auf die Haut durchnässt war. Ihr war eiskalt. Sie wartete, bis David schließlich den Kopf wieder hob. Seine Augen waren ein stummes Flehen und gleichzeitig eine Unterwerfung. Schluss jetzt. Das reicht.

»Es hätte mir geholfen, wenn du mich besucht hättest, David. Ich glaube, ich hätte dir alles verzeihen können. Wenn du mich nur besucht hättest. Ein einziges Mal. Und Verzeih gesagt hättest. Dieses kleine Wort. Verzeih.«

Tränen und Müdigkeit. Sinnlosigkeit. Ein zerstörter Mensch zu ihren Füßen. Kein Zurück. Aber vielleicht Barmherzigkeit. Sie ließ das Gewehr zu Boden fallen. Er stand sofort auf und kam auf sie zu. Sie dachte, dass er sie jetzt hinabstoßen und das beenden würde, was er begonnen hatte. Sie würde ihm dankbar sein. Aber er umarmte sie nur und wiegte sie in seinen Armen. Mit ruckartigen, verzweifelten Bewegungen strich er ihr mit der Hand übers Haar.

»Ich liebe dich, Mari. Und das meine ich. Ohne dich bin ich nichts, und auf das, was ich erreicht habe, kann ich mühelos verzichten. Sag nur ja, meine Schönste, und ich tue, was du von mir verlangst. Wir können das Restaurant wieder eröffnen. Vielleicht nicht hier, aber irgendwo anders. Von vorn anfangen. Einfach und glücklich leben, und ich werde wieder kreativ sein. Für dich und mit meiner Seele. Lass mich wieder für dich singen. Für dich kochen. Ich will mein Leben darauf verwenden, dass du wieder an mich glaubst. Wie damals, sodass ich wieder an mich selbst glauben kann …«

Er küsste sie, und sie merkte, dass sie im Begriff war zu fallen. Er hielt sie aufrecht, und sie spürte das Salz und das Wasser, das ihr in den Kragen und den Rücken hinunter lief. Sie merkte, dass seine Lippen wie damals schmeckten, und dachte, dass sie eigentlich nie gerne andere Männer als den Mann dieser Nacht geküsst hatte. Es wäre so leicht gewesen, aufzugeben und vielleicht wieder zu glauben.

Dann sah sie Fredrik vor sich. Sah sein Lächeln und die ausgefallenen Kleider. Hörte sein Lachen und stieß David von sich. Sah er sie verliebt an? Sie konnte es nicht wissen. Vor allen Dingen war sie kein Happy End wert.

»Ich verlange nur eins, David Connolly. Verschwinde. Überlass mir Connemara. Und komm, nie mehr zurück, solange du lebst.«

KAPITEL 26

Anna saß am Tisch und versuchte zu begreifen, warum es so wichtig war, den Kauf und Verkauf von Waren und Dienstleistungen in mathematische Formeln zu fassen, wenn doch nur ein paar wenige, vernünftige Sätze genügten. Verkaufe, was die Leute kaufen. Mach einen Preis, den sie bereit sind zu zahlen. Mach das, was du kannst. Wie sehr sie Fandithas Argumentation auch hin- und herwendete, kam sie doch immer wieder darauf zurück. Die wohlformulierten Analysen ihrer Tochter, über die Möglichkeiten kleiner Länder, sich gegen die globale Konkurrenz zu behaupten, waren überaus kompetent, aber wer würde wohl das Geschriebene in die Praxis umsetzen? Vermutlich Leute, die ihre eigenen, einfachen Sätze viel besser verstehen würden. Oder waren das jetzt wieder Vorurteile? War sie auf eine Begabung eifersüchtig, die sie selbst nicht besaß? Oder war sie ganz einfach zu dumm, um die Analysen zu verstehen? Vermutlich letzteres.

Sie spürte, wie der Boden unter ihr schwankte, und dachte, dass das ein seltsames, aber selbstverständliches Erlebnis war, wenn man auf dem Wasser wohnte. Das Geräusch der Wellen, die an die Schlafzimmerwände schlugen, wog alle eventuellen Mängel an Bequemlichkeit auf. Eigentlich war es nicht verwunderlich, dass Leute um die Welt segelten. Umgeben von Wasser und mit nur wenigen, notwendigen Utensilien im Gepäck, befand sich der Mensch wieder in einer gebärmutterähnlichen Geborgenheit, die vielen stressigeren Lebensentwürfen überlegen sein musste.

Sie gähnte, lehnte sich zurück und hörte Schritte auf der Treppe. Kurz darauf tauchte Greg in der Tür auf. Er trug abgetragene Jeans und nur ein Hemd, obwohl es kalt war. Das blonde Haar war lang und noch etwas feucht. Er war barfuß.

»Keine Schuhe? Du wirst noch erfrieren. Weißt du, dass Dezember ist und dass wir froh sein können, dass das Wasser nicht gefroren ist?«

Er lachte, trat auf sie zu und legte ihr eine Hand auf die Wange. Sie war warm. Sie hatte auch nichts anderes erwartet.

»Eigentlich wollte ich dich nur fragen, ob du ein kaltes Bier willst. Aber jetzt vermute ich, dass dir ein Kaffee lieber ist.«

Anna schob ihre Hände in die Ärmel des dicken Pullovers, den sie von Greg geliehen hatte.

»Kaffee wäre himmlisch. Wenn du ihn so machst wie ich.«

»Ich mache ihn auf meine Art, und damit bist du auch zufrieden. Vergiss nicht, dass ich dir einmal beigebracht habe, wie man mit nichts Kaffee kocht.«

»Gar nicht wahr!«

Sie erhob sich und boxte ihn zärtlich in den Bauch. Er parierte sofort und fing ihre Handgelenke mit einer Hand auf. Lächelnd sah er zu, wie sie sich zappelnd zu befreien suchte. Dann ließ er sie los und umarmte sie. Anna schlang ihre Arme um seine Taille und lehnte ihren Kopf an seine Brust. Sie hörte Gregs gleichmäßigen Herzschlag. Sie wusste nicht, wann sie sich zuletzt so geborgen gefühlt hatte. Er strich ihr ruhig übers Haar.

»Und du wolltest also einen Kaffee?«

Sie befreite sich aus seiner Umarmung. Sah seine Augen freundlich und spöttisch funkeln.

»Im Moment. Vielleicht bestelle ich anschließend noch etwas anderes.«

Er verschwand ins Innere des Hausbootes. Wenig später kehrte er mit zwei dampfenden Tassen zurück. Er hielt ihr die eine hin. Sie wärmte ihre Hände daran und kostete.

»So recht?«

»Ja. Genau wie du.«

Er nahm ihr gegenüber Platz. Anna trank Kaffee und betrachtete die einfachen Möbel, die Truhen und die nassen Mäntel an Haken an den Wänden. Beim Anblick des Blumentopfs im Fenster musste sie lächeln. Seine Fürsorge hatte keine Grenzen gekannt, seit sie vor einigen Wochen wieder auf das Hausboot gezogen war. Es spielte keine Rolle, dass sie es gewesen war, die aufgebrochen und verschwunden war. Er war bereit gewesen, dort weiterzumachen, wo das gute Leben aufgehört hatte, ohne lange über Schuld und Gründe zu sprechen. In der Gegenwart zu leben wie Greg... so frei zu sein... in der Schwerelosigkeit zu schweben und wieder an die Oberfläche kommen zu können, ohne dass die Lungen in Mitleidenschaft gezogen wurden...

Sie wurde sich bewusst, dass er sie mit seinen lieben Augen beobachtete, und das rührte sie unbeschreiblich.

»Jetzt siehst du mich wieder so an.«

»Wie meinst du das?«

»Du beobachtest mich. Wenn ich lese oder spüle oder mich wasche... dann brauche ich nur aufzuschauen, um deinen Augen zu begegnen.«

»Es gibt mir Geborgenheit, dich zu betrachten, Anna. Das hier ist mein Zuhause, aber ohne dich hat es keine Seele. So ist es nun einmal.«

Sie wollte es sagen. Jetzt bleibe ich, Greg, für den Rest meines Lebens. Dann dachte sie an Fredrik und überlegte, ob Greg wirklich alles verzeihen konnte. Sie versuchte, das Thema zu wechseln.

»Was hältst du von Fandithas Arbeit?«

»Und du?«

»Sie ist so unerhört viel intelligenter als ich, ihre Mutter, es je gewesen bin. Ich bewundere ihren Fleiß und ihre Geduld. Aber ich muss zugeben, dass ich nicht alles verstehe.«

»Ich auch nicht. Aber wenn sie sich gerne mit diesen Dingen beschäftigt, dann können wir daran nicht viel ändern.«

Anna musste lachen.

»Hier sitzen wir, ihre unbegabten Eltern, und sind so großzügig, sie die Karriere machen zu lassen, die sie sich vorstellt und für die sie sich eignet. Einen Beruf auszuüben, in dem sie Erfolg haben und viel verdienen wird. Und sie hat einmal zu mir gesagt, genau davor hätte sie Angst, Erfolg zu haben, denn dann würde sie einsam werden. Und ich … tja, es ist nicht so seltsam, dass sie mich verachtet.«

»Du darfst das nicht so ernst nehmen, Anna. Sie liebt dich. Sie bewundert dich mehr, als du ahnst. Sie weiß nur nicht, wie sie mit ihren verworrenen Gefühlen umgehen soll. Manchmal verfängt sie sich in sich selbst. Gib ihr etwas Zeit. Lass es sie auf ihre Art herausfinden. Du glaubst es vielleicht nicht, aber sie braucht dein Lob. Es ist nicht immer leicht, dich zu lieben, Anna.«

Sie wagte es anfänglich nicht, seinem Blick zu begegnen, aber konnte es dann doch nicht lassen. Er lachte trotz des Ernstes, und berührte ihre Wange so leicht, dass sie nur den Schatten einer Berührung spürte. Der cremige Kaffee hatte sie erwärmt, und sie dachte daran zurück, wie sie zusammen mit Fanditha an diesem Tisch am Vorabend zu Abend gegessen hatte. Kurz vor ihrem Eintreffen und sehr passend war ihre Tochter bei einer Freundin eingezogen. Sie hatte sich tatsächlich die Mühe gemacht, zu erklären, es sei nicht ihretwegen gewesen. Sie brauche Ruhe zum Lernen, und ihre Freundin wohne zentral. Anna hatte keine Einwände erhoben. Dann hatte ihr Fanditha mit einer Aufrichtigkeit, die sie sehr berührt hatte, ihr Beileid ausgesprochen.

»Ich weiß, dass er einer deiner besten Freunde war, Mama«,

hatte sie gesagt, ohne weiter darauf einzugehen, dass sie sich früher immer über die Unzuverlässigkeit ihrer Mutter ausgelassen hatte. Dann hatten sie sich sehr harmonisch darüber unterhalten, was eine richtige Freundschaft auszeichne und was man mit wem besprechen könne. Als Fanditha gegangen war, hatte Anna das Gefühl gehabt, dass sie vielleicht doch wieder zueinanderfinden konnten. Sie würde nichts unversucht lassen. Das war ihre Schuldigkeit.

»Sie kommt übrigens heute zum Abendessen.« Gregs Stimme klang fröhlich, und Anna teilte dieses Gefühl.

»Aber du kochst? Denn ich …«

»Ich koche.«

Sie nickte und war froh, dass sie es nicht näher erklären musste. Sie verstand es ja selbst kaum. Seit sie Jo die Schlüssel des Cafés ausgehändigt und ihr viel Glück mit dem Fristaden gewünscht hatte, hatte sie sich nicht mehr zum Kochen überwinden können, vom Backen ganz zu schweigen. Die Zutaten in der Speisekammer schienen sie zu verhöhnen und herauszufordern. Mach mit uns, was du willst. Aber sie konnte nicht mehr. Der bloße Gedanke, etwas zu tun, was auch nur im Entferntesten mit dem zu tun hatte, was zu Fredriks Ende in einem zerstörten Mercedes geführt hatte, versetzte sie in Panik. Dann lag ihr buchstäblich der Geschmack von Tod auf der Zunge. Greg hatte das akzeptiert, ohne weiter zu fragen. Er hatte begriffen, dass sie etwas durchgemacht hatte, wovon sie noch nicht erzählen konnte, und sie war ihm dankbar, dass er nicht in sie drang.

Immer noch konnte sie nicht recht erklären, was eigentlich geschehen war. *Kleopatras Kamm*, klar. Die Idee, die Probleme anderer Leute zu lösen. Dann die bizarre Anfrage Elsa Karlstens und kurz darauf der Tod ihres Mannes. Wie war das zugegangen? Natürlich deutete viel darauf hin, dass es Fredrik gewesen war. Der geliebte Fredrik, der aus reiner Güte einem Mitmenschen hatte helfen wollen. Als sie Elsa Karlsten und

Martin Danelius über Fredriks Selbstmord informiert hatte, hatte Elsa noch einmal bestätigt, was sie in jener Nacht gesehen zu haben glaubte: Einen Racheengel am Bett ihres Mannes mit einem Kissen in den Händen, das er Hans Karlsten auf den Mund gedrückt habe. Konnte sie das glauben? Es passte zu gut zu Fredrik in Frauenkleidern. Sie wusste es nicht. Sie wusste nur, dass sie es nicht glauben wollte. Es war einfacher und erträglicher, sich das Kissen in Elsa Karlstens Händen vorzustellen. Oder dass Hans Karlsten eines natürlichen Todes gestorben war. Sie konnte mit dem Gedanken, dass es Fredrik gewesen sein sollte, nicht leben. Sie wollte sein Andenken nicht damit besudeln.

Damals hatte sie sich noch einreden können, dass niemand von ihnen dreien etwas mit Hans Karlstens Tod zu tun gehabt habe. Das Geld verwirrte sie dann aber. Sie verfing sich in Gedanken, die sie nicht denken durfte. Sie wusste jedoch, dass sie damals nicht anders hatte handeln können. Elsa Karlstens Geld hatte Papa zu einem neuen Leben verholfen, und das hatte ihr Urteilsvermögen getrübt. Hätte sie damals eingesehen, wozu diese Akzeptanz führen würde, wäre alles anders gekommen. Jetzt war es zu spät. Nichts würde Fredrik wieder zum Leben erwecken.

Vielleicht würde niemand je verstehen, wie sehr sie immer gefürchtet hatte, alt und hilflos zu werden, die Welt nicht mehr zu begreifen und auf die Hilfe anderer angewiesen zu sein. Im Traum sah sie sich schon ohnmächtig und abhängig, in einem Körper gefangen, der nicht mehr ihr gehörte und ihrem Willen nicht mehr gehorchte. Sah, wie ihre Haut schuppig wurde, die Knochen steif und sie förmlich verfaulte. Ein Schädel auf einem Kissen. Der Geruch von vergessenen Rosen und ewigem Verfall stieg ihr in die Nase. Dieses Grauen motivierte ihren Wunsch, jede Sekunde richtig zu leben. Dieses Grauen hatte sie ihrem Vater ersparen wollen. Dieses Grauen hatte sie dazu veranlasst, Elsa Karlstens Geld anzunehmen, ohne eigentlich zu wissen, wer die Tat begangen hatte, um ihrem Vater ein erträgliches Leben zu ermöglichen und ihn vor dem würdelosen Siechen in einem anonymen Bett zu bewahren. Es war dieses Grauen, das sie bewogen hatte, Anna Danelius' Beatmungsgerät abzustellen.

Anschließend hatte sie mit kleinen schwarzen Teufelchen gekämpft und immer wieder geschrien. Das wollte ich nicht. Es war nicht vorsätzlich. Ich fand sein Ansinnen fürchterlich. Ich habe mich gewehrt. Ich habe abgelehnt. Ich habe zu ihm gesagt, das sei unmöglich. Ich habe nichts geplant. Ich hatte keine Absichten. Ich habe das nie als einen zweiten Mord betrachtet, da es für mich keinen ersten Mord gegeben hat. Ich habe mich nur dorthin begeben, um mich umzusehen. Aus Respekt vor einer Frau, die denselben Namen trug wie ich. Ich wollte meine eigene Angst bekämpfen. Ich glaubte, sie würde mir helfen können.

Aber als ich dorthin kam und sie sah, Anna, meine Namensschwester… als ich erkannte, dass sie eigentlich schon tot war… als ich ihren Geruch bemerkte… da verlor ich die Kontrolle über mich. Ich habe schließlich nur auf einen Knopf gedrückt. Dann habe ich ein zweites Mal auf diesen Knopf gedrückt. Eine kurze Pause der künstlichen Beatmung, mehr habe ich nicht dazu beigetragen. Eigentlich wollte ich nur eine gute Tat vollbringen. Ich glaubte, man würde mir verzeihen, selbst wenn man mich ertappen würde. Ist es denn meine Schuld, dass das Leben und der Tod die Sache schon einvernehmlich geklärt hatten?

Wie hatte sie sich je einbilden können, dass ihre Tat unabhängig vom Vorher und Nachher im Universum herumschweben würde? Wie hätte sie je sämtliche Konsequenzen einer bösen oder meinetwegen auch guten Handlung voraussehen sollen? Wie konnte jemand nur glauben, dass Vorsatz und Tat Größen waren, die sich gegenseitig verziehen? Sie konnte es nicht erklären und wusste auch, dass sie sich selbst nie verstehen würde. Ihre Vernunft hatte in den Sekunden, in denen sie den Knopf des Beatmungsgeräts betätigt hatte, ausgesetzt. Sie war aus sich herausgetreten und hatte eine Tat begangen, die sie selbst nie begangen hätte. Jetzt war alles zu spät. Nur das Leben konnte ihr noch verzeihen, falls es ihr erlaubte, die Sache wiedergutzumachen. Das Leben und Greg. Vielleicht Fanditha. Und vielleicht Mari, an dem Tag, an dem sie sich wiedersahen. Die geliebte, wunderbare, verletzliche und unschuldige Mari.

Sie hatte Glück gehabt. Unglaubliches Glück. Sie war allein im Café gewesen, als Martin Danelius hereingekommen war und seinen Wunsch wiederholt hatte. Später hatten alle immer, wenn er noch einmal das »Gespräch mit Anna« erwähnte, geglaubt, er habe die Unterhaltung bei der Beerdigung gemeint. Wenn Aussage gegen Aussage gestanden hätte, dann hätte sie die Ahnungslose gespielt. Bisher war das nicht nötig gewesen. Martin Danelius hatte ihre Unterhaltung nicht erwähnt, als sie sich zuletzt mit ihm und Elsa Karlsten getroffen hatten. Er hatte ihnen sein Beileid für Fredrik ausgesprochen. Jetzt war eine weitere Konfrontation wenig wahrscheinlich. Und falls er je Einzelheiten preisgeben würde, dann nur Elsa Karlsten gegenüber. Diese würde nicht weiter nachforschen, da sie keine Veranlassung dazu hatte.

Bislang war sie also davongekommen. Und ihre Schuldgefühle betrafen nicht Martin oder Anna Danelius. Schuld empfand sie, wenn sie daran dachte, dass sie bei einer Verkettung von Ereignissen mitgewirkt hatte, die Fredrik vielleicht das Leben gekostet hatten. Schuld empfand sie deswegen auch, wenn sie an Mari dachte, der Fredrik genauso fehlte wie ihr. Anna dachte an den Brief, den sie vor einigen Wochen aus Irland erhalten hatte. In ihm hatte Mari freimütig die Wahrheit über David erzählt. Was er ihr damals am Renvyle Point angetan habe. Er sei am Leben, und sie habe ihn getroffen.

Anna empfand unendliche Trauer und Bitterkeit darüber,

dass ihr ihre Freundin die Wahrheit nicht schon früher anvertraut hatte. Dann dachte sie an Michelle Andrés Feststellung, Bitterkeit sei ein nutzloses Gefühl. Sie war schließlich auch von ihren Prinzipien abgewichen und unehrlich gewesen. Sie hatte ihren Mitmenschen also nichts vorzuwerfen.

Aber Papa ging es gut. Hervorragend sogar. In seinem letzten Brief schrieb er, er gehöre jetzt dazu. Am Vormittag werde immer ein Spaziergang unternommen, am Nachmittag Karten gespielt. Vor einigen Tagen seien sie im Dorf in einem Konzert gewesen. Anschließend hätten sie noch die Kirche besucht. »Ich glaube, der hiesige Gott ist der verzeihendste und großmütigste, mit dem ich je zu tun hatte«, schrieb er weiter und kündigte dann an, dass er sich jetzt Computerkenntnisse aneignen wolle. »Dann können wir uns Mails schicken.« Gesundheitlich gehe es ihm gut, und sein Herz mache ihm auch nicht mehr zu schaffen. Vielleicht trug dazu ja auch die regelmäßige ärztliche Kontrolle bei.

Herauszulesen war auch, dass sich Papa mit einer gewissen Ulla angefreundet hatte. Ulla hatte ihr ganzes Leben lang voller Zufriedenheit bei der Staatlichen Versicherung gearbeitet. »Ein guter Alltagsmensch«, schrieb Papa und fügte noch hinzu, dass das positiv zu verstehen sei, da ihm die Wochentage schon immer besser gefallen hätten als die Sonntage. Gegen Ende hatte er ganz nebenbei und lakonisch erwähnt, Iris wolle ihn besuchen. Sensationell daran war, und dessen war sie sich sehr wohl bewusst, dass »Iris« und »besuchen« in ein- und demselben Satz standen, und nicht der Umstand, dass er ihn mit drei Ausrufezeichen versehen hatte.

Iris. Nach reifer Überlegung tat sie dann, was sie Mari angekündigt hatte, und nahm Kontakt zu ihrer Schwester auf. Sie erzählte, sie habe die Absicht, nach Amsterdam umzuziehen, sie wolle sich verabschieden und ihr so einiges erzählen. Ihre Schwester hatte sie eingeladen, ohne froh oder misstrauisch zu klingen. Als Anna auf den Hof einbog, kam Iris gerade in Reithosen und verschwitzt nach einem langen Ritt aus dem Stall. Anna betrachtete ihre kräftigen Beine, ihre muskulösen Arme und die groben Züge ihres Gesichts. Iris hatte sich seit ihrer letzten Begegnung vor sieben oder acht Jahren kaum verändert. Trotzdem versetzte sie ihr Anblick wieder in Erstaunen. Dass dieses zarte und zum Tode verurteilte Geschöpf, das man in ihrer Kindheit und Jugend so hatte bemuttern müssen, so viel Widerstandskraft hatte entwickeln können, war entweder ein Wunder oder ein Beweis dafür, dass die Wege Gottes unbegreiflich waren.

Iris nahm sie mit in den Stall und zeigte ihr die Pferde. Schroff, aber mit Begeisterung, erzählte sie ihr von Zuchthengsten und Fohlen, und Anna bewunderte die schönen Tiere und lobte Iris für ihre Arbeit. Sie sah in den Augen der Pferde Unruhe und Angst, aber auch Würde und eine über Jahrtausende aufgestaute Trauer über die verlorene Freiheit der grünen Weiten. Vorsichtig trat sie in eine Box und streichelte einem grauen Pferd das Maul. Das Pferd sah sie an und legte ihr den Kopf auf die Schulter. Sie nahm das Vertrauen als eine Gnade entgegen, und Iris meinte anerkennend etwas von »Naturbegabung«. Dann begann sie von der Geschichte und Psyche der Pferde zu erzählen.

Anna, die Pferde immer für mutig gehalten hatte, erfuhr, diese seien stets zur Flucht bereit, bereit, sich nähernden Gefahren davonzugaloppieren. Die Steppe biete keinen Schutz, erklärte Iris. Ohne Bäume sei die Bedrohung allgegenwärtig. Deswegen müsse man auch beim Auflegen des Sattels aufpassen. Ein Pferd sei genetisch programmiert, mit der Gefahr von oben zu rechnen. Anna sah vor ihrem Auge geschmeidige Raubtiere, die einem Pferd die Krallen in den Rücken schlugen. Dann dachte sie daran, dass sie selbst drauf und dran war, zu fliehen, und dass das Pferd sie vielleicht deswegen verstanden hatte.

Wenig später bat Iris sie ins Wohnzimmer. Anna wusste

nicht, wann sie zuletzt in einem so schmutzigen Haus gewesen war, gab sich aber Mühe, sich nichts anmerken zu lassen. Iris hatte den Putzfimmel gehabt und nicht sie. Iris hatte sich immer als Prinzessin verkleidet und ausdrucksvoll getanzt. Iris hatte immer still gesessen, abgeräumt und gespült. Sie selbst war sich während ihrer gemeinsamen Kindheit wie ein Wechselbalg mit einem Trollschwanz vorgekommen.

Jetzt schob sie vorsichtig einen Zeitungsstapel beiseite, um sich an den Esstisch zu setzen, der mit Post, Essensresten und Werkzeug übersät war, und fand fast keinen freien Platz für die Tasse und den Teller, die Iris ihr reichte. Vorsichtig nippte sie an ihrer Kaffeetasse und versuchte von der Tatsache abzusehen, dass diese nicht ganz sauber war. An dem Kaffee war jedoch nichts auszusetzen, und auch das selbstgebackene Brot mit Schinken schmeckte gut. Iris versank zwar derart im Schmutz, dass sie kaum noch wiederzuerkennen war, hatte dafür aber eine Großzügigkeit entwickelt, die ihr in ihrer Kindheit gefehlt hatte.

Anna sann darüber nach, wie Iris' Leben die ganze Familie beeinflusst hatte. Genauso groß wie die Freude über ihre Geburt war die Trauer über ihren Herzfehler gewesen, den man damals nicht hatte operieren können. Die Sorge um die Kleine hatte keine Grenzen gekannt, auch nicht, als einem begabten Chirurgenteam zehn Jahre später das Unmögliche gelungen war. Mit zwanzig war Iris mit einem Landwirt aus Iowa in die USA durchgebrannt und hatte ihrer Familie in einem Brief mitgeteilt, sie würde vermutlich einige Jahre bleiben, da sie geheiratet hätte. Erst da hatte Mama verstanden, dass ihr kleiner vom Tode gezeichneter Engel auch die nächsten beiden Weihnachtsfeste überleben würde.

Dieser Verrat war so groß gewesen, dass man darüber nicht mehr hatte sprechen können. Die Schuld dafür schob ihre Mutter irgendwann ihrem Vater und ihr in die Schuhe. Auf der anderen Seite standen Mama und Gott in wunderbarer

Eintracht und versicherten sich ständig gegenseitig, sie seien unfehlbar.

Iris' Flucht stellte das Ende ihres Familienkleeblatts dar. Ein vierblättriges Kleeblatt, das sein Versprechen nicht eingelöst hatte. Früher konnte sie sich nie vorstellen, dass Iris vielleicht auch Gründe gehabt haben mochte, die Flucht zu ergreifen. Jetzt sah sie ein, dass sie sich eventuell geirrt hatte.

»Weshalb bist du damals einfach so in die USA verschwunden?«

Iris saß breitbeinig auf einem Stuhl und biss von ihrem Butterbrot ab. Dann lehnte sie sich mit ihren kräftigen, geröteten Armen auf den Tisch und schaute aus dem Fenster. Anna sah nicht ihr Gesicht, sondern nur ihr etwas fettiges Haar, das immer viel dünner gewesen war als ihr eigenes.

»Was meinst du mit verschwinden?«

»Ich meine, du hast dich nicht verabschiedet, sondern hast einfach deine Sachen gepackt und bist abgehauen. Zu Hause waren sie vollkommen außer sich, als du sie nicht zur Hochzeit eingeladen hast. Mama rief mich an und schrie nur noch in den Hörer. Natürlich war das meine Schuld, obwohl ich damals gar nicht mehr zu Hause wohnte. Und Papas natürlich.«

Iris lachte. Ihre Zähne waren gelb, und sie erinnerte an ein wieherndes Pferd.

»Ich war diese ganzen Verbote zu Hause einfach leid. Und Mama. Meine Güte, nichts durfte ich allein machen. Alles wurde kontrolliert, und ich wollte einfach nur meine Ruhe haben und wie alle anderen sein dürfen.«

»Hör schon auf, Iris. Du warst immer der Liebling, und diese Rolle hat dir auch gefallen. Deswegen bin ich ja abgehauen. Weil ich gegen dich doch keine Chance hatte. Du warst immer die Bessere.«

»Du sagst es, Anna. Abgehauen. Du hast zuerst die Biege gemacht, denk daran. Und ich habe dich bewundert. Dass du dich das getraut hast, und dass man dich in der Familie derart respektiert hat, dass es sogar erlaubt war. Sie haben sich darauf verlassen, dass du zurechtkommen würdest. Bei mir brach eine Krise aus, sobald ich nur einen Liter Milch kaufen wollte. Alle glaubten immer, ich würde sterben. Niemand traute mir zu, dass ich irgendwas alleine bewältigen könnte. Vermutlich bin ich deswegen weg. Um zu beweisen, dass ich das genauso gut konnte wie du. Und dieser Typ hatte schöne Pferde im Stall. Das war übrigens das einzig Vernünftige an ihm, ihr habt also nichts verpasst.«

Anna wusste nicht, was sie erwidern sollte. Ihre ganze Kindheit, sie selbst und dieses makellose Spiegelbild, mit dem sie immer verglichen worden war, kamen ihr plötzlich wie eine einzige Farce vor. Wie eine Maskerade. Sie bekam ihre Gefühle zurückgespiegelt. Iris erzählte von der Eifersucht auf eine Schwester, die schön und gesund gewesen war und das Leben anpackte, ohne Mama oder Gott um Erlaubnis zu fragen. Sie meinte, sie sei nur so bescheiden gewesen, um etwas zu sein, was Anna nicht war. Dann sprach sie von ihrer Bitterkeit über Annas Verhältnis zu einem Papa, bei dem sie immer das Gefühl gehabt hatte, selbst an zweiter Stelle zu kommen.

»Schließlich war ich es, die ihm Mama weggenommen hat«, sagte sie. Da Mamas übertriebene Fürsorge dazu geführt hatte, dass sie weniger Zeit für Papa gehabt hatte. Iris hatte das Gefühl, schuld daran zu sein, als es in der Ehe kriselte und es zur Scheidung gekommen war. Schließlich hatte sie sogar das Gefühl, ihr Vater würde sich nicht freuen, wenn sie von sich hören ließ. Deswegen hatte sie es dann auch unterlassen.

Anna erzählte daraufhin von ihrem eigenen Gefühl des Ausgegrenztseins. Von dem Gefühl, ein robuster Löwenzahn zu sein, der ständig mit einem zarten und duftenden Maiglöckchen verglichen wurde. Iris meinte daraufhin, sie hasse Blümchen. Ihr Name sei ein Hohn. Deswegen liebe sie auch Pferde. Hier könne sie ihre Hände im Pferdemist vergraben und die bedingunglose Liebe von Wesen mit einem reichen Gefühlsleben und ordentlichen Muskeln genießen.

Nach einer Weile kamen sie auf Papa und auf seine Situation zu sprechen. Anna erklärte frank und frei, nichts könne den Mangel an Unterstützung in ihrem Kampf, ihm ein erträgliches Dasein zu ermöglichen, rechtfertigen. Iris verteidigte sich damit, das Ausmaß seiner Situation nicht erkannt zu haben, da ihre Informationen von Mama gekommen seien. Außerdem beharrte sie darauf, dass Papa auf sie sowieso keinen Wert gelegt hätte. Anna verlor die Fassung und erzählte von Notarzteinsätzen und Klinikaufenthalten. Nach einer Weile erkundigte sich Iris, ob sie etwas tun könne. Anna fand das etwas spät, musste ihrer Schwester jedoch zugestehen, dass sie sich nicht rauszureden suchte und aus ihren Gefühlen kein Hehl machte.

Dann erzählte Anna von Dalarna. Iris versprach, sich bei ihrem Vater zu melden und ihn baldmöglichst zu besuchen. Anna hatte den Eindruck, dass Papa für Iris nicht wichtiger war als die Pferde, fand das aber in Ordnung, solange er nicht unwichtiger war.

Sie berichtete Iris knapp von den Ereignissen der letzten Jahre, und Iris erzählte ihr ebenso effektiv von dem Reiterhof, auf dem die Kinder aus der Gegend Reitstunden nähmen, und von ihrem neuen Mann. Nach einer Weile gingen sie wieder in den Stall, und auf Annas Bitte hin sattelte Iris ein Pferd und galoppierte auf dem Hof herum. Anna sah, dass Iris auf dem Pferderücken in ihrem Element war, so wie Greg im Wasser und vielleicht so wie sie bei Greg.

Als sie sich verabschiedeten, sagte Iris noch einmal, sie wolle Papa anrufen. Sie sprachen über Mama, und eine himmlische, verzückende Sekunde lang verstanden sie sich ohne Worte und wie Schwestern. Iris' Lächeln war nachsichtig und verständnisvoll, und Anna erwiderte dieses Lächeln. Es würde ihr immer schwerfallen, das zu verstehen, was sie in ihrer

Kindheit für Heuchelei gehalten hatte, sie wollte jedoch versuchen, einiges aus Iris' Perspektive zu betrachten. Vielleicht würde sich wie in einem Kaleidoskop ein neues Muster ergeben. Die Umarmung beim Abschied war nicht unbedingt herzlich, jedoch von einer Art Respekt geprägt.

Respekt. Anna bemerkte, dass Greg sie die ganze Zeit über, die sie in Gedanken versunken dagesessen hatte, beobachtet hatte. Sie streckte die Hand über den Tisch, und er nahm sie und ließ seinen Zeigefinger um ihre Knöchel kreisen.

»Iris will Papa besuchen.«

»Holy shit! Das ist nicht dein Ernst. Ich dachte, sie hätten keinen Kontakt mehr.«

»So war es. Aber ich habe sie besucht, wie du weißt, und das hat sie auf andere Gedanken gebracht. Mich übrigens auch. Nicht, dass ich sie jetzt wirklich verstehen würde, aber vielleicht verstehe ich sie jetzt ein klein wenig besser als früher.«

»Alle sind nur Menschen, Anna. Alle haben auch ihre guten Seiten, wenn man nur nach ihnen sucht. It's all about love, you know. Und dann muss man versuchen, glücklich zu werden. Glück ist keine selbstverständliche Größe. Glück ist eine Gabe und eine Fähigkeit.«

»Und du besitzt beides.«

»Nicht immer.«

Anna spürte die Wärme von Gregs Hand. Sie dachte, dass sie bald Weihnachten feiern würden, vermutlich auf dem Hausboot und vermutlich sehr einfach. Sie dachte an die Weihnachtshysterie, die bald in den Innenstädten von Amsterdam und Stockholm ausbrechen würde, und überlegte sich, ob Mari wohl Christi Geburt in Irland feiern würde. Sie wollte sie einladen, befürchtete aber, dass Mari ablehnen würde. Dann dachte sie an das Wasser, auf dem das Hausboot schwamm, und das Meer, das Mari von den Fenstern ihres Restaurants aus sehen konnte und das sie am Renvyle Point fast verschluckt hatte.

»Greg… beim Tauchen… als du getaucht bist… ist dir da je ein Fisch namens Ceratias holboelli untergekommen?«

»Ceratias holboelli? Ich kann mich nicht erinnern. Aber Latein war nie meine starke Seite… ich kann mal nachsehen. Sollte ich den kennen?«

»Ich weiß nicht. Mari hat davon erzählt. Angeblich ein Tiefseefisch. Wenn sich das Männchen mit dem Weibchen gepaart hat, verbeißt er sich in sie, und nach einer Weile haben sie einen gemeinsamen Blutkreislauf. Als seien sie ein einziger Organismus.«

Greg lächelte.

»Klingt surreal, aber nicht vollkommen unwahrscheinlich. Die Welt dort unten ist wie die unsere, aber noch viel mehr. Wenn du verstehst, was ich meine. Hier gibt es jedenfalls keine Fische dieser Art. Du kannst ganz beruhigt sein. Ich werde mich auch nicht nach ihnen auf die Suche machen.«

Anna sah, dass sein blondes Haar noch heller geworden war. Die Haut seines Gesichts erinnerte stellenweise an die eines alten Fischers. Sie streckte die Hand aus und berührte vorsichtig die Muschel, die Greg um den Hals trug. Sie wusste immer noch nicht, ob sie ihm je alles würde erzählen können, aber die Angst vor der Entdeckung oder davor, ihn zu verlieren, konnten ihr Gefühl vollkommenen Friedens im Augenblick nicht stören. Sie wollte den Rest ihres Lebens damit zubringen, Fredriks Tod zu sühnen. Sie wollte ihn wiedergutmachen. Vielleicht würde sie Mari gegenüber auch ein Geständnis ablegen. Falls Mari mit ihnen Weihnachten feierte.

»Es freut mich, dass du nicht nach ihnen suchen willst, Greg«, sagte sie vorsichtig, damit er nicht merkte, dass ihre Stimme nicht recht trug. »Das freut mich. Das macht mich glücklicher, als du dir vorstellen kannst.«

KAPITEL 27

Mari stand an der Bar und blickte von dem Brief auf, den sie gerade von Jo erhalten hatte. Es war eine Weile her, seit sie zuletzt von ihr gehört hatte, vergangene Weihnachten, um genau zu sein. Jo hatte von Luciagebäck, Pfefferkuchen und den Kerzen erzählt, die das Dezemberdunkel aufhellten. Dann hatte sie ein weiteres Mal betont, wie glücklich sie darüber sei, das Café übernommen zu haben. Die Stammgäste kämen weiterhin. Mari hatte mit ein paar weihnachtlichen Gemeinplätzen über Truthahnbraten, Feigengebäck und Kollegialität geantwortet. Dann hatte sie Jo noch viel Glück gewünscht.

Jetzt in der Juniwärme trugen die Touristen ihre Rucksäcke auf dem nackten Rücken, und man konnte sich die kompakte winterliche Dunkelheit kaum vorstellen, auch nicht, dass diese wiederkehren würde. Jo schien sie verdrängt zu haben. Sie erzählte, in Stockholm würde alles grün, und sie habe endlich gelernt, die aufgeschäumte Milch so wie Anna auf den Kaffee zu gießen, »dass sich eine sensuelle Gemeinschaft von Schwarz und Weiß ergibt«. Das war aber nur der Beginn ihrer persönlichen Entwicklung gewesen.

Dann beschrieb sie, wie hinreißend es sei, mit anzusehen, wie sehr die Liebe Elsa Karlsten verändert habe. Sie und ihr »Freund« Martin Danelius würden sich mit einem Begehren ansehen, das von Alter und diversen Zipperlein nicht im Geringsten beeinträchtigt werde. Nicht, dass die beiden alt ausgesehen hätten. Elsa Karlstens gut sitzende Hosen und eleganten Jacketts passten zu ihrer Frisur und ihrer Laune, während Martin Danelius seinen Stock durch die Luft schwenkte, als sei er eine Requisite und keine Stütze. Sie hätten es bedauert, dass die alten Besitzer so überstürzt verschwunden seien, wollten es aber trotzdem zu ihrer Gewohnheit machen, ihr Sonntagsfrühstück in dem Lokal einzunehmen, in dem alles begonnen habe. Jo schrieb, sie könne sich noch erinnern, wie schlecht Elsa Karlsten bei ihrem ersten Besuch im Café ausgesehen habe, und dass es nett sei, sie jetzt so verändert zu sehen. Sie denke, dass Mari das vielleicht wissen wolle.

Gegen Ende des Briefes wollte Jo wissen, ob es wohl möglich sei, den Firmennamen *Kleopatras Kamm* zu übernehmen. Schließlich handele es sich um eine »etablierte Marke«. Sie hätte nämlich eine fantastische Frau namens Stella Pfeil kennengelernt. Stella sei vor einigen Wochen ins Café gerollt, und sie hätten sich unterhalten. Unter anderem hatte Stella erzählt, sie habe Fredrik einige Male getroffen. Allmählich seien sie zu der Überzeugung gekommen, dass sie gerne zusammen etwas aufziehen würden. Stella hätte zwar kein Wort darüber verloren, aber ihr sei aufgefallen, dass sie schwanger sei. Vermutlich müsse sie deswegen jetzt ihre beruflichen Verpflichtungen einschränken. Es habe allerdings nicht den Anschein, als würde ihre Behinderung sie von irgendetwas abhalten.

Kleopatras Kamm. Ein Knochenstück und ein Vorgang. Mari warf einen Blick in das eigene Restaurant und hatte das merkwürdige Gefühl, die Düfte aus dem Fristaden seien in dem Brief herübergeweht. Der leichte Bierdunst an der Bar mischte sich mit Zimt- und Vanilleduft. Eigentlich bestätigte das alles nur, was sie bereits wusste. Ein Brief enthielt so viel mehr als Worte auf Papier. Stella Pfeil war Fredrik begegnet. Wo? Wann? Sie musste sie fragen, wenn sie Schweden besuchte. Irgendwann einmal. Sie wollten den Firmennamen *Kleopatras Kamm* übernehmen. Für ein Unternehmen welcher Art?

Sie schob die Hand unter die Theke und zog einen anderen Brief hervor, den sie einige Tage zuvor erhalten hatte. Die Handschrift war fremd, aber sehr deutlich. Lukas Karlstens Name hatte einen anderen Duft zu ihr herübergetragen. Den der Wärme einer alten Bibliothek auf dem Land. Den Duft von Gras an weichen Hundepfoten.

Er drückte sich sehr gewählt aus. Er bedankte sich für ihre nette Gesellschaft unter weniger netten Umständen. Er hoffe, dass es ihr in Irland gut gehe. Er erwäge, seine Ferien dort zu verbringen, und wolle wissen, ob sie Zeit habe, ihn zu treffen, wenn er nach Clifden komme. Er wolle auch berichten, dass es seiner Mutter unerwartet gut gehe, nachdem sie den Kontakt zu einem alten Freund, Martin Danelius, wieder aufgenommen habe. Sie sei dabei, ihr Haus zu verkaufen, die Möbel auf die Auktion zu geben und die Sammlung der von ihr mit so viel Hingabe ausgestopften Tiere zu verschenken. Vor allen Dingen wolle er ihr jedoch sein Beileid für Fredrik aussprechen. Er hätte sich sagen lassen, er sei einer ihrer ältesten Freunde gewesen. Seine Mutter habe erzählt, Fredrik, Anna und sie selbst seien ihr in einer sehr schweren Zeit eine große Hilfe gewesen und hätten wesentlich dazu beigetragen, dass sie jetzt in ihrer neuen Lebenssituation so gut zurechtkomme.

Mari fuhr sich über die Augen. Seit sie den Brief erhalten hatte, hatte sie darüber nachgedacht, was für eine Angst ihr der tote Hund eingejagt und was Anna über die ausgestopften Tiere in dem Karlsten-Haus gesagt hatte. Sie waren wie selbstverständlich davon ausgegangen, dass Hans Karlsten die Tiere präpariert hatte. Für sie waren sie ein Ausdruck dafür gewesen, wie Hans Karlsten seine Frau behandelt hatte. Diese Schlussfolgerung war falsch gewesen. Wieder eine Illusion. Aber die unglückliche Elsa Karlsten hatte alle Toten hinter sich gelassen, sie hatte ein Fenster zu einem neuen Leben geöffnet.

Der Brief enthielt wirklich viel mehr als nur die Worte auf

dem Papier. Vielleicht auch eine ausgestreckte Hand. Er war vielleicht jemand, der … mehr wollte. Was wollte sie mit den Briefen an David?

Sie verstand sehr gut, dass sie, wenn sie die neuen Farben, die neue Einrichtung und den Weinkeller beschrieb, auch die Illusion von Erfolg mitschickte. Vielleicht war es auch gar keine Illusion. Das Restaurant Murrughach lief sehr gut, und wer es besuchen wollte, tat gut daran, lange im Voraus einen Tisch zu bestellen. Trotzdem war es ihr gelungen, die Pubatmosphäre zu bewahren, und das, obwohl von dem Weinkeller bereits in den Broschüren des Fremdenverkehrsamtes die Rede war, manchmal sogar auf derselben Seite, auf der die Kunstwerke David Connollys beschrieben wurden.

David. Sie hatte nicht die Absicht, wieder mit ihm in Kontakt zu treten. Nie mehr. Als sie ihn am Renvyle Point zurückgelassen hatte und im Wolkenbruch zum Auto zurückgerannt war, hatte sie sich gelobt, nie wieder einen Gedanken an David Connolly zu verschwenden. Das war ihr teilweise sogar gelungen. Fast mechanisch, aber trotzdem energisch hatte sie wieder die Räumlichkeiten des Segelclubs übernommen und sie mit Hilfe des Geldes von Martin Danelius, das auf einem Konto auf den Kaiman-Inseln angelegt war, hergerichtet. Anna hatte ihr per Post eine Kreditkarte zugeschickt. Sie hatte dazugeschrieben, sie habe von Martin Danelius zwei Karten mit der Post erhalten. Für jeden eine. Martin Danelius habe erklärt, sie hätten mit den Karten ungehindert Zugriff auf ihr Geld, sollten sie aber lieber nur im Ausland benutzen. Das war für Anna und sie das kleinste Problem gewesen. Anna hatte geschrieben, sie würde ihr Geld erst einmal auf dem Konto lassen und darüber nachdenken, was sie damit machen wolle. Sie sei sich aber ganz sicher, dass Fredrik gewollt hätte, dass sie, Mari, mit ihrem Anteil glücklich werde.

Mari hatte darüber nachgedacht, was Anna geschrieben hatte. Am Tag darauf nahm sie die Fähre nach Inishbofin. Niemand bemerkte sie und die Tasche, die sie über der Schulter trug. Niemand reagierte, als sie sie über Bord warf. Über die Reling gebeugt sah sie zu, wie sie sich im Kielwasser einige Mal um sich selbst drehte. Dann sank sie, und sie sah sie nicht mehr. Das Gewehr, mit dem Fredriks Kaninchen erschossen worden waren, würde für immer auf dem Grund des Meeres liegen, dort würden diese rostigen Leichenteile vielleicht so allmählich von widerstandsfähigen Algen oder Muscheln bedeckt. Aus Tod konnte wieder Leben entstehen. Das war ein schöner Gedanke, der sie tröstete, als sie später auf den Pfaden von Inishbofin herumstreunte und Tee im Hotel trank, um das Gefühl der Unausweichlichkeit aller Dinge hinunterzuspülen.

Am Tag darauf rief sie die Handwerker an und begann mit der Renovierung. Einer von ihnen sagte, sie würde ihn an eine Schwedin erinnern, die vor einigen Jahren in Clifden gearbeitet hätte. »Aber die war blond und nicht rothaarig wie Sie.«

Mari strich sich über das rote Haar, das ihr inzwischen ein gutes Stück über die Schultern reichte. Durch das Fenster sah sie, dass die See sich beruhigte. Dass es schon bald wieder Herbst wurde und mit der Kälte Ruhe im Lokal einkehrte! Aber keine Kälte würde ewig dauern. Obwohl Fredrik fort war und Tod »nie mehr« bedeutete.

Plötzlich dachte sie an die Blutung, die sie in der Klinik gehabt hatte, nachdem David versucht hatte, sie am Renvyle Point vom Kliff zu stoßen. War sie damals schwanger gewesen? Sie hatte es geglaubt. Jetzt wurde ihr bewusst, dass sie das gar nicht wissen konnte. Aber sie könnte wieder schwanger werden. Von einem ehrlichen Mann. Sie dachte an Davids letzten Brief, in dem er sie angefleht, ihr seine Liebe beteuert und sie um Vergebung gebeten hatte. Vielleicht würde sie ihn immer lieben.

Aber mit Lukas Karlsten könnte sie glücklich werden. Lukas Karlsten, der ihr mit seinen Worten einen Schimmer von

Vergebung gewährt hatte. Er hatte ihr die Hoffnung vermittelt, mit ihrer Tat zumindest einige Menschen glücklich gemacht zu haben. Er hatte ihr die Hoffnung geschenkt, dass ihr Fredrik irgendwann einmal würde verzeihen können. Wenn nicht in dieser Welt, dann in der nächsten.

Sie ahnte in diesem Augenblick, dass sie es Anna würde erzählen müssen. Sie war Weihnachten nicht zu Anna gefahren. Aber vielleicht würde sie sie bald, in ein paar Wochen, besuchen. Sie würden dann gemeinsam weiterleben, wenn auch in verschiedenen Ländern. Gemeinsam würden sie dann entscheiden, ob Jo und Stella den Firmennamen *Kleopatras Kamm* verwenden durften. Für ihre Zwecke, über die sie lieber nicht nachdenken wollte.

Die Sonne funkelte auf dem Wasser in einem unendlichen Weg zum Horizont. In sich hörte sie Fredriks Stimme. Etwas, was er in Rom gesagt hatte, als sie sich über die Gladiatoren unterhalten hatten. Genieße das Gute, solange es währt, denn die Gefahr, sich von der Brutalität niederschmettern zu lassen, ist ebenso ewig wie das Kolosseum. Sie sah ein, dass sie naiv gewesen war. David aus ihrem Bewusstsein zu verbannen würde Jahre dauern, nicht Monate. Falls es überhaupt gelang und auch wenn Lukas Karlsten zu Besuch kam.

David hatte sich ziemlich schnell aus dem Staub gemacht. Nur wenige Wochen nach ihrer Auseinandersetzung war in der Zeitung zu lesen, dass David Connolly nach Boston umziehen würde, um den amerikanischen Markt zu erobern. Wenig später hatte sie einen Brief von ihm erhalten, seine neue Adresse und die Bitte, den Kontakt nicht abreißen zu lassen. Seither schrieb er ununterbrochen. Berichtete von seinen Erfolgen und von seiner Einsamkeit, von der Trennung von seiner Verlobten und von der Schöpferfreude, die auf die Melancholie gefolgt war. Er sehne sich nach ihr. In jedem Brief beteuerte er, dass er den Rest seines Lebens sühnen wolle, was er getan habe, wenn sie ihm nur antworten und ihn irgendwann wieder treffen würde. Er wage nicht, um mehr zu bitten, schrieb er, aber er würde sie immer lieben. Die Bilder seiner neuen Kunstwerke bestätigten teilweise, was er geschrieben hatte. Der alte David war wieder zurück, zumindest in seinen Schöpfungen.

Nach einer Weile gab sie nach und berichtete kurz und wohlüberlegt vom Leben in Clifden und dem Restaurant. Er flehte sie an, sie besuchen zu dürfen, aber versprach, das erst zu tun, wenn sie es ihm gestattete. Sie lachte und musste einräumen, dass er ehrlich geworden zu sein schien. Sie konnte es aber nicht wissen.

Bei David würde sie es nie wissen.

btb

Maria Ernestam

Die Röte der Jungfrau

Roman. 428 Seiten

ISBN 978-3-442-73854-8

Hingebungsvoll pflegt Eva ihren Rosengarten. Idylle pur scheint sie zu umgeben: der Duft von Blumen, ein wohl geordnetes Leben. Als sie jedoch von ihrer Enkelin zum 56. Geburtstag ein Tagebuch geschenkt bekommt, beginnt eine Reise in eine Welt voller Alpträume. Eine Welt, die sie längst vergessen glaubte. Und in der mehr als nur ein Hund begraben liegt …

»Suggestiv, unheimlich, schwarz. Die Art von Leseerlebnis, an das man sich noch sehr lange erinnert. Einfach phantastisch.«

Camilla Läckberg

»Dieser Frauenroman hat es in sich.«

Die Welt

www.btb-verlag.de

btb

Der preisgekrönte Krimi-Bestseller aus Schweden

Åsa Larsson

Sonnensturm

Roman. 352 Seiten
ISBN 978-3-442-73600-3

Zwischen Schnee und Eis und ewiger Nacht geschieht ein schreckliches Verbrechen: Viktor Strångdard liegt tot in der Kirche vor dem Altar, brutal ermordet. Die hochschwangere Kriminalinspektorin Anna-Maria Mella nimmt die Ermittlungen auf. Und auch die Anwältin Rebecka Martinsson, eine alte Freundin des Toten, kehrt kurz entschlossen in ihre ehemalige Heimat zurück. Sie ahnt nicht, dass auch ihr die Vergangenheit gefährlich werden kann …

»Die Bücher von Larsson sind kleine Wunder.«
Tobias Gohlis, DIE ZEIT